RACKET

DU MÊME AUTEUR

Or noir, Gallimard, Série Noire, 2015 ; Folio Policier n°819. Grand Prix du roman noir 2016.

Le rêve de Madoff, Éditions Allia, 2013.

L'Évasion, Gallimard, Série Noire, 2013 ; Folio Policier n°758.

L'honorable société (avec DOA), Gallimard, Série Noire, 2011 ; Folio Policier n°688. Grand Prix de littérature policière 2011.

Bien connu des services de police, Gallimard, Série Noire, 2010 ; Folio Policier n°611. Trophée 813 2010.

Lorraine Connection, Éditions Rivages, 2006. Trophée 813 2007, Duncan Lawrie International Dagger 2008.

Le Corps noir, 2004, Éditions du Seuil.

Nos fantastiques années fric, Éditions Rivages, 2001. Prix Mystère de la Critique 2002.

Kop, Éditions Rivages, 1998.

À nos chevaux, Éditions Rivages, 1997.

Sombre Sentier, Éditions Rivages, 1995. Prix Sang d'encre (Vienne) 1995, Prix de Saint-Nazaire 1996.

Ouvrage publié sous la direction d'Aurélien Masson.

Les Arènes
27, rue Jacob, 75006 Paris
Tél : 01 42 17 47 80
arenes@arenes.fr

Racket se prolonge sur www.arenes.fr

DOMINIQUE MANOTTI

RACKET

EQUINOX
LES ARÈNES

Ce roman est librement (très librement) inspiré de « l'affaire Alstom », le rachat de l'entreprise française Alstom Énergie par l'entreprise américaine General Electric (2013-2015).

Prologue

Samedi 13 avril 2013
New York.

François Lamblin est de très bonne humeur lorsqu'il débarque en fin d'après-midi à l'aéroport JFK, en provenance de Paris, après huit heures de vol, trois whiskies et un excellent polar. À la descente de l'avion, l'air est frais, stimulant. Ce soir, une belle fille ramassée au bar de son hôtel de luxe et, après un repos bien mérité, il sera en forme pour rencontrer de gros clients qu'il séduira en leur présentant les performances des chaudières Orstam de nouvelle génération. Succès garanti, d'après le département Stratégie. Et, s'il triomphe sur le marché américain, sa carrière dans l'entreprise, la première entreprise française de turbines et de chaudières de tous types, sera au zénith, c'est certain.

Il se dirige vers les bureaux de la police aux frontières, tend son passeport. Deux policiers en uniforme surgissent, l'encadrent, posent les mains sur ses épaules, un troisième saisit son baise-en-ville, un quatrième lui passe les menottes aux poignets. Un flash éclate.

– Monsieur Lamblin ?

Foudroyé, bouche ouverte, incapable d'émettre un son. Dans son cerveau, quelques images en vrac : assis dans le bureau de Gus Anderson, le numéro deux du service juridique d'Orstam, ce salopard d'Anderson, ses grands yeux bleus et son accent british si distingué. Il se revoit, coincé dans son fauteuil : « La circulaire confidentielle du grand patron conseillant à ses cadres supérieurs de ne pas se rendre aux États-Unis, une lubie, ou le danger est réel ? Moi, j'ai de gros clients potentiels à New York. Je laisse tomber ? » Et l'autre, en face, serein : « Pour vous, aucun danger. Vous êtes protégé par le non-lieu de la justice française, et blanc comme neige depuis les résultats de notre enquête interne. Partez sans crainte. »

Retour au présent. Il finit par ânonner :

– Oui, je suis monsieur Lamblin.

– Vous êtes en état d'arrestation, suivez-nous.

Il s'insurge enfin.

– Qu'est-ce que c'est que cette comédie ? Où m'emmenez-vous ?

– Les chefs vous le diront, nous on exécute les ordres.

Autour de lui, les gens s'écartent, pressés, indifférents. Il est poussé dans une petite pièce aveugle, du côté du service des Douanes. Deux hommes en costume-cravate, la belle quarantaine et l'air avenant, assis derrière une table, l'attendent manifestement et lui font signe de s'asseoir. Un agent lui enlève les menottes. Lamblin se surprend à se frotter les poignets d'un geste mécanique, comme dans les séries télé.

– Vous pouvez me dire ce que je fais ici, le sens de cette mascarade ?

– Nous nous présentons, monsieur Lamblin. Je suis l'agent Morris et voici mon collègue, l'agent Wolfram, FBI. Vous êtes poursuivi pour corruption dans le cadre d'une enquête de la justice américaine ouverte, comme vous le savez, en mars dernier, sur un marché passé par Orstam en Indonésie en 2004-2006, le contrat Pampa, dans lequel la filiale que vous dirigiez à l'époque ici, aux États-Unis, a joué le rôle d'intermédiaire.

– Absurde, rocambolesque, je ne suis au courant de rien.

– Ne jouez pas à ça avec nous, monsieur Lamblin, vous n'êtes pas de taille. Vous êtes parfaitement au courant de l'ouverture de cette enquête par la justice américaine, votre direction vous a adressé une circulaire confidentielle de mise en garde il y a un peu plus d'un mois. Certes, cette circulaire parlait d'une « supposée corruption », mais ni vous ni nous ne sommes dupes.

Lamblin contracte les muscles du dos, du ventre, pour encaisser le choc. Circulaire confidentielle, adressée à une centaine de cadres, peut-être, pas beaucoup plus…

– J'ignore comment vous vous êtes procuré cette circulaire. Si vous l'avez lue jusqu'au bout, ce que je suppose, vous avez vu que notre PDG nous recommande le silence dans ce genre de situation. Je vais donc me taire.

– Libre à vous, monsieur Lamblin. Pour l'instant, je ne vous demande que de m'écouter. Je pourrais vous lire quelques-uns des mails qui ont circulé entre votre bureau et la maison mère, comme celui-ci, du 12 décembre 2004, je cite : « À propos de Pampa, les électriciens n'ont pas confiance dans notre vieil ami. Ils craignent qu'après le versement de la récompense, il ne leur laisse que de l'argent de poche. Il semble opportun de remplacer, pour cette partie de la négociation, notre vieil ami par M. Genève. Paiement échelonné sur douze mois, 45 % au premier versement. Qu'en dites-vous ? » Pour nous, ce fut un jeu d'enfant de retrouver votre vieil ami. Peu satisfait d'avoir été écarté, il a accepté de témoigner quand nous le lui avons demandé. Avec des méthodes un peu musclées, je vous le concède.

Morris se tait pour laisser Lamblin digérer. Celui-ci essaie de garder son calme. Ils ont intercepté tous nos mails. Retour du visage d'Anderson, ses yeux bleus, son grand sourire et son air angélique, aucun danger, partez. Clairement, il m'a poussé à partir. Un traître ? Lui aussi est compromis dans ces histoires de contrats douteux... Sa peau contre la mienne ? Bien son genre. Un peu tard pour y penser. D'accord, c'est un désastre. Mais pas de panique. Aucun mail n'a été envoyé de mon ordinateur, aucun ne porte ma signature... Morris reprend :

– Je vois bien, vous vous demandez : Pourquoi s'en prend-il à moi ? La corruption est si généralisée, du haut en bas de la maison Orstam, et sur tous les marchés, pourquoi moi, sur un contrat d'à peine deux cents millions de dollars, une misère ?...

L'agent Wolfrom ouvre le dossier posé devant lui sur la table, en sort une série de photos en noir et blanc, qu'il glisse vers Lamblin. Morris continue :

– Regardez ces clichés monsieur Lamblin, regardez-les bien. Certes, ils ne sont pas excellents, ce sont des captures d'écran, mais nous avons toute la bande, prise pendant cette soirée privée, lors d'un de vos passages à Londres, il y a quelques années, vous voyez la date, là, dans le coin droit de l'écran ?

Mars 2007. Vous vous reconnaissez, sur celui-là, en train de vous faire une ligne de coke ? Et là, le même soir, en train d'en préparer une pour cette ravissante blonde, qui se l'envoie comme une pro ? Et qui se roule avec vous sur le canapé sur la photo suivante. Vous vous souvenez ? Chaud. La ravissante blonde était alors âgée de treize ans. Vous le saviez ? Trompeuse, hein, la paire de nichons... De nos jours... Et si la scène se déroule à Londres, la mineure est de nationalité américaine...

Lamblin fourre ses mains dans ses poches de pantalon, pour que Morris ne les voie pas trembler. Anderson, toujours lui... Je suis dans une belle merde... Tic nerveux au coin de l'œil gauche.

– Et je n'ai pas tout à fait fini. Vous avez déjà été pris dans une soirée cocaïne pendant votre année d'études à Harvard, il y a une vingtaine d'années, et vous êtes passé à cette époque devant un tribunal, sans grande conséquence, rien de bien grave. Mais cela fait de vous un récidiviste. Comme je connais votre grand patron, un gueulard sans une once de courage, dès qu'il apprendra ce qu'il y a dans votre dossier – et il l'apprendra, je lui fais confiance (ou devrais-je dire « Je nous fais confiance » ?) –, il vous laissera tomber, vous le savez aussi bien que moi.

Lamblin se décompose. Sa paupière gauche bat frénétiquement. Morris le regarde pendant quelques secondes, puis reprend :

– Maintenant, nous pouvons causer.

Chapitre 1

Samedi 13 avril 2013
Montréal.

Ludovic Castelvieux se réveille lentement. Aujourd'hui, samedi, pas de stress. Premier rendez-vous à 16 h 30, cet après-midi. Il constate qu'il a bien dormi, jette un regard lent sur le grand studio qu'il loue au deuxième étage d'un pavillon de briques dans le quartier branché de Montréal, l'ordre règne, en apparence. Dans la chambre, la pénombre a des reflets dorés, dehors, derrière les volets, la journée s'annonce ensoleillée. Luxe, calme et volupté. Rassurant. Il s'étire sous la couette, jette un coup d'œil à sa montre, 8 heures dans deux minutes, il allume la radio, trois pubs, puis les nouvelles. Affrontements en Ukraine, chaos en Libye, otages et guerre en Syrie, le monde va mal, il écoute en somnolant. Puis, à la fin des infos :

« Dernière minute. Le corps de M. Giorgio Bonelli (à ce nom, Ludovic sursaute, réveillé d'un coup), le célèbre promoteur immobilier bien connu de la municipalité et de la population de Montréal, a été retrouvé pendu à son domicile, cette nuit, à 23 heures. M. Bonelli avait connu des difficultés dans la gestion de ses affaires ces derniers temps. L'enquête s'oriente vers la thèse du suicide. »

Ludovic jaillit de son lit. Il est nu, la pièce est très fraîche, il n'y prend pas garde, grimpe sur une chaise, attrape une grande valise rangée sur le sommet de l'armoire, la jette sur le lit. Suicide, quelle rigolade. Bonelli est la deuxième victime de la guerre de la mafia de l'Est contre la mafia italo-américaine. Si je ne bouge pas très vite, je serai la troisième, parce que je suis le prête-nom dans la grande machine à lessiver le pognon et, quand la machine à pognon s'enraye, le prête-nom saute, pour couper les circuits. Assez joué, j'ai gagné beaucoup de fric et je ne fais pas le poids face aux tueurs des mafias. Il commence à grelotter. Calme-toi, pas de panique. Tu savais que cela arriverait un jour ou l'autre, tu es prêt. De la méthode.

Il enfile les vêtements qu'il portait la veille, c'est plus rapide. Dans le frigo de la kitchenette, il attrape un gros pot de fromage blanc, qu'il sucre abondamment, et mange debout. Prendre des forces, la journée sera longue. Bien, mon itinéraire maintenant. Destination finale inconnue. Première étape : Grand Cayman, et je vide mon compte en banque. Ensuite, je verrai. Je prendrai une semaine de repos, pourquoi pas ? Les îles, la mer, les filles, le temps de réfléchir à l'avenir… Donc Miami, de là, je trouverai facilement un petit zinc pour Grand Cayman. Il téléphone à l'aéroport de Montréal. Le premier vol pour Miami, embarquement à 12 h 30. Le deuxième en soirée. Il faut que je prenne le premier, avant que mes « associés » ne s'aperçoivent de ma disparition. Je garde mes deux passeports canadien et français, cela pourra servir, tant que je ne sais pas où je vais finir. Maintenant, la valise. Il rafle ses affaires de toilette, entasse des vêtements, quelques papiers. Mais pas l'ordinateur, rangé dans son étui, je le garde avec moi, c'est ma garantie de survie. Puis il démonte la planche du fond de l'armoire. Au dos de cette planche, soigneusement scotchés, des paquets de dollars américains dans des enveloppes, vingt mille dollars, cachés là en prévision d'un départ précipité, et son passeport français, avec visa d'entrée au Canada, au nom de Ludovic Castelvieux. Il les détache, range un passeport et une partie de l'argent dans les poches de sa veste, dissimule le reste en l'éparpillant dans sa valise, et l'autre passeport dans la couverture d'un livre. Avec un peu de chance, ça passera. Maintenant, rejoindre l'aéroport. Il n'y a peut-être personne en surveillance devant l'entrée de la maison, pas encore, mais je ne prends pas le risque, je sors par derrière et je file par les jardins, dans la boue et les plaques de neige. Je trouverai un taxi près de la voie rapide, et direct à l'aéroport.

Coup d'œil à sa montre. C'est bon, j'aurai l'avion de midi et demi. Il se retourne, un dernier regard à la pièce. Salut Montréal. Dommage de partir juste avant l'explosion du printemps. Je me suis bien débrouillé ici. Mais je ne compte pas revenir.

Dimanche 14 avril 2013
Grand Cayman.

Ludovic Castelvieux a trouvé une place dans un avion-taxi qui fait la navette entre Miami et Grand Cayman. Jeune Français de vingt-cinq ans, physique anodin, sportif amateur, allure d'employé de banque bien élevé, sur le visage un léger vernis de culture générale, il compose un personnage de touriste moyen très acceptable et passe les contrôles aux frontières sans difficulté. Jusqu'ici, tout va bien. Il se penche vers le hublot. L'avion survole une mer très bleue, et le souvenir de son premier séjour dans l'île, enseveli sous les angoisses et la neige de Montréal, remonte en pétillant. C'était il y a un peu plus de deux ans. Il venait de se mettre en affaires avec Michelis, le vice-président de la banque PE-Credit Montréal. Une banque très particulière. Adossée au conglomérat géant Power Energy (énergie, électricité, mécanique), elle avait d'abord eu, au moment de sa création, la tâche d'offrir du crédit aux petits consommateurs clients de la maison mère, puis elle s'était vite laissé entraîner dans le flot de la spéculation financière à tombeau ouvert des années quatre-vingt. Depuis la crise des *subprimes*, elle avait de gros soucis, plombée par ses investissements dans des opérations boursières douteuses et des placements catastrophiques dans le fonds Madoff. Elle devait à la fois masquer sa situation périlleuse à la maison mère et trouver de l'argent pour rembourser ses clients. Michelis et la succursale de Montréal avaient donc monté tout un circuit de drainage de l'argent noir de la mafia locale, qu'ils blanchissaient dans les îles Caïmans grâce à InterBank, une filiale de PE spécialisée dans l'évasion fiscale du conglomérat. Par prudence, Michelis n'avait jamais aucun contact direct avec la mafia. Il n'était en affaires qu'avec Castelvieux et sa société, CredAto, qui jouait les intermédiaires – écran entre la banque et ses clients mafieux. Écran, mais aussi coupe-circuit : en cas de gros pépin, l'intermédiaire saute, d'une façon ou d'une autre, et la police ou le fisc ne peuvent plus remonter jusqu'à la banque. C'est pourquoi Castelvieux avait jugé prudent de prendre les devants et de disparaître. Au temps de la lune de miel, Michelis l'avait emmené passer une semaine de vacances à Grand Cayman, pour sceller l'accord et le présenter aux patrons d'InterBank. Une île plate, sans charme, avec une végétation naturelle étriquée et une concentration ahurissante de richesses étalées au grand jour. Des Maserati, des Ferrari, des Rolls-Royce par dizaines, sur la seule route goudronnée de l'île, longue de trente kilomètres. Des embouteillages de jets privés à l'aéroport, des villas d'une cinquantaine de pièces en bord de mer, quasi vides à longueur d'année. Stevie, le directeur d'InterBank, les avait accueillis chaleureusement dans sa modeste villa de huit pièces (« Moi, j'y vis toute l'année, dans cette maison, disait-il, plus grand, je me sentirais seul »). Il les avait distraits, Jet Ski, voilier, pêche au gros. Dans toutes ces disciplines, Stevie était un athlète remarquable. Amphètes, coke et putes pour finir les soirées. Castelvieux avait même eu droit à un simulacre d'idylle au bord de l'eau avec la secrétaire d'InterBank, maîtresse intermittente de Stevie, une splendide métisse du nom de Carolina. Souvenirs teintés d'émerveillement, peut-être d'un peu de nostalgie…

Et d'une touche nauséeuse : après un après-midi entier de Jet Ski et de jetpack dopé à la coke, Carolina et une de ses copines bien disposée à l'égard des hommes qui savent payer les rejoignent sur la plage. Barbecue et rhum des îles, puis baise à la sauvage. Ils partent en pleine nuit, oubliant la copine endormie nue sur une serviette de bain. Stevie prend le volant pour rentrer chez lui, pendant que Ludovic et Carolina s'assoupissent, enlacés sur le siège arrière. Choc, embardée, réveil brutal. Stevie, à demi conscient, marmonne qu'il vient de renverser un piéton. Les trois bringueurs descendent de la voiture, se penchent sur le corps à terre. Manifestement mort. Manifestement porteur d'un uniforme de flic. Ça dessaoule d'un coup. Moment de panique, regards affolés alentour. Personne. Ils remontent dans la voiture, qu'ils vont planquer dans le garage de la villa de Stevie.

Le lendemain, Stevie présentait Ludovic à son adjoint à InterBank, un certain Mike Burrough, bon vivant rondouillard et placide, qui, au cours d'une soirée de nouveau très gaie et très arrosée, lui avait fait signer un contrat mirifique qui assurait à sa société CredAto le versement automatique sur un compte d'InterBank d'une commission de un pour cent sur toutes les transactions qui transiteraient par CredAto. Le surlendemain, il reprenait l'avion pour Montréal. Et Stevie quittait Grand Cayman un mois plus tard. Étonnant. Il semblait si bien adapté à la vie dans cette île où tout était permis. Sans doute les conséquences fâcheuses de l'accident d'auto. Burrough avait pris sa succession.

Le compte de CredAto, donc le sien, devrait s'élever aujourd'hui, si ses calculs sont exacts, à la somme de deux millions de dollars. Somme qu'il entend récupérer dans les heures qui viennent, et mettre à l'abri loin de Montréal.

Après l'atterrissage, il se rend au bar de l'aéroport, commande un sandwich et une bière, puis téléphone à Burrough.

– Allô...

L'homme est mal réveillé.

– Bonjour Mike. Ludovic à l'appareil, ou Louis Chauveau, comme vous voulez... Je voudrais vous rencontrer.

– Quand ?

– Tout de suite.

– Un dimanche... Mais où êtes-vous ?

– À côté de chez vous, à l'aéroport.

– Vous auriez dû me téléphoner avant de prendre l'avion. Vous savez que la situation est difficile à Montréal...

– La mort de Bonelli risque de déclencher des investigations policières, c'est ça ?

– Oui, et ce n'est jamais bon pour les banques. J'ai passé la nuit en liaison avec Michelis. Nous avons réalisé quelques opérations de sécurisation.

– Je l'imagine, mais je ne viens pas pour traiter ces questions, mais pour solder mon compte, enfin, celui de CredAto.

– Michelis l'a bloqué cette nuit.

Tremblement de terre.

– Comment ?

Ludovic voudrait hurler, mais il n'a plus de voix, ses jambes le lâchent.

– Oui, il a estimé que c'était nécessaire, compte tenu de la façon dont vous êtes parti, sans dire au revoir, je crois.

– Mais vous n'avez absolument pas le droit de faire ça...

– Vous ne vous souvenez pas du contrat que vous avez signé ici même avec moi, il y a deux ou trois ans ?

Silence. Mike reprend :

– Je vous rafraîchis la mémoire. Le droit de blocage du vice-président de PE-Credit Montréal sur le compte de CredAto y était bien spécifié, noir sur blanc. Si vous voulez toucher votre argent, ou le transférer, c'est possible, bien sûr, mais il me faut l'aval de Michelis.

Ludo coupe la conversation. Il vacille. Commande un rhum. J'ai pris des risques et travaillé pendant deux ou trois ans pour vingt mille dollars. Moins qu'un serveur dans un bar. J'ai bossé pour des arnaqueurs. Moins violents mais plus efficaces que les dealers avec qui je faisais des affaires autrefois à Paris. Je ne peux pas me laisser faire. Résister. Comment ? Un contrat entre arnaqueurs aux Caïmans, ça peut toujours évoluer. Mais il faut que je trouve un intermédiaire, un moyen de pression. Stevie, celui que j'avais rencontré il y a deux ans, il n'avait pas l'air aussi coriace que les autres. Plutôt sportif et baiseur. Peut-être pas au courant de la clause de blocage, c'est sûrement Michelis et Burrough qui ont monté la combine. Mais avec assez de poids dans la maison pour être écouté, s'il est bien motivé. Ce que nous avons vécu ensemble (brève image du mort allongé sur la route dans son uniforme, retour de la nausée), ça crée des liens. Et si jamais il l'a oublié, je peux le lui rappeler, ce sera un argument efficace pour le persuader de faire pression au plus haut niveau pour me faire transférer mon compte. C'est lui l'intermédiaire dont j'ai besoin. Ma seule chance. Il est parti bosser à Paris, d'après ce que m'a dit Carolina, qui le tient régulièrement au courant de la situation dans l'île. Elle me donnera ses coordonnées. Lui téléphoner tout de suite ? Très risqué ici, pour elle et pour moi. Non, ici pas la peine d'essayer. Grand Cayman est un village, Burrough, InterBank, PE sont de la famille, je me ferais arrêter, tabasser et mettre en taule pour une durée indéterminée en moins d'une demi-heure. Possible que Burrough ait déjà prévenu les flics et qu'ils soient à ma recherche en ce moment même. Deuxième rhum. Je ne retournerai pas à Montréal, Michelis le sait, trop dangereux pour moi. Retour à Paris, risqué ? Pas tant que ça, si je ne m'éternise pas. Je peux faire le détour par l'Espagne, avec mon passeport canadien, personne ne me verra entrer… J'appellerai Carolina de Madrid pour qu'elle me donne les moyens de joindre Stevie à Paris. Je ne peux pas regarder filer deux millions de dollars sans bouger.

Prochain avion pour Miami dans moins d'une heure.

Lundi 15 avril
Levallois-Perret.

Nicolas Barrot arrive à son bureau, au siège social d'Orstam, vers 8 heures, comme chaque matin. Jeune trentenaire joufflu, à la mise correcte sans élégance, il a toujours un petit frisson de plaisir et de crainte quand il appuie, dans l'ascenseur, sur le bouton du dixième étage, celui des bureaux de la direction. Frisson de plaisir d'être en poste à l'étage des chefs, frisson de crainte d'en être chassé comme un usurpateur. Lui qui vient d'une ville perdue de province, où il a fait une école de commerce médiocre, il est depuis deux ans le conseiller privé du président. Parce qu'il est jeune, dynamique, inventif, le président l'utilise comme une boîte à idées et pour des missions non officielles. Parce qu'il ne sort pas des bonnes écoles et ne dispose donc pas de réseaux d'influence, il peut servir de fusible de sécurité et sauter à tout moment si la situation l'exige. Il en est parfaitement conscient, mais n'entend pas faire de vieux os dans l'entreprise, il compte sur sa proximité avec les hautes sphères pour se constituer au plus vite un carnet d'adresses, tremplin indispensable à une ascension sociale qu'il rêve rapide.

Ce matin, il est de bonne humeur, parce qu'il fait beau et qu'il n'a aucune raison particulière d'être préoccupé.

Jusqu'à ce qu'il ouvre son ordinateur d'un geste machinal et consulte sa revue de presse. Et le ciel lui tombe sur la tête. L'agence Bloomberg annonce l'arrestation à JFK de M. Lamblin, directeur de l'activité chaudières d'Orstam. Affaire de corruption, dit l'agence. La nouvelle est accompagnée d'une photo terrifiante : prise de trois quarts arrière, pour que l'on voie bien les mains menottées dans le dos, l'homme est entouré de deux solides policiers, dont les uniformes sombres font ressortir le visage livide du prisonnier, qui, tourné vers le photographe, prend le flash en pleine face, décomposé par la stupeur et la peur. La stupeur et la peur sont aussi les premières réactions de Barrot. Il se voit sur la photo, menotté, à la place de Lamblin.

À ce moment précis, sonnerie du téléphone. Encore sous le choc, Barrot décroche sans réfléchir.

– Salut Nicolas… (Barrot reconnaît la voix de Sidney Morton, un journaliste américain en poste à Paris avec lequel il a toujours entretenu de bonnes relations. Mais aujourd'hui, cette voix...) Sidney à l'appareil... Vous savez pourquoi je vous appelle ? Un cadre de chez vous s'est fait arrêter ce week-end à New York. Une affaire de corruption, d'après l'agence Bloomberg. Vous pouvez me dire quelles sont vos premières réactions ?

– Sûrement pas.

Et Barrot raccroche. Avis de tempête, il faut que je me bouge. Première priorité : vérifier avec le service de presse, pour qu'il prépare un communiqué en langue de bois. Et voir Carvoux, le grand manitou. Nicolas, mon vieux, va falloir t'accrocher. Affronter une de ces explosions de colère ultraviolentes qui ont rendu célèbre le patron d'Orstam. Et il a de quoi être en colère parce que, à la différence des procès antérieurs pour corruption avec la Banque mondiale ou la Norvège, qui s'attaquaient à des contrats passés avant son règne, cette fois-ci, il a validé lui-même les contrats douteux qui ont conduit Lamblin en prison, il est en première ligne, juste derrière Lamblin, qui a effectué les versements d'argent sur ses ordres. Et juste devant moi, qui ai négocié les montants de commissions frauduleuses de même nature sur d'autres contrats du même type il y a moins d'un mois, songe Barrot. Il se lève, s'étire, fait craquer ses articulations, respire à fond lentement deux fois et se dirige d'un pas qu'il veut tranquille vers le bureau du président.

Dans le bureau directorial, avec vue sur la Défense et mobilier standard de luxe, Carvoux, le grand patron, est debout, face à la baie vitrée. Il se retourne, l'air grave, il fixe Barrot sans un mot. Contre toute attente, aucune trace de colère, le grand patron est d'un calme olympien. Après un temps de silence, il finit par s'asseoir et fait signe à Barrot d'en faire autant.

– Ne vous fatiguez pas, je connais la nouvelle. J'ai décidé de vous confier la gestion du dossier Lamblin en interne.

– À moi, monsieur ? (Barrot a presque crié de surprise.) Croyez-vous que j'aie la carrure, l'autorité nécessaires dans cette maison pour une telle mission ?

– Ce n'est pas une question de carrure ou d'autorité. Pour que les choses soient bien claires entre nous, je vais vous expliquer pourquoi je vous confie cette tâche. (Grand sourire carnassier.) Vous m'êtes redevable de votre situation et vous n'avez pas les moyens de me doubler, vous avez donc toute ma confiance… (Barrot ferme les yeux. Imparable. Bouffée de haine). Ensuite, vous avez déjà géré récemment « l'huile dans les rouages » d'un contrat asiatique, vous êtes donc parfaitement au courant de ce type de dossiers et vous avez un intérêt personnel à ce que le cas Lamblin soit bien géré et ne vire pas à la catastrophe en chaîne pour toutes sortes de prétendues affaires de corruption.

Enfin, la gestion de cette affaire est simple. La ligne est claire. Un : Orstam n'est pas coupable. Deux : Nous assumons la défense de Lamblin tant qu'il reste sur cette ligne. Votre travail consiste simplement à éviter les fuites et les ragots dans l'entreprise. Discrétion absolue. La justice américaine y tient. Et vous faites écran, dans ce dossier rien ne remonte jusqu'à moi. Je m'occupe, avec le service de presse, des médias et des contacts extérieurs à l'entreprise. On est bien d'accord ?

– Dans l'entreprise, monsieur, cela me semble possible. Mais au-dehors ? La photo est publiée par l'agence Bloomberg, la presse va se précipiter, le précédent Strauss-Kahn…

– Rien à voir, Nicolas, gardez votre calme. Lamblin est un inconnu, pas un candidat à l'élection présidentielle. Seule la presse économique est susceptible de s'y intéresser. Notre département presse se chargera d'en calmer les ardeurs. Il expliquera que Lamblin n'est pas un cadre important de notre entreprise, que nous n'avons pas une connaissance exacte du dossier, mais que nous assurons sa défense, comme pour tous les membres de notre entreprise, et que, pour la sécurité de Lamblin lui-même, la retenue est de rigueur. Et cela marchera. Au pire, nous aurons quelques brèves dans des publications spécialisées. Auprès de ces médias, nous avons quelques arguments à faire valoir. Vous, si vous êtes contacté par des journalistes, renvoyez-les sur le département presse.

– Bien monsieur. Je ferai de mon mieux.

– Vous me ferez un rapport tous les jours. Bon travail, Nicolas.

Barrot se réfugie dans son bureau, tout au fond du dixième étage. Il se sent perdu, il faut se calmer, réfléchir. Il ne parvient pas à se débarrasser d'une impression bizarre. Trop calme, le grand patron. Comme s'il s'attendait à l'arrestation de Lamblin... L'ombre d'un doute... Et me mêler à cette affaire... Trop grosse, aucune maîtrise... Et si c'était ma chance ? Il rêvasse quelques instants. Cette crise peut-elle marquer un tournant dans ma carrière ? Ça vient trop tôt, trop vite...

Il est assis devant son ordinateur, il se dit qu'il a le droit de se faire du bien. Barrot est un provincial célibataire et ambitieux, ses horaires de bureau sont donc délirants et, après deux ans de vie parisienne, il n'a toujours ni compagne ni ami. Son seul petit bonheur, son jardin secret, c'est la consommation régulière de massages relaxants. Massages naturistes. Écolos, zen et jouissifs. Dans l'air du temps. Buck, un Américain du service Stratégie, célibataire lui aussi, lui a donné le tuyau, et l'adresse d'un bon salon qu'il fréquente régulièrement depuis un an. Il pianote sur son ordinateur et obtient rapidement un rendez-vous pour ce soir,

20 heures, avec Lara, sa masseuse attitrée, dans la cabine 5, celle qu'il préfère.

Plus calme, il se met enfin au travail.

Préfecture de police de Paris.

La commandante Noria Ghozali, vingt-cinq ans de carrière dans la police, fait une halte à la brasserie des Deux-Palais, sur l'île de la Cité, à mi-chemin entre le palais de justice et les bâtiments de la préfecture de police de Paris, où est logée la direction des renseignements parisiens. Lieu de mémoire. Macquart, qui fut si longtemps le patron des Renseignements généraux parisiens, y venait régulièrement déjeuner sur le pouce, boire un coup. Macquart, le premier à remarquer la petite Maghrébine de vingt ans, solitaire, passionnée, mal dans sa peau et dans son commissariat de quartier. Il l'avait fait venir près de lui, aux RG parisiens. Les débuts n'avaient pas été faciles.

Elle se souvient des blagues racistes, sexistes, des sous-entendus sur ses relations avec le patron ou sur ses pratiques religieuses supposées. Macquart, toujours présent, toujours bienveillant, n'intervenait jamais : à elle de se faire sa place, toute seule. À force de serrer les dents, de travailler, d'avoir des résultats, elle était arrivée à gagner l'estime de ses collègues. Mais pas leur amitié. Trop dure, trop violente. Elle avait bien eu quelques crises de fatigue et de découragement, mais Macquart était là, avec son sourire inquiétant, lèvres serrées, il lui disait : « La police, c'est ton identité et ta famille, et tu es un grand flic. Alors tu continues. » Il avait raison, elle continuait. Il n'y avait rien d'autre dans sa vie.

Elle se souvient. Il y a cinq ans, elle était assise à la même place et mangeait une omelette au fromage, Macquart, sur la banquette en face d'elle, buvait un verre de rouge. Il s'asseyait toujours sur la banquette et surveillait discrètement la salle pendant tout le repas. La DCRI (Direction centrale du Renseignement intérieur) venait d'être créée et elle avait vocation à régner sur le renseignement intérieur et à absorber les effectifs des Renseignements généraux. Mais les RG parisiens faisaient de la résistance. Noria devra choisir : la DCRI ou la Direction du Renseignement de la Préfectre de police de Paris, résidu des RG, réduite à presque rien et mal vue du povoir. Pour Macquart, le choix était clair :

– La DCRI est le nouveau joujou des politiques, elle va avoir le vent en poupe et va tout bouffer. Il n'y a pas d'avenir professionnel pour toi en dehors de la DCRI, et je veux te voir commissaire avant de mourir.

À quelques tables de là, le commissaire Daquin, le patron des stups parisiens, buvait un verre avec un autre « grand flic ». Quand ils s'étaient levés pour partir, Macquart avait fait signe à Daquin, qui les avait rejoints, s'était assis sur une chaise à côté d'elle et avait commandé un café-cognac. Macquart lui avait posé le problème : Pour Noria, la DCRI ou la DRPP ? Réponse :

– La nouvelle boutique aura pour fonction première de permettre au gouvernement de contrôler le renseignement pour éviter toutes les fuites compromettantes pour lui et les affaires judiciaires encombrantes. Elle sera aux mains des anciens de la DST. Ceux qui viendront des RG n'y trouveront pas leur place. Les deux cultures sont trop différentes.

Noria connaissait mal Daquin et ne l'aimait pas. Elle n'avait pas tenu compte de son avis. Aujourd'hui, elle est chassée de la DCRI, elle va réintégrer ce qui reste des RG parisiens, elle reconnaît que Daquin avait raison. Et se souvient de l'odeur de son café-cognac. Courage, il est temps d'y aller.

Elle monte dans les étages. Elle a été affectée dans un secteur qui travaille sur la sécurité des entreprises, un domaine actuellement en sous-effectif, elle va devoir faire équipe avec deux trentenaires, jeunes hommes assez compétents dans leur domaine, lui a-t-on dit, un domaine dont elle ignore tout, et elle sera leur supérieur hiérarchique. Situation compliquée. Comment gérer le premier contact ? Miser sur la sincérité, même si je dois me faire violence.

Elle arrive devant la porte du bureau 609, pas loin de celui qu'elle a occupé pendant tant d'années. Elle cogne, elle entre. Deux jeunes hommes sont en train de pousser des meubles pour faire de la place à un troisième bureau. Le sien. Ils se redressent, la dévisagent, s'essuient les mains et se présentent.

– Capitaine Fabrice Reverdy.

Noria le trouve surprenant, mais pas désagréable. Il est grand, mince, une gueule de crapule angélique, une tignasse blonde exubérante, décoiffée avec art. Une allure décontractée dans sa chemisette Lacoste rouge vif, son jeans et ses baskets noirs, pas vraiment le genre de flic que Noria a fréquenté ces derniers temps. Le patron de la DRPP lui avait dit « intelligent et débrouillard », elle pense d'abord « beau gosse ». Ils se serrent la main, ils se sourient. Reverdy a un sourire de chérubin.

– Lieutenant Christophe Lainé.

Jeune homme plus anodin, genre employé de bureau passe-partout, mais une belle lueur dans ses yeux gris. Poignée de main.

Puis Noria pose une fesse sur l'un des bureaux.

– Je suis la commandante Noria Ghozali. J'ai vingt ans de RG dans ma carrière, au « travail clandestin ». Puis cinq ans à la DCRI, à l'antiterrorisme. Il y a deux mois, j'ai appris que l'un de mes frères, que je n'avais pas revu depuis mon adolescence, était parti faire le djihad en Syrie. J'ai immédiatement prévenu mes chefs, donné toutes les informations dont je disposais...

Noria ferme les yeux, la parole suspendue, flots de souvenirs violents. Elle se revoit, en février dernier, face aux deux commissaires qui dirigent la section antiterroriste de la DCRI. Deux commissaires, parce que la DCRI ressemble un peu à l'armée mexicaine, plus de généraux que de soldats. Il a fallu dédoubler pratiquement tous les postes de commandement pour parvenir à caser tous ces hauts gradés. Elle avait fait un rapport court et clair sur ce qu'elle venait d'apprendre. Sa famille perdue de vue depuis trente ans, revue la veille à l'enterrement du père, la nouvelle du départ du plus jeune frère, Achour, au djihad en Irak depuis décembre dernier. Elle avait embrayé sur les pistes de recherche possibles pour la DCRI. Achour lui-même, trente-quatre ans, un métier qualifié dans les télécoms, compensait depuis quelque temps ses frustrations professionnelles par une pratique plus intense de la religion et un discours exalté sur l'État islamique en Irak (EII), la reconquête de la Syrie, le pays de Cham, la terre où il voulait vivre, combattre et mourir, parce que Mahomet avait prédit qu'elle serait la terre de la bataille de la fin des temps entre chrétiens et musulmans.

Noria se souvient. Elle avait lourdement insisté sur le fait qu'Achour n'était pas isolé, ici en France. Il n'était pas parti seul, sur un coup de tête. Il avait été cherché, sollicité, encadré, formé sur le plan religieux et soutenu sur le plan financier jusqu'à son départ, alors qu'il avait quitté son emploi. On lui avait donné des billets d'avion, il était attendu sur place. Ses contacts lui avaient permis d'anticiper de plusieurs mois l'entrée de l'EII en Syrie. Tout un champ d'investigations s'ouvrait pour la DCRI autour de cet homme, pour identifier ses amis, ses relations, sa banque, son lieu de prière, ses réseaux…

Pas de réaction.

– Si l'EII parvient à s'enraciner en Syrie, la restauration du califat qui tourne dans le discours djihadiste depuis Ben Laden sans parvenir à se poser pourrait trouver là enfin sa terre promise. Réalisez-vous la force d'attraction qu'aurait l'unité retrouvée entre la prophétie coranique et le berceau des grands empires arabes ?

Aucun écho.

Elle revit intensément cette sensation de discourir seule, à haute voix, dans un blockhaus désert.

Elle reprend, en maîtrisant sa voix :

– Mes chefs m'ont écoutée sans un mot. Puis ils m'ont remerciée, m'ont serré la main et congédiée. Le lendemain matin, quand je suis arrivée à la DCRI et que j'ai présenté, comme d'habitude, mon badge dans le sas de l'entrée, il ne fonctionnait plus. J'étais virée. Et me voici.

Noria revit la violence bureaucratique de la procédure, son badge n'ouvre pas le sas, l'agent d'accueil vient à sa rencontre, lui fait passer la porte d'entrée, lui remet une convocation à son nom chez le directeur des ressources humaines, celui-ci lui signifie le retrait de son habilitation secret-défense, façon de dire qu'elle est virée, et lui donne une heure pour récupérer ses « effets personnels ». Elle n'a pas d'« effets personnels ». Dans son bureau, dans sa vie, tout appartient au secret-défense. Ensuite, ça s'enchaîne très vite. Dans les couloirs, les regards se détournent déjà, personne ne la salue. Étrangère. Suspecte. Et elle se retrouve dehors, sur le trottoir.

– Les Renseignements parisiens m'ont réintégrée, et je leur en suis reconnaissante. Mais impossible de me garder à l'antiterrorisme ou à l'immigration sans déclencher une guerre ouverte avec la DCRI. Me voilà. Chez vous, j'ai tout à apprendre. Et je suis votre commandante.

Dans le petit bureau, un long temps de silence. Puis Reverdy dit :

– Commandant Ghozali, vous étiez encore aux Renseignements généraux quand j'y suis entré. Vous ne me connaissez pas, mais moi, je me souviens de vous. Respect. Bienvenue à la DRPP. Vous êtes ici chez vous. Nous vous avons préparé ce bureau avec les moyens du bord. Il vous convient ?

Lainé va chercher des cafés à la machine de l'étage, tous trois s'asseyent et Reverdy parle de leur service.

– Il y a quelques mois, le service Sécurité des entreprises comptait huit personnes, pour l'ensemble de la région parisienne. C'était déjà impossible de tout couvrir. Après des mutations et des départs divers, nous n'avons plus été que deux, trois maintenant avec vous. Les patrons parlent de « redémarrage »... Nous avons des secteurs prioritaires, l'énergie et les technologies nouvelles. Et nous travaillons à l'ancienne, en privilégiant les relations humaines. Nous fréquentons les salles de gym, de sports, de jeux en tout genre où les employés des entreprises que nous ciblons se retrouvent. Nous détenons, Lainé et moi, au moins une action de chaque boîte que nous suivons, nous assistons aux AG des actionnaires. Autre porte d'entrée, les anciens flics, très nombreux, qui peuplent les services de sécurité des entreprises.

Reverdy aime parler, il le fait sur un ton léger, comme s'il s'agissait d'un vaste jeu de rôles.

– Nous recueillons beaucoup de potins et quelques informations, dont nous ne savons pas trop quoi faire, compte tenu du peu d'intérêt qu'elles suscitent en général, conclut-il.

Noria sait écouter et trouve le blond capitaine plaisant.

Les deux hommes lui remettent un paquet de documents, de notes, de rapports pour qu'elle se familiarise avec le service. Le travail d'équipe commencera demain.

En attendant, Noria, passionnée de cinéma noir américain, décide de profiter de la proximité des cinémas d'art et d'essai du Quartier latin pour aller voir ce qui se joue au Grand Action, à deux pas de la préfecture.

Chapitre 2

Mardi 16 avril
Levallois-Perret.

Gilbert Lapouge, le directeur du service financier d'Orstam, et Maurice Sampaix, son plus ancien collaborateur, se concertent rapidement avant une réunion de direction du service. Les deux hommes, la cinquantaine avancée, bedonnants, un peu chauves, l'air sérieux et portant des costumes gris de confection, se ressemblent et se font confiance.

– Vous êtes au courant de l'arrestation de Lamblin à New York ?

– Oui, j'ai appris ça hier. Depuis le 25 février, j'ai une alerte « justice américaine » dans ma revue de presse.

– Et vous en pensez quoi ?

– Manœuvre d'intimidation musclée. Cet imbécile est parti malgré la circulaire de mise en garde…

– Le patron ne réagit pas…

– Tétanisé ?

– Ce serait utile d'organiser une rencontre discrète avec nos banquiers américains pour savoir comment ils voient les amendes, sanctions et autres dans les mois qui viennent.

– Oui, ça serait utile.

– Allez-y, Maurice, organisez-la, et le plus tôt sera le mieux.

– Je préviens le patron ?

– Bien sûr.

Paris.

– Allô, Alice ?

– Qui est à l'appareil ?

– Ludovic. Tu ne reconnais plus ma voix ?

– Ludovic… (Un temps de silence.) Où es-tu ?

– Ici, à Paris.

Nouveau silence.

– Alice, il faut que je te voie. Je sais que je suis un salaud, que je t'ai mise en danger et que je me suis tiré. Mais souviens-toi, si j'étais resté, j'allais en taule... Je n'avais pas d'autres solutions.

– Tu risques toujours d'y aller, en taule, tu sais, tu as été condamné par contumace, et tes copains y sont bien, eux. Pourquoi ne m'as-tu pas prévenue de ton retour ?

– Je suis parti très vite, ce n'était pas prévu. Je suis dans la merde, Alice. J'ai besoin de ton aide.

– Donne-moi une seule bonne raison de t'aider.

– J'en ai une seule, mais elle est très bonne. Nous avons vécu ensemble la grande vie pendant toute une année de passion, d'aventure, de fric et de bonheur. Je sais que tu ne la regrettes pas. Je te demande juste un battement de cils, ce regard que tu avais autrefois qui me rendait fou. *In memoriam.*

– Tu avais préparé ta plaidoirie.

Ludovic entend le sourire dans sa voix, il le voit.

– Un peu. J'ai failli être avocat, tu te souviens ? Dis-moi quand je peux venir te voir.

– Ah non, sûrement pas. J'ai changé de vie, Ludo. Je suis à peu près mariée à un brillant jeune avocat plein d'avenir, qui n'a aucun sens de l'humour, ni aucune sympathie pour le genre de vie que nous avons menée ensemble, toi et moi, à cette époque-là.

– Alors où ?

Un temps d'hésitation, puis Alice se décide :

– Au Wepler, place de Clichy. Un endroit où personne ne nous connaît. Dans une heure.

Quand Ludovic arrive au Wepler, Alice est déjà assise au fond de la salle, plongée dans la contemplation d'un bock de Leffe posé sur la table devant elle. Il tressaille, bien plus ému qu'il ne le souhaiterait. Cette fille mince, son joli visage blanc et rose, ses yeux clairs, ses cheveux châtains mi-longs, sagement coiffés, là, sur la banquette du Wepler, qui pourrait croire ? Lui remontent en bouffées chaudes tous les souvenirs des soirées de délires cocaïnés et de baises sportives. Alice toujours partante, Alice toujours inventive, qui aimait par-dessus tout le risque, le jeu, l'adrénaline. Il l'avait enterrée pendant trois ans et, maintenant, il réalise qu'elle lui manque. Il s'approche de sa table, commande une deuxième Leffe, s'assied à côté d'elle et entame :

– Je suis à Paris depuis hier soir minuit. Et je t'ai appelée ce matin. Je te regarde depuis cinq minutes et je comprends à quel point tu m'as manqué.

– Arrête, s'il te plaît. Où étais-tu pendant ces trois ans ?

– J'ai travaillé dans une banque…

– Où ?

– Quelque part en Amérique. J'y faisais des opérations un peu limite, mais pas trop, tout roulait. Je travaillais avec des Italiens. Et puis les Russes sont arrivés.

– Des mafieux ?

– On peut dire ça comme ça, oui, si tu veux. Une guerre des mafias. Au bout de deux morts, j'ai pensé que j'allais être le troisième et j'ai préféré partir. En un peu moins de trois ans, j'ai gagné beaucoup d'argent, mais la somme est bloquée dans une banque, et je suis ici, à Paris, pour la récupérer. Voilà toute l'histoire.

– Qu'est-ce que tu veux de moi ?

– Que tu me trouves un logement. Le fric, ça va pour l'instant. Et dans quelques jours, bingo.

– Tu n'as pas besoin de moi pour te loger si tu as du fric.

– Si. Je ne veux pas me faire repérer et donc je ne peux pas utiliser mes papiers. Les mafieux me cherchent sous mon nom américain, la police sous mon nom français. Tu me l'as rappelé toi-même, j'ai une condamnation par contumace sur le dos, je suis un fugitif. (Grand sourire.) C'est romantique, mais il ne faut pas que je m'éternise.

Alice passe son doigt sur les lèvres de Ludovic, humides de bière, ourlées de mousse.

– Tu es mon double crapuleux.

Ludovic rêve que tout n'est pas perdu. Elle prend son portable et, au bout de trois appels, trouve un ami en voyage professionnel au Brésil qui accepte de prêter son appartement à un ami d'Alice.

– Il faudra que tu sois parti le 26 avril au plus tard.

– Dix jours, cela devrait suffire. Je compte bien avoir réglé tous mes problèmes avant cette date.

– Alors, allons-y, je t'emmène.

Mercredi 17 avril
Paris.

Castelvieux se réveille lentement, met quelques secondes à réaliser où il se trouve. Appartement inconnu, Alice, il reprend pied. Il se lève, vacille jusqu'à la cuisine, Alice a rempli le frigo. Pincement au cœur. Cette femme... Il mange un yaourt, un morceau de gruyère, boit un verre de lait, puis s'affale dans un fauteuil, le regard dans le vide. Une condamnation par contumace au-dessus de la tête, il faut faire vite. Rencontrer Stevie.

Des années à la tête d'InterBank, c'est un homme d'influence. Il doit savoir un tas de choses sur un tas de gens, il a les moyens de faire pression sur Michelis pour débloquer mon compte, s'il le décide. Carolina m'a donné son numéro de portable sans hésiter, c'est bon signe. Téléphoner, prendre rendez-vous, facile. Mais après, comment jouer le coup ? Amorcer la rencontre sur le ton du copinage, ou menacer sans préalable ? Les soirées bien arrosées, amicales ou piégeuses ? Organisées pour le plaisir ou pour me faire signer n'importe quoi ? Stevie complice ? Stevie inconnu.

Ludovic prend lentement conscience de sa naïveté et de son isolement. Pas le choix. Deux millions de dollars... Il vérifie l'heure, 9 h 35, et prend son portable.

– Stevie ? Ludovic Castelvieux, ou Louis Chauveau, si vous préférez. (Silence. Ludo entend son correspondant respirer.) Surpris ?

– Plutôt, oui. Mais pas mécontent. Vous me rappelez quelques bons souvenirs de ce petit paradis perdu. Comment allez-vous ?

– Pas très bien. J'aimerais vous rencontrer pour évoquer avec vous quelques épisodes de ce bon vieux temps. C'est possible ?

– Bien sûr. Quand voulez-vous ?

– Ce soir ?

– À 19 heures au bar du Sofitel de la porte Maillot ?

– Ça me va très bien. À tout à l'heure Stevie, et merci.

Quand la communication est coupée, Stevie respire à fond deux ou trois fois, prend son téléphone, un numéro à Montréal. Dès qu'il obtient son correspondant :

– Vous aviez raison, Carolina avait vu juste, il vient de m'appeler.

– Et ?

– J'ai rendez-vous ce soir à 19 heures au bar du Sofitel Maillot.

– Nous ferons notre possible, mais c'est un peu précipité pour nous. Prenez un autre rendez-vous, dans deux, trois jours, pour assurer le coup, et informez-nous dès que possible.

– Je le ferai. Mais on est bien d'accord : aucun contact direct.

– Il n'y en aura pas.

Fin de la conversation.

Il ouvre le tiroir du bas de son bureau, prend une boîte, une bouteille de whisky, avale deux pastilles et une rasade au goulot de la bouteille, range son arsenal et se remet au travail.

Levallois-Perret.

En fin de matinée, Nicolas Barrot reçoit un appel de Sidney Morton, le journaliste américain qui l'a appelé deux jours plus tôt pour le questionner sur ses réactions à l'arrestation de Lamblin.

– Nicolas, j'ai des nouvelles confidentielles pour toi. Si tu ne me raccroches pas au nez.

– Tu n'es pas rancunier. Tant mieux pour moi. Dans une heure pour déjeuner au Café de la Jatte ?

Barrot n'a pas oublié les consignes : renvoyer vers le département presse. Mais un journaliste américain peut toujours être utile à sa carrière. Il saura être prudent. Et il aime le Café de la Jatte, un ancien hangar où l'Opéra de Paris stockait ses décors, aménagé en restaurant accueillant et mode, à deux pas du siège d'Orstam. Dans ce lieu, lui, le petit provincial, se sent devenir parisien.

Il fait beau, il y va à pied, longe le quai de la Seine, franchit la passerelle piétonne, traverse les jardins de l'île de la Jatte, entre dans la grande salle du restaurant, dont le plafond est décoré du squelette d'un monstrueux plésiosaure qui lui est devenu familier, Morton l'attend dans un coin un peu à l'écart, petite table ronde et deux fauteuils bas et profonds. Barrot, d'humeur pétillante, commande une coupe de champagne, Morton s'en tient au whisky. Ensuite, ce sera deux confits de veau et une bouteille de rosé. Dès que le maître d'hôtel est parti, Morton enclenche :

– Alors, on fait la paix ?

– Il me semble.

– J'ai des nouvelles qui vont t'intéresser. Tu me renverras l'ascenseur ?

Barrot sourit :

– Promis.

– Lamblin est toujours au secret, à Wyatt, Rhode Island...

– Ça, je sais.

– ... Il a trempé dans une sale affaire de mœurs il y a quelques années. Baise et cocaïne avec une mineure américaine pendant une soirée mondaine. Le FBI a un dossier complet. Tu vois le topo ?

Barrot ferme les yeux. La photo, le visage livide de Lamblin, tout s'explique ? Pas si vite.

– Une manipulation de la police américaine est-elle impensable ?

– Avec la police américaine, on ne peut rien exclure *a priori*. Mais ça ne change pas grand-chose. Lamblin n'est pas un sous-fifre, c'est le directeur d'un département d'Orstam. Si ses turpitudes réelles ou supposées s'étalent dans les journaux new-yorkais, l'effet sera désastreux pour l'image d'Orstam.

– Bien d'accord.

– Donc silence, prudence tant que le procureur n'a pas décidé de rendre tout ça public. Mais tu me tiens au courant des répercussions dans la boîte, quand il y en aura.

– Autre chose ?

– Insatiable, dis-moi ! Anglish, le directeur adjoint d'Orstam-États-Unis il y a quelques années, a été arrêté il y a un an et vient de choisir de plaider coupable. C'est-à-dire qu'il va balancer tout le monde.

– J'ai aussi lu ça dans la presse américaine ce matin, le procureur a fait une conférence de presse…

– Alors, tu es aussi au courant de la perquisition au siège d'Orstam-États-Unis et du million de mails saisis ?

– Oui.

– Pas sûr que vous teniez longtemps sur la ligne de l'innocence.

– Ce que je ne comprends pas, c'est à quoi sert maintenant Lamblin. Si le procureur a des preuves écrites, il n'a pas besoin de son témoignage.

– Il sert à foutre la trouille aux cadres d'Orstam, Nicolas, ne sois pas naïf. Tu n'as pas la trouille ?

Dans l'après-midi se tient la rencontre entre le service financier et la Eastern-Western Bank, qui gère les intérêts américains d'Orstam. Elle a lieu dans la salle de réunion du service financier, au troisième étage, sans grand apparat. Carvoux a donné son feu vert à l'initiative de Lapouge, mais a prévenu qu'il ne viendrait pas. Il a envoyé Nicolas Barrot en observateur et l'a chargé de lui en rendre compte. Lapouge préside donc la réunion, que Sampaix va alimenter avec l'épais dossier plein de chiffres et de courbes qu'il a posé devant lui. Howard Simson, PDG de la filiale française de la banque américaine, arrive pile à l'heure. C'est un Américain grand, mince, élégant, cheveux gris soigneusement mis en plis et costume sombre à fines rayures, sur mesure. Il distribue sourires et poignées de main et présente :

– Mme Taddei, ma collaboratrice, qui m'accompagne.

Une ravissante quadragénaire aux cheveux mi-longs très noirs et à la silhouette élancée, une Italo-Américaine pur jus. Elle salue les uns et les autres, serre la main de Barrot un peu trop longtemps, avec un sourire appuyé. Barrot a juste le temps de se demander s'il a rêvé, tout le monde s'assied, et la discussion s'engage. Après une introduction polie et anodine de Lapouge, Simson embraye très vite :

– Parlons business.

Et il dresse un tableau noir et gris de la situation d'Orstam :

– La stagnation européenne va durer et elle frappe de plein fouet votre entreprise, qui a des faiblesses structurelles. Le capital manque de solidité. Si l'actionnaire principal se décide à vendre ses actions, comme il parle régulièrement de le faire, ce sera un désastre boursier. Par ailleurs, à l'échelle mondiale, l'entreprise est trop petite, trop spécialisée. L'excellente maîtrise des technologies qu'elle met en œuvre ne suffira pas à la préserver de la crise de commandes et de liquidités qui se profile.

Lapouge et Sampaix échangent un regard sceptique.

Le banquier dévisage chacun autour de la table et tranche :

– La conclusion s'impose d'elle-même : Orstam n'a pas les moyens financiers de se lancer dans les méandres de la justice américaine, qui sont ruineux. Il faut négocier au plus vite et chercher des soutiens, des alliances dans le monde économique.

Le banquier reprend son souffle, Mme Taddei, assise à ses côtés, reste silencieuse, écoute et observe les comportements de chacun des participants.

Sampaix profite de l'accalmie pour faire une mise au point :

– Je tiens à préciser que la situation financière de l'entreprise est loin d'être aussi noire que vous le dites. (Il tapote du bout des doigts les tableaux de chiffres posés devant lui.) Nos prévisions pour l'année qui vient sont bonnes, nos prises de commandes sont en hausse, toute la branche entretien n'est pas soumise à la concurrence. D'après nos calculs, une amende négociée, s'il est impossible de l'éviter, ne mettrait pas l'entreprise en péril.

Simson ne le laisse pas poursuivre.

– Mon rôle ici est de vous dire : casse-cou. Je vous répète : vous n'avez pas les moyens financiers d'affronter la justice américaine. Sans parler de la menace, toujours pendante, de poursuites personnelles contre les plus hauts dirigeants. L'arrestation de Lamblin risque de ne pas être un cas isolé. Vous imaginez la situation si votre PDG, sous la menace d'un mandat d'arrêt américain, ne peut plus quitter le sol français sous peine de se faire extrader vers les États-Unis ?

Les derniers mots du banquier jettent un froid. Lapouge et Sampaix manifestent leur réprobation. Simson s'empresse d'ajouter :

– Je ne souhaite pas créer la panique. Nous allons trouver une sortie par le haut. Nous, les banquiers, nous sommes là pour cela. Nous allons y travailler en urgence.

Lapouge remercie le banquier et Mme Taddei de leur contribution, dont, bien sûr, il tiendra compte, et lève la séance.

Simson quitte la pièce et se dirige vers l'ascenseur en bavardant avec Sampaix, qu'il tient paternellement par l'épaule, tandis que Lapouge regagne son bureau. Nicolas Barrot se retrouve à la traîne, seul avec la collaboratrice, la belle Mme Taddei, qui lui dit à mi-voix :

– Je sais que vous suivez de près le cas Lamblin… (Nicolas fronce les sourcils. Comment le sait-elle ? Qui est-elle ?)… Il faut que nous nous voyions sans trop tarder, je ne suis pas souvent à Paris.

Après le journaliste américain, la banquière. Que se passe-t-il ? Mon jour de chance ? Il sort son agenda.

Sur le trottoir, devant le siège d'Orstam, Simson tapote l'épaule de Maurice Sampaix.

– Ma collaboratrice a l'air de s'éterniser là-haut. Je suis pressé, je prends la voiture. Voulez-vous lui appeler un taxi ? Content d'avoir fait votre connaissance.

Et il disparaît.

Sampaix appelle un taxi, attend Mme Taddei, qui apparaît, seule, quelques minutes plus tard. Le taxi arrive, Sampaix ouvre la portière, Mme Taddei monte, sans un regard pour lui.

– À l'hôtel Plaza Athénée.

La portière claque.

Sampaix regarde le taxi s'éloigner, prend son portable, cherche le Plaza Athénée, fait le numéro, demande Mme Taddei.

– Elle n'est pas joignable en ce moment, monsieur. Voulez-vous lui laisser un message ?

– Non, c'est inutile, merci.

Maurice Sampaix et Gilbert Lapouge se voient rapidement en tête à tête, pour faire le point après la rencontre. Ces deux hommes se comprennent à demi-mot, depuis le temps qu'ils travaillent ensemble. Sampaix remarque :

– La ravissante qui accompagnait Simson et dont rien ne justifiait la présence est logée à Paris au Plaza Athénée. Pas mal pour une collaboratrice occasionnelle.

– Simson a présenté Orstam au bord de la faillite pour conclure : « Nous, les banquiers, nous allons vous trouver une sortie par le haut. »

– Pas bon signe...

– J'ai noté une phrase... « Il y a toujours la menace pendante de poursuites contre les plus hauts dirigeants. Mandat d'arrêt américain, vous imaginez la situation ? »

Les deux hommes se regardent en silence. Lapouge enchaîne :

– Orstam est dans la tempête. Concentrons-nous sur le bilan de novembre. Il fera apparaître la solidité de nos activités de production.

– Novembre, c'est bien loin.

– J'ai une idée, Maurice. Nous pourrions compléter le bilan de novembre par un petit mémorandum sur les opérations financières hasardeuses à l'origine de nos soucis financiers, dans lesquelles nos banques, dont Eastern-Western au premier chef, nous ont accompagnés, pour ne pas dire poussés. Un simple rappel, pas un réquisitoire. Vous pourriez vous en charger ?

– Oui, je vois très bien de quoi vous voulez parler. C'est un travail assez conséquent.

– Nous avons le temps, c'est pour novembre.

– Très bien, je finis ce que j'ai en cours et je m'y mets la semaine prochaine.

Paris.

À 19 heures, le bar du Sofitel de la porte Maillot est fréquenté, mais l'ambiance reste confidentielle. Ludovic, fébrile, arrivé en avance, s'est installé au fond du bar et dévisage tous les clients. Stevie arrive à 19 heures précises. Les deux hommes se donnent l'accolade et commandent deux Martini-gins. Il faut arroser les retrouvailles. Ludovic commence à se détendre, raconte ses ennuis avec InterBank et PE-Credit Montréal, le blocage de son compte.

– Un geste de vous pourrait m'aider à débloquer la situation.

– Quelle est la somme en jeu ?

– Deux millions de dollars.

– Fuck… les affaires tournaient à plein régime, là-bas. Vous savez que j'ai quitté InterBank depuis longtemps ?

– Je sais. Mais vous étiez directeur, vous aviez de l'influence. L'attitude de Michelis est inacceptable. J'ai respecté mon contrat à la lettre. Et vous êtes particulièrement bien placé pour savoir que je suis d'une discrétion absolue en cas de danger, aussi longtemps que les gens sont corrects avec moi.

Un temps de silence. Le cadavre du policier tué là-bas, à Grand Cayman, comme un bloc de glace entre eux deux. Stevie perçoit parfaitement la menace, élan de haine, la fureur monte, il connaît bien cette sensation, envie de cogner jusqu'à réduire ce jeune gandin en bouillie, il parvient à garder un visage impavide. Castelvieux reprend :

– Ce n'est plus le cas de Michelis. Je compte sur vous pour lui dire qu'il prend des risques. J'ai été au cœur du système pendant près de trois ans.

Stevie regarde sa montre, finit son verre, pose un billet sur la table.

– Je vais tenter de prendre contact avec Michelis. Voyons-nous samedi.

– Samedi, c'est tard…

– Impossible avant.

– Bon, samedi 15 heures. Ce jour-là, il me faudra une réponse ferme et les moyens à mettre en œuvre pour conclure. Je vous appelle à 14 h 30 pour vous fixer le lieu.

– À quoi jouez-vous ? Au jeu de piste ?

– Mais non. J'ai des gens à voir, je ne sais pas où je serai, c'est tout.

Ludovic se lève et s'en va. Stevie le regarde partir. Pauvre type. Putain, deux millions de dollars… De mon temps, nous arnaquions déjà les petits intermédiaires, mais pas sur des sommes pareilles…

Quand l'autre a disparu, Stevie commande un whisky, l'accompagne d'un « remontant », ces pilules magiques qui lui ont permis de décrocher, ou presque, de la cocaïne. Et passe un rapide coup de fil. Je n'aime pas ce type. Il me menace. Je n'aime pas qu'on me menace. Et je n'aime pas ce que je fais. Mais je suis coincé. Grand Cayman, c'était grisant. La belle vie, jusqu'à l'accident de trop, jusqu'au coup de trop. Je joue toujours un coup de trop. Maintenant, il faut survivre.

Il reprend sa voiture, direction le bois de Boulogne, tout proche. Purger toute cette frustration. Vertige enivrant, le cul de Paula, les seins de Paula. Il traverse la porte Maillot au milieu des flux de voitures, il ne regarde ni à droite ni à gauche, il sait où il va, tout droit, allée de Longchamp, à droite dans la Reine-Marguerite, et la petite rue à gauche, arrêt brutal devant deux travelos en tenue légère. L'un d'eux crie :

– Paula, c’est pour toi. Ton prince des cogneurs.

Une femme superbe sort du fourré, poitrine à l’étalage, short moulant. Le chauffeur se penche, ouvre la portière arrière.

– Monte.

Démarrage brutal.

– Déshabille-toi.

Deux cents mètres plus loin, il arrête la voiture dans une allée, dégrafe sa braguette, enjambe le dossier du siège avant, s’assied sur le travelo allongé à plat ventre sur la banquette arrière, claques sur le cul, dès que la peau des fesses rougit, il le retourne, claques sur les seins, qui rebondissent, le travelo gémit de douleur, il l’attrape par les hanches, l’enfile et décharge très vite avec un cri de bûcheron qui abat un arbre. Il se redresse, s’essuie avec un Kleenex, remet son pantalon en hâte, saisi par le dégoût, ouvre la portière, pousse le travelo dehors à coups de pied, lui jette ses vêtements, sort une poignée de billets de sa poche de pantalon, les lui balance avec le Kleenex, dégager toute cette saleté, repasse s’asseoir au volant, démarre en marche arrière et fonce dès qu’il retrouve le bitume. À la porte Maillot, loin des démons et près des hommes, il retrouve le calme, il ralentit, léger sourire aux lèvres, il se sent mieux, sa violence et sa haine assoupies. Ce soir, il va pouvoir dormir.

Chapitre 3

Jeudi 18 avril
Levallois-Perret.

Dès son arrivée, Barrot est convoqué dans le bureau de Carvoux. Il s'y attendait, et s'y est préparé. Il commence par les mauvaises nouvelles, en bloc, et en espérant ne pas avoir à fournir ses sources. Arrestation et plaider-coupable d'Anglish, perquisition d'Orstam-USA par le procureur, saisie des communications internes. Le patron reste de marbre. Normal, il a dû lire la presse américaine, lui aussi. Cocaïne et petite fille de Lamblin. Le patron ne bronche toujours pas et ne pose aucune question sur ses sources d'information.

– Vous êtes jeune, Barrot. Ne vous affolez pas. Vous pouvez constater que la presse française est toujours muette sur l'arrestation de Lamblin. L'interprétation de courriels plus ou moins cryptés est difficile, ambiguë. Le procureur a toujours besoin de défections dans nos équipes et ne les a toujours pas. Cet Anglish est un second couteau, un de ces Américains qu'on embauche pour faire plaisir aux autochtones, il n'est au courant de rien. Tant que les gens qui savent se taisent, la ligne reste inchangée : Nous n'avons rien à nous reprocher, donc nous ne collaborons pas avec la justice américaine et nous assumons la défense de Lamblin tant qu'il reste sur cette même ligne. Qu'a dit le banquier ?

– Il nous a mis en garde. D'après lui, la situation financière d'Orstam serait mauvaise, un affrontement avec la justice américaine impossible à assumer dans ces conditions. Il recommande de négocier rapidement. Il a même évoqué l'arrestation de Lamblin pour dire que tous les cadres supérieurs d'Orstam étaient sous la menace.

– Qu'a répondu Lapouge ?

– Rien. Il a changé de sujet. Le banquier a évoqué une « sortie par le haut », sans donner plus de précision.

– Respirez, Barrot, réfléchissez. Le pire n'est jamais sûr. Il y a toujours la possibilité que la justice américaine se fatigue avant nous. Mais cela demande du temps. Cette affaire est trop importante pour se régler sur un plan strictement judiciaire.

Barrot sort du bureau directorial et va s'enfermer dans le sien, son refuge. D'abord Morton, qui tient ses informations de sources inconnues. Puis la « sortie par le haut » énigmatique des banquiers, les regards et les silences de Lapouge et de Sampaix. Et, pour finir, le patron qui encaisse, impassible, nullement surpris, la cocaïne et les fillettes de Lamblin, une information en principe non publique pour l'instant. Et qui conclut par cette phrase admirable : « La justice américaine se fatiguera avant nous, affaire trop importante pour se régler sur un plan judiciaire. » Tous ces gens en savent bien plus que moi sur ce qui est en train de se jouer avec la justice américaine, c'est clair. Et Carvoux m'envoie au front sans me donner la moindre information, la moindre visibilité. Pourquoi ? Je suis à un poste charnière, puisque Morton et la banquière s'intéressent à moi. Mais Carvoux veut pouvoir me jeter quand il le décidera. Je suis un conseiller Kleenex. Il faut que je trouve un moyen de me protéger.

Paris.

Lara quitte vers 21 heures le salon de massage naturiste où elle travaille, dans le quartier de

Wagram. Obligée de s'aligner sur les horaires des cadres qui forment l'essentiel de la clientèle. Ce soir, elle marche vite, avec une forte envie de massacrer toutes les bourgeoises bien mises qu'elle croise dans la rue. Elle est fatiguée et, comme toujours quand elle est fatiguée, elle en a marre de son métier. Masseuse dans un salon de massage naturiste, à poil toute la journée, à tripoter, à se frotter et à sourire à des types dont elle ne comprend pas ce qu'ils peuvent bien trouver à tous ces attouchements sans fin. Ils bandent, ils bandent, ces connards, et parfois elle accepte de les masturber sous la douche. Contre un billet de rab. Le fric. Quand elle a commencé, elle se racontait que c'était pour payer ses études. Elle n'est plus inscrite dans aucune université depuis deux ans, maintenant elle sait qu'elle gagne du fric pour le fric. Et quand elle pense à ses clients, elle a du mal à maîtriser un léger haut-le-cœur. Heureusement qu'il y a des à-côtés... Elle a monté une petite affaire de vente de pilules de diverses natures à des clients du salon, une affaire qui marche plutôt bien. Peut-être, mais les à-côtés aussi peuvent être sources de déprime. Ce soir, ses fournisseurs se sont dérobés, elle ne peut pas rembourser à deux jeunes masseuses la somme qu'elle leur a empruntée, leur a-t-elle dit. Une mauvaise passe, des problèmes de liquidités, ça va s'arranger, demain est un autre jour. Pour les éviter, elle s'est habillée à la hâte, à peine coiffée, pas maquillée, et s'est éclipsée au plus vite. Elle approche de la station Wagram, bientôt elle sera à l'abri dans son petit appartement, avenue de Choisy, à l'autre bout de Paris, où personne ne l'attend. Elle se retourne, jette un coup d'œil et aperçoit les deux emmerdeuses à quelques dizaines de mètres, lancées à sa poursuite, elle ne va peut-être pas parvenir à les semer. À cet instant, juste à l'entrée de la station de métro, un homme l'aborde :

– Mademoiselle Thérèse Letellier ?

Elle est surprise, elle n'utilise jamais son nom dans l'environnement du salon de massage. Elle s'arrête, regarde l'homme. Grand, petite quarantaine, bien foutu et un sourire éblouissant. Une chance ?

– … Oui. Que me voulez-vous ?

– Vous offrir un verre, mademoiselle, à la brasserie La Lorraine, juste à côté. Et si vous acceptez, vous inviter à dîner.

Il a un délicieux accent étranger.

– Impossible, monsieur, je ne vous connais pas. Et je suis attendue chez moi.

– Mademoiselle… personne ne vous attend, et il ne reste plus grand-chose dans votre frigo. Pour être précis, il ne reste plus que des yaourts et une tranche de fromage industriel. Ne me dites pas qu'un homme comme moi vous fait peur… Vous avez tout à gagner à accepter mon invitation.

Ils sont là, arrêtés face à face sur le trottoir. Elle hésite. Au mieux, un long trajet en métro, puis une soirée solitaire dans un appartement vide. Au pire, une soirée foutue avec les deux emmerdeuses qui n'ont pas encore décroché. Ou la brasserie La Lorraine, un endroit calme et plutôt select, à deux pas, un dîner correct en compagnie d'un beau garçon, qui semble en savoir long sur elle et parle par sous-entendus. Elle a beau être fatiguée, elle n'hésite plus.

– J'ai toujours été attirée par l'insolite et l'aventure, j'accepte.

Ils s'asseyent à une table loin de la rue, nappes blanches, belle vaisselle, fauteuils et banquettes en cuir, lumière tamisée, Lara regrette d'être si mal coiffée, si négligée. Une Margarita en apéritif pour se remettre d'aplomb. L'homme, classique, s'en tient au whisky, commande deux choucroutes sans lui demander son avis et entre tout de suite dans le vif du sujet.

– Mademoiselle Letellier, je crois que nous sommes faits pour nous entendre. Vous aimez l'argent et vous n'êtes pas regardante sur la façon de le gagner…

Lara avale deux gorgées de Margarita, la fatigue s'envole, elle le coupe sèchement :

– Je ne comprends rien à ce que vous racontez.

– Certains pensent que les masseuses naturistes sont des putes… (D'un geste des deux mains, il l'empêche de lui couper la parole.) Cela m'est indifférent. Activité légale, rien à dire. Mais les activités qui vous procurent vos revenus de complément ? Des revenus qui finissent par être plus importants que ceux de votre métier déclaré.

– Je ne vois pas de quoi vous parlez.

– Vraiment ? Je passe sur vos activités de rabatteuse pour le Palmyre Club et son baisodrome, parlons plutôt de votre mélange spécial Viagra-amphètes, très apprécié de certains de vos clients qui souffrent de pannes à répétition. De mauvaises langues parlent d'un accident cardiaque chez l'un de vos clients, il y a moins de trois mois. Il n'y a pas eu d'enquête sur cette mort. Pas encore.

Il marque une pause. Lara sait maintenant qu'elle est entrée dans une zone de turbulences. Elle a beau chercher, le visage de cet homme ne lui dit rien. Qui ? Comment ? Du fric à se faire ? Préférable de se taire et de laisser venir. Elle finit son verre en fixant son interlocuteur, sans baisser les yeux. Il reprend :

– Il y a aussi la vente de cette poudre blanche, certes très coupée, mais dans laquelle on peut encore trouver quelques traces de cocaïne.

– Vous avez des preuves de ce que vous avancez ?

– Vous me prenez pour un débutant, mademoiselle Letellier ?

Il glisse vers elle deux feuilles sur lesquelles ont été imprimées des captures d'écran. Elle lit :

« Le vieux a calanché une heure après sa séance améliorée. Imagine s'il m'était resté sur les bras... Grosse frayeur. Je vais être prudente ces jours-ci. » Sur la deuxième feuille, elle reconnaît sans peine sa comptabilité personnelle du mois de février, où figurent entrées et sorties de petites pilules bleues, entre autres produits. Il sait donc ce qu'il y a dans le frigidaire et dans l'ordinateur. Zone rouge.

– Chacun a ses défauts et ses faiblesses, mademoiselle Letellier. Vous, manifestement, vous combinez une mentalité de boutiquière de province avec un excès de confiance en la sécurité des technologies nouvelles.

– Ça suffit. Qu'est-ce que vous voulez ?

– Je m'intéresse à l'un de vos clients. J'ai besoin de votre aide au niveau logistique. Nous faisons affaire, et vous continuez tranquillement vos petits trafics. Nous ne faisons pas affaire, je vous laisse imaginer la suite...

– Combien pour mon aide ?

– Mille euros.

– Une misère.

– J'en conviens. Mais vous n'êtes pas en position de négocier.

Lara réfléchit une longue minute en faisant tourner son verre entre ses doigts.

– Mille euros d'accord, mais tout de suite, en liquide. Vous prenez le risque de me faire confiance.

– Je le prends. Ah, voilà les choucroutes. Bon appétit, mademoiselle Letellier.

Paris.

Soirée bridge chez Martine Vial, l'assistante du directeur financier d'Orstam. Le mari, qui n'est pas bridgeur, a été prié de dîner dehors, d'aller au cinéma et de ne pas rentrer avant minuit. Deux tables de jeu ont été installées dans le salon, dont les canapés ont été poussés contre les murs, et un buffet est dressé sur la table de la salle à manger, petits vins et jus de fruits, quiches et tartes diverses. Huit joueurs qui se réunissent régulièrement chez les uns et chez les autres à tour de rôle, à peu près une fois tous les deux mois. Six femmes, entre trente et cinquante ans, toutes employées au siège social d'Orstam, et deux hommes. L'un, Pierre Sautereau, la cinquantaine avancée et lourde, le visage fatigué, est chef du service de sécurité d'Orstam. L'autre, Fabrice Reverdy, est le plus jeune du groupe. Avec sa veste cintrée, son pantalon étroit et ses mocassins de cuir fauve, il a belle allure, une silhouette élancée de danseur mondain sous une chevelure dorée abondante soigneusement coiffée dont une mèche sage lui mange le front. Il est le seul à ne pas être un salarié d'Orstam. Les bridgeurs le connaissent pour être un ami de Martine Vial et de Sautereau. La petite équipe fait régulièrement appel à lui pour compléter une table lorsque l'un des joueurs habituels fait défaut pour une raison ou une autre. Ces dames l'adorent. Seuls Martine Vial et Sautereau sont au courant de son appartenance aux Renseignements parisiens.

L'ambiance est appliquée et silencieuse pendant les parties. Certaines, certains tentent même parfois, pas souvent, de nouveaux systèmes d'enchères ou des coups un peu risqués. Mais personne n'est possédé par la vraie passion du jeu et l'atmosphère reste détendue. Entre deux parties, on se retrouve autour du buffet, on papote, les enfants, leurs petits et grands malheurs, et les histoires de cul des collègues. Une secrétaire du département Chaudières se plaint de l'absence prolongée de Lamblin, son directeur, en pleine période de rodage d'une nouvelle chaudière révolutionnaire.

Martine Vial, qui est le mort à l'une des deux tables et en profite pour servir une tournée de muscadet, se penche vers elle, parle sur le ton de la confidence :

– Sa femme m'a téléphoné. C'est une amie. (Un silence.) Elle est inquiète. Il est parti aux États-Unis pour une conférence professionnelle et il a été retenu là-bas par les autorités américaines. Des embrouilles sur les comptes de la filiale Orstam aux USA, apparemment.

– Je croyais que la direction avait fait une circulaire aux cadres supérieurs pour leur dire de ne pas aller aux USA ?

– Exact. Je ne sais pas ce qui s'est passé. Nos avocats s'occupent de lui, mais ils ont conseillé à sa femme d'être très discrète et elle n'a pas encore pu aller lui rendre visite…

Et Martine Vial fait glisser la conversation sur les déboires de Pinot, le directeur adjoint du service financier, que sa femme et sa maîtresse viennent de « licencier » le même jour, dans un bel ensemble. Une revanche. Dans le service, personne ne l'aime. Rires.

Vers 23 heures, fin des parties, les femmes s'en vont et les deux hommes restent pour aider Martine Vial à ranger l'appartement. Pendant que Fabrice Reverdy s'affaire dans le salon et la salle à manger, Sautereau aide Martine Vial dans la cuisine à trier, jeter, laver, ranger. Dans cet espace restreint et intime, les corps se frôlent, les mains se croisent, quelques mots sont échangés sur le registre du quotidien. Ils se connaissent depuis longtemps et aiment cette promiscuité familière. Puis Sautereau embraye :

– Lamblin retenu aux States, c'est une expression polie, en fait il est en taule.

– Je sais. Lapouge m'a mise au courant, mais il m'a recommandé de ne pas en parler.

– Personne n'a officiellement alerté le service-Sécurité. J'en suis réduit à bricoler pour me renseigner.

– Ça semble encore lié aux affaires de corruption, comme avec les Norvégiens et la Banque mondiale, non ?

– Oui, mais les Américains ne sont pas des plaisantins dans le domaine de la lutte anticorruption. Lamblin est dans une prison, une vraie prison, à l'américaine. Ça va lui faire drôle, crois-moi.

– Un gars de mon service... tu le connais, Maurice Sampaix ?

– Oui, un gars très sérieux, on s'entend bien.

– Il a organisé une réunion dans notre service avec notre banque américaine. Carvoux n'a pas voulu y assister en personne, il a envoyé le petit Barrot, son âme damnée. Sampaix en est sorti horrifié. Le banquier a décrit Orstam comme un groupe en faillite, ou à peu de choses près. Sampaix pense que derrière tout ça, il pourrait bien y avoir un coup tordu en préparation. Il ne sait pas bien lequel. Tu devrais aller en discuter avec lui.

– Merci Martine, je vais y aller. Et ce Barrot, tu le connais ? Qu'est-ce que tu en penses ?

– Un jeunot sans expérience et les dents très longues.

Dans la salle à manger, balayette et torchon en main, Fabrice Reverdy n'a pas perdu un mot de la conversation. D'ailleurs, Martine Vial n'a pas baissé le ton.

À minuit, quand le mari revient, l'appartement est impeccablement rangé, Sautereau et Reverdy saluent et s'en vont ensemble. Dans la rue, Sautereau demande :

– Tu as entendu notre conversation dans la cuisine ?

– Oui.

– Qu'est-ce que t'en penses ?

– Un cadre de la direction d'Orstam en prison aux États-Unis, c'est tout sauf anodin, et ça vaut le coup de s'y intéresser, non ?

– C'est bien mon avis.

– Surtout si personne n'en parle, ici à Paris.

– Personne n'en parle non plus dans l'entreprise. Silence radio. C'est bien le plus intrigant. Je me renseigne un peu et on se voit lundi au Zimmer, à l'heure du café et du pousse-café, comme avant ?

– Ça marche.

Vendredi 19 avril
Préfecture de police de Paris.

En arrivant dans les locaux de la préfecture ce matin-là, Noria trouve un gobelet de café chaud sur son bureau, Lainé plongé dans un dossier et

Reverdy, en chemisette vieux rose et pantalon mauve, tout sourire.

– Je vous guettais.

– Je vois ça. Merci pour le café. Je vous écoute…

– Hier, j'ai passé ma soirée à jouer au bridge avec des petites dames de chez Orstam, une entreprise qui fabrique des turbines et des chaudières, un élément clé de la filière nucléaire et de notre marine de guerre, et numéro un mondial sur certaines technologies…

– J'en ai une vague idée. Poursuivez.

– C'est une entreprise que les RG ont suivie de très près à partir de 1998, un pot-de-vin de plusieurs millions versé par Orstam à Pasqua et à la Datar pour faciliter un déménagement. Comme des politiques étaient dans le coup, toute la maison s'y est intéressée. Moi, je l'ai suivie à partir de 2004. L'affaire a traîné en justice jusqu'en 2010. Depuis cette date, j'entretiens mes contacts, mais guère plus.

– D'où la partie de bridge.

– Oui, trois ou quatre fois par an. Et puis hier, une joueuse me dit qu'un de leurs dirigeants vient d'être arrêté aux États-Unis, dans le cadre d'une enquête de la justice américaine contre Orstam pour corruption dans un marché indonésien (Lainé a levé la tête, il écoute)…

– Entreprise française, marché indonésien, qu'est-ce que vient faire la justice américaine là-dedans ?

– Les versements ont été faits en dollars. Donc la justice américaine s'estime compétente.

– Et nous acceptons ça ?

– Tout le monde l'accepte. Souvenez-vous, les Américains ont gagné la guerre. Je continue. Personne ne parle de cette arrestation, ici, en France…

– Pourquoi ?

– Une part d'incompétence de nos journalistes et une politique d'influence bien menée. Les médias en parleront quand les Américains décideront qu'ils y ont intérêt. La direction d'Orstam ne donne pas non plus d'information en interne.

– Votre joueuse de bridge est fiable ?

– Très. Vingt ans de boîte. C'est elle qui nous a mis sur la piste du pot-de-vin en 1998. Information à ne pas faire circuler, évidemment. Et pour en savoir plus, j'ai rendez-vous lundi avec le responsable sécurité de l'entreprise, un ancien flic et un vieux copain.

– Eh bien, allez-y, et faites ensuite une note blanche, prudente évidemment, pour l'instant cela ne mérite pas un rapport en bonne et due forme, mais n'en restez pas là, creusez. Donnez-moi une copie de votre note, j'irai demander à la DGSE et à la DCRI s'ils ont quelque chose sur le sujet. Cela me permettra de faire connaissance avec les différents services de la sécurité des entreprises… Je peux vous poser une question indiscrète ?

– Essayez.

– Chemisette vieux rose, pantalon collant mauve, elles en pensent quoi, de vos tenues, vos petites dames d'Orstam ?

– Aucun souci. Dans les entreprises, je me déguise.

Quand Noria a la copie de la note blanche, avec le nom de Lamblin, ses fonctions et les informations qui ont été communiquées à Reverdy, elle jette un coup d'œil sur la presse américaine pour voir ce qu'elle peut glaner. Elle maîtrise mal l'anglais, encore moins l'américain des journaux. Elle qui parle et lit couramment l'arabe… Gâchis… Arrête, c'est le passé… Elle trouve la photo de l'arrestation, quelques bribes sur la conférence de presse du procureur américain, dont elle évalue mal la portée, et s'estime suffisamment informée pour entreprendre sa tournée.

Elle commence par la DCRI parce qu'elle sait que ce sera une épreuve pour elle. Retour sur les lieux de son exécution, deux mois après. À proximité des locaux, elle fait le vide, le silence dans sa tête, et entre. Elle a rendez-vous à la sous-direction K chargée de la protection du patrimoine économique de la France, un service qui n'a pas bonne réputation. À la création de la DCRI, il en avait été la brebis galeuse, et le président de la République estimait y avoir des ennemis. Ensuite, pour rentrer en grâce, les chefs de la sous-direction avaient étouffé pendant des années un scandale de fraude fiscale organisée par la banque suisse UBS parce que les fraudeurs étaient des proches du pouvoir. Le capitaine qui avait mis au jour l'histoire UBS a été banni dans les mêmes conditions qu'elle. Bref, la sous-direction K « sent mauvais ». Mais Noria n'a pas le choix. Le capitaine qui la reçoit est glacial. Quand elle l'informe qu'elle travaille sur l'arrestation et la détention aux États-Unis de Lamblin, cadre dirigeant chez Orstam, et lui demande s'il possède des informations non classifiées sur ce dossier, il se contente de lui répondre, avec un mince sourire :

– Les Américains ne sont pas notre souci principal aujourd'hui. Et nous ne communiquons pas plus sur ce sujet que sur les autres.

– Même lorsque c'est un service de la Police nationale qui fait la demande ?

– Même dans ce cas. L'ensemble de nos informations est confidentiel-défense. Vous avez déjà oublié nos règles de fonctionnement, commandant Ghozali ?

Paris.

Après ce rendez-vous, Noria rentre chez elle, dans son appartement au-dessus du bassin de la

Villette, prend sa douche et s'affale en pyjama dans son fauteuil préféré avec un bol de café au lait et des tartines. Elle regarde le ciel qui pâlit après la disparition du soleil, d'un bleu translucide presque blanc, et l'ombre qui monte de la terre, l'obscurité qui gagne, l'étendue d'eau à ses pieds, les premières lumières de la ville qui s'y reflètent, les promeneurs qui profitent des premiers beaux jours, un groupe assis en tailleur à même le sol fait circuler des canettes de bière, une équipe de seniors achève une partie de pétanque. À l'arrière-plan, juste derrière la masse des arbres, la silhouette familière des barres et des tours du XIXe arrondissement. Le monde est en ordre. En apparence. Exactement comme ce soir-là, il y a deux mois, quand, au retour d'une journée de travail frustrante à la DCRI, fatiguée et solitaire, au même endroit, dans la même position, elle s'était assoupie. Sonnerie du téléphone. Elle avait répondu.

Une voix de femme :

– Allô, Noria Ghozali ?

– C'est moi.

– Je suis Samia. Tu te souviens de moi ?

– Samia… je ne vois pas.

– Nous avons été au lycée ensemble. Pour la fête de fin d'année, nous devions jouer une pièce de théâtre (Noria avait murmuré : « *On ne badine pas avec l'amour* »)… et tu as disparu.

Noria avait été prise par surprise, submergée par une lame de fond, une succession d'images douloureuses, censurées depuis trente ans. Mon père, interdit de faire du théâtre, les hurlements, les coups, je résiste, je riposte, je m'enfuis. Pour toujours, croyait-elle…

– Samia… Qu'est-ce que tu veux me dire ?

– Ton père est mort, Noria, la nuit dernière.

Surprise totale. Trente ans d'oubli. Mon père, autoritaire, violent, c'est vrai. Partir, question de vie ou de mort, c'est vrai. Mais cette silhouette brisée par le travail à la table familiale, digne, cet acharnement à nous faire vivre. Il cognait et ne parlait pas, il n'avait pas les mots. Je n'ai pas parlé non plus, je suis partie. Et maintenant, plus jamais je ne pourrai lui dire ce que je suis devenue. Il aurait pensé : grâce à moi. Peut-être. Il aurait été fier. Peut-être. Peut-être pas. Trop tard. Noria, saisie, la gorge nouée, incapable de parler, avait senti monter les larmes, et détesté cette réaction. Samia avait entendu son émotion, et appuyé plus fort :

– On l'enterre demain. Il faut que tu viennes pour ta famille.

– Je n'ai pas de famille.

– Et pour ta mère…

Ma mère… La dernière image qu'elle a d'elle, une femme sanglotante, effondrée dans un coin de la pièce, confinée dans son impuissance.

– Je ne veux pas revoir ma mère.

– … Elle est vieille, fatiguée, abîmée. Peut-être bientôt morte. Viens, après ce sera trop tard. Tu le dois, pour elle et pour toi. Tu ne peux pas vivre toute ta vie en guerre. Fais un geste de paix, pour vous deux. Demain, les hommes seront à l'enterrement, à la mosquée et au cimetière, ta mère sera seule avant les visites des voisines. Ce sera le moment. Tu as fait ta vie, tu es forte, ta visite lui fera du bien et ne te fera pas de mal.

Noria avait tressailli.

– Samia, tu n'en sais rien, et moi non plus.

Le lendemain matin, Noria était prête quand Samia avait sonné à sa porte.

Et maintenant, elle se demande pourquoi elle a répondu au téléphone ce soir-là. Elle n'aurait peut-être jamais su que son frère était parti au djihad. Et la DCRI non plus.

Lent retour au calme. Elle s'assoupit.

Paris.

July Taddei a invité Nicolas Barrot à dîner au restaurant Maison Blanche, avenue Matignon. « N'y voyez aucune allusion politique, lui a-t-elle dit avec un sourire. C'est simplement ma cantine pendant mes petits séjours en France. »

Ils se retrouvent devant l'ascenseur. Sixième étage, le couple pénètre dans un espace lumineux, aéré, très haut de plafond, mezzanine sur la longueur de la pièce et, en façade, une immense baie vitrée, qui donne sur une nuit d'un noir léger ponctué par les lueurs dorées du dôme des Invalides, presque à portée de main. Le décor mélange quelques références aux années 1930 et un style plus contemporain dans un ensemble où le blanc domine, sans agressivité. Classieuse, la cantine, se dit Barrot, July Taddei joue dans la cour des grands. Quasiment toutes les tables sont occupées. Quelques couples, mais surtout une clientèle d'hommes d'affaires, une atmosphère de mondanités de bon aloi après une journée de réunions diverses et avant de prendre, le lendemain, un vol vers New York, Hong Kong ou Singapour.

Le maître d'hôtel les accueille :

– Je vous ai réservé la même table que d'habitude, madame Taddei.

Il les entraîne vers quelques niches encastrées sous la mezzanine, entièrement gainées de cuir. Ils s'assoient face à face. Brusquement, le bruit de la salle ne leur parvient plus que très assourdi. La lumière de deux bougies posées sur la table, une pour chaque convive, le parfum de July, mêlé à celui du cuir et de la cire, crée une bulle d'intimité. Elle lui sourit :

– Comme vous pouvez le constater, pas un mot de ce que nous allons dire ne sortira de ce cocon. Et la teinte miel du cuir convient à mon teint de brune. Champagne.

Barrot rêve qu'il est reçu chez elle et se laisse emporter. Quand ils sont servis, July lève sa coupe dans la lumière des bougies, les bulles pétillent, comme le rubis à son doigt.

– Trinquons, Nicolas. À nous et à nos rêves.

Ils se sourient. Les verres tintent.

Le maître d'hôtel prend rapidement les commandes et s'éloigne. July regarde Barrot longuement, fixement, elle le jauge avec son regard de pro.

– J'ai trouvé votre petite équipe Orstam bien morne l'autre jour.

– Vous croyez que nous avons beaucoup de raisons d'être optimistes en ce moment ?

– Question de point de vue…

Pause : le sommelier fait goûter à July (il sait qui a le contrôle de la soirée) un saint-estèphe plus qu'honorable. Sur un signe d'elle, il emplit les verres. Le garçon apporte deux fricassées d'escargots sur lit de purée de cresson. Barrot déguste une bouchée, deux bouchées, il prend son temps, enfoncé dans son siège, yeux mi-clos. La fricassée d'escargots, respect. Il n'a jamais rien mangé de tel, il plane. July le ramène sur terre.

– Oui, je pense que vous avez toutes les raisons d'être optimistes. Les crises sont toujours de formidables opportunités, ça dépend de ce que les protagonistes sont capables d'en faire.

– Expliquez-moi, je ne demande qu'à comprendre.

– Orstam est en crise depuis longtemps, pratiquement depuis sa création. (Barrot, qui ignore tout du passé d'Orstam, opine.) Pour les raisons qu'a énumérées Simson. (Là, July s'arrête, fait mine d'hésiter, dévisage Barrot.) Nous sommes ici entre nous, rien d'officiel, pas d'oreilles indiscrètes, je vais aller un peu plus loin. (Confident de la banquière, Barrot jubile.) Si Orstam est en crise, c'est aussi parce que ses patrons n'ont pas été très performants. (Barrot appuie ses deux mains sur la table, bien à plat, pour les empêcher de trembler.) Le patron actuel doit gérer une entreprise couverte de dettes après une opération de rachat calamiteuse menée par son prédécesseur, et multiplie à son tour les choix industriels hasardeux et très coûteux. Aujourd'hui, en pleine crise, il s'enferme dans son bureau, ne s'explique pas auprès de son personnel, ni de ses actionnaires, ni de son gouvernement, et vous a envoyé à la bataille, à la réunion avec la banque à sa place, et sans munitions. Je me trompe ?

Barrot baisse la tête, ferme les yeux, respire à fond. Besoin d'une pause, il prend le temps de boire son verre de vin.

– Vous me donnez votre diagnostic. Orstam est au bord de la crise. Bien. Mais l'opportunité ?

Nouvelle pause : le garçon sert un carré d'agneau pour July, un filet de bœuf pour Nicolas. July commande une deuxième bouteille de saint-estèphe pour accompagner les viandes et continue :

– La justice américaine fait peur aux dirigeants d'Orstam.

– C'est compréhensible. La corruption sur les contrats asiatiques est une pratique, disons, pas vraiment exceptionnelle, vous le savez aussi bien que moi, à peu près tout le monde est mouillé, et la perspective de rejoindre Lamblin en taule n'est pas vraiment attrayante.

– Tout le monde, y compris votre patron, Nicolas, pensez-y. Trouvez le moyen de vous appuyer sur leurs peurs pour vous émanciper. Quand les vieux cadres, plombés par toutes les bévues qu'ils ont commises, seront mis sur la touche, il restera le meilleur d'Orstam, les ingénieurs, les techniciens, les ouvriers, les technologies de pointe, la clientèle captive à l'échelle mondiale, et, pour cette partie vivante de l'entreprise, tout devient possible. (Barrot sent son rythme cardiaque s'accélérer.) C'est ce que j'appelle une opportunité. Je ne sais pas quand, je ne sais pas comment, mais il faut être prêt à accueillir la « sortie par le haut » dont parlait Simson. Nicolas, si vous êtes performant dans l'entreprise, il faut savoir saisir les opportunités quand elles se présentent. Faire les bons choix aux bons moments.

Barrot essaie de réfléchir, vite. July Taddei, grande banque internationale. Attention, ne pas perdre la tête.

– Orstam est une entreprise qui a une importance stratégique pour la France. Le gouvernement ne laissera pas faire n'importe quoi.

– Très juste. Une des grosses faiblesses de votre patron, c'est de ne pas vouloir parler avec le gouvernement sous prétexte qu'il est socialiste. C'est une erreur. Ce gouvernement fait partie du jeu. Et nous retrouvons la crise comme opportunité. Si des propositions sont faites, quelles qu'elles soient – restructurations, alliances –, et s'accompagnent de promesses de créations d'emplois, quel gouvernement prendra le risque de les refuser, en pleine crise ? Après, ce qui se passe réellement... vous savez bien que les promesses n'engagent que ceux qui y croient.

July se penche vers lui, décolleté plongeant, pose ses mains sur les siennes, pression légère qu'elle relâche ensuite dans une longue caresse, contact des ongles sur la peau, Barrot a une montée d'adrénaline. Elle fait signe au maître d'hôtel. Pas de fromage, elle surveille sa ligne. Dessert : deux mille-feuilles. Et champagne, c'est si bon avec le sucre.

– Cerise sur le gâteau, Nicolas, pendant ces grandes manœuvres industrielles, si vous jouez avec les gagnants, vous pouvez vous faire beaucoup d'argent sans risque : vous serez à la fois à la manœuvre et à la caisse.

– Je ne suis pas sûr de savoir jouer à ces jeux-là.

– Faites-moi confiance, Nicolas, je vous guiderai. Et n'oubliez pas qu'Eastern-Western Bank est une entreprise en pleine expansion, qui cherche à se développer ici en Europe. En cas de reconversion, si vous êtes intéressé…

July lève sa coupe de champagne, elle incline la tête, la masse de ses cheveux noirs glisse vers son épaule, donne de la profondeur à son sourire :

– Ne soyez pas frileux, Nicolas, jouez la crise.

Samedi 20 avril
Paris.

Dès 14 heures, Ludo s'est installé tout au fond de l'Atelier Renault Café, face à la salle, et déjeune d'un club sandwich et d'une carafe d'eau, le regard sur les allées et venues des clients. Depuis son rendez-vous au Sofitel Maillot, il a l'impression persistante d'être suivi. Il s'est livré à toute une série de tours et de détours, sans parvenir à identifier qui que ce soit. Il a revisité les quartiers qu'il fréquentait quand il était dealer et petit trafiquant dans la capitale, avec leurs immeubles à plusieurs issues. Sans beaucoup de réussite. Les portes d'immeubles sont de plus en plus souvent fermées par des codes dont il n'a pas les clés. Une ombre le fait sursauter, il prend des coups de panique. Lui qui se croyait solide supporte de plus en plus mal la tension et se sent devenir paranoïaque. Il essaie de se raisonner, mais comme chacun sait, même un paranoïaque peut avoir des ennemis. À 14 h 30, il n'a rien remarqué d'anormal, il appelle Stevie, qui arrive à 15 heures, seul, commande un café et embraye immédiatement :

– Les nouvelles de Montréal ne sont pas bonnes. Là-bas, c'est le bordel. Les règlements de compte ont déclenché une opération de nettoyage, Michelis a été arrêté, il est en prison, le grand patron de PE-Credit le lâche et, pour tout arranger, la police est à votre recherche. Vous trouverez tout cela confirmé dans la presse québécoise.

Ludo se sent partir en vrille. Geste de rage, la tasse de café tombe et se brise.

– Donc mon fric est perdu...

– Pas si vite, mon vieux. Montréal et Michelis sont grillés. Mais j'ai un ami avocat à Grand Cayman, je vais lui demander de rencontrer Burrough – vous vous souvenez de Burrough ?

– Évidemment.

– ... et de tenter une transaction avec lui, maintenant que Michelis est hors jeu. Deux millions de dollars, sûrement pas, mais une somme qui vous permette de repartir dans la vie. Ailleurs. En attendant de mes nouvelles...

– Quand ?

– Comment voulez-vous que je le sache ?

Ludovic cherche à maîtriser sa panique. Il se penche vers Stevie :

– J'en ai besoin très vite. Je ne peux pas rester ici indéfiniment.

– Je ferai mon possible. En attendant, je vous conseille de vous planquer et de mener la vie la plus discrète possible. Il y a des accords d'extradition entre la France et le Canada.

Stevie dévisage Castelvieux, songeur. Il finit par sourire.

– Je vous aime bien, Ludo. Ne faites pas de bêtises. Je me méfie des bêtes blessées, acculées. Ce sont les plus dangereuses, et je sais de quoi je parle. Je serai plus tranquille quand vous aurez ramassé quelques dollars et quand vous serez sorti de ma vie.

Ludovic regarde partir Stevie. Quatre jours déjà. Et rien. Ce type sait qu'il y a urgence. Il me trimbale. Les bêtes blessées, on ne les soigne pas, on les achève.

Chapitre 4

Lundi 22 avril
Levallois-Perret.

Comme chaque matin en arrivant au bureau, Nicolas Barrot passe faire son rapport à Carvoux et prendre les consignes. Celui-ci l'accueille debout, le sourire aux lèvres.

– Alors, vous avez emballé la banquière ? (Nicolas, désarçonné, ouvre la bouche, pas un son.) Appliquez-vous, jeune homme, il se pourrait que le sort d'Orstam dépende de vos performances au lit…

Nicolas bafouille :

– Autre chose, monsieur ?

Non, Carvoux n'a rien d'autre à lui dire.

Nicolas s'enfuit dans son bureau, entre la honte et l'exaspération. Qui a pu lui dire ?... Il m'espionne ?... Ce ton... Je le hais. Il essaie de travailler, attaque un rapport, n'arrive pas à se concentrer. S'il savait ce qu'elle dit de lui... incapable, nuisible, à éliminer. Parce que c'est lui, Barrot, qui a dîné avec July Taddei, pas Carvoux. C'est à lui, Barrot, que July a fait des confidences. La colère s'apaise, peu à peu. Lui me méprise, pas elle : « Faites-moi confiance, Nicolas, je vous guiderai... » Au milieu des requins de la haute finance. Et j'emmerde Carvoux.

Il ferme les yeux. Je ne serai pas frileux. D'abord, ne pas me faire laminer par ce type, qui me balancera à la première occasion. C'est décidé. J'enregistre tous nos entretiens. J'aurai le courage. L'arme fatale. Il n'y tient plus. Un coup d'œil à son agenda, un rendez-vous à 18 h 30 ce soir, pas important, il peut le déplacer. Il pianote sur son ordinateur, trouve le numéro du salon de massage, prend rendez-vous avec Lara, sa masseuse habituelle, dans la cabine 5, sa cabine, ce soir à 18 h 30. Soudain plus calme, il se met au travail.

Préfecture de police de Paris.

Après avoir salué Reverdy et Lainé, Noria reprend dès le matin sa tournée des services de renseignements impliqués dans la sécurité des entreprises.

À tout seigneur tout honneur, la DGSE. Elle est reçue avec courtoisie et condescendance. Travaillent-ils sur l'arrestation et la détention aux États-Unis de Lamblin, cadre dirigeant chez Orstam ?

– La vie économique des entreprises n'est pas notre domaine de prédilection. Et les États-Unis sont nos alliés très proches.

– Même dans ce cas ? Un citoyen français, cadre dirigeant dans une entreprise vitale pour l'équipement de notre industrie nucléaire et de notre armée, est arrêté, emprisonné aux États-Unis, et cela ne suscite chez vous aucune réaction ?

– Nous n'avons été alertés par personne, aucune démarche de l'ambassade de France ou du consulat.

Quand elle sort des locaux de la DGSE, son moral n'est pas au beau fixe. Mais il faut poursuivre la tournée.

À la délégation interministérielle à l'Intelligence économique, en voie d'installation auprès du Premier ministre, l'accueil est beaucoup plus chaleureux, mais la responsable lui explique avec fierté qu'elle ne travaille qu'en milieu « ouvert », méprise les « espions » et n'a rien à faire de questions aussi concrètes et immédiates que l'arrestation de M. Lamblin. « La délégation s'occupe des évolutions à long terme, entend prévenir les risques par l'information des entrepreneurs, et renforcer sa capacité d'alerte et d'impulsion au service de la compétitivité. » Noria se surveille pour ne pas exploser dans une crise de violence incontrôlée, dit avoir bien noté qu'un « comité interministériel à l'Intelligence économique, chargé de coordonner les différents services du secteur du renseignement concernés, est en train d'être mis en place, et que son service sera invité à y participer dans un avenir proche », remercie et s'en va.

Un conseiller à l'Élysée est chargé de la coordination du renseignement. Mais il n'a pas le temps de la recevoir.

Il va falloir se débrouiller seule dans le maquis broussailleux et opaque du renseignement économique. À moins qu'il n'y ait ni maquis ni broussailles, mais simplement un simulacre de renseignement économique. Une sensation d'abandon et de solitude. Il faudra s'y habituer.

Elle s'accorde une récréation et s'arrête, sur le chemin du retour, à la brasserie des Deux-Palais avant de remonter dans son bureau. Elle commande une omelette au fromage. Les fantômes sont toujours là. Pourquoi venir les évoquer ? Pour se sentir moins seule ? Faiblesse. Macquart est mort depuis deux ans déjà. 2011. Il serait temps de tourner la page. Un moment important dans sa vie, la mort du père de substitution. Elle était allée à son enterrement dans un bled au fin fond du Vexin français. Et, souvenir, souvenir, avait revu Daquin ce jour-là. Il savait qu'elle avait choisi la DCRI, mais n'en avait pas parlé. À la fin de la cérémonie, après avoir présenté leurs condoléances à la famille, qui semblait déjà s'être fait une raison, Daquin l'avait raccompagnée chez elle, à Paris. Dans la voiture, pour meubler le silence, elle lui avait demandé ce qu'il devenait. Il allait prendre sa retraite et commençait à donner des cours à Sciences Po. Il avait coulé un regard vers elle en précisant : « Mon ancienne école ». Un cours sur le thème de la grande criminalité économique. Noria s'arrête de manger. Bien sûr. Je le savais, c'était ce souvenir, bloqué quelque part dans un coin de ma mémoire, que je traquais. Daquin avait ajouté : « Cette année, je m'intéresse à la stratégie d'expansion économique des Américains, qui jouent sur tous les tableaux. Ils gagnent en collaborant avec le crime et ils gagnent en le réprimant. Leur système judiciaire est fascinant. » À cette époque, elle n'avait pas cherché à en savoir plus, maintenant, le sujet l'intéresse. Mais Daquin... Avec lui, elle avait toujours gardé ses distances. Elle le percevait instinctivement comme une menace sans trop savoir pourquoi. Trop à l'aise dans son corps, dans son métier, trop intello, du genre à dominer son sujet avec aisance. Trop différent. Un homo macho. Noria finit son omelette. Sur la DCRI, il avait raison. Il a une bien meilleure connaissance de la Maison que moi, de bien meilleurs réseaux. Mais il n'est plus dans la Maison, et moi, j'y suis encore. Il n'est plus vraiment en situation de force. Donc je peux aller le voir sans me faire dévorer. Lui demander conseil. Peut-être.

Elle commande un café-cognac, comme un clin d'œil.

Lainé et Reverdy ont déjeuné ensemble, puis Reverdy part à un rendez-vous.

– Au café Zimmer, dit-il avec un sourire, je reprends les vieilles habitudes.

Et Lainé remonte vers leur bureau. À peine le temps de faire un saut à la machine à café, sonnerie du téléphone fixe. Appel passé par le central.

– Lieutenant Lainé ?

– C'est moi.

– Votre ami Ludovic, vous vous souvenez de moi ?

Flash rapide, il y a deux ou trois ans, Assas, la drogue...

– Je me souviens. Où êtes-vous ?

– À Paris. Je voudrais vous voir.

La voix est assurée.

– Vous ne manquez pas de culot.

– C'est vrai, mais vous, au Renseignement parisien, vous ne manquez pas d'audace. Dans un quart d'heure, au Balzar. Je vous garantis que vous ne le regretterez pas.

La communication est coupée.

Lainé hésite. Rentrée universitaire 2010, université d'Assas, Lainé faisait ses premières armes au Renseignement parisien, affecté au milieu étudiant. Il était tombé sur un beau trafic d'amphètes, avec un volet cocaïne, le dealer en chef dans la fac était un jeune étudiant qui avait du savoir-vivre, le sens des affaires et un gros appétit. Ludovic Castelvieux. Il l'avait bien coincé puis avait refilé toute l'affaire aux stups. Tout le réseau avait été démantelé, arrêté, emprisonné, sauf Castelvieux, qui était parvenu à s'évaporer avant d'être arrêté et avait été condamné à cinq ans de prison par contumace. Avant de ressurgir sans crier gare. Piège ? Peu probable, l'histoire était morte, aucune raison de la réactiver. Je vais voir. SMS à Reverdy, par précaution, « rdv Balzar, appel dans 1 heure », puis il part à pied, en marchant vite, vers le Balzar.

Lainé reconnaît immédiatement Castelvieux, assis face à la porte d'entrée, tout au fond de la brasserie, devant une tasse de chocolat chaud. Ce jeune trafiquant au visage rond, la mèche châtain, courte et disciplinée, l'air frais et anodin, bien mis, le gendre idéal version contemporaine. Le décor cossu et austère du Balzar lui convient bien. Mais quand Lainé s'assied devant lui, à la table de la brasserie, il voit dans ses yeux marron le vacillement de la panique. Un coup à jouer ?

– Que veux-tu me dire ? Je te donne une demi-heure, pas plus.

– Après l'histoire d'Assas, je me suis expatrié à Montréal. Là-bas, j'ai joué les prête-noms, c'est une activité légale au Canada…

– Légal ou pas, je m'en fous, continue.

– … Je travaillais pour une grande banque internationale qui blanchissait l'argent des mafias locales. J'ai gagné beaucoup d'argent. Et puis les mafieux ont commencé à s'entretuer. L'atmosphère devenait irrespirable, j'ai voulu partir. Je suis revenu ici, mais je me sens traqué.

Lainé constate que Castelvieux a le regard toujours en mouvement, il surveille chaque client, chaque serveur.

– Tu n'es pas fait pour jouer dans la cour des grands.

– C'est ce que je pense aussi, expérience faite. Clairement, je cherche à revenir ici, refaire ma vie, sans passer par la case prison, et je pense que vous pouvez m'aider.

– Quel est mon intérêt ?

– Les mafias canadiennes dont j'ai vu passer le fric contrôlent une filière de fabrication d'amphétamines et de pseudo-médicaments dont une très grande partie est vendue en France et en Europe. Je peux vous donner la filière européenne contre une protection, au moins pendant le temps de me refaire.

– Faut pas rêver, non plus. Donne-moi le nom de la banque pour qui tu travaillais.

– Sans contrepartie ?

– Oui. Un geste commercial. Si tu veux que je prenne ta proposition au sérieux.

– PE-Credit Montréal.

Un géant américain. Lainé connaît, de loin. Reverdy : justice américaine, racket, ils ont gagné la guerre. Ce serait amusant…

– Ça m'intéresse peut-être. Mais je ne peux m'engager à rien, il faut que je consulte pour voir ce qu'on peut te proposer. Voyons-nous demain.

– Je vous appelle demain au même numéro, à la même heure, et on fixe un lieu. Faites vite. Je n'ai plus beaucoup de temps.

Quand Noria remonte dans le bureau, au dernier étage de la préfecture, vers 15 heures, elle est seule. Reverdy et Lainé sont en vadrouille. Autant en profiter pour appeler Daquin, sans se laisser trop le temps de réfléchir.

Elle le joint sans problème, l'informe de sa nouvelle affectation.

– Je suis donc amenée à m'intéresser aux grandes entreprises françaises et à leurs démêlés avec la justice américaine, et je manque totalement de repères.

– Cela a été un de mes axes de travail.

– C'est pour cette raison que je vous téléphone. Je me souviens : « Sur le plan économique, les Américains gagnent sur tous les tableaux, leur système judiciaire est fascinant. » Ou quelque chose d'approchant.

– Vous avez une sacrée mémoire. Impressionnant. Quand voulez-vous ?

– Quand vous pourrez, sans trop tarder.

– Mercredi, à mon bureau à 10 heures ?

– Parfait.

– Je vous envoie les coordonnées par SMS.

Reverdy a rendez-vous au café Zimmer avec Sautereau. Il le trouve d'excellente humeur.

– Combien de temps qu'on ne s'était pas donné rendez-vous dans ce café ? Deux, trois ans ?

– On reprend les bonnes habitudes ? Comme dans le bon vieux temps ?

– Pour fêter ça, j'offre les cafés, pour commencer.

– Attention, à force, tu vas te ruiner… Tu as des nouvelles pour moi ?

– Quelques-unes. Après deux ans d'investigations, la justice américaine a ouvert une enquête officielle contre Orstam il y a un mois, juste avant le départ de Lamblin… Le PDG avait donc adressé une circulaire à ses cadres supérieurs, diffusion limitée, leur conseillant de ne pas aller aux États-Unis.

– Pourquoi Lamblin est-il parti ?

– Question logique. Pour l'instant, je n'en sais rien. En coulisse, la justice américaine parlerait d'une amende dans les huit cents millions de dollars. En face, la réponse d'Orstam est : nous sommes blancs comme neige, rien à cirer. L'entreprise prend en charge la défense de Lamblin, sur la même ligne.

– Qui sont les avocats ?

– Le cabinet Bronson & Smith, de New York. Notre PDG a confié le suivi du dossier Lamblin à Nicolas Barrot, son conseiller personnel. Un petit jeune homme à tout faire, sans aucune compétence particulière et beaucoup d'ambition, celui dont parlait Martine l'autre soir. Je suis allé le voir et lui ai dit que le service Sécurité devait être informé régulièrement. Les consignes qui lui ont été données par les avocats new-yorkais sont claires. Il doit veiller à ce qu'aucune information ne circule dans l'entreprise. Ce serait indispensable à la sécurité de Lamblin.

– Intéressant. Dis-moi, si j'ai bonne mémoire, vous aviez, il y a deux ou trois ans, une grande avocate américaine dans votre conseil d'administration.

– Oui, elle est toujours là. Katryn McDolan, l'une des dix femmes les plus influentes des États-Unis, d'après la presse anglo-saxonne. Je crois même qu'à un moment de sa carrière elle a eu des contacts avec la CIA.

Reverdy sursaute. Sautereau précise :

– Comme pratiquement tous les personnages importants dans l'économie américaine, tu sais, rien de bien original. Leur système n'est pas le nôtre.

– McDolan, le cabinet Bronson & Smith sont bien placés, et ils n'ont rien vu venir ? Pas capables d'assurer la protection de leurs associés ou de leurs clients ?

– Je n'ai trouvé aucune trace de leurs interventions en ce sens, en tout cas. Parlons de nos banquiers. Sampaix a organisé la semaine dernière une réunion avec la Eastern-Western Bank, notre principal banquier pour nos affaires américaines. Le patron de la filiale France soutient qu'Orstam est au bord de la faillite, ce que notre service financier dément. Et il est venu accompagné d'une ravissante collaboratrice qu'il a à peine présentée. Sampaix s'est renseigné. Il s'agit de July Taddei, très haut placée dans l'organigramme du siège social à New York, une très belle femme, paraît-il, et, quand elle vient à Paris, elle loge au Plaza Athénée. Pourquoi un gros calibre de ce genre dans une réunion de seconds couteaux ? Sampaix craint que le banquier ne leur prépare un coup de Trafalgar.

– July Taddei, Plaza Athénée, je vais voir. J'ai une entrée. Un ancien des RG, qui est passé dans le privé au moment de la création de la DCRI. Un bon ami. Ce sera une occasion de le revoir.

– Enfin, très peu d'arrivées récentes d'Américains dans la boîte. Je ne vois guère que Steven Buck. Il est entré à Orstam l'année dernière, il vient d'un fonds d'investissement américain et, autant que je m'en souvienne, nous ne savons pas grand-chose sur lui. Il travaille au secteur Stratégie, dont personne ne sait à quoi il sert. Il est assez discret dans la boîte, pour ne pas dire inexistant. Seul point marquant, d'après des bruits de couloir insistants, il fréquenterait les putes du bois de Boulogne.

– Donc un gars qu'on peut faire chanter ? Peut-être intéressant, on ne sait jamais. Je vais voir ce que je peux trouver.

– On se tient au courant ?

L'équipe se retrouve en fin d'après-midi pour faire le point. Pour Ghozali, constat d'échec de sa tournée. Les Américains sont « hors radars » pour les services français. Elle signale, sans s'attarder, qu'elle envisage de rendre visite dans un jour proche à un ancien flic qui travaille sur les questions de criminalité économique.

– Résultat incertain. Mais cela ne peut pas être pire que la tournée dans les services que je viens de faire. À vous, Reverdy.

– J'ai rencontré le responsable sécurité d'Orstam…

– Dites-moi, chemisette bleu clair et pantalon bleu roi, ce n'est pas une tenue pour Orstam.

– Je ne suis pas allé à Orstam. Sautereau, le responsable sécurité, est un ancien flic, ami de longue date, et nous avions rendez-vous dans un bistro parisien, pas de souci.

Il résume les informations données par Sautereau et développe un peu plus sur deux points :

– Un nouvel arrivant américain chez les cadres de direction, un dénommé Steven Buck, qui serait accro aux putes du bois de Boulogne. Il faut que nous trouvions les moyens de savoir si c'est vrai. Ça peut toujours servir. Un peu plus alarmant, l'attitude défaitiste de Eastern-Western Bank, la banque américaine d'Orstam, qui annonce la faillite de l'entreprise pour demain ou après-demain.

– Et il y a un risque ?

– Le service financier d'Orstam affirme que la situation est à peu près saine. Et la présence, à une réunion de travail ordinaire entre la banque et le service, d'une cadre très haut placée au siège social de New York inquiète nos amis. Elle loge au Plaza Athénée quand elle vient à Paris…

– Il faut aller y voir.

– J'ai téléphoné au gars de la sécurité de l'hôtel, une vieille connaissance, il est sur le coup.

Noria regarde Reverdy quelques secondes. Un rapide, sous ses airs de dandy évaporé. Accroche-toi, ma fille, si tu veux rester dans le mouvement.

– Qu'est-ce que vous proposez ?

– Attendons d'être un peu plus solides avant de rédiger de nouvelles notes. Ne prenons pas le risque de lasser nos lecteurs.

– D'accord. Vous tenez quelque chose, Reverdy, il faut bétonner. Lainé ?

Lainé raconte sa rencontre avec Castelvieux et demande :

– Qu'est-ce qu'on en fait ?

– C'est un résidu de tes jeunes années, pas vraiment de rapport avec nos objectifs.

– Une grande banque américaine qui blanchit l'argent d'une mafia de la drogue...

– À Montréal, un peu loin de chez nous, et ton Castelvieux est peut-être en pleine improvisation...

Noria propose :

– Vous voyez votre gars demain, vous lui proposez de se livrer à la police, qui le met en prison, à l'abri des mafieux qui le pourchassent, il est rejugé, verdict clément s'il nous donne effectivement la filière dont il parle. Ça ne vous prend pas beaucoup de temps, ça peut faire plaisir à nos collègues des stups, ce qui est bon pour la cote du Renseignement parisien. Il faut juste que vous voyiez demain matin si nos patrons acceptent de nous suivre sur cette proposition.

– Je m'en occupe.

Paris.

Il n’est pas loin de 18 h 30. Nicolas Barrot marche vite, le pas pressé et la tête baissée. Bientôt l’heure de son rendez-vous, il anticipe les sensations une à une, ressent déjà un avant-goût du plaisir. Aujourd’hui, ce sera la totale. Il mérite bien ça. Quand il emprunte la rue où se trouve le salon de massage, il passe devant un porche sous lequel une jeune femme appuyée contre un mur pianote sur son portable. À peine le temps d’apercevoir une boule frisée de cheveux roux exubérants, une silhouette engoncée dans une tunique informe, la jeune femme se redresse et lui emboîte le pas. Quand il entre dans le salon de massage, elle le suit. Il a un mouvement de surprise et de gêne, mais l’hôtesse d’accueil lui sourit :

– Cabine 5, comme d’habitude. Lara vous attend et votre thé est servi.

La jeune femme derrière lui pianote toujours sur son portable et, quand il s’éloigne, il l’entend demander s’il existe des masseurs naturistes hommes pour des clientes femmes. Il trouve la demande déplacée.

Cabine 5, il se déshabille, pend soigneusement ses vêtements dans une petite armoire, prend une douche, puis franchit un paravent décoré de reproductions d’estampes japonaises et se retrouve dans l’espace massage, odorant, confiné, intime. Il s'allonge sur le ventre, sur le matelas encastré dans un cadre de bois sombre. Devant lui, un grand miroir pour qu'il puisse à tout moment admirer sa masseuse au travail, à côté de son visage une rangée de bougies parfumées, il contemple les flammes, cligne des yeux, les démultiplie à l'infini dans le miroir. Entrée de Lara. Elle enlève sa blouse rose qu'elle jette négligemment sur le paravent japonais, et vient, nue, lui servir sa tasse de thé. Il se redresse sur les coudes. Les seins de Lara frôlent son visage. Il boit son thé à petites gorgées, puis s'abandonne aux mains de Lara, qui l'enduit d'huile, il est en route vers le bonheur.

Dans la cour intérieure de l'immeuble, une femme attend, appuyée contre un mur, à côté des poubelles. Un bip sur son portable, elle se met en mouvement, sort une clé de la poche de son manteau, ouvre la porte de l'entrée de service du salon de massage, pénètre dans la réserve, se débarrasse de son manteau. Elle porte une blouse rose, comme les masseuses de l'établissement entre deux clients. Elle ouvre la porte qui communique avec le salon, se trouve à deux pas de la cabine 5, entend des bruits de voix dans le hall d'accueil. La rousse est là, prête à faire diversion en cas de pépin. Sécurisant. Mais il n'y aura pas de pépin, elle est pro. Elle vérifie l'heure, elle est dans les temps, entrouvre la porte de la cabine 5 avec le passe dont disposent les masseuses, la blouse rose est sur le paravent, comme convenu : le champ est libre. Elle se glisse dans l'espace vestiaire, entend une voix d'homme étouffée parler d'une femme. Pauvre connard. Elle ouvre le placard, saisit les deux téléphones portables dans les poches intérieures de la veste qui y est pendue et retourne dans la réserve. Il s'est passé quatre minutes depuis le début de l'opération. Nicolas Barrot, le visage enfoui dans le matelas, aujourd'hui il ne veut pas voir Lara, sent deux seins effleurer ses fesses, puis monter le long de son dos, pendant que deux mains massent ses épaules, sa nuque. Détente, bien-être, il rêve au corps de July, il parle d'elle, et il bande.

Dans la réserve, la femme s'assied sur une caisse, prend dans la poche de son manteau une trousse à outils de bijoutier, fixe à son front une mini-lampe torche et une loupe, se concentre sur son travail. Elle introduit une puce dans chacun des téléphones, referme les coques, range la trousse dans son manteau, vérifie l'heure. Il lui reste cinq minutes. Largement suffisant. Elle refait le même trajet, entend les mêmes voix dans le hall d'entrée, ouvre la porte de la cabine 5, la blouse rose est toujours en place sur le paravent, le bonhomme sur son matelas roucoule. Elle remet les deux téléphones dans les deux poches intérieures de la veste pendue dans l'armoire. Quand elle quitte la cabine, elle entend la masseuse dire : « Maintenant, allongez-vous sur le dos. »

Chapitre 5

Mardi 23 avril
Préfecture de police de Paris.

Pendant que Lainé discute avec les patrons du cas Castelvieux, Reverdy emmène Noria faire un tour des bureaux, pour la présenter aux collègues qu'elle ne connaîtrait pas. Il y en a beaucoup. Les anciens RG parisiens sont parvenus à résister à la tentative d'OPA de la DCRI, mais non sans pertes et bouleversements internes. Noria s'arrête dans le bureau de Bruno Merletti, que Reverdy lui présente comme l'homme qui connaît ceux qui savent tout sur les putes du bois de Boulogne. Il l'accueille chaleureusement. Elle entre directement dans le vif du sujet :

– Nous nous intéressons au dénommé Steven Buck, un Américain, cadre au siège d'Orstam, présent en France depuis début 2012, semble-t-il, qui fréquenterait assidûment les fourrés du bois de Boulogne. C'est le seul élément que nous ayons sur lui, et encore, c'est un bruit de couloir.

Merletti regarde sa montre, l'heure de l'apéro approche, un rendez-vous à ne pas manquer.

– Facile. Revenez à 14 heures. Il fait très beau, je vous emmène d'un saut de moto au commissariat du XVIe, où j'ai quelques amis, et vous verrez avec eux ce que vous pouvez trouver sur ce monsieur, s'il y a quelque chose à trouver.

À 14 heures, Lainé et Reverdy attendent ensemble dans le bureau un signe de Castelvieux, qui ne vient pas.

Commissariat
du XVIe arrondissement de Paris.

Merletti présente Noria au commissaire Marmont, un quadragénaire râblé, sanguin, qu'elle imagine facilement violent, et l'abandonne (« Vous êtes entre de bonnes mains ») pour rentrer à la préfecture.

Noria se met au travail sur un des ordinateurs du commissariat, aidée d'un gardien de la paix, et tombe très vite sur le nom de Steven Buck.

Le 22 avril 2013, Paula Silva s'est rendue au commissariat du XVIe arrondissement à 18 h 45, pour déposer une plainte contre Steven Buck, l'accusant de l'avoir tabassée dans sa voiture, garée dans une allée cavalière le long du Cercle de tir aux pigeons du bois de Boulogne, le 20 avril à 22 h 15. Elle le connaît bien, c'est un client régulier. Ce soir-là, l'individu était en état d'ébriété, d'après Paula Silva, qui a eu une pommette fracturée et une déviation de la paroi nasale. La victime a fourni un certificat médical émanant des urgences de l'hôpital Ambroise-Paré.

Après discussion avec les permanenciers, la plainte s'était transformée en simple main courante. Le commissaire Marmont, consulté par Noria, commente :

– Paula Silva est un travelo brésilien, une nature explosive, comme les cinq ou six autres travelos brésiliens qui tapinent avec elle, elles ont leur coin attitré au Bois, et les accrochages sont fréquents, avec d'autres ou entre elles, à propos de n'importe quoi. Personne chez nous n'a envie de se mêler de ce genre d'histoire, tant que ça reste dans des limites raisonnables. Les permanenciers ont dû estimer que c'était le cas ce soir-là. Donc pas d'enregistrement de la plainte.

– Si je la rencontre, j'ai une chance qu'elle accepte de me parler de ce Buck ?

– Vous pouvez essayer. Paula n'est pas la pire de sa bande. Vous voulez qu'on rafle le petit groupe, qu'on vous l'amène ici, et vous tentez votre chance ?

– Ici, elle ne me dira rien.

– C'est aussi ce que je pense.

Marmont réfléchit un temps.

– Le mieux serait de la rencontrer à son seul point fixe, son lieu de travail. Je peux faire quelque chose pour vous, par amitié pour Merletti. Venez cette nuit à l'heure creuse, vers 21-22 heures, après le coup de feu de la sortie des bureaux de la Défense et avant celui de la sortie des boîtes de nuit. Je vous ferai accompagner par un de nos gars qui connaît bien Paula, il vous la présentera. Si vous lui proposez de la dédommager pour le temps qu'elle passera avec vous, et si elle vous trouve sympa, il est possible qu'elle accepte de causer. Elle était la victime dans l'histoire avec ce Buck.

Bois de Boulogne.

Dans la soirée, Noria a récupéré une voiture de service et, maintenant, elle suit celle d'un policier anonyme du commissariat du XVIe. Le Bois, à la nuit à peine tombée, par un beau soir de mai, est intensément peuplé. La vie pulse fort, mais en sourdine. L'allée de Longchamp, l'axe central autour duquel tourne cet univers nocturne, trace une ligne toute droite de lumière orangée. À l'ombre des arbres, des silhouettes arpentent les contre-allées d'un pas mécanique, s'approchent de la lumière au passage des voitures, puis s'écartent et s'estompent à nouveau. L'air vibre en mode mineur de frôlements, de frottements, de cris étouffés comme des gémissements, et du bruit assourdi des moteurs de voitures qui passent et repassent au ralenti, inlassablement. De temps à autre, les cris d'une engueulade, le claquement d'une portière, parfois le tohu-bohu d'une rafle policière font tache. Ce soir, le Bois est relativement calme.

Le guide tourne à droite dans l'allée de la Reine-Marguerite, puis dans une rue secondaire obscure. Une silhouette jaillit d'un fourré en manteau de fourrure, se jette dans la lumière violente des phares, ouvre son manteau d'un geste théâtral, flash, elle est complètement nue, Noria n'a pas le temps de détailler son anatomie, juste le réflexe de braquer à gauche pour éviter de l'écraser. Son guide est déjà passé et s'arrête une centaine de mètres plus loin. Noria se gare derrière lui, le voit sortir de sa voiture, s'enfoncer dans les fourrés obscurs. Il en revient quelques minutes plus tard en compagnie d'une femme nettement plus grande que lui. Une sacrée allure. Une paire de jambes nues, longues, fines, bien dessinées et soigneusement épilées, des bottillons noirs à talons, un cul rond et dur dans un short en cuir noir, un bustier noir qui offre à l'étalage une paire de seins plus fermes que nature et met en scène des épaules de gymnaste. Une chevelure coupée au carré, noire, encadre un visage charpenté, au maquillage agressif à dominante noire. La femme a un bleu sous l'œil gauche, conséquence probable de la raclée encaissée quelques jours plus tôt, et, au lieu de chercher à le dissimuler, elle l'a mis en scène en le noircissant, en dessinant soigneusement le contour. Noria frissonne. Visage masque, théâtre, tragédie, terriblement attirant. Elle baisse la vitre côté passager. Paula s'approche de la voiture, se penche, fixe Noria qui se laisse dévisager en silence, puis elle finit par ouvrir la portière et s'asseoir à la place du passager.

– Roulez. C'est la pause. Allons prendre un café porte Dauphine.

Noria s'exécute sans un mot. Son guide est déjà reparti.

Quand elles débarquent dans le café, Paula ne passe pas inaperçue, la température monte de plusieurs degrés, les hommes tournent autour de la table où elles se sont assises et matent les seins, les épaules, le coquard de Paula. Noria lui propose sa veste, elle la pose sur ses épaules, cache ses seins, et la pression retombe d'un cran. Elles commandent deux doubles cafés-calvas, commencent à boire en silence. Paula craque la première et engage le dialogue :

– Vous lui voulez quoi, exactement, à ce type, et qu'est-ce que vous me voulez, à moi ?

Noria improvise :

– Buck est peut-être mêlé à des bagarres qui se sont terminées par la mort de deux victimes, dans un pays étranger dont la police nous a demandé notre appui pour une enquête de personnalité. Et je suis venue vous voir.

– J'ai porté plainte contre lui.

– Je sais. C'est pour cette raison que je suis ici.

– Ma plainte, il s'est rien passé.

– Les flics sont comme ça, et vous le savez. Si vous me parlez, il se passera peut-être quelque chose.

– On fait un deal. Si vous arrivez à foutre le Buck dans la merde, vous venez me le raconter, avec les détails.

Noria sourit.

– J'allais vous le proposer. Je vous le promets.

– On se prend un autre café-calva ?

Paula met de l'ordre dans son récit pendant que Noria va commander les cafés au bar. Quand elle pose les tasses sur la table, Paula commence, le regard dans le vague.

– Il a été longtemps un client régulier…

– Longtemps, c'est combien de temps ?

– Plus d'un an. Il a commencé à venir en hiver, l'année dernière. Au moins une fois par semaine. J'ai fini par savoir comment il s'appelait, qu'il travaillait à la Défense et qu'il n'avait pas de famille ici. On baisait dans sa voiture. C'était toujours violent. Des coups et, pour finir, il m'enculait comme s'il voulait me clouer, me tuer.

– Pourquoi remontiez-vous dans sa voiture la semaine suivante ?

Paula regarde Noria. Un gouffre entre leurs deux vies, mais la sensation fragile qu'il peut exister des instants d'empathie.

– Parce qu'il payait très bien. Quatre ou cinq fois plus que les clients habituels. Quand je l'avais fait, je quittais le Bois, je me trouvais un lit et je dormais toute la nuit. (Paula se noie dans sa tasse de café et dit à voix basse :) J'aimais ça.

Noria n'estime pas utile de s'appesantir sur ce que recouvre exactement ce « ça ».

– Le soir du 20 avril, racontez-moi.

– Ce soir-là, il puait et il suait l'alcool. Et sans doute aussi autre chose, genre amphètes. C'était déjà arrivé. Ça a commencé comme d'habitude, des claques. Et puis ça a dérapé, il s'est comme intoxiqué lui-même, il a perdu le contrôle, il s'est mis à taper à coups de poing.

– Vous vous êtes défendue ?

– Non. Puisque au début, c'était comme d'habitude. Il tapait et j'encaissais, après, il était en train de me massacrer, mais c'était trop tard, je ne pouvais plus réagir.

Paula s'arrête, regarde Noria.

– Vous ne pouvez pas comprendre, hein ?

Noria, corps et visage figés, a écouté le récit de cette soirée, de ce moment où l'on se sent si radicalement submergé qu'on en perd tout réflexe de survie. Bien sûr qu'elle peut comprendre. Elle l'a vécu, il n'y a pas si longtemps. Elle se lève, va au bar, commande des cafés-calvas, revient s'asseoir à la table devant Paula, pose les cafés.

– Si, je comprends très bien. À un moment, sous l'accumulation des chocs, sous le poids de plus en plus lourd de sa vie, on ne sait plus qu'on existe, on perd l'instinct de survie.

Paula la regarde deux secondes avant de continuer :

– Trois copines sont arrivées, elles m'ont sortie de la voiture. Il est parti, elles m'ont emmenée à l'hôpital. Deux jours après, je suis allée porter plainte.

– Il est revenu ?

– Non.

– Il fréquente encore par ici ?

– Il n'a pas essayé, mais il ne pourra plus revenir dans notre coin, ni dans les environs. Nous avons passé le mot. S'il revient, il ne pourra plus aller traîner que du côté de la rue des prix cassés, près du périph. Ces travs-là, ce sont des déchets, on les fréquente pas.

Mercredi 24 avril
Préfecture de police de Paris.

L'équipe Ghozali fait le point. Steven Buck n'est pas seulement amateur de travelos, il est aussi alcoolique, drogué et violent compulsif. Le personnage semble bien douteux. Un peu trop pour un cadre supérieur d'Orstam. Il faut demander un complément d'enquête interne à Sautereau et lui mettre la pression. Reverdy s'en charge. Pour rédiger une note, on attend d'avoir un retour de Sautereau.

Castelvieux : pas de signe de vie hier à 14 heures. Est-ce inquiétant ? Noria et Reverdy ont tendance à penser que non. Toute son histoire peut être un fantasme d'étudiant attardé. Lainé n'est pas d'accord. D'abord parce qu'il a connu Castelvieux pendant sa période « entrepreneuriale » parisienne, il y a trois ans. Pas mythomane du tout, mais organisé, rationnel, efficace. Ensuite parce qu'il garde en mémoire son regard de l'autre jour, quand il était assis au Balzar derrière sa tasse de chocolat. Tout à coup, une bête traquée.

– Donc, je le prends au sérieux. Et quand j'ai fait le tour des patrons hier, ils étaient intéressés par la filière amphètes. Mais il y a aussi une autre hypothèse : il est reparti à l'étranger sans prendre le temps de nous dire au revoir.

– Que proposez-vous ?

– Nous attendons encore un signe de vie aujourd'hui à 14 heures. Si nous n'avons toujours pas de nouvelles, je me mets en chasse. Je sais à peu près qui joindre avec des chances d'aboutir. Et même s'il est reparti, nous pouvons glaner auprès de ses proches quelques informations intéressantes sur ses activités pendant son séjour à Paris.

– Très bien. Accepté. Moi, je vais rencontrer mon commissaire à la retraite. Je verrai bien.

Paris.

Un immeuble moderne rue Nansouty, le long du parc Montsouris, au troisième étage. Daquin vient lui ouvrir la porte, pantalon en toile claire, bien coupé, chemise à col rond bleu marine. Élégance et décontraction. Noria ne peut s'empêcher de penser : Reverdy a encore beaucoup à apprendre. Daquin la salue comme une vieille connaissance, sans familiarité excessive, et l'introduit dans une grande pièce. Noria s'arrête sur le seuil, surprise par la sensation d'espace ouvert, non structuré : Deux murs couverts de livres, deux grandes baies sur le parc, un coin télé avec un écran immense, des fauteuils dépareillés et, plantées au hasard, deux ou trois tables basses. À cette heure, toute la pièce est baignée par un jeu d'ombres et de soleil rythmé par la cime mouvante des arbres du parc tout proche.

Mon bureau, avait dit Daquin. De quel genre de bureau s'agit-il ?

Près des baies vitrées, un homme debout devant un lutrin en bois examine et range de grandes photos dans un carton à dessin. Il est en pyjama d'intérieur bleu marine, pieds nus sur le plancher. Il se retourne, fait un pas vers Noria, il bouge bien constate-t-elle. Elle croise son regard. Des yeux bleu-vert, ombrés par des cils très longs, envoûtants comme ceux de Lauren Bacall, « Le Regard ». Il salue brièvement et quitte la pièce. Dans l'entrée, il échange quelques mots avec Daquin, puis se dirige vers les profondeurs de l'appartement.

Daquin entraîne Noria vers des fauteuils autour d'une table basse, au centre de la pièce.

– Asseyez-vous. Je vous fais un café ?

– Volontiers.

Il disparaît, Noria entend le bruit du broyeur de grains puis celui du percolateur, se souvient de la remarque de Macquart : Daquin est un maniaque du bon café. Ai-je jamais bu un bon café ? Qu'est-ce qu'un bon café ? Daquin revient avec un plateau, deux express et deux verres d'eau fraîche, qu'il pose sur la table basse. Noria se concentre, prend sa tasse. À la surface du liquide, une mousse épaisse, comme teintée de caramel, elle boit à petites gorgées. La bouche pleine d'un goût ample, qui dure. Quel goût ? Pas facile de mettre un mot sur une sensation, c'est la première fois qu'elle s'y essaye. Quand elle en trouve (pointe acide et flot doux ?), elle s'aperçoit, surprise, que la sensation en bouche est plus forte. Daquin est resté debout, il a bu son café avant de s'asseoir.

– Dites-moi, Noria, qu'attendez-vous de moi ?

Noria pose sa tasse.

– Je ne le sais pas très bien moi-même. Mon équipe et moi travaillons sur Orstam.

Elle parle sans quitter Daquin des yeux, évoque l'arrestation d'un cadre dirigeant aux États-Unis le 13 avril dernier, le silence qui entoure cette arrestation. Il a l'air parfaitement au courant. Elle continue :

– Je ne suis pas dans mon domaine de compétence et je nage. Je cherche quelques repères pour parvenir à me situer. J'ai fait le tour de nos services qui travaillent sur la sécurité des entreprises, sans résultats. Je me suis souvenue de notre conversation au retour des obsèques de Macquart…

Daquin prend son temps pour répondre. Il boit son verre d'eau, se lève, passe dans une petite pièce attenante, Noria entrevoit un bureau, un vrai, avec des machines, des piles de dossiers. Il revient avec l'exemplaire de *New York Today* du 14 avril, le pose sur la table basse.

– Vous avez vu la photo de l'arrestation de Lamblin ?

Elle se penche sur le journal.

– J'avais vu la photo d'agence sur Internet. Elle est plus impressionnante dans le journal.

– Mise en scène, cadrage, contraste du noir et du blanc, surexposition du visage au flash pour l'effet tragique, tout y est. Les Américains sont les maîtres de l'image. (Noria apprécie la remarque.) Quand j'ai vu cette photo, j'ai décidé d'ouvrir un dossier sur Orstam aux États-Unis, pour préparer mes cours à Sciences Po. J'aime bien coller à l'actualité. Je fais le pari qu'Orstam fera la une des journaux français l'an prochain.

– Vous réagissez de cette façon et cela me semble normal. Je ne comprends pas pourquoi personne ne parle d'Orstam, dans les médias, au gouvernement ? Il s'agit d'un fleuron de l'industrie française, qui joue un rôle stratégique dans les turbines de nos centrales nucléaires, les énergies nouvelles, notre marine de guerre... Vous avez une explication ?

– J'en ai plusieurs. D'abord, dans des affaires de ce genre, il y a toujours toutes sortes de gens qui ont des intérêts personnels et qui ne souhaitent pas qu'on en parle. Le secret des affaires. Ensuite, vous avez des ignorants incompétents qui ne comprennent rien. Enfin, les Américains n'aiment pas que l'on fasse de la pub sur leurs magouilles chez leurs alliés. Pas de pression sur la justice américaine, par exemple, est un argument qui marche très bien pour faire taire les Français.

– Difficile à croire, à si grande échelle.

Daquin l'observe quelques secondes, sourit :

– Je ne vous demande pas de me croire. (Il enchaîne.) Si vous cherchez des repères, il me semble que le premier est un constat : le point de départ de l'affaire est aux États-Unis. La justice américaine est au travail, envoie le FBI arrêter le dénommé Lamblin, sans oublier de convoquer les photographes. Nous avons déjà deux institutions majeures de l'État américain à la manœuvre. Mais je suis certain qu'il y en a une troisième, et pas des moindres, la NSA.

– Ça m'intéresse. Où la voyez-vous dans notre affaire ?

– Quand l'arrestation de Lamblin a lieu, la justice américaine dispose déjà de toutes les preuves dont elle a besoin pour établir que le contrat Pampa passé par Orstam en Indonésie en 2004-2006 a donné lieu au versement de commissions frauduleuses.

– Comment le savez-vous ?

– Vous avez suivi la conférence de presse du procureur le 15 avril dernier ?

– J'ai lu un compte rendu dans la presse américaine.

– J'ai trouvé une retransmission intégrale sur Internet le lendemain. Je vous la communiquerai. Le procureur annonce, avec un trémolo de jouissance dans la voix, qu'il vient de faire une perquisition dans la filiale d'Orstam aux États-Unis et qu'il a en sa possession une masse imposante de mails, il parle d'un million de mails, dont beaucoup sont explicites sur les faits de corruption. Or il a perquisitionné les bureaux d'Orstam à peine deux heures avant la conférence de presse. Il n'a matériellement pas eu le temps d'étudier les documents saisis. Je pense que le procureur disposait d'une masse de mails piratés bien avant la perquisition, dont la seule fonction serait alors de masquer le piratage.

Important, pense Noria. J'ai laissé passer ça…

– Et seule la NSA pourrait réaliser ce piratage de masse ?

– Non, pas mal de hackers devraient pouvoir y parvenir. Mais dans un contexte d'étroite collaboration avec la justice, je parie sur la NSA.

– La justice américaine serait aux ordres, comme le FBI et la NSA ? Je l'entends continuellement citée pour son indépendance…

– Mettons-nous d'accord sur ce que recouvre cette expression, « l'indépendance de la justice américaine ». En ce qui concerne la vie des entreprises, le gouvernement américain considère qu'il est de son devoir de soutenir l'expansion des entreprises américaines, avec des moyens et dans des proportions qu'ici, en France, nous ne soupçonnons même pas. Depuis une quarantaine d'années, il leur a défini des objectifs. Il s'agit des domaines de l'énergie et des technologies nouvelles. Les Américains sont capables d'une constance étonnante dans leurs choix de stratégie économique.

Depuis plus d'un demi-siècle, ils perdent toutes leurs guerres et gagnent tous leurs marchés. Le gouvernement a mis au service des entreprises un bureau de liaison composé d'hommes de la CIA, de la NSA et de très grands patrons, sous la direction du département du Commerce, avec les moyens de la NSA et de la CIA à disposition lorsque ce bureau de liaison l'estime nécessaire. Il n'y a que quelques idéologues français pour croire que les entreprises américaines sont des championnes de la libre concurrence. Quand le comité le souhaite, il peut donc monter des dossiers et les remettre à la justice clés en main. Les délits sont réels, les dossiers sont irréprochables donc sans risques, les procédures aboutissent et dopent les carrières des procureurs qui les portent. Avec sans doute, sûrement, en prime quelques belles et fructueuses reconversions dans les entreprises ou en politique, ce qui est courant chez les procureurs américains. Quand les dossiers sont parvenus dans les mains de la justice, le gouvernement ou le comité n'interviennent plus. Pour que les procureurs puissent continuer à afficher leur indépendance, il leur suffit d'oublier comment les dossiers leur sont parvenus et à qui ils vont servir, ce qu'ils sont capables de faire avec une bonne conscience en béton. Donc, le premier point à ne pas perdre de vue, c'est de savoir que vous avez très certainement affaire à une offensive coordonnée FBI-NSA-Justice, avec de gros moyens, et à l'œuvre vraisemblablement depuis assez longtemps.

– Et quel est l'objectif des Américains ?

– Je n'en sais rien, pour l'instant. Ils peuvent viser la grosse amende pour combler leurs déficits, qui sont colossaux, ou chercher à tuer un concurrent européen, ou le démanteler, ou le racheter. À vous de voir.

Tuer, démanteler un concurrent européen... Noria se souvient, Reverdy : « ... attitude alarmiste de la banque américaine d'Orstam, faillite annoncée... » Il y a urgence

– Comment expliquez-vous l'attitude du patron d'Orstam ? Il sait que la corruption est avérée et que la justice américaine détient des preuves. Il sait aussi que l'extraterritorialité de la justice américaine est admise par les grands patrons et l'État français. Pourtant, il ne bouge pas et bloque toute forme d'information.

– Je ne peux pas vous donner une réponse ferme, mais je peux vous proposer deux hypothèses. La première : c'est un ignorant, il ne sait pas comment marche la justice américaine, il s'imagine qu'en faisant traîner les choses, elles finiront par s'arranger, qu'il atteindra l'âge de la retraite tranquillement, comme avec la justice française, qui pousse même parfois la courtoisie jusqu'à attendre que les patrons soient morts avant de les juger. La deuxième : c'est un vendu, il pense que le bras de fer va mal finir et cherche à s'en tirer sans aller en taule, et en gagnant une belle somme au passage, si possible. Ce qui implique le secret pendant la période de marchandage…

Bien sûr, se dit Noria. J'aurais dû y penser. Marchandage, donc politique du silence. Ce qui ne me dit toujours pas ce que l'on marchande.

– … Mais ce ne sont que des hypothèses, vous trouverez peut-être une autre explication à son comportement étrange. En tout état de cause, le temps presse. Désolé d'insister, Noria, le temps de la justice américaine n'est pas le temps de la justice française.

Lorsque Noria Ghozali est partie, Bastien Marquet, l'homme en pyjama d'intérieur et aux pieds nus, revient dans la pièce principale.

– Café avant de se remettre au travail ?

– Café.

– Dis-moi, cette femme…

– … s'appelle Noria Ghozali.

– Sacré visage. J'adorerais faire une séance de photos avec elle. Tu crois qu'elle accepterait de poser pour moi ?

– La commandante Ghozali, du Renseignement parisien ? Ça m'étonnerait beaucoup. Et je ne me vois pas le lui demander.

– Dommage… Un visage de pierre, tout en aplats et en arêtes. Je le vois travaillé en noir et blanc, il se prête au noir et blanc, tout en précision et en contrastes. Et deux yeux sombres, à fleur de visage, profonds à se perdre, bien plus difficiles à saisir… Qui est-elle ?

– Un flic remarquable. Je n'ai jamais travaillé avec elle, mais mon ami Macquart l'a toujours soutenue, et il ne se trompait pas dans le choix de ses collaborateurs. Pour moi, une femme solitaire qui n'aime pas le plaisir.

– Le conflit entre le visage et les yeux me donne envie d'explorer, de travailler, et puis de lui donner à voir son image en grand format à travers mes yeux. La réinventer.

– Tu te rêves en démiurge ?

– Curieux que tu utilises ce terme. Démiurge. Pas si courant. Emily a employé le même en parlant de toi.

– Emily parle de moi ?

– Pas de panique, c'était il y a quinze ans, mais cela m'a marqué.

– Quinze ans…

– Tu te souviens de notre rencontre ?

– Tu crois que j'ai pu l'oublier ?

– Je vais te raconter comment je l'ai vécue. Grâce à Emily Frickx, la galeriste à la mode à New York, je venais de passer du statut de petit Frenchie photographe de pub à celui de coqueluche des milieux artistiques new-yorkais, et je n'avais pas trente ans. Emily m'avait invité à sa grande fête annuelle, je ne connaissais personne, je ne savais pas comment me comporter avec tous ces gens extravagants qui me terrorisaient et que je voulais séduire. Je glissais vers la sortie. Tu es entré. Tu m'as regardé, tu m'as fixé, je me suis senti déshabillé, jaugé, apprécié, j'ai frissonné et j'ai aimé ce frisson. Emily est venue à ta rencontre, rayonnante, elle s'est accrochée à ton bras, penchée sur ton épaule, t'a parlé. Tu me regardais toujours. J'étais pétrifié. Et jaloux de votre intimité. Puis vous êtes venus vers moi, Emily a fait les présentations. Et nous a quittés. Tu m'as dit : « Partons d'ici. » C'était une évidence, je t'ai suivi. Tu te souviens ?

– (Sourire.) À peu près.

– Après vingt-quatre heures fulgurantes, tu es parti en me disant : « Je t'attends à Paris. » Tu reconnais ton style ?

– Sobre.

– Je travaillais avec Emily sur un catalogue d'exposition. Je lui ai demandé qui tu étais. Elle m'a répondu : « L'homme qui m'a donné la force et les moyens d'être ce que je rêvais d'être. » Et avec un sourire : « Mon démiurge ». Pas un mot de plus. Quand j'ai fini le catalogue, je suis parti vers Paris sans rien savoir de toi, simplement pour retrouver ton regard et mon frisson. Théo, qu'y a-t-il entre Emily et toi ? (En face, pas de réaction.) Tu as couché avec elle ?

– Bien sûr…

Souvenir de ces deux jours dans un chalet de montagne dans les Rocheuses, l'amour devant un feu de bois, le chaud et le froid sur les deux corps nus enlacés, Emily pratique l'amour physique en amatrice éclairée, avec brio et délectation, un bref instant dans une longue histoire. Souvenir troublant encore aujourd'hui.

– … il y a longtemps. Une femme que j'aurais pu aimer. (Sourire.) Tu es toujours jaloux ?

– Non. Enfin… surtout curieux.

– Pas de commentaire.

– Dommage.

Daquin se lève de son fauteuil.

– Alors, Bastien, ce café ? Une promesse de Gascon… C'est bon, je vais le faire.

Préfecture de police de Paris.

À 14 heures, puis 14 h 30, toujours pas de nouvelles de Castelvieux. À 15 heures, Reverdy demande :

– Alors, ton plan B ?

– Il y a trois ans, Castelvieux avait une petite amie, Alice Garrigue. Une jolie fille qui a vaillamment joué la scène de la jeune innocente perdue devant les évidentes turpitudes de son mec. Ils étaient très amoureux et elle s'est débrouillée pour se mettre à l'abri sans jamais le charger.

Si Castelvieux revient ici, à Paris, en fuite avec une mafia au cul et sans argent, s'il a peur et veut arrêter les conneries, comme il me l'a dit, logiquement, il reprend contact avec elle.

– Les jeunes étudiants changent tout le temps d'adresse...

– Mais pas aussi souvent de numéro de portable, j'ai le numéro d'Alice d'il y a trois ans. Je l'appelle. Nous ne risquons rien.

Alice répond à la troisième sonnerie du téléphone, reconnaît Lainé, dont elle prétend avoir gardé un bon souvenir. Oui, elle veut bien le rencontrer, même si elle ne voit pas bien pourquoi (« Tu parles... », souffle Lainé, une main devant le micro). Dans la journée, elle travaille, mais ce soir, à 18 heures, au Bistrot Marguerite, sur la place de l'Hôtel-de-Ville, c'est possible.

Lainé claque la main de Reverdy.

Paris.

Quand les deux flics arrivent, en fin d'après-midi, Alice est déjà là, et lit un journal devant une tasse de thé. Reverdy la trouve ravissante dans le genre fraîche jeune femme sympathique et sage. Lainé lui demande de ses nouvelles, s'intéresse à l'avancée de ses études, la félicite d'avoir un nouveau compagnon, bientôt avocat. Ils s'associeront ensuite pour ouvrir un cabinet. Lainé lui prédit un avenir brillant. En droit des affaires, précise-t-elle. Bien sûr, c'est le meilleur choix, opine Lainé, qui enchaîne dans la foulée :

– Et Castelvieux, vous l'avez revu récemment. Ne le laissez pas troubler de nouveau votre vie.

Une affirmation, pas une question. Alice affiche sa perplexité.

– Comment le savez-vous ?

– Ludovic est venu me voir. Je pense que vous êtes au courant ?

Alice, avec un soupçon d'hésitation :

– Oui, il me l'a dit.

– C'est lui qui m'a informé qu'il avait repris contact avec vous. À votre avis, qu'est-ce qui a provoqué chez lui ce retour vers le passé ?

– Je ne sais pas trop. Pas moi en tout cas. Après le scandale à Assas, je n'ai plus eu aucune nouvelle, et je n'ai pas cherché à en avoir. Et puis, il y a un peu plus d'une semaine, il m'a appelée et il est venu me voir.

– La date, vous vous en souvenez, à peu près ?

– Au début de la semaine dernière. (Elle réfléchit.) Lundi ou mardi. Là, il m'a raconté une histoire à dormir debout, il a vécu à l'étranger, sans me dire où, il a gagné beaucoup d'argent, pendant les années fastes. Puis les mafias ont débarqué, les Italiens contre les Russes, ou le contraire, il est parti en urgence absolue, de peur de se faire tuer, et il se sent traqué jusque dans Paris. Je n'y ai pas cru un instant, cela faisait très scénario de série B, et lui-même n'avait pas l'air vraiment affolé. Il a continué à raconter, tout son argent est resté bloqué à l'étranger, il a un contact ici à Paris avec un banquier qui va l'aider à le récupérer, c'est pour ça qu'il est revenu, mais cela peut prendre quelques jours et, dans l'intervalle, il a besoin de mon aide. Là, j'ai mieux compris ce qu'il attendait de moi. Et j'ai pensé : ce n'était pas la peine de me monter tout ce cinéma.

Elle s'arrête, rougit, détourne le regard. Du grand art.

– J'étais très amoureuse de lui, autrefois, dans une autre vie...

– Je sais, nous en avions parlé.

– ... Je l'ai aidé, je lui ai trouvé l'appartement d'un ami parti en voyage, mais qui doit revenir demain, il m'a dit que dix jours lui suffiraient.

– L'adresse ?

– 39, rue de Lille. Je l'ai aidé à s'installer. Une installation sommaire. Il n'avait qu'une valise. Il m'a téléphoné tous les jours, on s'est vus plusieurs fois et, depuis lundi dernier, plus signe de vie. Son portable est mort, plus aucune réaction. Il a disparu de nouveau, sans prévenir.

– Il avait rendez-vous avec nous mardi dernier, un rendez-vous qu'il avait bataillé pour obtenir. Il n'a pas donné signe de vie.

– Mon ami doit rentrer de voyage demain. Je me retrouve dans une situation très gênante.

– Nous pourrions aller jeter un œil tous les trois au 39, rue de Lille ?

– Pourquoi ? Vous êtes inquiet ?

– Inquiet n'est pas le terme qui convient. Mais les histoires de mafia que raconte Castelvieux ne sont peut-être pas de l'invention pure. Et s'il y a des activités mafieuses dans son environnement, tout devient possible, et je dois avoir accès à ses affaires.

– Je ne sais pas si c'est très légal.

– Ça ne l'est pas, vous le savez bien, madame l'apprentie avocate. Mais avoir sciemment aidé un trafiquant de drogue en fuite et sous le coup d'une condamnation sans avertir la police ne l'est pas non plus. Alors donnant-donnant…

– J'entends ce que vous me dites…

Alice réfléchit. Elle se ressert une tasse de thé, d'un geste mécanique. Lainé l'arrête.

– C'est froid, ne buvez pas ça, je vais vous chercher de l'eau chaude.

Il revient avec une théière bouillante. Alice reprend :

– Débarquer comme cela rue de Lille ne me semble pas possible. D'abord, je n'ai plus de clé, puisque je l'ai donnée à Ludo, nous ne pouvons donc pas y aller ce soir. Ensuite, cet ami… c'est un collègue de mon compagnon. Je me vois assez mal débarquer chez lui demain avec deux policiers, en lui disant : pendant ton absence, j'ai prêté ton appartement à un mafieux, nous venons faire une perquisition... Mon avenir se présente bien, je ne veux pas tout mettre en l'air. Mais je peux l'attendre à son retour et l'accompagner pour l'aider à ranger son appartement. Là, plusieurs possibilités : Ludo est parti sans prévenir personne, en embarquant ses affaires. Je vous téléphone et je m'arrange pour que nous puissions faire une « visite domiciliaire » en toute discrétion dès que mon ami sera retourné au travail. Autre possibilité, Ludo est parti en laissant tout sur place. Plus inquiétant. Je ramasse ses affaires et je les embarque, pour ne pas encombrer mon ami, et je vous les confie. Enfin, mon ami et moi, nous trouvons le cadavre de Ludo dans le salon. Ce serait très gênant pour Ludo, pour mon ami et pour moi. Mais je n'y crois pas trop.

– Pourquoi ?

– Ludo est un type assez solaire... Mes propositions vous conviennent ?

– Oui, Alice. Donnez-moi le numéro du portable de Ludovic. (Alice le griffonne sur un coin de la nappe en papier.) Merci. Vous avez toujours le mien ?

– Bien sûr, Christophe. Comment vous oublier ?

Alice se lève, sourit, salue, s'en va. Reverdy demande :

– Vraie ou fausse ingénue ?

Lainé hausse les épaules.

– Je ne l'ai jamais su, et je ne cherche pas à le savoir. Elle joue son rôle d'innocente quoi qu'il arrive, moi, je joue le mien, celui de dupe consentante, ce jeu de rôles est une convention qui facilite la négociation.

– Efficace. Bien joué.

– Peut-être, attendons.

Chapitre 6

Jeudi 25 avril
Préfecture de police de Paris.

Lainé a apporté un gros paquet de chouquettes, Reverdy va chercher les cafés, Noria s'installe derrière son bureau et trouve ses hommes parfaits. Lainé précise :

– C'est pour fêter nos avancées, je ne suis pas sûr d'apporter des chouquettes tous les jours.

– Pas grave, nous nous relaierons. Alors, ces avancées ?

– Alice, c'était la bonne pioche. En combinant ce que m'a dit Castelvieux avec ce qu'il a dit à Alice, nous pouvons reconstituer son parcours. Il s'installe à Montréal, se met en affaire avec PE-Credit pour blanchir l'argent de mafias locales, gagne beaucoup d'argent. Mais, en avril, les choses se gâtent, règlements de comptes sanglants, il prend peur, s'enfuit, son argent est bloqué. Sans doute par PE-Credit, mais cela, on ne le sait pas. Il arrive probablement le 16 à Paris, où il a un contact avec un banquier sur lequel il compte pour récupérer son fric. Alice le loge chez un ami absent, 39, rue de Lille. Il compte bien partir très vite, dès qu'il aura récupéré son fric, et il n'a apparemment aucune intention de nous contacter. Mais il ne parvient pas à débloquer ce fric et il devient de plus en plus nerveux. C'est alors qu'il vient me voir le 22, cinq ou six jours après son arrivée en France, sans doute comme solution de rechange. Il ne donne plus signe de vie à Alice, à qui il téléphonait tous les jours, à partir du lundi 22 dans la soirée, et son portable, dont Alice nous a passé le numéro, est mort à partir de cette date. Demain soir, ou samedi au plus tard, Alice visitera l'appartement de la rue de Lille, et nous en saurons davantage.

– Nous allons consulter sur Internet la presse locale de Montréal du mois d'avril. S'il y a eu des règlements de comptes mafieux, nous allons très probablement en trouver des traces et nous pourrons valider ou non cette histoire de Castelvieux. De mon côté, pas de véritables révélations chez mon commissaire à la retraite. Mais il m'a aidée à clarifier ma pensée.

Noria résume rapidement la discussion avec Daquin, parle d'un probable piratage d'Orstam par la NSA, puis conclut :

– Si nous sommes devant une offensive coordonnée, massive et enclenchée depuis longtemps, il existe nécessairement une tête de pont ici, à Orstam. Notre premier objectif est de trouver qui la compose, comment elle agit. Nous avons bien quelques pistes ici ou là, mais embryonnaires. Reverdy, tout repose sur vous. Il faut activer votre ami Sautereau.

– Oui patronne.

– Deuxième objectif, mettre des noms derrière cette offensive, qui sont les intérêts à l'œuvre derrière la justice américaine, et que cherchent-ils ? Mon interlocuteur a lourdement insisté sur le fait que nous intervenons tard, sur une affaire déjà bien avancée. Nous devons faire vite.

Avant de se mettre au travail avec Lainé sur la presse canadienne, Noria Ghozali passe un coup de téléphone à Marmont, au commissariat du XVIe, pour le remercier de son aide, et lui raconte l'essentiel de la conversation avec Paula Silva.

– Ce Buck aime tabasser les travelos, pensez à lui à la prochaine agression.

– Entendu, et je vous ferai signe s'il récidive.

Fin de la conversation.

Lainé a trouvé l'édition en ligne du *Journal de Montréal*, le plus grand quotidien de langue française de la ville. Il attaque la lecture de la première quinzaine d'avril, Noria prend la seconde. Ils notent l'un et l'autre quelques agressions, extorsions ou violences diverses susceptibles de prendre place dans le puzzle, mais rien de convaincant, jusqu'à ce que Noria tombe sur cet article dans le supplément économique du dimanche 21 avril :

Spécial Éco Montréal. 20 avril 2013

Après la mort de Giorgio Bonelli, l'enquête relancée

Giorgio Bonelli, le patron de TPM, entreprise de promotion immobilière bien connue à Montréal, a fourni un témoignage posthume qui relance toute l'enquête autour de sa mort que nous avions annoncée dans notre édition du 14 avril.

Sa femme de ménage avait découvert son corps, pendu dans sa cave, le 12 avril dernier. Selon ses proches, il souffrait de dépression. La faillite menaçait son entreprise. L'enquête s'était dans un premier temps orientée vers l'hypothèse d'un suicide.

Or la police vient de révéler lors d'une conférence de presse tenue vendredi 19 avril en fin de journée qu'elle avait reçu le 15 avril un témoignage écrit de

Giorgio Bonelli, posté le jour de sa mort, avouant que son entreprise n'était qu'une société-écran qui servait à blanchir l'argent de divers groupes criminels de Montréal, grâce à des emprunts de complaisance et tout un réseau de fausses factures.

Dans sa lettre, M. Bonelli implique une autre société, Dandy, spécialisée dans la location et la vente en leasing de voitures de luxe. Son patron, M. Pietro Santelli est mort tragiquement le 29 mars dernier, renversé par une automobile roulant à vive allure qui a pris la fuite. Le chauffard n'a pas été retrouvé. M. Santelli et son entreprise Dandy auraient également travaillé avec les mêmes groupes criminels.

La justice a été immédiatement saisie. Les premières investigations ont permis de constater que les deux sociétés, Dandy et TPM, négociaient l'essentiel de leurs emprunts douteux auprès d'une société de structure légère, CredAto, dont le gérant a disparu depuis le 13 avril, et qui pourrait être en fait une société prête-nom d'une banque plus renommée. Dans ces trois sociétés, dont les dirigeants sont morts ou ont disparu, des pans entiers de la comptabilité ont été détruits, nous a confié un proche de l'enquête.

La justice a ouvert une enquête financière pour blanchiment et faillites frauduleuses sur ces trois sociétés. Mais l'histoire pourrait bien ne pas s'arrêter là. Les enquêteurs recherchent de quelles complicités dans les grandes banques de Montréal ce réseau pouvait bénéficier.

Noria copie l'article sur son ordinateur, repousse son écran, bascule dans son fauteuil, les yeux fermés. Elle connaît et elle aime ce goût râpeux dans la bouche, cette façon qu'a son corps de vibrer à basse fréquence quand elle flaire une piste chaude. Mais il faut rester raisonnable…

– Lainé, vous avez bien fait de vous obstiner.

Lainé lit l'article à son tour.

– À cette heure, Castelvieux est très probablement mort. Crime mafieux sans cadavre. Comment allons-nous continuer ?

– Si nous continuons. Notre équipe fait du renseignement, pas de la police judiciaire, et travaille sur la sécurité des entreprises. Le lien ne me semble pas évident. Maintenant qu'il y a l'embryon de quelque chose, nous allons essayer de refiler l'affaire à des policiers de la PJ. Cela ne vous semble pas raisonnable ?

– Cela me semble décevant. Quand on commence à lever un lièvre… Avant toute décision, nous allons déjeuner ?

Vendredi 26 avril
Levallois-Perret.

Sautereau bougonne dans son bureau. Reverdy est passé le voir la veille, puis lui a téléphoné en fin d'après-midi. Il n'aime pas être mis sous pression. Mais, passé le mouvement de mauvaise humeur, il se décide à reprendre le dossier Buck, pour se rafraîchir la mémoire sur le personnage et faire plaisir à Reverdy. Et aussi, il faut bien l'avouer, parce que l'homme l'intrigue. Il commence par vérifier son dossier de candidature, archivé au service Sécurité. Candidature en janvier 2012. Candidature appuyée par Carvoux. Pas si fréquent. *Curriculum vitae* joint. Conseiller financier au fonds VTC. Interrogé par le service Sécurité, le fonds a confirmé l'avoir embauché en 2011. Le service avait demandé quelques pièces complémentaires à Buck. Sur quelles opérations avait-il travaillé ? et avant VTC ? Puis il s'était tourné vers la DCRI, comme d'habitude. Démarche obligatoire pour les entreprises de la filière du nucléaire, ce qui est le cas d'Orstam, qui fabrique les turbines des centrales nucléaires. L'avis positif de la DCRI figure dans le dossier. Sautereau avait donc donné un avis favorable, avant même la réception des pièces complémentaires demandées. Aujourd'hui, il constate qu'elles ne sont jamais arrivées, il se dit que le dossier de Buck est vide et que lui-même a été bien léger. Il lance une recherche sur Internet et ne trouve aucune mention de Buck. Il sollicite un spécialiste maison, qui y consacre une grande partie de la journée sans plus de résultat. Buck n'existe ni sur Internet ni sur les réseaux sociaux. Quelqu'un est passé par là et a fait le ménage.

VTC : un vague souvenir, l'opération de rachat d'Areva T&D par Orstam, il y a deux ou trois ans. L'adversaire d'Orstam dans ce dossier était le fonds VTC, qui représentait PE, un concurrent américain d'Orstam. Recherche dans les dossiers de l'opération conservés par l'entreprise. Dans un compte rendu de réunion, Buck figure dans l'équipe de négociateurs du fonds VTC. Cela n'aurait pas entraîné le blocage automatique de sa candidature, mais aurait dû impérativement être mentionné dans son *curriculum vitae*. Si l'on combine cet « oubli » avec l'absence sur Internet et les réseaux sociaux, qui ressemble beaucoup à un nettoyage, c'est franchement inquiétant. Sautereau poursuit, lance une recherche Steven Buck sur la période janvier 2012-2013 dans l'ensemble des archives du service du personnel. Quelques notes sur le salaire, l'évolution du contrat de travail, les visites à la médecine du travail, le tout-venant. Et, après une petite heure de recherches sans surprise, ce mail, adressé à Carvoux, le grand patron :

Cher ami,

Je crois avoir trouvé l'homme qu'il vous faut. Bonne connaissance de l'entreprise, passage par le fonds d'investissement américain VTC, qui constitue un excellent point d'appui à sa candidature. Il est actuellement à Paris. Jugez-vous opportun qu'il prenne contact avec vous ?

C'est signé Katryn McDolan, et daté du 15 janvier 2012. Le nom de Steven Buck figure ensuite, avec une adresse et un numéro de téléphone où le joindre.

La surprise est de taille. D'abord, ce mail, à l'évidence, n'aurait jamais dû atterrir dans les archives du service du personnel. Soit une erreur d'aiguillage de la secrétaire, soit une légèreté coupable du grand patron. Ensuite, ce mail en dit beaucoup sur l'influence de McDolan sur la direction d'Orstam. Les remarques de Reverdy sur le poids des Américains, sa méfiance vis-à-vis de la CIA lui reviennent à l'esprit. La CIA qui, d'après ce qu'il a entendu dire, est une bonne spécialiste en matière de nettoyage des *curriculum vitae*.

Suivent les coordonnées où il est possible de joindre Buck. Avenue du Président-Kennedy, dans le XVIe arrondissement. Une adresse plutôt classe, qui, pour Sautereau, a un air de déjà-vu. Deux clics plus tard, confirmation, c'est l'adresse du pied-à-terre de McDolan quand elle vient à Paris. Steven Buck n'y est pas resté longtemps, il a été embauché par Orstam au 1er février 2012 et son adresse actuelle apparaît dès février 2012. N'empêche, le lien entre ces deux-là semble bien étroit. Et de quelle entreprise a-t-il « une bonne connaissance », comme dit McDolan ?

Paris.

Vers 17 heures, Alice joint Lainé au téléphone.

– Je suis boulevard Saint-Germain, à l'angle de la rue du Bac, avec deux gros cartons, vous pouvez venir me chercher ?

Lainé prend une voiture, fonce, trouve Alice sagement assise sur ses cartons, à l'angle du boulevard Saint-Germain. Il embarque le tout.

– Posez-moi à l'Odéon, c'est sur votre chemin, je suis attendue.

– Alors, Alice, l'appartement ?

– Ludovic semble bien avoir disparu. Il a laissé sur place toutes ses affaires. Pas de désordre comme après une bagarre, mais rien n'était rangé comme pour préparer un départ. J'ai ramassé tout ce qui traînait un peu partout, tout est là. Je n'ai trouvé ni ordinateur ni portable. Heureusement, il avait laissé les clés dans le vide-poche de l'entrée, ça m'a permis de ne pas faire trop mauvaise figure devant l'ami qui avait prêté l'appartement. Il a râlé, mais pas trop. Dites-moi la vérité. La disparition de Ludo est inquiétante ?

– Je n'ai pas de certitude, mais oui, je pense que c'est préoccupant. J'ai quelques indices qui suggèrent que cette histoire de mafias à ses trousses peut être vraie.

– S'il vous plaît, tenez-moi au courant, mais discrètement. Si mon compagnon venait à entendre parler de Ludo… Je descends là. Merci pour le taxi.

Quand il arrive dans le garage de la préfecture, Lainé appelle Reverdy.

– J'ai les affaires de Castelvieux dans deux cartons, dans le coffre d'une de nos voitures. Qu'est-ce que j'en fais ?

– Dépose-les dans notre bureau.

– C'est hors de toute procédure… Ces cartons n'ont rien à faire chez nous.

– Laisse tomber. Je me charge de Ghozali.

Paris.

À la sortie du bureau, Martine Vial se dépêche : elle ne veut pas arriver trop tard à son rendez-vous avec Sophie Lamblin à la brasserie des Trois-Obus, place de la Porte-de-Saint-Cloud, à deux pas de chez elle, et à deux pas de chez les Lamblin : les deux femmes sont voisines et amies. Sophie au téléphone ce matin :

– Il faut qu'on se voie, loin de mes gosses et loin de ton mari. C'est urgent.

Martine Vial est inquiète, Sophie n'avait pas une bonne voix au téléphone, trop tendue, prête à casser. Pourtant, pas question de s'éterniser, elle a hâte de partir en week-end chez des amis en Normandie, pour la première fois de l'année.

Quand elle entre dans la brasserie, elle repère Sophie, assise, recroquevillée dans un coin de banquette, devant une tasse de chocolat. Elle est livide. Martine l'embrasse, prend une chaise, s'assied, commande un thé. Sophie Lamblin se penche vers elle, parle à voix très basse, à peine audible :

– Je reviens de New York. Je l'ai vu. J'ai vu François.

– Orstam t'a enfin payé le voyage ?

– Non. (Elle marque un temps d'arrêt, elle a du mal à respirer.) Je me suis payé mon billet moi-même. Quand j'ai eu l'autorisation du juge de voir mon mari, je suis partie sans rien demander à Orstam.

– Comment va-t-il ?

– Pas bien. Il m'a raconté. Avant son départ, il hésitait, à cause de la circulaire du patron recommandant de ne pas se rendre aux États-Unis, tu es au courant ?

– Oui.

– Donc il est allé consulter Anderson, au Juridique, pour savoir s'il risquait quelque chose en allant aux États-Unis…

– Et alors ?

– Anderson l'a assuré qu'il ne risquait rien et l'a même poussé à partir…

Martine Vial renverse le thé qu'elle est en train de se servir, se brûle, râle. Son amie continue :

– François pense qu'il l'a envoyé dans un piège. Les policiers américains l'attendaient à l'aéroport, ils avaient préparé tout un dossier avec de vieilles histoires de consommation de cocaïne du temps où il était étudiant aux États-Unis. Ils avaient aussi des mails de la correspondance interne d'Orstam, ils les lui ont montrés. François se demande si Anderson les leur a donnés ou si la messagerie électronique d'Orstam a été piratée par les Américains.

– Si c'est vrai, c'est énorme.

– Il ne peut en parler à personne. Il se méfie des avocats qu'Orstam lui a envoyés, il a peur qu'ils soient de mèche avec Anderson et le service juridique, il n'a pas le droit de téléphoner, son courrier est censuré. (Les larmes montent aux yeux de Sophie Lamblin.) Pendant notre rencontre, il a pleuré.

Elle baisse la tête, contemple sa tasse de chocolat et reprend son contrôle lentement.

– Je ne sais pas si j'aurai droit à d'autres visites. Celle-ci était une faveur. Il reste au secret. Il pense que ça va durer. C'est une sorte de torture au compte-gouttes. Comment veux-tu que je fasse ? Je ne vais pas m'installer là-bas, c'est ruineux, je ne parle pas américain, et puis il y a nos enfants… Je n'ai pas les moyens de me payer plusieurs voyages… Je suis perdue, Martine. Je ne sais pas quoi faire.

Martine Vial se lève, ramasse ses affaires.

– Viens. Rentrons. Je te raccompagne chez toi, je dirai bonjour à tes gosses. Je ne sais vraiment pas quoi te conseiller. Il faut que je réfléchisse. C'est un coup de tonnerre, cette histoire.

Chapitre 7

Lundi 29 avril
Préfecture de police de Paris.

Lainé a rangé les cartons dans le bureau de la petite équipe après avoir marqué dessus, au feutre noir : « Castelvieux ». Ils occupent presque la totalité de l'espace disponible entre les trois bureaux.

Reverdy arrive très tôt ce matin-là. Il veut être là quand la commandante Ghozali les découvrira, pour amortir le choc. Il a apporté à la préfecture quelques croissants, faute de rameau d'olivier.

Quand Noria arrive un peu plus tard, elle bute sur les deux cartons. Reverdy se précipite :

– Ne vous fâchez pas tout de suite, je vais vous expliquer. Installez-vous, je vais chercher deux cafés à l'étage.

Quand il revient, il dépose les croissants et un gobelet de café devant Noria, assise à son bureau, papier et stylos devant elle, ordinateur ouvert. Lui reste debout, appuyé aux cartons, un gobelet dans une main, un croissant dans l'autre, la mèche blonde hirsute, un grand sourire aux lèvres. Noria apprécie les croissants et lui trouve belle allure avec son pantalon noir, sa chemise blanche, et un gilet de velours gris mille poches à gros boutons. À quoi joue-t-il aujourd'hui ? Montparnasse 1920 ? Reverdy se laisse regarder sans déplaisir puis il se lance :

– Ces cartons ont été remis à Lainé par Alice elle-même. De façon tout à fait officieuse, bien sûr. Ils contiennent tout ce que Castelvieux a laissé dans l'appartement qu'elle lui avait prêté. (Un temps.) C'est peut-être tout ce qui reste de lui à l'heure qu'il est…

– Épargnez-moi le mélo. Qu'est-ce que vous voulez ?

– Je veux que nous gardions encore un peu le dossier Castelvieux, pour donner ensuite à la PJ quelque chose de beaucoup plus abouti. Notez que Castelvieux passe huit jours à Paris avant de venir voir Lainé. Pendant ce laps de temps, il cherche son banquier. Ce banquier est ici, il est lié au blanchiment et à la drogue, peut-être aussi à PE-Credit, nous devons le trouver. Une banque est une entreprise, sa sécurité nous concerne.

– Tiré par les cheveux. Votre « dossier Castelvieux » est pourri. Une disparition sans cadavre, des mafias à Montréal...

– Suivez mon raisonnement. Castelvieux blanchit de l'argent noir pendant trois ans. Il s'enfuit quand ça commence à flinguer. La police de Montréal a constaté que la comptabilité des sociétés-écrans, dont l'une doit être celle de Castelvieux, a été détruite. Je me mets à sa place. Je m'enfuis, très bien, mais j'emporte sous une forme ou sous une autre des preuves qui mouillent les grandes banques avec lesquelles j'ai travaillé. Pour me protéger.

– D'accord.

– Ces preuves sont dans ces cartons.

– Eh bien, nous allons les fouiller. (Sourire.) Vraiment pour vous faire plaisir. Je m'en charge.

Constat : la commandante Ghozali, malgré son air d'ascète, n'est pas une intégriste de la procédure. Parfait, nous allons nous entendre.

– Et vous, Fabrice, où en êtes-vous avec Buck ?

– Rien de neuf.

– Ce type n'est pas net, je le sens.

– Vous marchez à l'intuition maintenant, commandant ?

– Oui. Bien sûr. Pour savoir où bétonner.

Après le départ de Reverdy, Noria se met au travail. Elle réquisitionne une salle vide au rez-de-chaussée, descend les deux cartons, enfile une paire de gants, et attaque la fouille. Un type de travail qu'elle aime, minutieux, les mains et le cerveau en action. De la méthode, de la patience et des résultats. Sortir d'abord tout le contenu des cartons, en faire un inventaire rapide. Premier carton, un manteau chaud d'hiver, des vêtements plus légers, deux pantalons, un blouson, un imperméable, une dizaine de chemises et de tee-shirts, un pull-over et du linge de corps en petite quantité. Elle vérifie les étiquettes : des marques nord-américaines. Sous les vêtements, trois livres en anglais. Dans le deuxième carton, entassés en vrac, une trousse de toilette, cinq coffrets DVD, une radio, une paire d'écouteurs, une paire de chaussures, des enveloppes, des dossiers vides, un bloc de papier blanc, deux stylos bille, quelques paquets de cigarettes, des boîtes de paracétamol, trois briquets jetables, rien qui contredise un départ précipité de Montréal, plus quelques achats de papeterie à Paris. Pas de téléphone portable, normal, il devait l'avoir sur lui. Mais un étui d'ordinateur vide et pas d'ordinateur, c'est plus inquiétant. Absence de papiers personnels, factures et autres, pas trace non plus de la valise dont a parlé Alice. Cela peut évoquer une fouille « sauvage » de l'appartement, en utilisant la valise pour emporter ce qui intéresse le visiteur. Pas bon signe. Elle ouvre par acquit de conscience la trousse de toilette. Et là, un choc qui la prend par surprise, au milieu des brosses à dents, dentifrice, rasoirs, crèmes et after-shave divers, un paquet entamé de poudre de henné naturel, incongru. Peut-être la trace laissée par une petite amie canadienne, un paquet ramassé avec le reste dans la hâte de la fuite. Elle vérifie le contenu, c'est bien du henné. Sa mère bloquait la salle de bains familiale les veilles de fête avec interdiction totale de la déranger, elle faisait son mélange, se tatouait le dos des mains et les doigts, laissait sécher. Pas de fête sans tatouages. C'était son unique moment de tranquillité et de bonheur. Ma mère, je l'ai haïe, puis je l'ai oubliée. Ce passé qui n'arrête pas de ressurgir, obsédant, depuis que Samia a fait irruption dans ma vie, il y a deux mois, pour m'annoncer la mort de mon père. Souvenir de cette remontée dans le temps. Elles sont là, toutes deux dans la voiture qui roule vers l'appartement des parents de Noria, côte à côte, silencieuses. Noria sait qu'elle n'a aucun contrôle sur les quelques heures à venir, et en a peur. Elle respire difficilement. La circulation est fluide, elles arrivent plus tôt que prévu. La cité est toujours la même, le parking, le hall, les boîtes à lettres, l'ascenseur, tout a changé, mais Noria reconnaît tout, les odeurs, les couleurs, la déglingue, les voisins, sensation étrange de revivre le passé, d'être de nouveau une gamine en guerre dans un univers hostile. Samia l'a prise par le bras, elles avancent lentement. À chaque pas, Noria se sent un peu plus lourde, la tête vide et sonore. Qu'est-ce que je fais ici ?... Qu'est-ce que je suis venue chercher ? Un écheveau de sentiments, de sensations, de regrets, de blessures, une tonne sur l'estomac. Pas envie de démêler, j'y penserai demain. Trois étages, une marche après l'autre, en se cramponnant à la rampe.

Quand elles arrivent sur le palier du troisième étage, Mohamed, le frère aîné de Noria, sort de l'appartement de la mère en claquant la porte. Il s'arrête face à Noria, stupéfait, puis il la saisit par les épaules et la chasse vers l'escalier à coups de poing. La voix basse et sifflante, dents serrées, il articule en arabe :

– Disparais. Tu n'as rien à faire ici. Tu es morte, tu n'existes plus dans cette maison, tu n'as pas compris ?

Noria, la commandante de la DCRI, se laisse bousculer, frapper, sans réagir. Comme Paula le travelo. Samia hurle, elle s'interpose. Le frère s'en va, l'enterrement, la mosquée n'attendent pas. La mère, plantureuse et digne, drapée dans ses voiles blancs, apparaît dans l'encadrement de la porte. Elle pousse un cri en reconnaissant sa fille, ouvre grand les bras, enveloppe Noria, l'étreint, marmonne : « Ma fille, ma fille, la lumière de mon cœur. » Noria se laisse aller contre ses seins. La tendresse physique de sa mère, sensation oubliée, sensation étouffante très vite. Trop de chair, trop de chaleur. Souvenirs mêlés, les instants de tendresse de la mère plaqués sur les instants de violence du père, un cataplasme sur la trace des coups. La mère pleure et défaille dans les bras de Noria. Poids du corps, bourrelets de chairs humides et débordantes, répétition d'une scène déjà vécue, plus d'une fois. Samia arrive en renfort et les deux femmes soutiennent la vieille dame, entrent dans l'appartement, l'emmènent jusqu'à sa chambre, l'allongent sur son lit.

– Reste ma fille, reste avec moi.

Samia disparaît, Noria s'assied sur le bord du lit. La mère prend sa main et la caresse. Noria contemple les doigts teints au henné, les arabesques sur le dos de la main, se domine, la laisse faire, regarde autour d'elle. De nouveau les souvenirs. Cet appartement était une cage, elle se heurtait à tous les murs, à tous les meubles. De la cuisine vient l'odeur d'un tajine qui mijote, haut-le-cœur.

La mère, les yeux fermés, psalmodie entre deux sanglots, des petits sanglots secs, sans une larme :

– Pourquoi tu nous as quittés ?... Ma fille, ma seule fille, toutes les nuits, je pensais à toi, toutes les nuits, j'implorais Allah pour que tu me reviennes. J'ai failli mourir de chagrin.

Noria dégage sa main. Toujours la même chanson. J'en ai pleuré des nuits entières de culpabilité, de rage, d'impuissance. La mère, après une pause, reprend :

– Ton père me disait tous les jours : « Tu verras, Allah bénira notre maison, elle reviendra. » Ton père, lui, le pauvre, il est parti (un temps d'arrêt avant de porter le dernier coup), il en est mort de chagrin…

Noria rit, un rire spontané, qui vient de loin, de profond, hors de tout contrôle.

– Il a mis du temps à en mourir, trente ans… On peut dire qu'il a pris son temps.

Le rire sonne clair. La mère, stupéfaite, cesse de sangloter, ferme les yeux, puis lentement se retourne dans son lit, visage vers le mur, sans un mot. Noria se lève, ferme le rideau de la fenêtre, éteint la lampe de chevet.

– Tu es très fatiguée. Dors, tu en as besoin, dors une petite heure, nous te réveillerons quand les voisines arriveront.

Noria sort de la chambre. La « bientôt morte », comme disait Samia, se porte plutôt bien, toujours égale à elle-même.

Aujourd'hui, penchée sur ce paquet de henné, Noria réalise que ce jour de l'enterrement du père fut aussi le jour où sa mère la fit rire pour la première fois. Le rire, pas la haine. La délivrance…

Elle se redresse, enlève ses gants, c'est l'heure de la pause. Déjeuner rapide à la cantine. Dans la fouille des cartons, tout reste à faire.

Après l'inventaire, Noria attaque maintenant l'examen détaillé du contenu des cartons. Très forte chance que les affaires de Castelvieux aient déjà été fouillées, la disparition de l'ordinateur est un signe. Qu'est-ce que nous cherchons, le premier visiteur et moi ? Je suis le raisonnement de Reverdy, qui me paraît juste. Blanchiment d'argent sale, fuite, documents compromettants. Ce serait une réaction normale. Vraisemblablement, le premier visiteur et moi sommes tous les deux à la recherche de listings de comptes bancaires. Papier ? Encombrant, peu probable. Hypothèse facile à éliminer. Noria examine le bloc de papier blanc, ouvre tous les dossiers vides, feuillette chacun des trois livres. Rien. Prévisible. Des listings informatiques, presque certainement. Sur son ordinateur, sans doute, et là, c'est perdu pour moi. Mais il doit y avoir une sauvegarde, sinon, c'est à désespérer des banquiers véreux. Sur un DVD ? Possible. Étonnant que les cinq DVD n'aient pas été raflés avec les papiers personnels et l'ordinateur. Peut-être mélangés au moment de la visite des assassins avec ceux du propriétaire de l'appartement ? Je n'échapperai sans doute pas à un visionnage intégral. Noria jette un coup d'œil sur les titres des coffrets. Trois pornos plus ou moins soft et deux *Pirates des Caraïbes*. Une subite envie de cinéma, de vrai cinéma, un bon film noir américain des années quarante. Plus tard, je verrai ça plus tard.

Une clé USB ? C'est l'hypothèse la plus probable, et ma meilleure chance. Facile à dissimuler, difficile à trouver. Examiner les ourlets et doublures des vêtements, avant de passer aux chaussures. Par quel vêtement commencer ? Le manteau d'hiver. Il est en matière épaisse et décalé par rapport à la saison. Noria explore systématiquement toutes les zones où le tissu en double épaisseur peut dissimuler un très petit objet et finit par trouver une protubérance dans l'ourlet d'une manche. Elle examine l'ourlet, il a été soigneusement recousu. Elle va chercher des ciseaux dans un bureau voisin et extrait une clé USB. La Toison d'or, un moment de jouissance. Trop bref. Le petit Castelvieux ne la passionne pas.

Il n'y a plus qu'à tout ranger, remonter les cartons dans le bureau. Elle fait un essai rapide de lecture de la clé sur son ordinateur. Il y a un code d'accès. Elle ne s'obstine pas, elle n'est pas bonne en informatique et ne veut pas courir le risque d'abîmer ou d'effacer le contenu de cette précieuse clé. Il y a des spécialistes dans la maison. On verra ça demain, ou après-demain. Noria ne ressent ni pression ni urgence. Comme si elle n'était pas encore vraiment impliquée dans son nouveau boulot.

L'après-midi tire à sa fin. Reverdy n'est pas revenu au bureau. Il est temps d'aller au cinéma.

Levallois-Perret.

Martine Vial entre dans le bureau de Gilbert Lapouge, son directeur, un parapheur sous le bras. Il l'accueille avec un sourire, comme d'habitude. Martine Vial est une employée modèle, leurs relations sont plutôt détendues, tous les deux se sentent en confiance.

– Monsieur, pouvez-vous m'accorder quelques instants dans la journée ? Il y a un sujet dont j'aimerais vous parler.

– Je vous écoute, Martine, avant de plonger dans l'océan de paperasses que vous venez de m'apporter.

– J'ai rencontré Mme Lamblin la semaine dernière, c'est une amie de longue date. Elle a été autorisée par la justice américaine à rendre visite à son mari...

– Je ne savais pas que cela lui était interdit.

– Son mari est au secret, monsieur. Et sa femme n'a pas un droit de visite permanent. Elle l'a trouvé très déprimé et il lui a dit deux choses. La première : la police américaine a connaissance de certains courriels internes d'Orstam.

– Elle en est sûre ?

– Les policiers ont montré certains courriels très confidentiels à M. Lamblin. Ensuite, il lui a dit qu'il avait consulté Anderson au service juridique avant de partir. Il ne l'aurait pas mis en garde, et l'aurait même encouragé à faire le voyage.

– Ce n'est pas la version du service.

– M. Lamblin pense même que M. Anderson lui a tendu un piège.

– Un piège ? (La voix est montée de deux tons.) Mais dans quel but ? Cela me semble invraisemblable.

– Je n'en sais pas plus, monsieur.

– Martine, surtout ne faites pas circuler ce bruit. Ça pourrait faire des dégâts dans la maison et nous n'en avons pas besoin par les temps qui courent.

– Je vous en parle à vous, monsieur, je n'en parlerai à personne d'autre. Mais vous savez bien que le bruit circulera quand même. Je ne suis pas la seule ici à bien connaître Mme Lamblin.

Le directeur croise les mains, ferme les yeux un instant, les rouvre.

– Vous avez raison. Il faut que j'y réfléchisse. On en reparle très vite. Merci de m'avoir prévenu.

Martine quitte le bureau, guère rassurée.

Dans la journée, Lapouge demande à Maurice Sampaix de passer dans son bureau. Il l'informe de la conversation qu'il a eue avec Martine Vial.

– Qu'est-ce que vous en pensez ?

Sampaix bougonne :

– Moi, je ne suis pas une flèche en informatique, mais notre courrier est crypté, nous avons les services de sécurité, le contre-espionnage français, j'ai plutôt tendance à leur faire confiance. Pour le reste, des histoires de bonnes femmes ?

– Possible. Mme Lamblin a vu son mari dans une situation tragique, la prison où il se trouve est particulièrement violente, lui ne va sans doute pas bien. Tout cela peut jouer. Pour notre part, nous avons toujours travaillé en confiance avec le service juridique.

– Mais nous ne connaissons pas bien Anderson. Et, dans le contexte actuel, j'ai tendance à voir le danger partout.

– Que ce bruit soit vrai ou qu'il soit faux, sa circulation est inquiétante.

– Et, franchement, ce n'est pas le moment.

– C'est exactement ce que j'ai dit à Martine Vial. Vous avez des amis chez nos juristes. Un petit tour dans le service pour prendre le vent ? Et puis on en reparle.

– J'essaie.

Mardi 30 avril
Préfecture de police de Paris.

Noria, Reverdy et Lainé se retrouvent tous les trois au pied de l'escalier qui monte jusqu'à leur bureau.

– Alors, les cartons ? demande Reverdy.

Noria frôle du doigt la chemisette Lacoste du jour, d'un vert qui claque.

– Pas d'impatience, retrouvons-nous là-haut. Le dernier arrivé va chercher les cafés.

Et elle s'engage au petit trot dans l'escalier, comme à l'entraînement. Les deux hommes la laissent filer sans remords, grimpent tranquilles, puis passent par la machine à café, la rejoignent dans le bureau, toujours encombré par les cartons Castelvieux. Noria les attend, assise à sa place, elle a fait le vide sur son bureau, et posé, bien en évidence devant elle, une clé USB. Trop beau pour y croire ? Ils n'osent pas y toucher. Noria sourit :

– J'ai mérité mon café, non ?

– Où était-elle ?

– Dissimulée dans l'ourlet d'un manteau d'hiver.

Lainé lui tend un gobelet de café en s'inclinant cérémonieusement.

– Bravo. Je ne sais pas si j'aurais su faire aussi bien…

– Mais si, bien sûr. Ne vous sous-estimez pas, ça ne sert à rien. La clé est bloquée, je n'ai pas voulu y toucher. Vous savez à qui la donner dans la maison ?

– Oui. Bien sûr. Je m'en occupe.

Lainé la prend.

– Et vous, Reverdy, où en êtes-vous ? Notre Buck, ça avance ?

– Pas encore. Apparemment, il y a des remous chez Orstam. D'après Martine Vial, les employés commencent à s'inquiéter de ne pas avoir d'information sur l'arrestation de Lamblin. Je n'ai pas pu avoir de rendez-vous avec Sautereau avant jeudi. Il va me présenter un pilier du service financier. J'aurai sûrement du neuf ce jour-là.

Levallois-Perret.

La veille au soir, Sampaix a passé quelques coups de fil pour recueillir les avis et impressions de collègues de longue date qui travaillent au service juridique, un allié historique du service financier. Tous disent qu'Anderson n'est pas en grande forme depuis l'arrestation de Lamblin. Sa fonction principale au service juridique est de trouver les meilleurs moyens pour masquer les versements de commissions frauduleuses, il se sait donc mouillé jusqu'au cou dans d'innombrables affaires de corruption, il sent le vent du boulet et il a peur. Il manque d'envergure, mais personne ne lui voit le profil d'un comploteur. Après réflexion, Sampaix se décide à lui rendre visite, au troisième étage, et à aborder directement le sujet avec lui, autour de la machine à café.

– Il circule à notre étage des bruits assez malsains. Lamblin aurait été poussé à partir aux États-Unis, on parle même d'un piège possible. Vous êtes le dernier à l'avoir vu avant son départ. Qu'est-ce que vous en pensez ?

– J'ai essayé de le dissuader de partir. Il n'y avait pas moyen. Nos enquêtes internes l'avaient blanchi, il se croyait intouchable.

– Plutôt naïf, non ? Tout le monde sait ce que valent nos enquêtes internes en matière de corruption.

– C'est évident, et je le lui ai dit. J'ai utilisé tous les arguments à ma disposition. Mais l'enjeu industriel de la réunion à laquelle il voulait se rendre lui paraissait énorme, ce qui, aujourd'hui, ne me semble pas évident. Si vous cherchez un piège, ce serait peut-être là, il aurait pu être attiré là-bas. Ne me demandez pas pourquoi, ou par qui, je ne le sais pas, et je n'arrive pas à l'imaginer.

Sampaix se replie vers ses bases. Dès que la porte est refermée, Anderson décroche son téléphone.

– Nicolas Barrot ? Gus Anderson. Je viens d'avoir une visite inattendue. Sampaix, vous savez, un sous-fifre du service financier…

– Oui, je vois…

– Une campagne de désinformation est apparemment en cours dans les bureaux. Lamblin aurait été trahi…

– Le patron va être furieux.

– … et on cherche à me coller la trahison sur le dos. Comme vous vous occupez du dossier Lamblin, j'aime autant vous prévenir…

Sampaix aurait tendance à prendre en compte ce que dit Anderson. Qui pourrait avoir convaincu Lamblin de faire le voyage ? Buck, le nouveau venu que personne ne connaît, le spécialiste des mœurs américaines ? Pourquoi pas ? J'en parle à Sautereau.

Il descend au premier étage, entre dans le bureau de Sautereau, qui est plongé dans la lecture d'un dossier. Il lève le nez, le salue.

– Qu'est-ce qui t'amène ?

Sampaix parle rapidement de Martine Vial et ses soupçons sur Anderson, et des siens sur Buck.

Sautereau écoute en silence. Il a sa tête des mauvais jours.

– Une ambiance pas terrible, hein ? Je vais voir ce que je peux trouver sur Buck, je te tiens au courant. Tu sais, je pense que nous devrions tous les deux rencontrer mon copain Reverdy, des Renseignements parisiens. C'est un homme qui sait être discret et qui pourrait être utile.

– Si tu le dis…

Les interrogations de Sampaix recoupent les siennes. Sautereau décide qu'il est temps d'aller voir comment Buck réagit. Petite visite de courtoisie.

– Je reprends toute une série de dossiers d'embauche récents à la demande de la DCRI. Ne me demandez pas pourquoi, ils n'ont pas pris la peine de me le dire. Et, en reprenant le vôtre, j'ai constaté qu'il était pratiquement vide. Il y a bien la demande de toute une série de documents, mais les documents eux-mêmes manquent.

– Ils ont disparu, ils sont égarés ?

– Je vous concède que c'est assez étonnant. Pouvons-nous clarifier ensemble quelques points ?

– Allez-y.

– Vous avez été embauché à Orstam en février 2012. Votre employeur précédent était le fonds VTC, je n'ai aucune précision sur les dates d'embauche, les missions.

– J'ai rejoint VTC à peu près un an avant. Si vous le souhaitez, je vous apporte la semaine prochaine tous les documents en ma possession sur mon passage à VTC...

Buck marque un temps d'arrêt, regarde Sautereau en train de prendre des notes sur un bloc de papier posé sur ses genoux. Un homme d'un autre âge. Méfiance. Les plus dangereux. Il faut donner quelques gages. Il reprend :

– J'ai été embauché pour suivre l'offre d'achat que PE venait de lancer sur Areva T&D. PE avait confié le dossier à VTC, et moi, je connaissais assez bien le secteur, sous l'aspect financier.

– Vous étiez dans l'équipe de l'adversaire d'Orstam ?

– Exact.

– Et avant VTC ?

– J'étais dans la finance, conseiller free-lance. C'est à ce moment-là que j'ai commencé à travailler occasionnellement pour PE.

– Je pourrais avoir quelques précisions sur votre cabinet, des listes de vos clients ?

– Certainement.

Sautereau lève la tête, range son bloc dans la poche de sa veste en grosse toile grise, grand sourire :

– Merci de votre collaboration. J'attends les documents.

Il se lève et disparaît.

Dès qu'il est seul, Buck se renverse dans son fauteuil articulé, les pieds sur le bureau, les yeux au plafond. Naïf, Sautereau ? Certainement pas. En même temps, pas vraiment de raisons de s'affoler. Il ne sait rien, il ne peut pas savoir. Et les flics français ne sont pas curieux. En toucher deux mots à Barrot par précaution ? Faisable. Ses relations avec Barrot sont bonnes, presque des copains. De ce côté-là, il sera soutenu. Il lui envoie un mail : « Je viens de subir un interrogatoire en règle de Sautereau sur mes activités antérieures à Orstam. Vexant. Pourquoi ? »

Le bruit selon lequel Lamblin aurait été trahi par Anderson, le numéro deux du service juridique, a commencé à circuler dans les bureaux du département des chaudières dès le lundi. Martine Vial avait vu juste, le téléphone avait dû chauffer pendant le week-end. Et le terrain est propice parce que tout le monde à l'étage connaît personnellement Lamblin, et l'apprécie. Il a la réputation d'un ingénieur compétent et d'un directeur consensuel. Et chacun sait qu'il n'est pas parti aux États-Unis pour y faire du tourisme, mais pour participer à une conférence professionnelle dont il attendait de fortes retombées commerciales. De pauses-café en repas à la cantine, le bruit d'un piège ou d'une trahison du service juridique circule à haute intensité. Christine Dupuis, l'assistante de Lamblin, une belle trentenaire rousse, à qui Mme Lamblin, qui se méfie d'elle, s'est bien gardée de téléphoner, ce qui l'a profondément blessée, confirme :

– J'ai pris rendez-vous moi-même avec le service juridique, M. Lamblin hésitait, après la lettre circulaire de la direction demandant à ses cadres d'éviter les voyages aux États-Unis. Il n'est pas le genre d'homme à aimer prendre des risques de cette nature. C'est M. Anderson qui l'a reçu, et, en revenant de ce rendez-vous, il m'a demandé de confirmer ses billets d'avion.

Mais l'hypothèse de la trahison d'Anderson, si elle alimente les conversations, semble rocambolesque à la très grande majorité des employés, tout au plus envisagent-ils de parler d'une éventuelle erreur d'analyse, et encore, avec prudence.

Ces discussions réveillent un sentiment diffus de culpabilité dans les bureaux. Pendant un peu plus de quinze jours, on l'a bien laissé tomber, notre directeur. Il est temps de se montrer solidaire. Mais comment ? Brève réunion d'une dizaine d'employés du département, à la sortie de la cantine. Christine Dupuis propose d'adresser une pétition collective à la direction. Pétition, le terme choque certains. Restons polis, parlons de « lettre collective ». Celle que rédige Christine demande à la direction de recevoir une délégation pour lui donner des informations sur la situation actuelle de M. Lamblin, et faire le point sur les démarches entreprises pour sa libération et sur celles qui sont envisagées. Elle circule et recueille 230 signatures sur les 250 employés que compte le département.

Reste à composer la délégation chargée de remettre la lettre : deux femmes, dont Christine Dupuis, et deux hommes. À ce stade, il a semblé préférable de ne pas mettre les syndicats dans la délégation.

Christine Dupuis dépose la « lettre collective » à la direction à 17 heures, qui la transmet immédiatement à Nicolas Barrot, prié de jouer son rôle et de protéger le grand patron.

Barrot estime urgent de prendre le temps de réfléchir. La grogne monte dans le personnel autour de l'arrestation et la défense de Lamblin. Tout le monde s'agite. Anderson, Buck lui téléphonent, il ne comprend pas bien le rôle que jouent les uns et les autres. Carvoux, qui tire les ficelles, n'a pas cru nécessaire de l'informer de tout ce qui se trame dans l'ombre. Et lui demande maintenant de recevoir une délégation des employés avec empathie, de les écouter, de leur parler. Lui qui a vécu depuis son arrivée à Orstam dans les coulisses de la direction ne connaît pas les règles de ce jeu-là. Ce serait le piège qu'il redoute ? En même temps, il peut difficilement refuser de le faire. Dans sa poche intérieure, contre sa poitrine, son téléphone portable. Le moment ou jamais de se décider à enregistrer. Aller voir le patron, lui demander des consignes précises, être couvert… Mais ce soir, le patron fait dire qu'il n'est pas là. Entrevue remise au 2 mai.

Chapitre 8

Jeudi 2 mai
Levallois-Perret.

En arrivant au siège d'Orstam, Nicolas passe par son bureau. Juste le temps de brancher son portable en mode enregistrement, de le remettre dans sa poche, de respirer à fond deux fois, et il se dirige vers le bureau du grand manitou.

Les consignes que lui donne Carvoux sont très claires : faire traîner le plus possible. La direction a besoin de temps pour faire évoluer le dossier. Avec un peu de chance, l'agitation retombera. Et ne fournir aucune information. Dire, répéter qu'avec la justice américaine la discrétion est une absolue nécessité.

De retour dans son bureau, le premier souci de Barrot est de vérifier la qualité de l'enregistrement. Bonne. Le mécanisme marche et le patron ne se doute de rien. Bouffée de plaisir. Tu me crois sans défense ? Pas si sûr… Il informe donc la délégation qu'elle sera reçue vendredi 10 mai à 18 heures.

Quand cette réponse parvient à la délégation, les réactions sont nombreuses :

– Une semaine pour nous recevoir ! Il se moque de nous, dit l'un.

– Un vendredi à 18 heures, pendant un grand week-end, pourquoi pas un dimanche à minuit ? dit l'autre.

– Il a dit qu'avec les ponts de début mai, il ne pouvait pas faire mieux.

– Cela ne commence pas très bien.

– Mais nous y serons. Et ça va chauffer.

Préfecture de police de Paris.

Dans la matinée, Lainé déboule dans le bureau, très excité, un paquet de feuilles sous le bras qu'il dépose devant Noria :

– La clé a craqué. Un cryptage pas très solide, le travail d'un bon amateur, pas plus. Nous avions vu juste, Castelvieux avait emporté avec lui tout un pan de la comptabilité de son entreprise, qui nous livre les mécanismes d'une grande lessiveuse d'argent noir. Nous avons tout, de l'emboîtement des sociétés-écrans jusqu'à la banque respectable qui fait vivre le réseau et en profite.

Lainé attrape une chaise pour s'asseoir en face de Noria pendant qu'elle feuillette la pile de listings. Il jubile comme un gosse. Elle relève la tête.

– J'ai un petit souci. Je ne suis pas vraiment capable de me repérer dans cet amas de comptes bancaires. Vous allez me faire une note de synthèse pour m'expliquer ce que je dois savoir.

– Je fais simple ?

– Simpliste même, n'hésitez pas. Dans les films américains que j'ai vus récemment sur la crise financière, les grands patrons ont l'habitude de dire à leurs experts : « Parlez-moi anglais. » Pareil, Lainé, parlez-moi français. Pas de chiffres.

En fin de matinée, Lainé revient avec sa note.

– Je vous explique. Les mafias gagnent avec leurs activités criminelles une masse d'argent noir dont elles souhaitent blanchir une partie pour pouvoir s'en servir dans l'économie légale, et le passage d'un monde à l'autre ne se fait pas tout seul, il faut l'organiser.

– Jusqu'ici, tout va bien.

– Nos mafias de Montréal ont créé des entreprises apparemment légales, registre de commerce, gérants, tout ce qui va bien. Les noms, TPM, Dandy, sont ceux que nous avions déjà trouvés dans *Le Journal de Montréal*. Mais ces sociétés ont très peu d'activités réelles, c'est juste une façade pour justifier l'émission d'un gros volume de fausses factures, et, sur la base de cette pseudo-activité, elles empruntent de l'argent blanc comme neige à une grande banque de Montréal…

– Laquelle ?

– J'y viendrai tout à l'heure. Ces emprunts sont ensuite remboursés à la banque par les sociétés bidon avec de l'argent noir des mafias, le taux de l'emprunt sera la rémunération de la banque pour le lessivage. Mais la banque sait parfaitement ce qu'elle fait. Elle sait que les sociétés qui lui empruntent sont, en sous-main, des entreprises mafieuses. Et elle ne tient évidemment pas à ce que le lien entre ces sociétés et la banque apparaisse. Elle introduit donc une société-écran entre les mafieux et elle, CredAto, composée d'une seule personne, notre ami Castelvieux. Dans un premier temps, CredAto traite avec les mafieux, dans un deuxième temps avec la banque, il n'existe aucune transaction directe entre banque et mafia. En cas de graves pépins, comme d'éventuels règlements de comptes entre mafieux, CredAto disparaît et il est impossible de remonter jusqu'à la banque.

– Je comprends qu'il ait pris la fuite. Le nom de la banque ?

– PE-Credit Montréal. Mais ce n'est pas tout. La banque a pris une sécurité supplémentaire. Les transactions entre elle et CredAto ne se font pas à Montréal, mais aux îles Caïmans, au sein d'une banque qui s'appelle InterBank. CredAto ne figure pas non plus dans la liste des clients de PE-Credit, mais on y trouve InterBank, à l'abri de toute enquête, puisqu'elle est installée dans un paradis fiscal.

– Bien joué. Donc, avec ces listings, nous en savons plus que nos collègues de Montréal ?

– Probablement. En tout cas, nous détenons des papiers de grande valeur pour eux. Et je vous signale que les sommes dont nous parlons sont considérables. En 2012, près de deux cents millions de dollars ont transité sur le compte de CredAto à InterBank et sont repartis ensuite vers PE-Credit et vers les entreprises mafieuses. J'ai arrondi les chiffres, c'est un ordre de grandeur. Et je vous ai fait quelques schémas sur les circuits de l'argent entre mafias, CredAto, InterBank et PE-Credit.

Lainé se tait. Après quelques instants de réflexion, Noria demande :

– Avec ça, j'en sais largement assez pour faire un rapport d'étape. Vous voulez toujours garder le dossier Castelvieux ?

– Oui. Je voudrais que nous soyons au clair sur la disparition du bonhomme avant de transmettre l'affaire à la PJ ou à la Financière.

– Très bien. Dans le rapport, je vais insister sur la qualité de nos sources et l'intérêt de les transmettre à la police de Montréal, c'est un thème valorisant pour notre service, qui en fera râler quelques-uns. Pendant que j'y travaille, vous allez faire un tour rue de Lille. C'est une zone pleine de sites institutionnels, qui doit être bourrée de caméras. Vous me trouvez celles qui sont le mieux placées pour avoir des images de l'entrée du 39. Et je ferai la demande d'autorisation.

Lainé jubile. Ce dossier Castelvieux est un peu son affaire. Il a l'impression que Ghozali commence enfin à le prendre au sérieux. Donc, il saute le déjeuner et file rue de Lille. Il marche lentement, le nez en l'air, à l'affût. Rue longue, étroite, tranquille, dans un quartier très chic du centre de Paris. Immeubles résidentiels, boutiques de luxe, sièges de grandes institutions. Un cadre qui sied à la charmante Alice, si bien élevée. Elle peut bien avoir vécu une aventure passion avec un petit voyou, bon genre lui aussi, d'ailleurs, c'était un péché de jeunesse, ses amis n'en appartiennent pas moins à la très bonne bourgeoisie parisienne. C'est le charme des grandes villes, on ne sait jamais vraiment à qui on a affaire. Le 39 est un petit immeuble étroit de quatre étages, sans doute du XIXe siècle, soigneusement restauré. Un code d'accès à l'entrée, mais pas de gardien, dommage.

Presque en face du 39, un grand immeuble de la Caisse des dépôts et consignations, dont les caméras de surveillance semblent idéalement placées pour enregistrer les allées et venues autour de l'entrée du 39. Exactement ce qu'il nous faut. La Force est avec moi. Retour rapide à la préfecture.

Levallois-Perret.

À l'heure de la pause-déjeuner, Reverdy, les yeux mi-clos, somnole tout seul, peinard, dans le jacuzzi du Centre aquatique de Levallois, le corps parfaitement détendu, l'esprit en jachère, pas loin du bonheur. Il passe ainsi un bon quart d'heure avant d'être rejoint par Sautereau, en peignoir, accompagné d'un autre homme, à peu près du même âge, de la même corpulence, manifestement peu habitué à fréquenter des spas et autres espaces « tendance ». Reverdy s'extrait de la piscine pour venir les saluer. Sautereau, lui, est très à l'aise en maître de cérémonie :

– Je te présente Maurice Sampaix, de la vieille garde d'Orstam. Maurice, je te présente Fabrice Reverdy, mon ami et un ami de Martine.

– Martine m'a parlé de vous.

Poignées de main. Puis les trois hommes entrent dans le jacuzzi. Sautereau, en vieil habitué des lieux, flotte, le ventre en avant, barbotte, petit sourire béat aux lèvres. Sampaix essaie de rentrer son ventre, ce jeune Reverdy, tout mince, tout musclé, est un reproche vivant. Il est congestionné, bouge sans cesse pour échapper aux jets d'eau chaude qui font vibrer sa graisse. Il a exigé de Sautereau que les malaises internes de l'entreprise ne soient pas évoqués devant une puissance extérieure dont il faut se méfier, par principe, mais une puissance qu'il faut appâter, d'une façon ou d'une autre, parce qu'elle peut rendre des services. Sautereau se décide à attaquer. Il commence par Buck, dont le nom traîne dans l'équipe du fonds VTC chargée de l'opération d'achat d'Areva T&D pour PE contre Orstam, et qui a été embauché un mois après la fin de l'opération par Orstam. Reverdy s'exclame :

– Un peu bizarre, non ?

Sampaix, suant, soufflant, s'efforce de garder l'esprit clair :

– Pas forcément. De nos jours les cadres dirigeants d'entreprises sont comme les joueurs de football, à qui ils aiment se comparer. Au mercato, ils se vendent à la boîte qui leur offre le plus beau transfert. Ils n'ont guère plus de fidélité à l'entreprise que les joueurs n'ont de fidélité au maillot du club, et ça ne choque personne. Orstam peut avoir repéré Buck dans l'équipe adverse pendant la négociation et lui avoir fait des propositions à la fin du match. Ce qui m'intrigue dans ce cas, c'est que son *curriculum vitae* ne mentionne pas la gestion de ce dossier, qui ne devrait pas être un obstacle à son embauche, et ne mentionne pratiquement rien d'ailleurs.

Sampaix se tait, souffle court, s'éponge le visage. Sautereau prend le relais, raconte la façon dont Katryn McDolan a recommandé Buck et l'a hébergé.

– Je t'ai copié le mail, je te le donnerai au vestiaire.

Sampaix réfléchit à haute voix, le regard dans le vide :

– Le dossier Buck accumule les petits signaux d'alarme. Il gère un dossier PE contre Orstam juste avant d'entrer chez nous. Il est chaudement recommandé par McDolan, la moins recommandable de nos administrateurs, elle pousse le maternage jusqu'à l'héberger chez elle, et, d'après ce que m'en a dit Sautereau, son passé semble avoir été nettoyé, ce qui implique toujours un paquet d'ordures et des nettoyeurs pas très propres.

Les trois hommes suent à grosses gouttes. Sautereau enchaîne :

– La femme de Lamblin a rendu visite à son époux, dans sa prison aux États-Unis. Sa situation est dure. Les prisons américaines sont les prisons américaines. Elle a téléphoné à ses copines et les gens commencent à demander des comptes, dans le département Chaudières.

Après un instant de réflexion, Sampaix ajoute :

– Lamblin aurait confié à sa femme que la police américaine aurait piraté quelques correspondances internes d'Orstam…

Sautereau s'exclame :

– Tu ne m'en as pas parlé !

– Je ne sais pas si c'est crédible. Mais vous ne pourriez pas, vous, à la Direction du Renseignement de Paris, nous dire ce qu'il en est ?

Reverdy se souvient des remarques de Ghozali, après sa visite au vieux commissaire de ses amis.

– Nous estimons que c'est parfaitement crédible. Mais je ne peux pas vous en dire plus.

Sampaix encaisse, Sautereau enchaîne :

– Ce n'est pas tout. Toujours d'après la femme de Lamblin, son mari aurait été piégé par Anderson, du service juridique.

– Moi, je vois plutôt Buck dans le rôle du traître.

– Expliquez-moi, pourquoi parlez-vous de piège et de traître ?

– Il y a une circulaire confidentielle du grand patron qui demande à ses cadres de ne pas mettre les pieds aux États-Unis. Anderson aurait convaincu Lamblin qu'il ne risquait rien.

– Autre version, Buck l'aurait poussé à y aller en grossissant les opportunités de marchés.

Reverdy, brusquement en alerte :

– J'avais oublié cette circulaire, pourtant nous en avions déjà parlé. Interdit d'aller aux États-Unis, c'est plutôt inhabituel dans un grand groupe international. Elle date de quand ?

Sampaix ne dit rien, regarde ailleurs. Sautereau répond :

– Bonne question. De mémoire, courant mars, après l'ouverture officielle de l'enquête judiciaire contre Orstam. Je vérifierai. Allez, il est temps de sortir de la marmite et d'aller boire un coup à la cafétéria.

Préfecture de police de Paris.

Reverdy revient de sa séance de jacuzzi de très bonne humeur. Il n'a pas perdu son temps. Il retrouve Noria et Lainé plongés dans de volumineux dossiers. Il leur rapporte l'essentiel de ses échanges avec Sautereau. Buck, son passé de consultant financier au service de PE, un concurrent américain d'Orstam…

Lainé sursaute :

– PE, nous avons aussi une filiale de PE à Montréal dans le dossier Castelvieux.

Noria tempère :

– Du calme, pas de rapprochements hâtifs. PE est un conglomérat à l'échelle internationale…

Reverdy note la coïncidence dans un coin de son cerveau et enchaîne en énumérant les appuis de Buck, ses relations avec McDolan.

– Vous vous souvenez de ce que vous m'avez dit, il y a quelques jours : « Si une opération américaine de grande envergure existe, il y a nécessairement une tête de pont ici, au siège. À nous de trouver ceux qui la composent ? »

– Oui, je me souviens.

– Je pense que nous en avons trouvé un, peut-être pas des moindres, et l'amorce d'un réseau.

– C'est bien possible, je vous l'accorde. Mais si Buck est à notre portée, ce n'est pas le cas de McDolan.

– Ce n'est pas tout. La femme de Lamblin est allée lui rendre visite en prison. Les flics du FBI auraient montré à son mari des mails très confidentiels d'Orstam, sans doute pour le faire craquer.

– Cela conforte nos soupçons de piratage de masse.

– Des soupçons qui prennent des allures de certitudes.

– Sur ce point précis, faites une note blanche, la plus complète possible. Il faut essayer de bouger les services. De notre côté, nous n'avons pas chômé. À vous, Lainé.

Lainé se lance dans un rapport minutieux sur les listings obtenus à partir de la clé USB de Castelvieux, et l'analyse qu'il en tire.

– Nous sommes à un tournant, conclut Noria. J'ai commencé à faire un rapport d'étape sur notre activité pour nos patrons. D'abord Orstam. Partie bilan, pas de problème, j'intègre tout ce que nous nous sommes dit ici. Mais il faut nous mettre au clair sur la suite. Comment la voyez-vous, Fabrice ?

– La situation est très mouvante, je continue mon suivi, en élargissant le cercle de mes contacts dans l'entreprise.

– Besoin de rien ?

– Pour l'instant, je ne vois pas.

– Bien. Castelvieux. Dans la partie bilan, je m'appuie sur ce que nous savons et sur nos documents de première main sur le réseau de blanchiment au Canada, pour gonfler ce que nous pressentons, un réseau d'amphètes avec des prolongements possibles en France, dont l'assassinat probable de Castelvieux sur notre sol serait la trace. Notre objectif immédiat : faire la lumière sur la disparition de Castelvieux. Pour cela, je demande la communication des fadettes de son portable, dont la dénommée Alice vous a opportunément fourni le numéro. Il logeait au 39 de la rue de Lille. Lainé a repéré un immeuble de la Caisse des dépôts et consignations presque en face. Nous allons demander l'accès aux vidéos de surveillance.

Lainé se lève.

– J'offre l'apéro. J'ai acheté une bouteille que j'ai mise au frais, je vais la chercher.

Quand il est sorti, Noria fronce le nez.

– Il risque d'être déçu, notre jeune Christophe. Je crois que cela se passera bien avec nos patrons.

Mais ensuite… même dans l'hypothèse où Castelvieux aurait été enlevé ou assassiné, rien ne dit que cela se soit passé rue de Lille. Et nous n'avons pas d'autre point de chute.

– Si. Les fadettes, peut-être…

– Peut-être… Pour l'instant, on attend.

Lainé revient avec une bouteille de mousseux.

Lundi 6 mai
Préfecture de police de Paris.

La réponse des patrons parvient à l'équipe de Ghozali le lundi dans la matinée. Feu vert pour continuer sur Castelvieux, mais pas question de s'éterniser, il faudra refaire le point rapidement. La demande pour les fadettes de son portable a été transmise. Il faut attendre un peu, le numéro correspond à une carte prépayée, les délais de communication sont plus longs. La Caisse des dépôts accepte de mettre un local à leur disposition et leur fournira les enregistrements disponibles, ils sont conservés pendant un mois.

– Parfait. Nous commençons notre visionnage au 17 avril, pas de problème.

– Au fait, Lainé, vous avez des photos de Castelvieux ?

– Oui, deux ou trois clichés pris à la sauvette en 2010, assez ressemblants.

Il fouille dans son tiroir, trouve trois clichés, qu'il donne à Noria.

– Ça ira ?

– Très bien. Je suggère que nous allions traîner autour du 39 de la rue de Lille, sentir le quartier, interroger les voisins avant de nous enfermer devant les vidéos.

Paris.

Les trois flics se retrouvent devant le 39 de la rue de Lille. Au rez-de-chaussée, une boutique de vêtements déstructurés et de bijoux très chers, très mode. Noria entre, salue la vendeuse, belle femme, comme il se doit, montre une photo de Castelvieux. Jamais entré dans le magasin, il fallait s'y attendre, jamais aperçu dans la rue non plus. La boutique ferme à 19 heures.

– Vous savez, après 19 heures, le quartier est très calme. Nous ne sommes pas à Saint-Germain-des-Prés, ici.

Reverdy fait un tour au 41, un restaurant de qualité et de luxe, Les Climats. Castelvieux n'y a jamais été vu. Le restaurant ferme à 22 heures. Reverdy bougonne.

Reste le café-restaurant du Pont-Royal, au coin de la rue de Lille et de la rue du Bac, plat du jour, ambiance familiale, clientèle plutôt aisée. Et là, le patron reconnaît Castelvieux sur une photo.

– Pendant un temps, il est venu au moins une fois par jour, parfois deux, pour le petit déjeuner, le déjeuner ou le dîner, le plus souvent le déjeuner d'ailleurs. Toujours seul. Il paie en liquide.

– À partir de quelle date, vous vous souvenez ?

– Je ne sais pas exactement. Vers la mi-avril, sans doute. Un garçon aimable et souriant, parfois un peu nerveux. Je ne l'ai plus revu depuis une semaine ou un peu plus. C'est difficile d'être plus précis. Les gens défilent, ici, dans la journée.

– Vous fermez à quelle heure ?

– 22 heures. Dans le quartier il n'y a pas de noctambules, vous savez.

Les trois flics, debout devant l'immeuble de la Caisse des dépôts, sévère, solennel, rares signes de vie à l'intérieur, font le point.

– Castelvieux a bien habité ici de façon régulière, le patron du bar du Pont-Royal l'a vu à plusieurs reprises. Et il n'a pas été revu récemment.

– Le témoignage d'Alice est validé. Cette femme est fiable.

– Il faudrait que vous repreniez contact avec elle, pour la tenir discrètement au courant et obtenir peut-être quelques nouvelles confidences.

– J'ai déjà repris contact par téléphone. Sans lui donner d'explications, je lui ai demandé à quelle heure elle avait emmené Castelvieux au 39, le 16 avril…

– Malin. On va gagner un peu de temps.

– Réponse : en milieu d'après-midi, vers 16 heures sans doute. Alice m'a aussi envoyé deux invitations pour jeudi soir au Comedy Club. Elle y sera avec son futur ténor du barreau.

– Une façon de faire évoluer nos relations, d'échapper à la catégorie des complices de petits dealers pour entrer dans celle des témoins de bon aloi ?

– Et pour étoffer son carnet d'adresses. Je ne suis pas dupe. C'est toujours bon pour un cabinet d'avocats d'affaires d'avoir de bons contacts dans le Renseignement parisien. Mais elle m'a fait promettre la discrétion face à son futur conjoint.

– Cela va de soi. Et elle le mérite.

– Je n'ai pas trop envie d'y aller, le théâtre, c'est pas mon truc, mais je peux te passer les billets, Fabrice, tu aimes le théâtre, et la belle Alice te connaît. Qu'est-ce que tu en dis ?

Reverdy empoche les invitations, sans un mot. Noria continue :

– Autre remarque, rien ne dit que Castelvieux ait été agressé à proximité de son domicile, s'il a été agressé. Mais je reconnais que ce genre de quartier tranquille et friqué est un lieu propice aux mauvais coups en pleine nuit. Et la Caisse des dépôts est idéalement placée pour surveiller le 39 de la rue de

Lille. Nous allons donc visionner leurs enregistrements de vidéosurveillance. C'est ce que nous avons de mieux à faire en attendant les fadettes. Je suggère que nous nous y mettions tous les trois, cela ira plus vite. Cela vous convient ? On se retrouve demain à la préfecture et nous viendrons ici ensemble.

Mardi 7 mai
Paris.

Dans l'immeuble de la Caisse des dépôts, une petite salle aveugle a été mise à la disposition de l'équipe de Ghozali. Vérification du fonctionnement du matériel : deux écrans pour faire défiler les images des deux caméras de surveillance qui prennent la rue de Lille en enfilade, l'une sur la droite, l'autre sur la gauche. La porte d'entrée du 39 figure sur les deux écrans, à la limite des deux champs de prises de vues. La date et l'heure de la prise de vues défilent dans le coin en bas à droite de chaque écran, lequel est relié à un clavier qui permet de régler la vitesse de défilement des images, de faire un arrêt sur image et de transférer l'image sur l'ordinateur qu'a apporté Noria. Tout fonctionne. Début de la journée de travail. Lainé est à la manœuvre.

– L'immeuble est petit, à mon avis un maximum de neuf appartements, peut-être moins, nous ne devrions pas avoir trop de circulation. Je prends une caméra, la vue de droite, Fabrice l'autre, la vue de gauche, je donne le rythme.

– Et moi, je m'occupe de l'ordinateur.

– On y va. On commence par le 16 avril, vers 15 heures, un peu de marge pour être sûr de ne pas manquer l'entrée en scène des vedettes.

Du va-et-vient dans la rue, plusieurs femmes entrent et sortent du magasin chic du 39, Lainé passe l'enregistrement en accéléré, la porte de l'immeuble s'ouvre, Lainé ralentit, deux adolescents sortent, puis une vieille dame avec son chien, Lainé accélère. La vieille dame revient. Soudain, il stoppe sur une image.

– Ici, sur le trottoir, en approche, Alice et Castelvieux.

Noria ne les a jamais vus, elle se penche vers l'écran. Deux silhouettes jumelles, grandes, minces, sportives, vêtements soignés et discrets, visages avenants et coiffures sages. L'homme porte avec aisance une valise.

– Beau couple, bien assorti, l'avenir devant eux.

– Ils avaient déjà cette allure-là il y a trois ans, quand ils dealaient et partouzaient à fond. À mon avis, Alice ne va pas tarder à s'ennuyer dans sa nouvelle vie.

– J'enregistre l'image. Continuez.

Le couple s'arrête devant le 39, Alice tape le code, ils entrent. Lainé stoppe le défilement des images.

– On fait comment maintenant ? On défile tout en continu, ou on saute au 22 avril, le dernier jour où Castelvieux a été vu vivant ?

– On peut démarrer sur le 22 et continuer sur les jours suivants jusqu'au 26, date à laquelle le copain d'Alice récupère son appartement, pour fixer le moment à partir duquel on cesse de voir Castelvieux.

– C'est parti.

Le 22, au milieu des allées et venues des habitants du 39, Castelvieux sort de l'immeuble à 12 h 15 et se dirige vers le coin de la rue du Bac. Il ne réapparaît plus avant 19 h 17, en fin d'après-midi. Il a un sac plastique de supermarché à la main. Lainé remarque :

– Il n'est pas rentré directement après notre rencontre. Il est venu me voir vers 15 heures.

Castelvieux ne ressort pas de la soirée. Lainé attaque la nuit en accéléré, glisse vers le 23 avril. Un gros 4×4 noir file dans la rue de Lille, Lainé ne bronche pas. Reverdy lui tape sur l'épaule :

– Stop. Repasse la séquence en temps réel.

À 2 h 05, le 4×4 noir emprunte la rue de Lille au ralenti, sept secondes plus tard, la porte du 39 s'ouvre, deux hommes portant un long et volumineux sac plastique noir et un paquet indistinct sortent de l'immeuble, le 4×4 s'arrête à leur hauteur, l'ouverture du hayon est actionnée de l'intérieur, les deux hommes déposent le lourd sac plastique à l'arrière du véhicule et, semble-t-il, une valise, puis montent dans la voiture, qui démarre et disparaît au bout de la rue. L'arrêt et le chargement ont duré dix secondes. Lainé, avec un angle de vue différent et en accéléré, n'avait rien remarqué.

Reverdy est sous le choc :

– Nous venons d'assister à l'évacuation du cadavre de Castelvieux, non ?

– C'est possible. J'enregistre la séquence, dit Noria. Il nous reste beaucoup de travail à faire. Une pause nous ferait du bien. Allons manger un morceau au bar du Pont-Royal. Nous continuerons cet après-midi.

L'équipe mange rapidement un plat, en silence. Les images des deux déménageurs planqués sous leurs casquettes et du long sac noir qui épouse la forme d'un corps tournent en continu dans les têtes. Sentiment d'urgence. Comment faire ?

Au retour, Noria propose :

– De mon côté, j'ai envoyé la séquence de 2 h 05 à nos services. Je rentre et je vais m'occuper d'en faire tirer les meilleures photos possibles. À vous deux, le travail fastidieux de visionnage. Vous ne pouvez pas découpler les caméras pour vous partager le travail, l'expérience de ce matin prouve qu'il faut tout visionner sous chaque angle de prise de vues si l'on veut ne rien manquer. Donc, ça va être long. Première opération, vérifier que Castelvieux ne réapparaît pas entre le 22 et le 26 avril.

– C'est peu probable.

– D'accord, mais il faut quand même le faire. S'il réapparaît, on laisse tout tomber. Deuxième opération, localiser l'arrivée des déménageurs, en remontant à partir de la séquence de 2 heures du matin. J'ai tendance à penser qu'ils entrent dans la journée du 22, et que nous ne les avons pas repérés parce que nous ne les cherchions pas. Si vous les trouvez, il faudra ensuite visionner toute la période du 17 au 22 avril pour voir s'il y a d'autres images à glaner, peut-être nos déménageurs en repérage, on ne sait jamais, un coup de chance... Vous m'envoyez les images intéressantes au fur et à mesure que vous en trouvez et je les fais travailler par nos spécialistes. Nous nous retrouvons chez nous dès que vous avez fini pour voir comment nous gérons la suite.

– Nous n'aurons pas terminé avant ce soir tard.

– Demain, 8 mai, férié. Disons alors jeudi matin, ce serait déjà très bien.

Jeudi 9 mai
Préfecture de police de Paris.

Quand Reverdy et Lainé arrivent dans leur bureau, Noria a étalé devant elle des jeux de très bonnes photos. Chacun prend un moment pour les examiner une à une. Puis Reverdy sort ses notes.

– L'enchaînement des faits est clairement établi. Castelvieux entre et sort du 39 chaque jour entre le 17 et le 22 avril. Pas d'horaires réguliers repérés. Le 22, il sort pour la première fois de la journée à 12 h 15, rentre à 19 h 17 et ne réapparaît plus. Nous avons contrôlé jusqu'au 26 avril. Les deux déménageurs sont repérés pour la première fois le 22 avril à 12 h 25, ils font le code d'accès sans hésitation. Et sortent avec sac et valise à 2 h 05 le 23 au matin. On ne les repère plus ni avant ni après.

– Comment voyez-vous les choses ?

Reverdy embraye :

– Une opération soigneusement montée. Ils ont repéré les caméras de la Caisse des dépôts, ils ont le code de la porte d'entrée, ils doivent connaître les habitudes de Castelvieux.

– Castelvieux vient me voir le 22 dans l'après-midi. Ils peuvent le savoir et utiliser son absence pour fouiller l'appartement tranquillement.

Reverdy :

– Peu probable. D'après les vidéos ils arrivent beaucoup plus tôt.

– Votre scénario ?

– Castelvieux sort, se dirige vers la rue du Bac. Il va déjeuner au bar du Pont-Royal, dont l'entrée est dans la rue du Bac, donc nous ne la voyons pas dans les vidéos, mais les déménageurs s'y attendent parce qu'ils connaissent ses habitudes. Un complice attend dans le bar. Quand il voit Castelvieux s'asseoir à une table et passer commande, il téléphone à ses copains et leur donne le top départ. Dix minutes entre la sortie de Castelvieux de l'immeuble et l'arrivée des deux autres, ça colle. Ils ont simplement besoin d'être sûrs de ne pas être dérangés pendant qu'ils bricolent la serrure pour entrer dans l'appartement. Ensuite, ils ont tout leur temps pour attendre Castelvieux et l'assassiner. Ils ont prévu de repartir à 2 heures du matin, quand la rue est déserte.

– Ils ont dû dîner sur place avec les provisions apportées par Castelvieux, après l'avoir trucidé proprement, sans faire de taches.

– Votre scénario me convient bien. Maintenant, au travail. J'ai relevé l'immatriculation du 4×4, très apparente sur les photos. VX 554 RT. J'ai vérifié d'abord au service des cartes grises. L'immatriculation correspond à une Citroën C3, appartenant à un enseignant domicilié à Metz. Il s'agit donc de fausses plaques d'immatriculation sur un véhicule très probablement volé.

– On s'en doutait.

– Nous allons pister cette voiture.

Les deux hommes manquent d'enthousiasme.

– À l'heure qu'il est, elle est déjà cramée, ce sont des pros, c'est le sort commun des véhicules volés dont on se sert pour transporter un cadavre.

– Nous ne sommes pas à Marseille, le barbecue n'est pas aussi fortement enraciné dans nos traditions parisiennes. Plus sérieusement, tant que nous n'avons pas les fadettes, il ne nous reste que la voiture, donc nous ne nous posons pas de questions, nous y allons à fond. À vous, Reverdy, la routine sur la bagnole, à moi une note sur notre travail en cours, qui étaye la présomption d'homicide, du classique. Et pendant ce temps, Lainé, que diriez-vous de faire le tour des anciens contacts de Castelvieux qui figurent dans votre dossier de 2010 ?

Lainé grogne, ce qui vaut acceptation, ramasse ses affaires, salue Noria et Reverdy, et s'en va. Il est bien pressé, songe Noria. Reverdy se tourne vers elle.

– Voulez-vous m'accompagner ce soir au Comedy Club ? Lainé m'a donné deux places...

– C'est un coup monté entre vous deux ?

– ... J'aime beaucoup le théâtre, je voulais en faire quand j'étais ado...

– Moi aussi.

– Vraiment ?

Noria hoche la tête :

– Je n'ai pas pu.

– Moi non plus. D'où mon goût pour le déguisement. Un reste de mes rêves de jeunesse, une compensation. Accompagnez-moi, je suis sûr que vous aimerez. C'est un petit théâtre sur les Grands

Boulevards, avec des humoristes et de l'impro. J'y vais de temps en temps, je suis un fan d'impro. J'ai même fait un stage, une fois. Et ça m'a aidé dans le boulot. Le spectacle n'est pas toujours génial, mais les soirées sont très sympas. Et vous ferez la connaissance d'Alice.

Noria hésite, regarde Reverdy, ses cheveux, ses chemisettes… « Je voulais faire du théâtre… Je n'ai pas pu… » Avec le prétexte de faire la connaissance d'Alice… Elle accepte.

Paris.

L'ambiance du Comedy Club est chaleureuse, une foule très jeune, très bigarrée se bouscule dans une demi-obscurité trouée de taches de lumières colorées, la salle, petite, comble, tient plus du cabaret que du théâtre. Dès l'entrée, Reverdy repère à une table Alice accompagnée de son jeune avocat. Il entraîne Noria vers eux, la présente. La commandante Ghozali, souriante, fait belle impression. Noria s'assoit, Reverdy va chercher au bar une première tournée de cocktails. Ce soir, des acteurs peu ou pas connus défilent sur scène, en solo ou en duo, plus ou moins bons, plus ou moins drôles, mais toujours avec du rythme. De temps à autre, dans les temps morts, un des deux hommes renouvelle l'approvisionnement de la table en alcools. Noria se débrouille pour boire le moins possible sans se faire remarquer. Elle se lance dans d'interminables échanges avec Alice sur le cinéma américain, l'une fan de noir, et l'autre sensible au mélo, de quoi tenir toute la soirée. Reverdy les surveille du coin de l'œil. Première fois qu'il voit Ghozali en dehors du cadre professionnel. Elle assure. Sur scène, un duel d'improvisation, Noria est fascinée, Reverdy jubile. Vers la fin de la soirée, Reverdy entraîne l'avocat vers le bar, sous un prétexte quelconque, et laisse Noria seule avec Alice pour quelques minutes. Noria se penche vers elle :

– Je travaille avec Reverdy sur le dossier Castelvieux.

– Je m'en doutais.

– Les histoires de mafias sont parfaitement fondées.

– Du coup, sa disparition est inquiétante.

– Exact. Et Castelvieux n'a pas réapparu au 39 de la rue de Lille après la soirée du 22, date à laquelle vous n'avez plus eu de contacts. Je vous tiendrai au courant, discrètement. Dites-moi, aucun souvenir depuis votre entretien avec Lainé, vous ne voyez rien qui pourrait nous être utile ?

– Non, je ne crois pas. (Alice, concentrée, parle lentement.) Il n'a pas été très bavard. Il n'avait pas l'intention de rester à Paris, il n'était là que pour rencontrer un banquier qui pouvait débloquer son fric et repartir le plus vite possible. (Un temps d'arrêt.) Au début, il pensait qu'il y parviendrait très vite. Et puis il me semble bien qu'il a eu un contact qui n'a pas été positif. Il n'avait toujours pas son argent quand je l'ai eu au téléphone, le dernier dimanche. Ah, il disait aussi que ses ennuis à Montréal avaient commencé quand la drogue était apparue dans le paysage, c'est la formule qu'il a employée.

Les hommes reviennent, la soirée se termine, les deux couples se saluent et se séparent, en jurant de se revoir. Depuis les Grands Boulevards, Reverdy et Noria remontent à pied jusque dans le XIXe, en bavardant. Reverdy évoque son amour du théâtre.

– Vous m'avez dit que, vous aussi, vous vouliez en faire quand vous étiez gamine.

– C'était il y a longtemps... Mon père me l'a interdit... Une fille ne devait pas s'exhiber. Depuis, je vais au cinéma.

Ce soir, des bouts de phrases qui ressemblent à des confidences, un passé qui ressurgit par bribes, presque plus tendre que douloureux, et c'est nouveau. La nuit est tiède sur les bords du bassin de la Villette.

Chapitre 9

Vendredi 10 mai
Levallois-Perret.

Au siège social d'Orstam, la rencontre de la délégation du département Chaudières avec la « direction » s'avère une rencontre avec le seul Nicolas Barrot, conseiller personnel du président. Et la délégation le prend mal. La jeune Christine Dupuis a été désignée comme porte-parole parce qu'elle est l'assistante personnelle de Lamblin et parce qu'elle « présente bien », entendre qu'elle est jolie, maquillée et habillée avec soin et sans ostentation. C'est donc à elle de traduire le malaise du groupe. Elle n'a jamais joué ce rôle, elle n'a jamais non plus mis les pieds au dixième étage, celui de la direction, mais elle sent monter la colère. Elle respire un grand coup et se lance :

– Nous sommes déçus, nous nous attendions à rencontrer notre président. Il refuse donc de nous recevoir.

– Pas du tout, madame. Mais il est très occupé ces jours-ci, il m'a mandaté pour le remplacer et lui rendre compte de nos échanges, ce que je ferai, bien entendu, dès que possible.

Christine Dupuis le juge arrogant.

– Nous prenons bonne note que le président n'a pas de temps pour nous recevoir, mais qu'il en aura un de ces jours pour vous écouter lui répéter ce que nous n'aurons pas pu lui dire en direct. Nous vous rappelons que M. Lamblin, notre directeur, a été arrêté par la police américaine il y a déjà plus de trois semaines, au cours d'un voyage professionnel aux États-Unis. La direction ne nous a transmis aucune information. Quel est le chef d'accusation ? Quelles sont les démarches qui ont été entreprises pour obtenir sa libération ? Quelles sont celles que vous envisagez ? Nous répercuterons évidemment vos réponses à l'ensemble de notre service.

– Le procureur de New York a engagé une procédure contre Orstam pour corruption sur un contrat en Indonésie. Les sommes incriminées seraient passées par notre filiale aux États-Unis pendant que M. Lamblin en était le directeur, c'est pourquoi la justice américaine le retient. Nous nions les faits de corruption, nous estimons que l'entreprise n'a rien à se reprocher, et M. Lamblin non plus. Orstam a pris en charge la défense de M. Lamblin, nous lui avons envoyé des avocats du cabinet Bronson & Smith, le cabinet d'Orstam, le meilleur de New York. Les avocats eux-mêmes nous ont recommandé la plus grande discrétion. Les juges américains ne supportent pas les pressions extérieures. C'est donc dans l'intérêt de M. Lamblin que nous sommes le plus discrets possible, et nous nous félicitons de la retenue médiatique.

Barrot s'arrête là et semble satisfait de sa réponse. Christine Dupuis est sur le point d'exploser.

– C'est tout ? Vous n'avez pas contacté l'ambassade ? Vous n'avez pas actionné le consul ? Vous n'avez pas alerté le ministère des Affaires étrangères ? Vous n'avez pas fait une démarche auprès de l'ambassadeur des États-Unis en France ? Avez-vous au moins alerté le gouvernement français ?

– Non, nous n'avons rien fait de tout cela et nous ne le ferons pas…

Christine Dupuis le coupe, le corps très droit, les muscles tendus, la chevelure étincelante, une vraie force.

– Florence Cassez, une Française arrêtée au Mexique dans le lit d'un chef mafieux, accusée de complicité avec les mafias criminelles mexicaines, mobilise toute la diplomatie française, qui vient d'obtenir sa libération, et vous, pour un cadre supérieur de notre entreprise mis en prison aux États-Unis dans l'exercice de son activité professionnelle, vous ne bougez pas ?

– ... Nous sommes en contact constant, par l'intermédiaire de nos avocats, avec le procureur.

– Et que vous dit le procureur ? Quand fera-t-il libérer M. Lamblin ?

– Il n'a pas pris d'engagement là-dessus, en fait...

– ... En fait, comme vous dites, vous ne cherchez pas à faire libérer M. Lamblin. Nous avons même l'impression que sa détention vous arrange.

– Je ne peux pas vous laisser dire cela. Je vous répète que la ligne de l'entreprise, dans cette douloureuse affaire, est d'affirmer son innocence et celle de M. Lamblin. La justice américaine la reconnaîtra.

– Vous êtes un ectoplasme, lui dit Christine Dupuis. Vous ne croyez même pas à ce que vous nous racontez. Tenez, veuillez remettre au président cette liste des questions que nous vous avons posées et auxquelles vous n'avez pas répondu.

Et le groupe s'en va, sans même écouter les derniers mots de Barrot :

– Je vous remercie. Je transmettrai cette liste au président dès lundi matin.

Sautereau attend les quatre délégués à la sortie de la réunion. Ils ont des mines sinistres.

– La réalité, c'est que la direction a décidé de ne rien faire pour obtenir la libération de Lamblin. Nous devons le dire dans le département. Et alerter les syndicats. J'ai la rage.

– Vous imaginez, une boîte pour laquelle Lamblin bosse depuis plus de vingt ans… je suis dégoûté.

– L'idée d'un piège ne me semble plus totalement absurde.

– Mais toujours incompréhensible.

– Un piège dans quel but ?

Aucun des quatre délégués n'a la réponse, Sautereau reste muet. Christine Dupuis conclut :

– Pas le temps de s'attarder, on en reparlera lundi.

En raccompagnant la délégation, Nicolas Barrot aperçoit Sautereau, note sa présence, ne s'appesantit pas, et retourne dans son bureau, faire le point. Il éprouve une sensation étrange. Il est monté seul au front, il a appliqué strictement les consignes du grand patron, enregistré toute la réunion, donc il est couvert, mais il n'a pas été bon. Belle, la rouquine. Vivante. « Ectoplasme ». Elle n'a pas tort. Les discours sur la discrétion indispensable pour protéger Lamblin, je sais parfaitement que c'est de l'enfumage. Je les répète sans y croire, bien vu. Je suis fier de ne pas être dupe, très bien. Je sais que Lamblin reste en taule parce que certains y ont intérêt. Parfait. Mais je n'ai toujours pas compris qui et pourquoi. Je suis lucide mais passif, un pion dans le jeu, pas un joueur. Merci la belle rousse de me l'avoir rappelé. Une autre femme, déjà : July la banquière, la crise comme opportunité. Qu'as-tu fait depuis pour la saisir, l'opportunité ? Rien. Quinze jours de perdu. « L'histoire ne repasse pas les plats. » Il serait temps de t'y mettre. Pas maintenant, fatigue. Un flash : la chevelure de la rousse, les seins de la banquière. Besoin de femme. Un massage, Lara. Il se connecte au site du salon de massage, et là, choc, Lara a disparu du site, donc du salon. Le vide. « Un seul être vous manque... » Il se sent carrément abandonné, trahi.

Il quitte les locaux d'Orstam, direction le café du coin. Un double whisky pour se remettre, sans eau, râpeux, vite bu. Ce soir, il ne rentre pas chez lui, c'est décidé. Ce soir, un goût d'autre chose. Il a depuis plusieurs mois dans son portefeuille une carte de visite que lui a donnée Lara : Palmyre Club, rue Marbeuf. Typographie, maquette discrètes. Au dos, Lara a écrit : « Nicolas, mon client préféré. Prenez soin de lui », et elle a signé. Il sait ce qui l'attend au Palmyre Club, elle le lui a dit, il ne s'est pas décidé à y aller. Satisfait du confort douillet du salon de massage, des mains sécurisantes de Lara, peur de se trouver impuissant dans un monde de prédateurs. Mais ce soir, la rousse le réveille, Lara l'abandonne, il faut se bouger, il n'hésite plus.

Paris.

Après s'être douché, changé, Nicolas Barrot va s'enfermer dans une salle de cinéma des Champs-Élysées pour attendre le moment de faire son entrée au Club. Il a choisi *Parker*, un film américain plein de flingues et de testostérone, juste ce dont il a besoin ce soir.

À l'entrée du club, le petit mot de Lara a un effet magique. À peine l'a-t-il sorti de sa poche qu'un maître d'hôtel vient le prendre en charge, le conduit à une table où dînent deux ravissantes bimbos peu vêtues qui l'accueillent en gloussant. Une serveuse en string lui apporte un assortiment de foie gras et une bouteille de champagne, puis bientôt une deuxième bouteille de champagne. Un peu plus tard, le souvenir se fait déjà imprécis, les bimbos l'entraînent sur une piste de danse, dans une cave. Il se déchaîne sur un rythme électro réglé sur celui de son cœur, coincé entre les deux filles, son sexe dans les fesses de l'une, son cul sur le ventre de l'autre. Une fille (laquelle ?) lui enlève sa chemise, ce qui lui semble une heureuse initiative, il boit de la vodka au goulot de la bouteille pour se rafraîchir, ses deux partenaires l'entraînent, toujours dansant, vers l'un des coins sombres aménagés dans les sous-sols. Là, il se débarrasse de ce qu'il lui reste de vêtements, attrape une fille et la pénètre avec une violence dont il ne se savait pas capable pendant que l'autre continue à se trémousser contre son cul. Changement de fille, même rythme. Il découvre dans un éblouissement cette jouissance de décharger dans un être vivant qui n'a d'humain que le sexe, ce sentiment de puissance sans limite puisque l'autre n'existe que par et pour cet instant où il est possédé, anéanti. Au petit matin, Nicolas signe sans trembler une addition au montant sans rapport avec ses revenus, rentre chez lui en taxi et s'affale sur son lit, plonge dans un sommeil comateux.

Il passe la journée du samedi dans un demi-brouillard, allongé sur le lit, les yeux au plafond, un plafond qui a parfois tendance à tourbillonner, mange un peu, dort beaucoup, et ne retrouve sa lucidité que le lendemain matin.

Il consacre sa journée de dimanche à réfléchir. Il vient de franchir une étape, il le sent physiquement, il faut maintenant le comprendre. July lui avait dit qu'il était engagé dans une très grosse affaire, il l'avait entendu, il ne l'avait pas compris. Il se sentait menacé, passif, sur la défensive. C'est fini. Les enregistrements qu'il vient de faire lui donnent du poids, une espèce d'emprise sur les gens qu'il enregistre. Il décide : Je suis à un endroit stratégique dans l'entreprise, j'arrête d'en avoir peur, je vais m'en servir. Réfléchir, faire des choix, anticiper. Flash July : « Vous serez à la fois à la manœuvre et à la caisse. » Et je vais faire fortune. Il le faut pour pouvoir me payer le Palmyre.

Lundi 13 mai
Levallois-Perret.

En arrivant ce matin-là, Christine Dupuis croise Anderson dans l'ascenseur. Elle a ruminé sa rage et son humiliation pendant tout le week-end après la rencontre avec Barrot. Elle prend son courage à deux mains, le salue poliment, se présente, une collaboratrice de M. Lamblin.

– Comme vous le savez certainement, nous sommes très inquiets sur son sort. Pensez-vous qu'il sera libéré rapidement de prison ?

– Madame, je regrette, je n'ai aucune information sur ce point.

– Vous l'avez rencontré avant son départ. Avait-il pris connaissance des risques qu'il encourait en se rendant aux États-Unis ?

Ils sortent de l'ascenseur. Anderson s'arrête quelques secondes pour lui répondre :

– Bien entendu, madame. Conformément aux instructions de notre président, je lui ai exposé les risques majeurs que comportait ce voyage, y compris la prison, et j'ai tenté de le dissuader de l'entreprendre par tous les moyens. Bonne journée, madame.

Christine Dupuis reste figée. Elle se souvient de Lamblin hésitant avant de se décider à partir pour les États-Unis. « Il faut être prudent, prendre en compte la circulaire de la direction, même si la recommandation de ne pas aller aux États-Unis a un petit aspect surréaliste dans une entreprise comme Orstam. Je vais consulter le service juridique, prenez-moi un rendez-vous. » Elle entend, elle voit Lamblin pas ravi d'apprendre qu'il serait reçu par Anderson, le directeur adjoint, et pas par le directeur lui-même, puis revenant dans son bureau, après son entretien avec Anderson, tout guilleret :

– Tout va bien, Christine. Prenez-moi un aller-retour Paris-New York.

Lamblin, réfléchi, patient, ni aventurier, ni joueur. Un piège, l'idée n'est pas absurde, elle est crédible. Christine a la tête qui tourne.

À l'heure du déjeuner, se tient au siège social d'Orstam, dans une salle de conférence du rez-de-chaussée de l'immeuble, une réunion du personnel du département des Chaudières pour que la délégation fasse un compte rendu de la rencontre avec la direction. Christine Dupuis a informé les deux syndicats de l'entreprise, qui ont envoyé des observateurs. La délégation parle devant plus de cent personnes, dont quelques cadres supérieurs, un taux de participation exceptionnel, qui témoigne de l'inquiétude ambiante, estime Sautereau, qui passe par là. Christine Dupuis prend la parole, sobrement :

– Nous n'avons pas été reçus par le patron, mais par Nicolas Barrot, qui n'a aucune fonction précise dans l'entreprise. Les quatre membres de la délégation ont jugé ce changement d'interlocuteur regrettable, voire offensant. Pour résumer le contenu de la rencontre, M. Lamblin est toujours en prison. Comme la direction l'estime innocent, elle n'a entrepris aucune démarche pour le faire libérer et ne compte pas en entreprendre, c'est ce qui nous a été dit explicitement. Comprenne qui pourra.

La discussion se généralise, dans le désordre. La plupart des intervenants demandent maintenant des informations sur l'attitude d'Anderson. Après quelques minutes d'hésitation, Christine Dupuis reprend la parole, raconte sa rencontre avec Anderson le matin même et conclut :

– Ces jours-ci, j'ai gardé une certaine réserve, mais maintenant je suis sûre que M. Lamblin est victime d'un mauvais coup et je ne me l'explique pas. Vingt ans de maison, un homme irréprochable. Cela me révolte.

Elle a la gorge nouée, la salle tout entière partage son émotion. Dans la foulée, les deux représentants syndicaux proposent un débrayage de deux heures du département jeudi prochain, et de diffuser et faire signer la lettre-pétition dans l'ensemble des services.

Sautereau se dit que l'affaire commence à prendre mauvaise tournure.

Paris.

Reverdy passe consulter les spécialistes du garage de la préfecture avec un jeu d'images du gros 4×4. Les appréciations fusent : « Belle bagnole... » Les photos circulent, le diagnostic tombe : Mercedes GLE, année 2012. Si elle est en très bon état, ça fait beaucoup d'argent.

– Combien ?

– Ça dépend du marché sur lequel elle sera vendue, et aussi de la qualité de l'intermédiaire. Mais je dirais pas moins de soixante-dix mille euros pour le premier vendeur.

– Ah ! Quand même...

Reverdy remercie, ramasse ses clichés. Et se dit qu'il est vraiment dommage de cramer soixante-dix mille euros ou plus. Ce qui entraîne une autre réflexion : si c'était de vrais tueurs pros, auraient-ils volé une voiture aussi chère et aussi voyante pour transporter un cadavre ? Ils volent une voiture pour transporter un cadavre *et* pour se tirer une bonne bourre *et* pour gagner un peu de fric. Il se sent presque dans leur peau. L'hypothèse de Ghozali pas si absurde. Je vais les retrouver.

Reverdy retourne au fichier des voitures volées avec une énergie renouvelée. Recherche d'une Mercedes 4×4 GLE noire, peut-être modèle 2012. À partir du 22 avril, en remontant. Banco. Déclaration de vol d'une Mercedes, etc., le 18 avril en fin d'après-midi, au commissariat du VIe arrondissement. Plainte enregistrée par le lieutenant Rémond. Reverdy téléphone et rendez-vous est pris pour le lendemain après-midi, 16 heures, avec le lieutenant Rémond.

Mardi 14 mai
Paris.

À 16 heures précises, Reverdy s'assied devant le lieutenant Rémond, dans son bureau. Il a apporté un paquet de photos de la voiture qu'il lui montre une à une.

– Nous cherchons les deux déménageurs, mais nous n'avons que la piste de cette bagnole, alors nous la suivons à la trace.

– Je me souviens très bien de cette voiture et de cette plainte parce qu'elle est récente et qu'il y a eu un vrai sac de nœuds. Le propriétaire est un grand chirurgien bourré de fric, qui a une clinique dans l'ouest de Paris. L'après-midi du 18 avril, il aurait dû y être, en train d'opérer, en tout cas sa femme pensait qu'il y était, avec sa grosse bagnole sagement garée dans les sous-sols de la clinique. Et en fait, il se payait une partie de jambes en l'air à l'hôtel du Quai-Voltaire, dont il semble être un client régulier, tous les jeudis après-midi, d'après le réceptionniste. Sa voiture était garée au parking de la rue Montalembert, comme d'habitude.

– La voiture a été volée dans le parking ?

Rémond se penche sur son ordinateur. Deux clics.

– La Mercedes est entrée au parking à 14 h 20. Elle en est ressortie à 15 h 04. Voilà l'image de la caméra de surveillance. Vous pouvez constater que le chauffeur utilise un ticket de parking pour sortir de façon tout à fait régulière, le chirurgien laisse toujours le ticket dans le pare-soleil. Le chauffeur et son passager portent des casquettes, pas les mêmes que sur vos photos, mais ça ne veut rien dire, et baissent la tête, visages non identifiables. Les plaques VX 554 RT ne correspondent à aucune voiture volée.

– On l'a vérifié aussi.

– Elles ont été apportées et changées dans le parking. Je continue avec mon bonhomme. À la fin de sa partie de jambes en l'air, vers 18 heures, c'est un baiseur qui tient la distance, plus de bagnole. Il se précipite chez nous, paniqué. Pas par la perte de la Mercedes, monsieur est bien assuré et nous le fait savoir, mais à l'idée que sa femme découvre ses frasques.

– Ce ne serait pas le premier à qui cela arrive.

– Mais lui m'a expliqué au moins vingt fois qu'il ne pouvait pas se le permettre. Sa femme a l'air assez stricte sur le respect de la fidélité conjugale et, pour lui, pas question de divorcer. Si j'ai bien compris, sa femme possède la clinique. Un grand sentimental, le gars. On lui a dit qu'il suffisait qu'il se trouve une raison plausible d'être dans les environs, la fac de médecine de la rue des Saints-Pères est tout près, ça pouvait coller. Nous, on s'en foutait qu'il ait été à la fac ou à l'hôtel pendant le vol, bref il s'est calmé, on a fait la paperasse et, dix jours plus tard, les flics de Saint-Denis lui ont retrouvé sa bagnole.

– Des rapides.

– Le SDPJ de Seine-Saint-Denis surveillait depuis longtemps un garage de la Plaine Saint-Denis qu'il soupçonnait de tremper dans des trafics de voitures volées. Il est intervenu le 28 avril, au moment du départ d'un conteneur bourré de bagnoles de luxe qui prenait la route du Havre et, de là, celle de l'Afrique. Le garagiste pensait sans doute qu'un dimanche, à l'entrée du pont-viaduc du 1er-Mai, il ne risquait rien, et nos collègues, eux, ont trouvé suspect que le garage travaille un dimanche. La Mercedes était dans le lot. Mais, bien sûr, elle n'avait plus de plaques.

– Le garagiste ?

– En taule à Villepinte.

– Il s'appelle ?

– Ousmane Sakho.

Reverdy prend des notes.

– Il est seul en cause ?

– Le SDPJ a arrêté les trois hommes qui travaillent habituellement au garage, mais ils ne sont pas nécessairement impliqués et Sakho est le patron.

– Vous savez qui suit le dossier au SDPJ ?

– Le capitaine Bertrand et le lieutenant Robin.

Reverdy sort du paquet de photos deux vues arrière, hayon levé.

– Plus de plaques, pas de numéro de moteur, il ne faut pas que nous nous trompions de Mercedes. Regardez bien. Vous voyez au fond du coffre cette grille qui sépare le coffre des sièges passagers ? Et ce tapis de sol à fleurs ? Vous ne pourriez pas demander à votre client si sa voiture avait ces accessoires au moment du vol ? Il doit vous adorer, après tous les services que vous lui avez rendus…

Rémond met un peu de temps à joindre le chirurgien dans sa clinique, juste quelques mots entre deux opérations. Et celui-ci confirme qu'il y avait dans sa Mercedes, au moment où elle a été volée, une grille et un tapis de sol dans la partie coffre. Parce qu'il a l'habitude de transporter des chiens quand il va à la chasse. Grille et tapis de sol n'y étaient plus quand il a récupéré la voiture, mais il n'accorde bien sûr aucune importance à cette perte, et n'a pas cru bon d'encombrer la police avec une plainte pour si peu.

Grand prince, le chirurgien baiseur.

La Mercedes volée est donc bien celle qui a été repérée devant le 39 de la rue de Lille, sans erreur possible. Reverdy appelle le SDPJ 93 et prend rendez-vous pour le lendemain en fin d'après-midi avec le capitaine Bertrand et le lieutenant Robin. Il n'a pas perdu sa journée.

Mercredi 15 mai
Préfecture de police de Paris.

L'équipe se retrouve au complet. Reverdy arrive avec un gros bouquet de lilas mauves, réquisitionne une carafe faute de vase, dispose les branches en prenant son temps puis installe le bouquet à l'extrémité de son bureau, contemple son œuvre.

– On se sent tout de suite mieux, vous ne trouvez pas ?

Noria l'a regardé faire sans broncher. Elle sourit.

– On se sent surtout asphyxiés. Ouvrez la fenêtre. Maintenant, au travail. De mon côté, rencontre avec les patrons, les nouvelles sont bonnes. Orstam : accord pour que nous continuions à suivre de près l'évolution de la situation interne. L'histoire du piratage des mails de l'entreprise les a réveillés. Pour la première fois, j'ai eu l'impression d'être vraiment écoutée. Castelvieux : ils sont surpris de nos avancées, vont prendre contact avec Montréal et sont d'accord pour que nous poursuivions jusqu'à tenir quelque chose de solide sur le meurtre à transmettre à la PJ. Et vous ?

Lainé a retrouvé quatre anciens amis de Castelvieux qui l'ont croisé le mois dernier. Il n'était pas bavard, très tendu. Deux d'entre eux sont formels : il a fait allusion à des rendez-vous d'affaires, il a rencontré des interlocuteurs, mais ça bloquait. Personne ne l'a revu après le 22 avril.

Reverdy enchaîne. Les faits : Mercedes formellement identifiée, volée dans un parking du VIe arrondissement, le 18 avril entre 14 heures et 15 heures, retrouvée le 28 avril chez un garagiste spécialisé dans ce genre de commerce, un dénommé Ousmane Sakho, ouverture d'une enquête en flagrance confiée au SDPJ 93, et Sakho actuellement en taule à Villepinte. Il commente :

– Pour moi, le vol de la Mercedes était en préparation depuis longtemps. Les voleurs connaissaient les habitudes du propriétaire, savaient où était le ticket de parking et étaient en rapport avec un receleur. Comme l'occasion s'en présentait, ils ont sans doute cru astucieux de faire d'une pierre deux coups en se servant de la bagnole pour évacuer le cadavre. Les dates peuvent coller.

– Ce n'est pas malin.

– Voleurs professionnels, mais tueurs amateurs.

– Félicitations, Fabrice. Une pêche miraculeuse. Nous allons donc nous rapprocher du SDPJ 93 et alimenter leur enquête de flagrance.

– J'ai rendez-vous avec eux demain dans la matinée.

– Vous êtes trop rapide pour moi, il va falloir que je m'adapte. S'il vous plaît, beaucoup de diplomatie avec le SDPJ. Il faut éviter toute forme de rivalité ou de parasitage. Dans un premier temps, nos intérêts sont communs : nous voulons que ce Sakho craque et nous donne nos déménageurs. Il les connaît, c'est certain, mais ce n'est pas gagné. Ensuite, nous repartons à la recherche du banquier de Castelvieux, le cœur de l'enquête criminelle reste au SDPJ.

– J'évoque le trafic de drogue dont parlait Alice ?

– Qu'est-ce que vous en pensez, Lainé ?

– Castelvieux m'en a parlé aussi quand je l'ai revu, en avril. Mais nous n'avons rien de concret. Je préférerais laisser ça de côté, pour l'instant.

– D'accord, mais faites-les rêver à une belle affaire, bien gratifiante, et en échange obtenez-nous l'accès à Sakho. Lainé et moi, nous allons chercher ses failles, le traquer dans tous nos fichiers. Il faut savoir qui il est, ce qu'il aime, si nous voulons qu'il nous donne ses copains. Un flagrant délit dans une histoire de voitures volées, le SDPJ n'a pas dû se casser la tête sur le personnage… Avec du flair et de l'imagination, un peu, pas trop, nous trouverons des moyens de le faire craquer.

Le travail sur les fichiers commence. Ghozali et Lainé naviguent d'un fichier à l'autre, d'Ousmane Sakho à ses proches et ses amis. Bricoler l'histoire d'une vie. Elle commence plutôt bien. Ousmane naît en 1973 dans un HLM de construction récente à Saint-Ouen, un lieu de vie populaire bien différent des ghettos d'aujourd'hui. Son père et sa mère étaient arrivés de Côte d'Ivoire plusieurs années auparavant. M. Sakho était ouvrier qualifié dans une petite entreprise de plomberie, pendant que Mme Sakho, excellente cuisinière, chanteuse occasionnelle, aide-soignante et maternelle bénévole et tout-terrain, participait à l'animation du quartier. Et donnait la vie à huit enfants. Ousmane était le quatrième.

Et puis l'accident: en 1985 (Ousmane a douze ans), le père est renversé et tué dans une rue de Saint-Ouen par un automobiliste très imbibé. Il ne traversait pas dans un passage protégé, l'assurance de l'automobiliste avait un bon avocat, elle s'en tire au mieux et Mme Sakho devient « technicienne de surface » pour nourrir la famille, avec des horaires de travail éparpillés du matin tôt au soir tard. Au même moment, la vente de haschisch prend peu à peu des dimensions entrepreneuriales et fait rêver dans la cité en voie de ghettoïsation. Pour Ousmane, c'est le début de l'engrenage. Bagarres entre Renois et Rebeus à la sortie du collège, apprentissage à quinze ans chez un garagiste mécanicien qui lui enseigne le métier et lui donne la passion de la mécanique, petites affaires de maquillage de scooters volés, sans grandes conséquences. En 1995, Mme Sakho devient aide-soignante à l'hôpital de Saint-Denis et le patron de Sakho prend sa retraite, son garage est racheté par un concessionnaire Volkswagen. Compte tenu de l'image de morale professionnelle sans taches que la marque allemande entend donner, il est hors de question qu'il garde dans ses ateliers un petit loubard bricoleur. Sakho se retrouve sans emploi. Mais avec une clientèle. Comme il est un excellent mécanicien, il met la dernière main aux réglages des go-fast qui font le transport du cannabis entre le Maroc et la France, et aux moteurs des bolides des courses clandestines, qui sont nombreuses dans le nord du 93. Il est impliqué dans un vol de voiture et fait pour la première fois un court séjour en prison. Puis il rechute dans une combinaison d'incendies volontaires de véhicules et d'escroqueries à l'assurance. Cette fois, il écope de cinq ans. Il sort de prison en 2010. Moins d'un an après, en 2011, il devient propriétaire du garage de la Plaine Saint-Denis.

– Étonnant, non ? D'où vient l'argent ? Pas de gros coup, que des combines plutôt minables, il sort de taule… Un garage aux portes de Paris, ça coûte une fortune.

– Il faut voir comment s'est fait l'achat, qui est le véritable propriétaire.

Le garage est mis sous surveillance par le SDPJ 93 dès 2011. Le container du 28 avril 2013 est le premier gros dérapage.

– C'est idiot. Sakho et sa bande doivent bien se douter que le garage est surveillé.

– D'abord, rien ne les oblige à être intelligents. Ensuite, ils semblent attendre deux ans avant de monter la combine, c'est un temps très long pour eux, la durée de vie utile de ces jeunes est généralement courte. Si la surveillance est bien faite, ils peuvent penser qu'il n'y a plus de danger. Dites-moi, comment le voyez-vous, ce Sakho ?

– Avant toute chose, un fondu de mécanique. Il aime bricoler les beaux moteurs. Quand il est licencié de son garage, il devient dépendant des petits caïds pour continuer à exercer son métier en se faisant plaisir avec les belles mécaniques.

– Je le vois aussi comme ça. Il garde vraisemblablement de bons souvenirs de son enfance et ne sait pas dire non à ses vieux copains. D'ici lundi, voyez ce que vous pouvez trouver sur les modalités de l'achat du garage. Voyez aussi s'il est possible de reconstituer sa bande en croisant les noms de tous ceux qui apparaissent dans les divers vols et trafics dans lesquels Sakho est impliqué. Moi, je m'occupe de sa famille.

Noria laisse partir Lainé, puis elle va s'asseoir dans un coin de la brasserie des Deux-Palais, commande un café et réfléchit à la manière d'aborder Sakho et sa famille. Je suis du même monde. Ousmane est resté, je suis partie. Un monde où les flics ne sont jamais vraiment les bienvenus. Le café est servi. Café, souvenir, Daquin. À cette évocation, Noria constate, surprise, une réminiscence en bouche du goût du café bu chez lui, ce matin-là. Elle boit une gorgée du café du jour. Pas le même goût. Je le définirais comment ? Plus amer ? Pas exactement. Un peu plus agressif, peut-être ? Et il ne tient pas si longtemps en bouche. Les mots pour le dire. Encore un peu de pratique et je saurai ce qu'est un bon café. Et puis après ? Après, retour à mon problème de départ : comment aborder Ousmane Sakho ? Trouver une porte d'entrée. Mme Sakho est aide-soignante à l'hôpital de Saint-Denis, du genre à s'occuper de tous ses malades en détresse bien au-delà des murs de l'hôpital. Samia, assistante sociale à Aubervilliers, la commune voisine. Ces deux-là se connaissent ?

Avant de quitter la brasserie, Noria téléphone à Samia.

– Samia, puisque tu as décidé de revenir dans ma vie, j'en profite…

– Je t'écoute. Et je suis contente de t'entendre.

– Tu connais Mme Sakho, une aide-soignante à l'hôpital de Saint-Denis ?

– Oui. Pas intimement. Mais je l'ai croisée plusieurs fois.

– Je m'en doutais.

– Une femme d'une générosité folle. Quand j'ai eu des cas sociaux compliqués, des problèmes de soins ou de prises en charge dans son hôpital, elle a toujours été disponible pour me donner un coup de main.

– Tu es libre ce soir à dîner ? Je t'invite, j'ai une proposition malhonnête à te faire…

Chapitre 10

Jeudi 16 mai
Levallois-Perret.

Dès le matin, Christine Dupuis, accompagnée des représentants syndicaux et d'une poignée d'employés, se tient à l'entrée des bureaux du département Chaudières et oriente les arrivants vers la salle de conférence du rez-de-chaussée. À 9 h 30, le département y est réuni quasiment au complet. Les animateurs distribuent cent cinquante exemplaires d'une lettre-pétition du département demandant des éclaircissements sur la détention de Lamblin et les démarches entreprises pour sa libération. De petits groupes se forment pour aller la présenter et la commenter dans tous les services, proposer qu'elle circule et soit signée le plus massivement possible. Si elle reçoit un bon accueil du personnel, les syndicats s'engagent à prendre en charge la demande officielle d'un rendez-vous avec la direction pour la transmettre et en discuter. Christine Dupuis a préparé des « feuilles de route » pour chaque groupe, une répartition des services à visiter. L'opération commence.

Toute la matinée, le siège social est en ébullition. Sautereau circule de bureau en bureau, discute avec les uns et les autres.

Dans son bureau, Nicolas Barrot s'efforce de réfléchir. Après les réactions inquiètes d'Anderson et de Buck, celles de nombreux autres cadres ne cessent de remonter vers son bureau. Ils estiment qu'il serait urgent que la direction réagisse. Manifestement, le patron laisse volontairement monter la grogne et lui donne des consignes (que Barrot enregistre soigneusement) pour faire traîner, allonger les délais, se dérober. Dans quel but ? Barrot ne le comprend pas encore. Jeu dangereux. En cas d'explosion imminente, le moyen de faire retomber le mouvement serait de révéler les turpitudes de Lamblin. Peut-être… il revoit Christine Dupuis, le corps tendu, les seins en avant, la chevelure flamboyante. Elle serait alors capable de lui répondre : On s'en fout, faites libérer Lamblin.

Ce dont le patron ne veut pas. Il faut trouver le moyen de l'éloigner ou de la contourner. Les syndicats. Attendre qu'ils se soient propulsés à la tête du mouvement. Eux sont sensibles à la cocaïne et aux fillettes.

Nicolas n'est pas mécontent de lui.

Bobigny.

Dans les locaux du SDPJ 93, l'accueil réservé à Reverdy par Bertrand et Robin est correct, mais distant. Les policiers du Renseignement parisien sont souvent considérés par les hommes de la police judiciaire comme des faiseurs d'embrouilles.

Reverdy a soigneusement préparé la présentation de sa requête : son service, en charge de la sécurité des entreprises françaises en région parisienne, est sur la piste de l'infiltration dans une grande société basée à Paris d'individus liés à des activités mafieuses à Montréal. Un Français, résident à Montréal, détenait des informations et avait pris contact avec le service pour les lui communiquer. Il a disparu le 22 avril dernier, avant de l'avoir fait.

Reverdy fait une pause, pas mécontent de sa présentation. Pas conforme à la réalité, peut-être, mais simple et crédible. Puis il montre sur son ordinateur portable un montage des meilleures séquences des vidéos de la Caisse des dépôts.

Les trois hommes se penchent sur les images. Départ de Castelvieux, arrivée des deux hommes, retour de Castelvieux, sortie des deux hommes avec le long colis noir.

– Nous avons soigneusement vérifié, notre contact n'a plus été revu nulle part après cette séquence. Pour l'instant, nous pensons qu'il a été assassiné le 22 avril à son domicile et que nous assistons ici à l'évacuation de son corps.

– C'est du domaine du possible.

– La Mercedes que vous avez retrouvée le 28 avril a été volée le 18 avril dans le VIe à Paris, et c'est avec certitude celle de nos vidéos. (Reverdy pose sur le bureau une note décrivant dans le détail la façon dont la Mercedes a été identifiée.) Nous voulons identifier les deux déménageurs et le chauffeur, et nous pensons que Sakho les connaît. Pouvez-vous transmettre au procureur en charge de l'affaire notre demande de rencontre avec Sakho pour recueillir son témoignage sur les deux voleurs de Mercedes, sans rapport direct avec l'affaire de trafic de voitures volées qui vous occupe ? Il est bien clair que si l'homicide se confirme, l'enquête criminelle n'est pas de notre ressort, elle vous revient.

Les deux officiers de la PJ acceptent de prendre en charge la demande de Reverdy. Ils vont la transmettre immédiatement au procureur et l'appuyer. Ils lui communiqueront la réponse dès qu'ils l'auront.

Reverdy leur transfère la vidéo.

Poignées de main. Pour une fois, la guerre des polices n'a pas eu lieu.

Vendredi 17 mai
Paris.

En fin d'après-midi, Reverdy passe prendre l'apéro au café Zimmer, où Sautereau lui a donné rendez-vous. Deux pastis. Si Reverdy est plutôt euphorique, Sautereau est mal à l'aise :

– Ce n'est jamais facile de parler de sa vie de famille à un étranger, surtout quand la famille va mal.

– T'as raison, ça ne fait guère qu'une petite dizaine d'années que nous nous connaissons... Allez, déballe.

– Au siège, nous sommes au bord de l'explosion. (Silence. Reverdy attend.) Le patron n'a pas bougé un doigt pour faire libérer Lamblin...

– Rien de nouveau. Nous en avons déjà parlé.

– Oui, mais les salariés ont fini par s'en apercevoir, et ils râlent. Il leur a envoyé le petit Nicolas, son âme damnée, pour leur expliquer que non seulement il n'avait rien fait, mais qu'il n'avait pas non plus l'intention de faire quoi que ce soit. Alors forcément...

– Forcément quoi ?

– Nous nous retrouvons avec un arrêt de travail du département de Lamblin hier et une pétition pro-Lamblin qui circule dans tout le siège. Elle est massivement signée. Du jamais-vu.

– Des réactions logiques. Pourquoi le patron ne bouge pas ?

– Je ne suis pas dans ses confidences. J'imagine qu'en bougeant, il craint d'alerter le gouvernement, les socialistes, qui viendraient fourrer leur nez dans ses affaires, et ça, il n'en veut à aucun prix. Lui, c'est un ami de Sarko.

– Bravo le sens civique, les valeurs républicaines et tout le tremblement…

– La rumeur sur une trahison d'Anderson prend des proportions énormes. C'est un gars qui, avant de venir chez nous, était déjà mouillé dans des affaires louches à la BAN, la société anglaise de chaudières et turbines que nous avons rachetée il y a sept ou huit ans, un achat catastrophique, soit dit en passant…

– Sur quoi reposent les rumeurs ?

– Il est le dernier à avoir vu Lamblin avant son départ. Et, d'après Lamblin, il l'aurait encouragé à partir. Mais quel intérêt pourrait-il bien avoir à faire une chose pareille ?

– Et quel intérêt Lamblin pourrait-il avoir à mettre en cause le service juridique si son histoire n'est pas vraie ?

– Exact. Si tu as des informations sur Anderson, je suis preneur, je te l'ai déjà dit...

– Toujours rien sur la circulaire ?

– Pas eu le temps.

Reverdy commande une deuxième tournée de pastis.

Dimanche 19 mai
Saint-Denis.

Samia s'est chargée de contacter Mme Sakho et l'a invitée à déjeuner dimanche dans un petit libanais, près du marché de Saint-Denis, en lui annonçant la présence de Noria.

– Une amie d'enfance. Elle est flic, mais toujours de chez nous. Quand elle me dit quelque chose, moi, je lui fais confiance. Elle veut te parler d'Ousmane.

Noria et Samia retrouvent Mme Sakho au restaurant. À table, Samia et Mme Sakho papotent, elles se racontent des histoires sur leurs divers protégés entrecoupées d'éclats de rire. Mme Sakho observe Noria du coin de l'œil, en picorant des olives. Noria lui laisse le temps de bien la regarder, surtout ne pas brusquer les choses, puis profite d'une accalmie dans le bavardage de ses compagnes.

– Je voudrais vous parler d'Ousmane, Mme Sakho.

Silence. Mme Sakho grignote encore quelques olives, puis :

– Essayez. Je ne vous garantis rien… Sa vie n'est pas belle.

– Je le sais. Maintenant, il s'est mis dans des ennuis dont il n'a pas encore idée. S'il ne se passe rien, il est parti pour les assises…

– Il n'est pas un criminel.

– Mais ses copains le sont, justement, c'est là le problème. Je voudrais savoir comment lui parler pour qu'il m'entende et qu'il ait une chance de se sortir de là. Je voudrais trouver le chemin de son cœur et vous seule pouvez m'aider.

Arrivent les deux mezzés que vont se partager les trois femmes. Noria ne mange pratiquement rien. Mme Sakho, elle, a un solide appétit, passe d'un plat à l'autre, puis elle s'arrête, pose une main sur le bras de Samia pour sentir son soutien et se décide.

– Ousmane était un enfant faible et peureux. Après la mort de son père, qui s'était fait écraser par une voiture, il ne voulait plus traverser les rues tout seul. Ses frères le bousculaient tout le temps, ses sœurs avaient honte de lui, et, moi, j'étais pas souvent là. Et puis, en apprentissage, il est devenu vite un mécanicien exceptionnel. Il écoutait les moteurs, il leur parlait. Sa vie a changé. Dans le quartier, il est devenu célèbre, pas un caïd, mais célèbre. Tous les moteurs qu'il touchait devenaient plus rapides et plus fiables.

– Il s'est marié ?

– Non. Il a eu des petites amies, mais il est pas aimable, un jaloux maladif. Sans doute parce qu'il se sent moins bien que les autres. Elles partaient toutes. Il est marié avec les moteurs. Son patron faisait le poids, ils s'aimaient. Mais quand il est parti en retraite, restait plus que la bande. Elle lui donne du travail, et de l'admiration.

– Son ancien patron est toujours vivant ?

– Oui.

– Et il en pense quoi, d'Ousmane ?

– Il en pense du bien, comme moi, et il est triste.

– Vous voulez bien me donner ses coordonnées ? (Mme Sakho hésite.) Il est le seul à pouvoir l'aider. J'irai le voir avec Samia, nous parlerons de l'avenir de votre fils.

Mme Sakho dicte un numéro de téléphone à Noria, qui le note sur la nappe en papier, la déchire, enfouit le bout de papier dans sa poche.

– Vous êtes allée le voir à Villepinte ?

– Hier, pour la première fois. Il ne m'a presque pas parlé. Il est comme une bête traquée.

– À votre avis, il peut lâcher ses copains ?

Mme Sakho hausse les épaules.

– Je ne sais pas. Peut-être, s'il arrive à imaginer une autre vie... Pas facile. Il n'a pas beaucoup d'imagination.

Ces dames finissent leur repas par un café oriental et une petite liqueur.

Lundi 20 mai
Préfecture de police de Paris.

Devant la petite équipe au complet, Lainé commence le tour de table et fait le point sur ses découvertes du week-end. L'avocat d'Ousmane Sakho est Me Krim, qui a fait ses premières armes dans le cabinet de Me Dumas, l'avocat attitré d'une des bandes des Gitans de Montreuil. Et, comme par hasard, le garage a été acheté par une SCI représentée par Me Krim. Le statut de Sakho dans l'opération n'est pas encore très clair.

– Aujourd'hui, notre Sakho est dans les mains du grand banditisme, conclut Lainé.

– Oui, cette fois-ci, c'est du sérieux et, du coup, nos chances de le faire parler sont limitées.

Reverdy prend le relais :

– Restons optimistes. Le SDPJ est bien accroché. Passons au dossier Orstam. Le personnel du siège est en ébullition, le désordre s'installe, le patron ne bouge toujours pas. J'estime que la situation est sérieuse. Il faut reprendre le rapport de la semaine dernière dans sa globalité, le compléter et demander qu'il soit transmis au préfet, pour alerter le gouvernement.

– Lainé, vous en pensez quoi ?

– Je suis d'accord avec lui.

– Vous l'écrivez, Fabrice, et nous en reparlons ? Moi, je vais rendre visite aux proches de Sakho, en binôme avec une amie assistante sociale dans le coin de Saint-Ouen. Je vais récolter quelques munitions pour notre prochaine rencontre avec cet individu. (Elle se lève, ramasse sa veste.) Tenez la baraque, messieurs, en attendant l'autorisation de visite. Nous nous retrouvons ce soir.

Avant de se mettre au travail sur la rédaction du rapport, Reverdy arrive enfin à clarifier un vague souvenir qui encombrait son esprit sans qu'il parvienne à le situer. En 2010-2011, les RG avaient bricolé quelques notes blanches sur la fameuse négociation pour le rachat d'Areva T&D. Lui qui suivait déjà Orstam à l'époque les avait lues sans y accorder beaucoup d'attention, et les avait archivées. Sautereau et Buck les lui remettent en mémoire. Quelques recherches, et le dossier ressort. La liste des négociateurs du fonds VTC y figure, à la date de l'ouverture des négociations, le 15 janvier 2010, ainsi qu'une deuxième liste, légèrement modifiée, datée de janvier 2011. Le nom de Steven Buck n'apparaît sur aucune des deux listes.

Mardi 21 mai
Levallois-Perret.

Reverdy a fait le trajet jusqu'à Levallois pour venir voir Sautereau discrètement et en urgence.

Il est installé au bar du café du coin, à l'heure de l'apéro, et l'attend patiemment en buvant une Suze. À midi tapant, Sautereau vient s'accouder au bar à côté de lui et commande un petit blanc. Reverdy embraye immédiatement :

– Je ne m'éternise pas. Je voulais juste te dire que j'ai retrouvé mes anciens dossiers de 2010-2011. Le rachat d'Areva T&D…

– Je vois.

– Dans le dossier, j'ai trouvé la composition de l'équipe du fonds VTC à l'ouverture de la négociation et, en 2011, aucune trace de la présence de Buck. S'il y a été intégré, c'est plus tard, très tard en cours de route.

– Ce type c'est une anguille. Quand tu crois l'attraper… Merci mon gars. Toujours rien sur Anderson ?

– Pas eu le temps de m'en occuper.

– Tu payes le coup, pour la peine.

À l'heure du déjeuner, Christine Dupuis et les représentants syndicaux se retrouvent à la cantine, puis se réunissent pour faire le point sur la remontée des signatures de la lettre-pétition : 1 581 noms, la moitié environ de l'effectif du siège. C'est un beau résultat. Les représentants syndicaux décident donc de demander un rendez-vous au grand patron pour jeudi ou vendredi prochain, il ne faut pas laisser trop traîner. On parle d'organiser de courts débrayages par service, pour permettre des comptes rendus de la rencontre accessibles à l'ensemble du personnel.

Lorsque la demande de rendez-vous parvient à la direction, l'assistante du patron la fait suivre à Nicolas Barrot.

– Pourquoi moi ?

– Consigne du grand chef. Vous avez assuré la première rencontre, ça semble une suite logique.

Suite logique… C'est plutôt le moment de mettre en œuvre les bonnes résolutions et de dire non. J'ai beaucoup gambergé. Je suis capable de passer à l'acte. Ne réfléchis plus. Plonge.

Nicolas Barrot entre dans le bureau du grand patron en toute fin de journée. L'homme marche dans la pièce de long en large, sans un temps d'arrêt, l'air tendu, de méchante humeur, tous les signes avant-coureurs de ces accès de fureur qui l'ont rendu célèbre dans le milieu des grands patrons parisiens. Nicolas respire un bon coup et se lance :

– Monsieur, je ne peux pas recevoir la délégation du personnel qui vient parler de la détention de Lamblin.

– Et pourquoi cela, Nicolas ? Qu'est-ce qui vous arrive ?

– Parce que la délégation du personnel est conduite, cette fois-ci, par les syndicats, ce qui lui donne un caractère plus officiel. Mais ce n'est pas le plus important. L'inquiétude monte dans la maison et, avec elle, des menaces de troubles. On parle de grèves. Nous sommes tous conscients qu'Orstam est sous la pression de la justice américaine et ne pourra s'en sortir qu'en trouvant des solutions novatrices risquées. Un peu de désordre peut aider à les faire accepter comme inéluctables. Mais trop de désordre peut conduire à une situation hors de contrôle. Et nous n'en sommes pas loin.

Le patron s'est arrêté devant la baie vitrée, face à la Défense, les mains jointes dans le dos. Un temps de silence qui semble infini. Puis il se retourne :

– Votre solution ?

– Rien d'original, monsieur. Je m'appuie sur ce que nous disent les avocats. Le procureur entendait se servir de Lamblin comme d'une machine de guerre contre vous. Lamblin a admirablement résisté. Aujourd'hui, la situation a changé puisque le procureur a des preuves écrites de versements d'argent dit douteux. Mais toujours pas de témoignages contre vous. Il faut clarifier la situation. Négocier discrètement par l'intermédiaire des avocats une solide compensation financière avec Lamblin, il l'a bien méritée, le persuader en sous-main de plaider coupable pour éviter tout procès public, et le lâcher en le faisant savoir.

En expliquant aux syndicats qu'il y a drogue et fillettes dans le dossier. Les syndicats n'aiment pas cela. Ils comprendront parfaitement que ces histoires de mœurs ne doivent pas sortir publiquement, dans l'intérêt de l'entreprise et dans celui de Lamblin. Le calme reviendra en peu de temps.

Nouveau silence. Puis le patron :

– Voyez avec mon assistante pour mon emploi du temps, fixez une réunion avec la délégation pour lundi prochain, pas avant, et demandez à l'un de nos avocats du cabinet Bronson & Smith d'être présent à cette réunion. Je ne souhaite pas qu'il intervienne, mais sa présence sera une caution pour nous. Je recevrai la délégation et vous assisterez à la rencontre. D'ici là, faites-moi une note sur votre façon de voir la gestion du cas de Lamblin et rencontrez Sautereau pour le mettre au courant, très superficiellement, bien sûr, mais, à ce stade, on ne peut laisser le service Sécurité complètement hors circuit… (Un silence.) Vous me surprenez, Nicolas. Continuez de me surprendre.

Mercredi 22 mai
Levallois-Perret.

Sautereau se décide à demander de nouveau un avis à la DCRI sur Steven Buck, en leur faisant part de ses hésitations. En principe, elle a dû, en temps voulu, enquêter sur son cas, comme pour toutes les embauches dans un secteur qui touche aux fournitures à l'armée et aux centrales nucléaires. En attendant la réponse, une nouvelle visite à Buck lui semble bienvenue.

– Je ne veux pas avoir l'air de vous harceler, et je comprends très bien que, dans le contexte actuel de l'entreprise, vous n'ayez pas eu le temps de rechercher les documents nécessaires pour compléter votre dossier, mais j'ai une question précise à vous poser : quelle est la date de votre entrée à VTC ?

– Juin 2011.

– Le dossier de l'offre d'achat d'Areva T&D par PE était donc pratiquement bouclé ?

– Non, pas complètement, et PE avait encore des espoirs. Ils m'ont sollicité pour que je me joigne à l'équipe de négociation. Le dernier coup de reins, en quelque sorte. Avant d'entrer dans l'équipe de VTC, j'étais conseiller financier free-lance à Washington depuis 2005, et j'avais travaillé pour PE à plusieurs reprises pendant cette période, toujours en free-lance. Ils avaient apprécié mon travail.

– Vos liens avec PE sont donc plus anciens et plus solides qu'avec VTC, qui apparaît seul dans votre *curriculum vitae*.

– Mais notez bien que je n'ai jamais été salarié de PE.
– J'ai bien tout noté et je vous remercie.

Dès qu'il est seul, Buck se renverse dans son fauteuil articulé, les pieds sur le bureau, les yeux au plafond, sa posture favorite. Bien accroché, le Sautereau. Apparemment, Barrot n'a pas réussi à le décourager. A-t-il même essayé ? La belle mécanique serait-elle en train de se gripper ? L'étau en train de se resserrer ? Mes soutiens vont-ils continuer à me soutenir, ou me lâcher à la première difficulté ? Demain, on verra ça demain. Solitude, coup de déprime. Il prend dans un de ses tiroirs une bouteille de whisky, une boîte de comprimés, les pose sur le bureau, à portée de main, n'y touche pas, les contemple. Se complaire quelques instants dans le regret aigre de l'erreur, du « coup de trop », la nostalgie des paradis perdus, le frisson de la dégringolade, la jouissance de la vase au fond du trou. Ce soir, j'irai retrouver mes doubles haïs, les travelos et leurs corps bricolés, multiples, chauds, donnés, pris, jouissifs, rassurants. Il ferme les yeux, attrape la boîte à l'aveugle, deux comprimés, la bouteille, deux rasades, attend sans bouger le flash de la remontée.

Dans l'après-midi, Sautereau reçoit une réponse de la DCRI. Rien à signaler de particulier concernant Steven Buck. Et franchement, sans vouloir trahir un secret, enquêter sur un citoyen américain n'entre pas dans les priorités du service. Sauterea s'attendait plus ou moins à la réponse. Pas vraiment déçu.

Jeudi 23 mai
Bobigny.

L'autorisation de visite arrive le mercredi 22 mai, la rencontre est organisée dans les locaux du SDPJ 93 le jeudi matin. Lainé et Ghozali ont préparé l'entretien, Reverdy et le capitaine Bertrand, du SDPJ, sont dans une petite pièce adjacente et vont observer l'entretien à travers une vitre sans tain. Ils ont apporté leurs dossiers avec eux, ils pourront les consulter tout au long de la rencontre, et communiquer par Internet, si besoin est, avec Ghozali, qui a ouvert son ordinateur portable devant elle. La liaison est établie, le dispositif testé, tout marche correctement.

Un gardien introduit Sakho. Un homme grand et maigre, le visage très marqué de rides profondes, déjà quelques cheveux gris qui contrastent avec son teint très sombre. Quarante ans, calcule Noria, il fait au moins dix ans de plus. Ses bras pendent le long de son corps, avec aux extrémités deux grandes mains dont il ne sait pas quoi faire, sèches, ravinées d'entailles noircies de graisse. Noria revoit les mains de son père. L'homme reste debout, jette un coup d'œil circulaire.

– Où est mon avocat ?

Noria, à l'affût de ses moindres expressions physiques, reste silencieuse, semble concentrée sur son ordinateur. Lainé lui répond :

– Asseyez-vous, monsieur Sakho, vous n'avez pas besoin de votre avocat. Vous n'êtes pas entendu dans le cadre de la procédure pour trafic de véhicules volés dans laquelle vous êtes mis en cause, d'ailleurs, nous n'appartenons pas au service du SDPJ 93, qui vous a arrêté, nous sommes tous les deux de la Direction du Renseignement de la Préfecture de police. Nous venons simplement vous entendre non comme prévenu mais comme simple témoin dans une autre affaire. (Un temps. Sakho s'assied.) Une affaire de meurtre.

– Eh là ! Je n'ai rien à voir avec des histoires de meurtre, moi.

– Nous verrons cela plus tard, monsieur Sakho. Pour l'instant, je vous entends en tant que témoin, comme je vous l'ai dit. Je vous ai apporté quelques photos. Si vous voulez bien les regarder. Voici une Mercedes. Elle a été volée le 18 avril et retrouvée dans votre garage par le SDPJ 93 le 28 avril.

– Ça, c'est mon affaire de voitures volées...

– Entre-temps, précisément le 22 avril, un homme a été assassiné, il s'appelait Ludovic Castelvieux, et la Mercedes a servi à transporter et à faire disparaître son corps. Voici la photo où l'on voit deux hommes en train de charger le cadavre dans la Mercedes. Regardez bien cette photo. Regardez la date d'enregistrement. Regardez la configuration du coffre qui nous a permis d'identifier sans erreur possible la Mercedes. Et dites-moi qui sont ces deux hommes.

– Je ne les connais pas.

Noria intervient :

– C'est faux, monsieur Sakho. (Sakho se tourne vers elle, surpris.) Je vous ai observé pendant que vous regardiez cette photo, vous avez parfaitement reconnu au moins un des deux personnages. Alors maintenant, vous allez bien m'écouter. Ces hommes, nous savons qu'ils tournent autour de votre garage et que vous les connaissez. Nous allons les retrouver. Cela nous demandera du temps, mobilisera beaucoup de nos forces, mais nous allons les retrouver parce que votre garage est sous surveillance depuis deux ans et vous le savez. Nous retrouverons leur trace dans les PV de surveillance, nous interrogerons tout autour, nous trouverons. Et vous, dans les minutes qui viennent, vous avez le choix. Première hypothèse, vous maintenez que vous ne les connaissez pas, ce qui est impossible, ils vous ont livré la Mercedes. Vous serez, par conséquent, considéré dans la procédure qui va suivre comme complice d'un assassinat, jugé aux assises, et la sanction sera lourde parce que vous avez un casier déjà bien garni. Vous sortirez vers la soixantaine, vous serez vieux, les moteurs auront beaucoup évolué sans vous, vous ne trouverez plus de travail, votre mère, qui a eu une vie rude, ne sera peut-être plus là pour vous recueillir, vos frères et sœurs ne voudront pas entendre parler de vous, comme d'habitude, et vous finirez clochard. Deuxième hypothèse, vous nous donnez tout de suite le nom de ces deux hommes. Pas peut-être, pas demain, mais maintenant, ici, tout de suite, et vous n'apparaîtrez pas dans la procédure pour assassinat sur laquelle nous travaillons. Dans votre procès à vous, pour véhicules volés, nous fouillerons l'histoire de votre SCI, et nous ferons notre possible pour établir que vous n'êtes pas le véritable propriétaire du garage. Nous informerons le juge de votre collaboration et il en tiendra compte. J'ai rencontré votre ancien patron (Sakho sursaute, puis se tasse sur son siège, ses mains tremblent. Noria se penche vers lui, met une forme d'intimité dans sa voix.) Nous avons longuement causé. Il m'a parlé de contacts qu'il avait dans les écuries de courses auto. Les courses de côte. Il m'a dit que vous étiez au courant. (Sakho hoche la tête.) Il peut leur parler de vous, il est d'accord pour le faire. Il se mettra en mouvement demain si je lui téléphone ce soir pour lui dire que vous collaborez avec nous. Dans cette hypothèse, vous combinez une peine beaucoup plus légère avec une perspective professionnelle qui vous permet d'obtenir une libération conditionnelle et de rêver à une deuxième vie, dans un métier que vous aimez et loin de la bande des go-fast, qui, soit dit en passant, vous ont mis dans la merde avec cette histoire d'assassinat, et sans vous demander votre avis.

Sakho contemple la photo, se racle la gorge, avale sa salive, avant de parler bas, d'une voix coincée.

– Je ne reconnais que Rachid Saadi, là, c'est l'homme qui m'a déposé la Mercedes, et on a discuté du prix. L'autre, je ne sais pas.

Noria semble réfléchir quelques secondes, le temps qu'arrive le message de Bertrand sur l'ordinateur :

« Plausible.

Le chauffeur : essayez Amadou Keny. »

– Et le chauffeur au volant de la Mercedes, pendant que les deux autres déménagent le cadavre, qui est-ce ?

– J'ai aucune idée. Il est pas sur la photo.

– Aucune idée ? Vraiment ? Ce ne serait pas Amadou Keny, par hasard ?

Sakho sursaute, regarde Noria, une sorcière cette femme. Il lâche :

– Oui, c'est peut-être bien lui, il m'a dit qu'il avait peur.

Sur l'ordinateur de Noria : « Bravo ».

– Merci, monsieur Sakho. J'appelle votre ancien patron ce soir et je vous tiendrai au courant.

Les policiers du SDPJ et du Renseignement se retrouvent dans le bureau du capitaine Bertrand. Atmosphère euphorique, congratulations. Rachid Saadi figure dans les listes de copains établies par Lainé, et dans les fichiers de Bertrand, souvent croisé, parfois arrêté, rarement jugé et condamné, jamais impliqué dans une affaire d'assassinat. Très petit truand.

– Et Keny, c'est un homme à tout faire du garage, encore un cran au-dessous de Saadi. Toutes les petites combines, les petites arnaques, il est partant. Il boit bien et il joue aux courses. Il a pas mal traîné pendant un temps avec une bande qu'a fréquentée ce Saadi. On pouvait tenter le coup à l'esbroufe et ça a marché. Nous ne le comptons pas dans nos indics « officiels », mais ce sont ses bavardages incontrôlés dans ses bistrots habituels qui nous ont mis sur la piste de l'opération container, plus que le contrôle du garage, qui s'était sérieusement relâché, je peux bien l'avouer maintenant. Pas malin de l'avoir embauché sur un coup pareil.

– Voleurs professionnels, tueurs amateurs, le diagnostic se confirme.

– Nous savons où trouver Keny. À part ça, vous m'avez bluffé, commandant. Vous connaissez l'environnement de Sakho depuis longtemps ?

Noria sourit.

– Depuis dimanche dernier. Ou depuis mon enfance, ça dépend du point de vue. Désormais, l'enquête est à vous. Tenez-nous au courant de tout ce qui pourrait concerner Montréal. Nous cherchons d'où est venu l'ordre et qui l'a transmis.

Bertrand se tourne vers Reverdy :

– Vous nous tenez compagnie pour retrouver Keny ?

Reverdy consulte Noria du regard, elle a l'air d'accord.

– Avec plaisir.

Les relations PJ-Renseignement parisien virent à la lune de miel.

Vendredi 24 mai
Vincennes.

Bertrand et Reverdy arrivent à l'hippodrome de Vincennes un peu après 17 heures. Bertrand gare sa voiture dans le parking des propriétaires, après avoir salué le gardien.

– Vous êtes un habitué, apparemment. Ce n'est pas sur votre territoire.

– Ça ne l'est plus, mais j'ai travaillé pendant cinq ans au commissariat du XIIe arrondissement. Et le champ de courses est un lieu magique. Quand on connaît les règles, tout y est possible, ou presque.

– Et ce soir, quel est le programme ?

– Saison des nocturnes à Vincennes. Nous chassons le petit gibier. Patience.

Ils pénètrent dans le bâtiment central. Un hall immense occupe tout l'arrière des tribunes, effet cathédrale garanti, à peine entamé par tout un réseau de passerelles, balcons, escaliers roulants. Espace immense, désert, vide, quelques points d'activité autour des boutiques en train d'ouvrir au rez-de-chaussée, dans les étages, et quelques personnes qui rejoignent en hâte les grands restaurants nichés tout en haut, à l'abri des regards, près du ciel. Bertrand voit Reverdy un peu paumé, le prend par le bras et l'entraîne vers les locaux de la sécurité, sous les tribunes. Plusieurs pièces, une trentaine de personnes, Bertrand fait les présentations, accueil chaleureux. Après quelques minutes d'échanges polis, Bertrand regarde sa montre :

– Il faut que nous soyons en place pour 19 heures. (Il se penche vers Reverdy, lui glisse en aparté : Les courses en nocturne, vous n'allez pas regretter le spectacle.) Messieurs, répétition générale.

Bertrand, Reverdy et quelques hommes de la sécurité entrent dans une pièce entourée d'écrans de surveillance, éteints pour l'instant.

– Les écrans de surveillance du hall du rez-de-chaussée que nous avons traversé tout à l'heure. Là où le public des tribunes populaires vient faire ses papiers, parier, bouffer, boire, toucher son fric, râler. Nous l'appelons le Bronx, le quartier et le ghetto populaires. Ici, c'est comme ailleurs, plus tu montes, plus c'est friqué, moins il y a de monde, et plus les arnaques sont sophistiquées. Aujourd'hui, nous chassons dans le Bronx.

Les écrans s'allument au fur et à mesure que les guichets s'ouvrent aux parieurs. Dans la salle de contrôle, des hommes s'installent pour les surveiller. Bertrand leur distribue des photos d'un homme noir, face et profil, accompagné d'une fiche signalétique. L'homme est inconnu de Reverdy. « Keny », lui souffle Bertrand, puis il s'approche d'une table ronde, au centre de la pièce, équipée de micros.

– Je vais me tenir ici, avec Reverdy. Nous avons besoin de trois hommes dans le Bronx, en liaison permanente avec nous.

Pendant que trois volontaires s'équipent de micros, Reverdy regarde les images en noir et blanc du hall qui s'anime, des colonnes d'hommes et de femmes qui arrivent de partout en jets continus, traversent le hall, stagnent près des guichets, coulent vers les tribunes.

Bertrand est en train de donner ses consignes :

– Un homme dans la file du guichet 7, les deux autres à proximité, pas trop près, pour ne pas se faire repérer. Vous me signalez Keny dès que vous le voyez, mais c'est moi qui donne le top départ. On fait un essai ?

Les trois hommes vont se promener dans le Bronx, les liaisons radio marchent sans problèmes. Le départ de la première course dans trente minutes. La foule est de plus en plus dense et Reverdy de plus en plus sceptique. Comment trois hommes vont-ils pouvoir en repérer un autre dans cette marée montante ? Bertrand semble très calme, sûr de lui.

Sonneries, les paris pour la première course sont clos, le départ de la course est donné, le hall se vide. Dans le local de la sécurité, Reverdy entend le grondement continu de la foule des spectateurs, la vibration du sol au passage des chevaux devant les tribunes, puis enfin les cris d'encouragements, de désespoir, de délivrance qui saluent l'arrivée.

Bertrand retourne vers les écrans.

– Vous cherchez une aiguille dans une meule de foin…

– Non, pas du tout. Tous ces joueurs ne sont pas des électrons libres, qui se déplacent de façon aléatoire. Ils ont leurs habitudes, ils reproduisent toujours les mêmes parcours, ils occupent la même place, ils obéissent à des contraintes obsessionnelles dont ils ne cherchent pas à s'affranchir parce que c'est leur vie même. Keny viendra parce que c'est la nocturne du vendredi soir à Vincennes, il jouera au guichet numéro 7, parce que c'est le sien, et nous le choperons…

Keny n'a toujours pas été signalé quand le départ de la deuxième est donné.

– Il peut avoir eu un rendez-vous, une obligation, être malade, rencontrer une femme…

– Non. C'est un joueur. Il n'avait pas de chevaux dans les deux premières, c'est la seule raison possible.

Après l'arrivée de la deuxième, le Bronx s'est de nouveau rempli. Une voix dans le micro :

– Votre homme est dans la file du guichet 7, trois personnes derrière moi.

– Bien reçu.

Bertrand vérifie sur l'écran de contrôle. C'est bien Keny. Il alerte les deux autres hommes de la sécurité.

– Notre cible est repérée au guichet 7. Rapprochez-vous, je vais donner le top départ.

– Bien reçu.

Il reprend son premier interlocuteur : « Tout le monde est en place, allez-y. »

Reverdy et Bertrand restent fixés sur l'écran de contrôle. Un homme s'approche de Keny, lui adresse la parole, inaudible. La discussion semble s'envenimer très vite, Keny reçoit une claque, réplique par deux coups de poing, son interlocuteur trébuche dans la foule, tombe, deux hommes de la sécurité en uniforme interviennent, embarquent les deux combattants dans l'indifférence générale. La file des parieurs se reforme dès que les perturbateurs sont évacués.

– Allons accueillir Keny, dit Bertrand tout sourire. Il est à nous. Sous pression et sans témoins.

Une petite pièce leur a été réservée, juste la place pour une table et trois chaises. Quand Keny entre, il voit Bertrand, se laisse tomber sur la chaise vide.

– C'est vous. J'aurais dû m'en douter.

– Je te présente un ami, le capitaine Reverdy. (Keny le salue poliment.) Tu sais pourquoi je t'ai amené ici ?

– Aucune idée.

– Un peu de sérieux, s'il te plaît. On parle d'une affaire de meurtre. Il y a des caméras de surveillance rue de Lille, tu aurais pu t'en douter. Nous avons de belles images de toi au volant de la Mercedes, dans la nuit du 22 au 23 avril. Je t'ai reconnu tout de suite. Nous sommes de vieilles connaissances, Keny.

– Je savais que c'était un coup foireux.

– Ici, pas d'avocat, pas de juge, pas de greffier. On est entre nous. Tu me racontes toute l'histoire et je fais mon possible pour te tenir en dehors. Comme je le fais toujours.

– La semaine d'avant, Mohand et Rachid étaient venus me voir.

– Mohand et Rachid qui ?

– Mohand Dib et Rachid Saadi.

– La date, tu peux me préciser ?

Keny se concentre.

– La veille de la nocturne.

– Le jeudi 18 donc ?

– Si vous le dites…

– Continue.

– Ils m'ont dit : ce soir on t'amène une voiture, tu la planques dans ton garage. Quand on te le dira, tu nous aideras à faire un transport. Payé deux mille euros cash quand je leur rends la voiture. J'ai accepté. J'ai planqué la voiture. Ils m'ont rappelé le 22 dans l'après-midi pour me dire : tu passes nous chercher cette nuit devant le 39 de la rue de Lille à 2 heures du matin précises…

– D'après la vidéo, t'as eu cinq minutes de retard.

– Je suis allé les chercher rue de Lille, ils ont chargé un paquet, j'ai conduit jusque chez moi, je suis descendu, ils m'ont filé le fric, ils ont pris le volant, et ils sont partis, avec leur colis.

– Rien vu, rien su. Pourtant, tu avais peur, nous le savons. Pourquoi ?

– Parce que Mohand et Rachid, qui sont des vrais pros de la chourave, étaient trop stressés à fond sur ce coup-là, parce que le colis, quand ils le portaient avant de le charger dans la voiture, il avait une drôle de forme, parce que deux mille euros, c'est trop cher payé pour un coup de volant et pour un petit dans mon genre. Moi, cette histoire, c'est pas ma catégorie. Je m'engage dans les courses à réclamer, pas dans les groupes 1.

– Tu es un homme sage, Amadou. Tu vas passer la nuit en cellule de dégrisement au commissariat du XIIe. On se revoit demain. Si on trouve les deux gars d'ici là, toi, tu n'es plus dans le coup.

Quand Keny a été évacué vers le commissariat du XIIe, Bertrand passe quelques coups de fil, puis revient vers Reverdy.

– Qu'est-ce que vous pensez de notre affaire ?

– Beaucoup de bien sur la façon dont vous la menez. Mais je suis plutôt pessimiste pour la suite. Nos deux déménageurs font n'importe quoi, et cela ne nous facilite jamais le travail d'avoir affaire à des amateurs foireux. Castelvieux, le type qui a été assassiné, arrive à Paris sans doute le 16 mai, au plus tôt le 15. Le 18, les déménageurs sont alertés, c'est très rapide. Les donneurs d'ordre, eux, sont des pointures. Pas bon signe.

– Demain matin, le SDPJ 93 perquisitionnera aux domiciles de Dib et Saadi, et on les mettra en garde à vue. Tout est organisé, on a vu avec le proc' hier, je viens de confirmer auprès du procureur de permanence. Avec un peu de chance, on trouvera chez eux de quoi les coincer sans utiliser Keny et de quoi remonter aux donneurs d'ordre.

– Faisons un rêve…

– En attendant, allez donc faire un tour dans les restaurants tout là-haut pour assister aux dernières courses, vous direz que vous venez de ma part, vous serez bien reçu, bien soigné, et, vous verrez, le spectacle des trotteurs en pleine course la nuit est magique, il vous redonnera le moral. Moi, je vous quitte, j'ai encore du travail.

Chapitre 11

Lundi 27 mai
Préfecture de police de Paris.

Lainé a apporté un paquet de mini-viennoiseries posé sur le bureau de Noria, et chacun, un gobelet de café en main, pioche dedans, en dégustant les excellentes nouvelles que Bertrand a communiquées à Reverdy. Au cours de l'arrestation de Mohand Dib, le SDPJ 93 a retrouvé chez lui le sac qui a servi à transporter le corps de Castelvieux. Après usage, il a été lavé, séché, replié très soigneusement et rangé avec les valises de la famille Dib. Le SDPJ l'a envoyé au labo de la police scientifique. Dib et Saadi, qui a été arrêté, lui aussi, sont muets. Pour le moment.

– C'est invraisemblable. Qu'ils aient hésité à détruire une bagnole à soixante-dix mille euros ou plus dans une affaire de meurtre, c'est une connerie, mais je peux encore essayer de comprendre. Mais un sac...

– Beau matériau sans doute, solide, résistant... Forme originale.

– Commode pour transporter les instruments de musique de la petite dernière peut-être.

– À quels minables tarés avons-nous affaire ?

– Souvenez-vous, ce sont des voleurs de voitures.

– S'il y a des donneurs d'ordre, ils se sont mis à l'abri, et nos pieds nickelés ne les connaissent pas.

– Oui, c'est ce que je crains. Ils peuvent être à la fois les exécuteurs des basses œuvres et des coupe-circuits.

– Nous ne sommes plus en première ligne dans cette affaire. L'enquête appartient à la police judiciaire. Sans attendre le résultat des analyses, je fais un rapport sur les développements du dossier Castelvieux pour le patron. Nous avons été bons, nous avons levé une affaire de meurtre qui a peut-être des prolongements internationaux intéressants pour les stups, et éventuellement en matière bancaire, mais il ne faut pas être trop gourmand. Autant que cela se sache. Autre chose, j'ai bouclé la semaine dernière votre rapport sur Orstam, Fabrice, et je l'ai fait passer aux patrons avec demande de communication au préfet, nous attendons leurs réactions.

– Avec votre accord, après ces petites vacances à Vincennes, je me recentre sur Orstam. La situation est très instable dans l'entreprise, il ne faut pas que je perde pied.

– Vous avez carte blanche.

Levallois-Perret.

Une délégation du personnel conduite par les deux syndicats de l'entreprise a rendez-vous avec le grand patron à 11 heures. Nicolas Barrot a cherché à la canaliser au maximum. Coups de fil aux syndicats : le sujet est délicat, si la discussion doit être franche, compte tenu de problèmes de confidentialité, il faut que le nombre de participants soit limité. Les syndicats comprennent.

Nicolas Barrot reçoit la délégation à son arrivée à l'étage. Quatre hommes, les responsables syndicaux, et deux femmes, celles qui ont initié le mouvement, dont Christine Dupuis, bien sûr, mais Nicolas note que, à côté des pontes du syndicat, elle a un air emprunté, une beauté en mode mineur. Le groupe entre dans la salle de réunion du dixième étage, le patron vient à sa rencontre, serre toutes les mains avec gravité, puis leur fait signe de s'asseoir, en face de lui, qui trône derrière une longue table. Il préside la réunion, Me Hoffmann à sa droite, Nicolas Barrot à sa gauche. Après avoir brièvement présenté Me Hoffmann, du cabinet Bronson & Smith, qui assure la défense de M. Lamblin, Carvoux passe la parole à la délégation. Un représentant syndical développe les thèmes de la lettre-pétition, note l'accueil très favorable qu'elle a reçu auprès du personnel et demande quelle suite il est possible d'en attendre. Le patron se recueille, les yeux fermés pour souligner la gravité de l'instant. Nicolas, l'esprit en alerte, note au passage à quel point il lui est facile de passer du visage fermé et rageur au visage grave. Puis le patron attaque :

– La situation est beaucoup plus complexe qu'il n'y paraît.

Il renouvelle sa demande de discrétion absolue, puis, sous le regard neutre de Me Hoffmann, lâche toute l'histoire des soirées scabreuses de Lamblin. Pour conclure qu'il cherche, avec le concours des avocats, les solutions les moins préjudiciables à la réputation de l'entreprise comme à celle de Lamblin. Cela demande du temps, de l'habileté, de la confiance.

Christine Dupuis, visage blanc, lèvres serrées :

– Mme Lamblin est-elle au courant de ces aspects du dossier ?

– Je ne peux pas vous répondre, je ne le sais pas. Nous ne l'avons pas informée, ce n'était pas de notre ressort. Mais elle peut rencontrer les avocats de son mari à tout moment. Je crois que, depuis son retour de New York, elle n'en a pas exprimé le souhait.

Hoffmann opine. La délégation est sonnée, prise de court. Après quelques échanges de pure forme, elle se retire.

Le patron fait servir trois cafés, remercie Hoffmann de sa présence et conclut :

– De notre côté, le problème est en voie de solution. À vous de jouer. Vous connaissez nos objectifs. Tenez-moi au courant de vos progrès.

Hoffmann les quitte.

Nicolas admire. Le patron joue juste et efficace. Lui, le petit conseiller, a dignement tenu sa place. Il peut être satisfait. Il est satisfait. Reste qu'il n'a pas encore compris quel est le but ultime de la manœuvre. Et qu'il ne sait pas si le patron le sait.

Dans les couloirs de l'entreprise, les responsables syndicaux s'emploient à faire baisser la pression. Le bruit commence à courir que Lamblin aurait quelques petites choses pas très propres à se reprocher. Ravageur.

Préfecture de police de Paris.

Dans l'après-midi, l'autorisation de consulter les fadettes de la carte prépayée de Castelvieux arrive.

Les trois flics se précipitent. La carte a été achetée le 16 avril au matin. Vingt-cinq communications, jusqu'au 22 avril après-midi.

– Un téléphone *ad hoc*. Il avait probablement un autre téléphone, dont il ne se serait pas servi à Paris par crainte d'être repéré. Nos deux déménageurs ont sans doute trouvé et embarqué les deux.

– Possible. Avec un peu de chance, Saadi en a offert un à sa femme…

– Voyons cette liste.

Les trois flics se regroupent debout, épaule contre épaule, penchés sur la liste.

Vingt-cinq communications, une dizaine de numéros différents. Deux numéros seulement reviennent avec insistance. Sans surprise, celui d'Alice que Castelvieux appelle dès le 16 avril au matin, et six fois ensuite. Et un autre, inconnu, appelé dès le 17 avril, trois fois ensuite.

– Son banquier ?

– Peut-être bien.

Pour le reste, rien d'intéressant, des numéros d'anciens amis des années de fac, que Lainé connaît et a déjà joints. Rien à en tirer.

Le numéro récurrent et inconnu n'est pas protégé, il livre rapidement le nom de son détenteur : Steven Buck. Déflagration d'abord, stupeur, puis montée d'adrénaline, apesanteur, il est difficile de trouver les mots pour dire l'intensité de l'instant. L'impression d'un épais brouillard qui se déchire sur un grand coin de ciel bleu. Quand il revient sur terre Reverdy remarque à voix basse :

– J'avais bien noté que le nom de PE apparaissait centralement dans les affaires de Castelvieux et frôlait celles de Buck, mais de là à faire un lien direct entre Buck et Castelvieux… Buck en banquier de Castelvieux ? Je n'aurais jamais osé… On revient vers Orstam, c'est le bonheur.

– Le bonheur, j'ai des doutes.

– Je vais aller voir Sautereau…

Noria s'est assise sous le choc, elle reprend son souffle.

– Prenons d'abord quelques minutes pour réfléchir. Les fadettes constituent une pièce décisive pour l'enquête sur la disparition de Castelvieux que mènent Bertrand et son équipe du SDPJ. Nous les avons trouvées, nous les détenons, nous les apportons à Bertrand, c'est une aide importante à son enquête, nous devons donc obtenir de lui de rester en observateurs actifs sur les suites. Nous voulons que Buck soit entendu très vite, et en notre présence. Et que Bertrand demande immédiatement la mise sur écoute du numéro qui figure sur les fadettes.

– Tout ça ne devrait pas poser de problème.

– J'en viens à notre travail à nous, les Renseignements parisiens. Buck ne s'attend pas à être impliqué dans cette histoire.

– Il va être aussi surpris que nous...

– Donc, s'il appartient à un réseau d'influence, comme nous le supposons, il va prendre des contacts pour informer, consulter...

– C'est une occasion unique...

– Il faut nous organiser pour intercepter ses communications. Le portable, Bertrand s'en occupera.

– Je peux demander à Sautereau de suivre les communications internes à Orstam et celles qui passent par les fixes.

– En lui donnant le minimum d'informations. Il faut à tout prix éviter les fuites.

– Sautereau est un homme de confiance, un ancien flic...

– Et vous trouvez ça rassurant ? Bon, faites pour le mieux, nous ne pouvons pas nous passer de lui. Reste à suivre les déplacements physiques de Buck pendant un jour ou deux après qu'il a été convoqué. Nous avons besoin d'aide. Fabrice, première chose à faire, passez voir le patron. Vous lui faites un rapport oral enthousiaste et à peine gonflé, vous obtenez des renforts et vous organiserez la surveillance, que vous déclencherez dès que Bertrand convoquera Buck. Lainé et moi, nous nous chargeons de voir et d'informer Bertrand.

Bobigny.

Quand Ghozali et Lainé débarquent au SDPJ, ils sont bien accueillis, Bertrand n'est pas un ingrat. Noria résume sobrement l'ensemble des informations dont son équipe dispose, puis elle lui remet un relevé des fadettes de Castelvieux.

– Nous venons de le recevoir, il y a à peine deux heures.

Noria lui laisse le temps de parcourir les listes, puis continue :

– Deux numéros récurrents, l'un est celui de son ancienne maîtresse, qui collabore avec nous. L'autre...

– Celle de son « banquier » ?

– C'est notre hypothèse. Le détenteur du numéro s'appelle Steven Buck, il est cadre supérieur chez Orstam. Nous suivons Orstam, nous suivons Buck. Mais nous n'avions pas établi de rapport entre lui et Castelvieux. Nous savons qu'ils ont tous deux, à des titres très divers, récemment travaillé pour une entreprise américaine qui œuvre dans le même secteur qu'Orstam, PE, qui a une filiale bancaire, PE-Credit, impliquée dans les histoires mafieuses de Montréal, nous n'en savons pas plus. Comment gérons-nous la suite ?

– Nous allons l'entendre comme témoin dans le cadre de la procédure Castelvieux. Avec les fadettes, c'est incontournable. L'équipe sera constituée de deux gars de chez nous, un de chez vous. J'informe le procureur, nous sommes toujours dans le cadre de l'enquête préliminaire, il marchera.

– Vous pourriez obtenir la mise sur écoute du numéro ?

– Je pense que oui. Je vais m'en occuper tout de suite. Buck, je le convoque demain matin, pour demain soir ici. Je lui présente cet entretien de la façon la plus anodine et la plus discrète possible.

– Il ne faut pas accepter de délais. Américain, cadre supérieur, je crains qu'il ne nous file entre les doigts.

– On est d'accord. Et nous nous voyons une heure avant son arrivée, pour nous coordonner. Autre chose. Nos deux guignols sont toujours muets, mais le sac noir trouvé chez Dib commence à parler. Nous n'avons pas d'échantillon d'ADN de Castelvieux. Pour nous, c'est un fantôme.

– Nous pouvons demander à son ex-maîtresse des vêtements qui lui ont appartenu. Elle les a récupérés après sa disparition. Lainé va s'en occuper.

Paris.

Sautereau et Reverdy se retrouvent au Zimmer. Ils sirotent deux jaunes, enfoncés dans des fauteuils dans un coin du bar. Chacun attend que l'autre se dévoile. Reverdy craque :

– J'ai du nouveau. De façon inattendue pour nous… (Sautereau se penche au-dessus de son verre, attentif…) Buck est impliqué dans une histoire de meurtre.

– De travelos ?

– Non, pas des travelos, plus lourd. Je ne peux rien te dire de plus ce soir, mais attends-toi à du mouvement autour de Buck dès demain. Jette un œil. Tu vois ce que je veux dire ?

– Parfaitement.

– Dès que la mécanique est enclenchée, je te dis tout. Ça risque de tanguer.

Sautereau savoure la nouvelle et le pastis, à petites gorgées. Tous deux ont bon goût. Reverdy ne se moque pas de lui. Le troc peut continuer.

– À mon tour. Le grand patron a déclenché les grandes manœuvres pour larguer Lamblin.

– Il ne craint pas des réactions dans le personnel ?

– Non. Il s'y est pris d'une façon admirable. Il a laissé monter la sauce. Et ce matin, il annonce aux syndicats qu'il faut laisser tomber parce que Lamblin est en taule pour avoir baisé des fillettes et pris de la coke.

– Et c'est vrai ?

– Moi, je n'en sais rien. Quel que soit le prétexte, Lamblin est en taule pour menacer le patron et lui faire peur. Il a peut-être baisé et sniffé, tout le monde s'en fout, mais ça a douché les ardeurs des syndicats, et le patron a les mains libres.

– Il ne craint pas que Lamblin témoigne contre lui s'il le lâche ?

– Il a certainement pris ses précautions, depuis plus d'un mois que ça dure. Une bonne compensation financière dans un paradis fiscal, quelques mois difficiles, et, après, la belle vie sur une île tropicale. Lamblin n'est plus tout jeune, il aspire peut-être à une belle retraite…

– Donc changement de rythme, la guerre de tranchées est terminée, on passe aux hostilités en terrain découvert ?

– Peut-être bien.

Deuxième tournée de pastis.

– Et le soldat Buck en perdition au milieu du champ de bataille.

– Les aléas de la guerre. Au travail, préparons la journée de demain.

Mardi 28 mai
Levallois-Perret.

Ce matin, le service de sécurité d'Orstam est présent dans le hall de l'immeuble pendant l'entrée du personnel. Présence discrète et bon enfant, justifiée par l'agitation récurrente dans l'entreprise autour de l'arrestation de Lamblin. Sautereau supervise, souriant et aimable, il salue systématiquement les cadres dirigeants. Dont Buck.

Quand l'entrée du personnel est terminée, un homme du service d'ordre quitte l'immeuble, se dirige vers une voiture garée à une centaine de mètres de là et retrouve Reverdy et un de ses collègues.

– J'ai repéré le dénommé Buck. Votre copain m'a aussi donné une photo, la voici. (Il la coince sur le tableau de bord.) Il se déplace le plus souvent en voiture, une Citroën C3 blanche, qu'il gare au parking de l'entreprise. S'il la prend, il passera nécessairement devant nous. S'il se déplace à pied, nous serons prévenus par téléphone.

– Ça roule. Nous attendons maintenant que Ghozali nous donne le top départ.

Buck, confortablement installé dans son bureau, feuillette un rapport illisible sur des questions techniques dont il se moque et attend que le temps passe. Sonnerie sur son portable personnel, numéro inconnu, il prend.

– Monsieur Steven Buck ?

– C'est moi.

– Police judiciaire de Bobigny. (Coup de poing à l'estomac, la suite…) Nous enquêtons sur la disparition inquiétante d'un dénommé Ludovic Castelvieux (… la voilà.) Vous le connaissiez, n'est-ce pas ?

– (Légère hésitation.) Oui. (Encore un temps.) J'ignorais qu'il avait disparu. Vous connaissez les circonstances ?

– Malheureusement, nous soupçonnons fortement un assassinat. Pour retenir définitivement l'assassinat, nous attendons le retour des dernières expertises. Je vous dis rapidement ce qui motive ma démarche. Nous faisons le tour de tous les gens dont le numéro de téléphone figure dans le portable de M. Castelvieux dans le mois qui précède sa disparition et nous leur demandons de venir apporter leur témoignage sur l'homme et les relations qu'ils entretenaient avec lui. Pour avoir une idée du personnage, et de ce qui a pu se produire. Nous avons relevé quatre appels à votre numéro entre le 17 et le 22 avril... Vous comprenez l'intérêt de notre démarche ?

– Certainement.

– Il s'agit bien évidemment d'une audition libre. Et nous ne voulons pas trop perturber votre journée de travail... Pouvez-vous venir ce soir, à 18 heures, au commissariat de Bobigny ?

– Ce soir, je ne sais pas...

– Il s'agit d'une disparition inquiétante, et plus probablement d'un assassinat, monsieur, comprenez la nécessité de ne pas perdre de temps.

– J'y serai.

– Merci monsieur. Je vous envoie toutes les coordonnées nécessaires par SMS.

Fin de la conversation. Buck, bien calé dans son fauteuil, se laisse envahir par la panique. Comment les flics ont-ils fait le lien entre mon numéro et Castelvieux ? Les tueurs ont laissé traîner le téléphone de leur cible ? Insensé. Tout devient possible. Nouvelle vague de panique. Attention, surtout, ne pas ouvrir le tiroir. Face à la panique, les pilules sont impuissantes. Pis, elles risquent de la décupler jusqu'à la rendre ingérable. Du déjà-vécu. Buck attend sans bouger le retour au calme en écoutant battre son cœur. Petit à petit, une idée derrière l'autre. Que savent les flics ? Sans doute pas grand-chose. Je le connaissais, d'accord. D'où, comment ? Amitié de vacances, soleil et petites pépés ? À la Jamaïque, loin des Caïmans ? De passage à Paris, échanges de souvenirs. Rien de compromettant. Si ça passe... Joindre Barrot ? Prématuré. Mon référent à l'ambassade d'abord. Obligatoire. Il connaît Castelvieux, mais je n'ai pas parlé de son passage à Paris. Clash inévitable. Et lui, ce n'est pas un tendre. Buck lève ses deux mains, les regarde, elles tremblent. Il me tient. D'erreurs en manquements, je suis en plein cauchemar. Il prend son portable, réfléchit une seconde, le repose, prend le fixe, sur le bureau.

À 8 h 35, Ghozali joint Reverdy : Buck vient d'être convoqué à Bobigny, il a accepté de s'y rendre ce soir à 18 heures. À 9 h 05, Sautereau informe Reverdy que Buck a passé un appel sur sa ligne fixe vers un numéro protégé, pas identifié, la conversation est pratiquement inaudible. Heureusement, une des secrétaires, une femme digne de confiance, une amie de Martine, avait été prévenue, elle a écouté (les vieilles méthodes sont les plus sûres). Il a rendez-vous à 13 heures au Lazare, le nouveau restaurant de la gare Saint-Lazare. Possible qu'il y aille en métro, la ligne est directe.

Reverdy se tourne vers ses deux collègues.

– Parfait. Il ne devrait pas être trop difficile à pister. Il me faut des photos de son interlocuteur.

– On a intérêt à retenir une table, si on veut pouvoir entrer. Il paraît que c'est la folie ce nouveau bistro. Et les abords, dans une gare, risquent d'être difficiles à contrôler.

– Bon appétit. Je vous laisse. Je vais préparer l'interrogatoire de ce soir. Vous me tenez au courant ?

Préfecture de police de Paris.

Lainé s'occupe de récupérer quelques vêtements de Castelvieux dans les cartons stockés au sous-sol et de les donner à Alice pour qu'elle se charge de les confier au SDPJ 93, qui les transmettra au labo pour identification de l'ADN de Castelvieux. Leur passage par les locaux du Renseignement parisien, hors de toute légalité, ne doit pas apparaître dans la procédure.

Reverdy, bien calé derrière son bureau, en costume gris, tenue d'entreprise, se dope au café avant de reprendre une fois encore son dossier Orstam, relecture indispensable depuis la jonction Buck-Castelvieux, qui donne à toute l'affaire une dimension nouvelle.

C'est Ghozali qui va assister à l'entretien avec Buck, et pas lui : il faut qu'il reste physiquement en retrait autant que possible dans l'environnement d'Orstam, dit-elle. Elle a raison, évidemment, mais c'est frustrant. Il se met au travail. Ses deux clients, Castelvieux et Buck, ont fait connaissance, selon toute vraisemblance, entre novembre 2010, date du départ de Castelvieux de France, et avril 2013, date de son retour. Comme les rencontres ne sont jamais fortuites, qu'ont-ils en commun pendant cette période ? Pas la peine de chercher bien loin. Castelvieux travaille avec PE-Credit, c'est attesté par les listings qui figurent sur la clé USB trouvée dans ses affaires, et Buck travaille aussi avec PE, d'après ses déclarations à Sautereau, comme conseiller financier free-lance a-t-il fini par préciser, avec beaucoup de réticence. Où peuvent-ils se rencontrer dans le cadre de leurs activités PE ? Montréal, New York, Washington… Castelvieux a aussi des activités financières connues avec

Grand Cayman. Grand Cayman... Castelvieux est un escroc et Buck franchement pas clair. PE-Credit Montréal appuie son circuit de blanchiment sur InterBank aux Caïmans ? Le lieu conviendrait bien pour une rencontre entre les deux personnages. PE a-t-il une filiale sur l'île ? Les entreprises ne publient pas les listes de leurs filiales dans les paradis fiscaux... Reverdy gamberge. Et la presse sur Internet ? Comme ont fait Ghozali et Lainé pour Castelvieux à Montréal. Il doit bien exister une feuille de chou, les Caïmans sont britanniques, les Britanniques lisent les journaux, et sur Internet, parce que les lecteurs potentiels dans ces îles sont des escrocs et des financiers. Reverdy se donne deux heures, et trouve *Cayman News*, une double page hebdomadaire, qui publie annonces et comptes rendus des raouts mondains et des « événements culturels », des faire-part et des faits divers. Il parcourt la période 2011-2012 et finit par dénicher, en avril 2011, un article enthousiaste sur la splendide fête organisée par le gouverneur des Caïmans, dans sa résidence de George Town, pour célébrer l'anniversaire de Sa Gracieuse Majesté. Parmi les invités d'honneur, le journaliste note la présence de Steven Buck, PDG d'InterBank. Le gouverneur se félicite de sa présence.

Reverdy aussi. Il a trouvé une mine d'or. Buck et InterBank sont les banquiers de Castelvieux et de CredAto. Pas le temps de creuser. Si toute cette partie de l'activité de Buck a été « nettoyée » de son *curriculum vitae,* s'il n'en a jamais parlé à Sautereau, il doit y avoir de multiples raisons. Il jubile.

Du grain à moudre pour Ghozali. Et, comme une bonne nouvelle n'arrive jamais seule, les collègues du Renseignement parisien l'informent que Buck est rentré à Orstam après son déjeuner, que la table du Lazare vaut vraiment le détour et qu'ils ont deux bonnes photos de l'interlocuteur de Buck.

Bobigny, 18 heures.

Buck arrive, très ponctuel, l'air contrarié. Le conseiller de l'ambassade qu'il a rencontré lui a dit : pas d'empressement excessif. Ils ont mis au point ensemble la ligne de conduite à tenir face aux flics français : mentir le moins possible tout en protégeant l'essentiel. Leur dire ce qu'ils savent sans doute déjà, et pas plus, en dosant au fur et à mesure de ce que révèlent les questions. Et ne pas paniquer : ce sont des Frenchies, pas des flèches. Buck a été obligé de parler de ses rencontres à Paris avec Castelvieux, sans s'appesantir. Et son interlocuteur les a trouvées extrêmement imprudentes.

– Mais je n'ai rien à voir avec sa disparition.

– Je l'espère bien.

Puis Buck a été congédié. Il sait ce qu'il risque, pas la peine de le lui rappeler.

Le capitaine Bertrand l'accueille poliment, présente les deux policiers qui l'accompagnent, dont une femme grande et maigre, glaciale, avec un regard flamboyant qui le met d'emblée mal à l'aise, et l'on passe très vite à sa déposition.

– Donc, vous connaissiez Castelvieux avant de le croiser à Paris ?

Bertrand est aux commandes. La femme, muette, le fixe sans bouger.

– Oui.

– Où l'aviez-vous rencontré ?

Buck a une ligne de conduite : rester au plus près de la vérité.

– En vacances, dans les Caraïbes.

– Vous pouvez être un peu plus précis ?

– À Grand Cayman. Début 2011, environ. Deux ou trois semaines de vacances.

– Aucune relation d'affaires à ce moment-là ?

– Aucune.

– J'insiste. Parce que Castelvieux, au moment de sa disparition, était poursuivi à Montréal pour diverses activités de blanchiment d'argent de la mafia, en liaison avec PE-Credit Montréal. Des activités qui remontent au début de 2011, et vous-même dirigiez alors une banque à Grand Cayman, InterBank, qui apparaît également dans la procédure…

– (Pas mal, pour des Frenchies, quoi qu'en dise mon référent, qui prétend avoir nettoyé toute cette partie de ma vie. Raté. Grand sourire.) Les banquiers aussi ont le droit de prendre des vacances. J'ai quitté InterBank très peu après, ou très peu avant, je ne me souviens plus précisément. Il est possible que Castelvieux ait fait des affaires avec mon successeur, mais je ne l'ai jamais su. InterBank est une grosse banque.

– Vous a-t-il dit pourquoi il était à Paris ?

– Non. Il m'a seulement dit qu'il était de passage, et ne comptait pas rester longtemps.

– Nous savons qu'il était venu rencontrer son banquier. Il ne vous en a pas parlé ?

– (Là, ça chauffe.) Pas du tout. Nous n'avons parlé que de nos souvenirs et fait des blagues.

– Il vous a semblé dans quel état d'esprit ?

– Détendu... normal. (C'est trop. En fuite, mafias... Ne pas surjouer.)

– À Paris, combien de fois l'avez-vous vu ?

– Deux fois. Une fois, en fin d'après-midi, au Sofitel Maillot, j'essaie de me souvenir, Martini-gin, juste après une réunion importante dans mon entreprise... c'était un mercredi...

La femme, en cochant sur une feuille posée devant elle :

– Le 17 avril ?

– Possible... Et une autre fois, le samedi suivant, pour un café à l'Atelier Renault Café...

La femme, pointant sur sa liste :

– Le 20 avril. À quelle heure ?

Buck, agacé :

– Début d'après-midi, nous avons pris un café, vers 15 heures peut-être. Et puisque vous m'avez posé la question, oui, cette fois-là, il était plus nerveux, inquiet, peut-être.

– Il ne vous a toujours pas parlé de son banquier ?

– Non.

– Vous l'avez revu ensuite ?

– Non.

– Et cela ne vous a pas intrigué ?

– Non, évidemment. D'abord parce que deux séances de souvenirs de vacances, ça fait déjà beaucoup, et puis il semblait pressé de quitter Paris. Je ne vois pas pourquoi il se serait senti obligé de me prévenir de son départ.

La femme, de nouveau :

– Il vous a pourtant téléphoné encore deux fois, après cette date…

– (La teigne…) Non, je ne l'ai plus eu au téléphone. Ces appels, s'ils existent, ne me sont pas parvenus, pour des raisons que j'ignore.

– Ce deuxième rendez-vous, le 20 avril, c'est bien le jour où vous avez eu votre altercation avec Paula, au bois de Boulogne ?…

Cette fois-ci, Buck a l'air franchement surpris, il semble attendre, rien ne vient.

– Et alors ?

Bertrand reprend la direction des opérations et conclut :

– Alors rien. Merci, monsieur Buck, de votre collaboration. Bien évidemment, si nous venions à avoir d'autres précisions à vous demander, au cours de l'enquête…

– Je me tiens à votre disposition.

Une fois Buck parti, Noria fait le point.

– Buck a eu l'intelligence de mentir le moins possible. Il est bien conseillé. Il n'a trébuché qu'une fois, en assurant que Castelvieux était détendu, tous nos témoins nous disent le contraire, il s'en est douté, a tenté de rectifier le tir, trop tard. Le banquier de Castelvieux, c'est lui. Et il a joué dans son assassinat un rôle à préciser. Nous aurions pu aller plus loin, mais je crois que c'est bien de le laisser un peu mariner.

– Nous n'allons pas le lâcher, comptez sur nous.

– De notre côté, nous avons informé Montréal des liens qui existent entre InterBank, Castelvieux et PE-Credit. Nous allons compléter en leur parlant de Buck. Ils auront peut-être quelque chose à nous dire. Et nous allons faire fuiter vers Orstam les informations de *Cayman News*. Elles ne sont pas dans la procédure ?

– Non, nous ne les avons pas versées, vous pouvez y aller.

– Cela va tanguer pour lui, je vous l'assure, et il le sait. Nous allons le coincer.

Paris.

Buck se réfugie au Harry's Bar, dans le quartier de l'Opéra. Ce soir, il va se cuiter à la bière-whisky, une cuite lente. Il veut prendre le temps de se voir dégringoler. Il est coincé, il le sait. À Orstam, il est déjà grillé : la visite de Sautereau, ses questions sur son *curriculum vitae,* pas un hasard, il savait déjà. À l'ambassade, le conseiller va bientôt tout comprendre, et là... S'expliquer devant toutes ces gueules de peine-à-jouir ? S'expliquer de quoi ? De ses excès, de ses erreurs ? Jamais. Orstam, il n'y remettra plus les pieds. Le conseiller peut crever. Et les flics, malins les flics. Ils ont trouvé Paula, flash sur le corps de rêve, ils vont trouver les coups de fils à Montréal, les rendez-vous piégés, ce n'est plus qu'une question de temps. Ils les ont sans doute déjà trouvés. Il est un homme mort. À ce taux d'alcoolémie, il commence à s'apitoyer sur lui-même, Grand Cayman, le paradis perdu, il était le roi du monde, la coke à gogo, toutes les filles à prendre, toutes des putes. Il aime les putes. Pas les femmes, les putes. Jusqu'à cet accident de voiture idiot, le flic tué, lui qui commence à dérailler, à délirer, trop de coke, trop d'alcool, trop de tout, la fille du gouverneur violée – qu'elle dit, parce que quand même, elle en voulait bien, de la bite... Il commençait à se noyer, le putain de conseiller qui le rattrape par les cheveux, le ramène aux States, le tient à sa botte, le mène à la dure, plus d'alcool, plus de coke, plus de filles, il le dresse à jouer dans Orstam la partition qu'il lui a écrite. Comme un chien savant. C'est ça ou il le ramène aux Caïmans, la prison aux Caïmans, un cauchemar. Mais le passé ne s'efface pas comme ça, les mafias de Montréal ont aussi des droits sur lui, ça, il ne peut pas le lui dire, au conseiller, et, maintenant, nouvelle embrouille. Il ne s'en sortira jamais, c'est fini. Vers minuit, après avoir vomi des litres de liquide dans les toilettes, il voit sa vie éclatée en mille morceaux, répandue sur le plancher du bar, au milieu des machines bien huilées du conseiller qui ne va pas pouvoir le supporter, et va balayer les raclures dans son genre. Il aura raison, moi, à sa place, je ferais pareil. Il prend sa voiture pour rentrer chez lui dans le brouillard, tend la main vers le flacon de pilules dans la boîte à gants, en avale une poignée, et remonte, et s'envole. Extra-lucide, euphorique. Il est l'heure d'aller au Bois défoncer les travelos.

Il arrive au Bois, dans la rue des prix cassés, la seule qu'il puisse encore fréquenter, moins de fourrés que dans les beaux quartiers de la drague, quelques morceaux de pelouse où les travelos à petits prix s'exposent sans façon, mais, cette nuit, il la voit belle. Il aperçoit une silhouette gainée de noir s'avancer dans la lumière des phares de sa voiture. Deux découpes sur le buste exposent deux seins improbables, une troisième, à l'entrejambe, une bite poilue et molle. La silhouette se déforme, ondule, une bouche gigantesque, elle le menace. La créature de ses cauchemars et de ses rêves. L'absolu de la puissance, la tuer et se tuer. Il accélère, grimpe sur le trottoir, accélère encore, vise la silhouette qui s'enfuit, en panique, la voiture percute le tronc d'un marronnier séculaire, et se bloque, le moteur tourne à vide. Buck ouvre lentement la portière, un groupe de travelos, dominante cuissardes et cuirs, se forme, Buck sort en titubant, le groupe fonce sur lui, il balance ses bras en tourniquet, poings fermés, atteint un travelo en short et talons aiguilles, qui chavire, assommé, les autres attrapent Buck par ses vêtements, l'immobilisent, le frappent à coups de poings américains jaillis de nulle part, il oscille, bouche ouverte, yeux fermés, s'effondre, les travelos poussent des hurlements de victoire, le piétinent, un talon aiguille lui crève un œil, cavité noir sang, les travelos s'acharnent dans un défoulement hystérique, vêtements lacérés, blessures multiples et superficielles. Dans le lointain, des sirènes de police, le groupe de travelos s'enfuit et disparaît en sautillant dans les sous-bois, quelques centaines de mètres plus loin. Arrivés sur le lieu de l'échauffourée, les flics constatent la mort du client.

Chapitre 12

Mercredi 29 mai
Paris.

Noria se réveille tôt, en grande forme. Contente d'elle. Douche, short et tee-shirt, elle s'apprête à aller courir autour du bassin de la Villette avant d'attaquer une journée de travail intense, comme elle les aime. Son portable sonne, coup d'œil : Marmont, du XVIe arrondissement. Elle prend.

– Ghozali, c'est vous ? Steven Buck a été assassiné cette nuit, vers 3 heures du matin, par une bande de travelos en folie.

Elle s'assied.

– Laissez-moi reprendre mon souffle. Vous pouvez m'en dire un peu plus ?

– Son corps vient d'être transféré à la morgue. Bon, moi j'ai vu le corps sur les lieux, multiples blessures presque toutes superficielles, très peu de saignements. On verra les résultats de l'autopsie, mais il me semble possible qu'il ait fait un arrêt cardiaque au tout début de la bagarre. Nous avons raflé une trentaine de travelos, le commissariat est un enfer…

– Je veux bien vous croire. Avez-vous besoin de moi ?

– Pour l'instant, non.

– Je vous remercie de nous avoir informés aussi vite. Il faut aussi joindre le SDPJ 93, le capitaine Bertrand. Je sais qu'ils ont entendu Buck hier, dans une affaire de meurtre qui est de leur ressort. Voulez-vous que je le fasse ?

– Non, j'ai noté. Capitaine Bertrand, SDPJ 93, je m'en charge.

– Très bien. Je rappelle dans la matinée.

Pas de course autour du bassin, ce matin. Noria appelle ses hommes et les convoque en urgence au bureau, à la préfecture.

Préfecture de police de Paris.

Lorsque Reverdy et Lainé rejoignent Noria, ils trouvent sur leur bureau les photos de Buck et de son interlocuteur inconnu du Lazare, prises la veille à l'heure du déjeuner par les collègues, soigneusement retravaillées. Les deux visages sont très nets. Noria commente :

– Je les ai trouvées ce matin en arrivant. Elles sont très bonnes, vous féliciterez nos collègues, Fabrice. Je vais chercher les cafés.

Quand elle revient, elle lâche la nouvelle : Buck est mort cette nuit au cours d'une bagarre avec des travelos.

Effet choc. Puis Reverdy dit simplement :

– Au moment où nous croyions le tenir…

Noria s'est levée, elle est à demi assise sur son bureau, une jambe battant la mesure :

– Il y a sans doute un lien entre les deux…

– Précisez ce que vous voulez dire. Vous parliez d'une bagarre avec des travelos…

– Je m'explique. Je suis convaincue, et Bertrand l'est aussi, que Buck est directement impliqué dans l'assassinat de Castelvieux. Hier, nous ne l'avons pas poussé à bout, volontairement, mais nous lui avons fait comprendre que nous en savions beaucoup plus qu'il ne l'imaginait et que nous le débusquerions à peu près quand nous le voudrions.

S'il l'a compris, d'autres ont pu le comprendre aussi. Donc, il était en danger.

– Qui le menaçait, d'après vous ?

– C'est moins clair. Buck était un personnage trouble, alcoolique, drogué, avec des mœurs sexuelles hors limite, une cible rêvée pour toutes catégories de maîtres chanteurs. Il était aussi multicartes. Il avait dirigé InterBank, spécialisée dans l'évasion fiscale des grandes entreprises – dont vraisemblablement PE, qui est le champion américain de l'évasion fiscale – et le blanchiment de l'argent du crime, en équipe avec PE-Credit Montréal sur au moins un montage de longue durée. Il opérait aux îles Caïmans, un paradis pour truands en tout genre, où il avait croisé Castelvieux. Il avait très bien pu se faire des ennemis capables de l'abattre. Deuxième secteur d'activité, il intervenait en free-lance dans de gros dossiers financiers de rachats d'entreprises. Espionnage industriel, vente de renseignements, de nouveau, il pouvait avoir des ennemis. Dans ces deux cas, des gens déterminés à l'empêcher de se retrouver trop longtemps chez les flics, avec des risques de fuites. Enfin, il était cadre supérieur chez Orstam, avec des conditions d'embauche pas très claires. Dans son environnement, on retrouve PE, comme aux Caïmans, et un parfum de CIA avec l'appui de l'avocate et femme d'affaires McDolan, elle-même une ancienne de la maison, et avec son CV blanchi, d'après Sautereau, qui a fait quelques recherches sur le sujet.

– Mais il a été assassiné par une bande de travelos déchaînés. Vous ne les imaginez pas en agents de la CIA « sous couverture », si j'ose dire ?

– Ce serait drôle, j'adorerais, mais non, je n'ose pas l'imaginer. Ce que je veux dire, c'est que nous ne savons rien sur sa mort, et que nous devons continuer de creuser. Moi, je gonfle notre rapport aux hormones : je m'appuie sur ce que nous savons maintenant de Buck pour évoquer la possibilité d'une offensive concertée contre Orstam de la justice américaine et de PE, un concurrent direct d'Orstam. Pour l'instant, je ne dis rien de l'homme du Lazare tant que nous n'en savons pas plus sur lui.

– Nous passons à la vitesse supérieure ?

– Oui. Je ne sais pas précisément pourquoi, je ressens la mort de Buck comme un signal déclencheur. J'ai le sentiment que le temps nous est compté.

Reverdy sourit, au bord de la tendresse.

– Je vous aime en flic intuitif.

– Lainé, vous allez traîner autour du commissariat du XVIe, vous essayez de glaner tout ce qui est possible du côté des travelos bas de gamme que Buck fréquentait ces derniers temps...

– J'essaie...

– Et vous, Reverdy, vous retournez voir vos amis d'Orstam, j'imagine que ça va grenouiller dans les heures qui viennent.

Levallois-Perret.

Nicolas Barrot arrive au siège d'Orstam vers 8 heures et frémit de plaisir, comme chaque matin, en appuyant, dans l'ascenseur, sur le bouton du dixième étage, avec le sentiment délicieux d'être de plus en plus légitime à l'étage de la direction. Pas encore serein, mais un peu rassuré. Il s'installe à son bureau, commence à préparer le planning de sa journée, quand le téléphone sonne.

– Sidney Morton à l'appareil.

– Sidney, cela fait une éternité... Un coup de téléphone de vous n'est pas toujours synonyme de bonne nouvelle. Qu'avez-vous en magasin aujourd'hui ?

– Steven Buck s'est fait assassiner cette nuit par une bande de travelos au bois de Boulogne.

Nicolas a la sensation de se prendre le direct d'un bon boxeur poids lourd en plein sternum. Silence, le temps de récupérer.

– Vous êtes encore là, Nicolas ?

– Je suis là. J'essaie de reprendre pied sans vous raccrocher au nez. Dites-moi, d'où tenez-vous l'information?

– D’un de mes contacts presse à l’ambassade américaine.

– Fiable ?

– À cent pour cent.

– Eh bien, merci de m’avoir informé. On déjeune ensemble un de ces jours ?

– Avec plaisir.

– Je vous appelle.

Au même moment, sur son portable personnel, un SMS : « Rendez-vous ce soir à 21 heures au Plaza Athénée. July T. » Morton et l’ambassade, July T. et la banque, une odeur d’urgence traîne dans l’air autour de cette mort. Qui était Buck pour susciter autant d’intérêt ? Un bon connaisseur de la société américaine, paraît-il... Un copain que je n’ai jamais pris au sérieux. Erreur. Qui a prévenu July Taddei ? L’ambassade, selon toute vraisemblance. Il voit maintenant Orstam sous un jour nouveau. Ses réseaux complexes, les guerres entre les services, les ambitions rivales, les rancœurs et les méfiances accumulées, le patron sibyllin, l’absence de communication et de perspectives industrielles dessinent un paysage confus. En face, la justice et l’ambassade américaines, la banque et les avocats, un sacré lobby, coordonné et cohérent, avec une stratégie. Morton et Buck en relais. Une machine en marche, la mort de Buck un accident de parcours. La banquière me convoque dans ce moment précis. Donc elle a besoin de moi.

Je veux bien marcher, mais ça se monnaye, et pas en monnaie de singe. De quoi gamberger pendant les heures qui viennent, jusqu'à leur rencontre. Et il se dit qu'après la nuit au Palmyre Club, il faudra plus qu'une caresse sur la main pour l'émouvoir et lui faire perdre la tête. Il aimerait en être sûr.

Bois de Boulogne.

Lainé retrouve l'équipe du SDPJ 93 sur les lieux de la mort de Buck, à cette heure de la matinée une avenue bien propre et sans mystère. Bertrand l'accueille avec le sourire :

– Dites, avec les clients que vous m'amenez, je n'ai pas le temps de m'ennuyer. Bon, le corps est déjà parti à la morgue et la police scientifique a bientôt fini ici. Il ne nous restera plus qu'à faire évacuer la bagnole.

Lainé s'approche de la « scène de crime ». La voiture est toujours coincée contre le tronc du plus beau marronnier de la pelouse, l'avant enfoncé, capot béant en accordéon, pare-brise éclaté, les deux roues avant ne touchent plus le sol, la portière avant gauche, désarticulée, traîne à terre. Le long du flanc gauche de la voiture, là où gisait le corps de Buck, la pelouse a été piétinée, éventrée, hachée. Lainé, silencieux, regarde les traces lisibles qu'a laissées le déchaînement de violence de la nuit passée. Bertrand s'approche de lui :

– Il avait un téléphone portable, il est parti au labo. Pour le reste, rien d'intéressant dans la voiture ou sur lui. Nous sommes en train de perquisitionner à son bureau et à son domicile. L'autopsie est en cours, résultats demain au plus tard.

– Si vous n'avez pas besoin de moi ici, je vais aller faire un tour au commissariat du XVIe.

– Bonne idée. Vous allez vous amuser.

Commissariat du XVIe.

Quand Lainé arrive au commissariat du XVIe, le calme a été à peu près rétabli, et toute une équipe de policiers recueille les témoignages de la vingtaine de travelos que les flics jugent susceptibles d'avoir participé à la bagarre. Marmont le prend à part et le met rapidement au courant :

– Il est à peu près certain que Buck les a agressés. Il a tenté d'en écraser un avec sa bagnole, sur le trottoir, à une dizaine de mètres de la rue.

– J'ai fait un tour sur les lieux, j'ai vu la voiture.

– Avant le début de la bagarre généralisée, il en aurait assommé un autre, qu'il a fallu hospitaliser. Son cadavre n'était pas beau à voir, mais attendons le résultat de l'autopsie avant de nous emballer.

Lainé traîne un peu dans les couloirs et à proximité des cages. La fatigue aidant, les travelos se laissent un peu plus aller à parler du client. Un brutal. Accro au speed. Il en avait toujours des quantités sur lui. Il en distribuait assez facilement, à chaque visite. Son droit d'entrée, en somme. Du coup, il était plutôt bien accueilli.

À la sortie de son interrogatoire, un travelo drapé dans un imperméable usé, vacille, suffoque, puis est pris de violents vomissements qui éclaboussent le sol et les murs. Les flics l'engueulent, le traînent sans ménagement dans les toilettes et, devant l'aggravation des symptômes, appellent le Samu. Marmont, qui est venu voir, commente à l'intention de Lainé :

– À tous les coups, un début d'overdose aux amphètes. Il avait dû parvenir à en garder sur lui. On n'a pas vraiment fouillé toute la bande. On n'aime pas trop y mettre les mains. Pourvu qu'il ne claque pas chez nous, c'est tout ce que je demande.

Le Samu arrive, évacue le travelo, et deux flics se tapent la corvée de nettoyage.

Levallois-Perret.

Reverdy a rendez-vous avec Sautereau à l'heure du déjeuner à la cafétéria du Centre aquatique de Levallois. Sautereau l'a prévenu, pour lui, pas de jacuzzi, pas le temps, la maison brûle. Un sandwich, vite fait. Mais Reverdy, lui, s'est offert un petit quart d'heure de barbotage et, comme Sautereau est très en retard, le barbotage se prolonge. Quand il en sort enfin, il trouve sur son portable un SMS de son ami Blanchard, le privé du Plaza Athénée, qui lui écrit, en utilisant un langage allusif, parce qu'il se méfie des portables : « July à la maison ce soir. Moi je n'y serai pas, mais elle sera accueillie. » Taddei à Paris, on passe de la guerre de mouvement au *Blitzkrieg*. L'intuition de Ghozali se confirme, le temps s'accélère.

Quand il retrouve Sautereau à la cafétéria, celui-ci a d'abord un grand sourire :

– Dis-moi, le soldat Buck perdu au milieu du champ de bataille, il n'a pas fait long feu.

– On peut le dire... Comment l'information est-elle parvenue chez vous ?

– Marmont m'a téléphoné vers 10 heures. Je suis monté à la direction, ils étaient déjà au courant. Barrot a été le premier informé, directement par un journaliste américain proche de l'ambassade.

– Ça fait réfléchir.

– Comme tu dis. Ensuite, Barrot a informé le patron, qui n'a rien dit, comme il en prend l'habitude maintenant. Il attend de voir comment ça tourne. Le SDPJ 93 a fait une visite du bureau de Buck en fin de matinée, sans rien trouver d'intéressant apparemment, et Anderson s'est chargé de faire circuler la nouvelle partout dans la boîte. Tant qu'on s'intéresse à Buck, on ne s'intéresse pas à lui… Et ça prend. On ne parle plus que de ça dans toute la maison. Les bruits les plus invraisemblables circulent à grande vitesse. Aux dernières nouvelles, Buck aurait été lui-même un travelo qui vendait ses charmes au Bois. Certaines ont du mal à y croire…

– J'ai mieux que ça.

Reverdy passe à Sautereau un tirage du *Cayman News,* et commente :

– Banquier d'InterBank, correspondant de PE-Credit Montréal aux Caïmans, expert en fraude fiscale et en blanchiment, très probablement compromis dans de sales histoires, pour nous, il est télécommandé, et une des pièces d'une offensive américaine contre Orstam désormais évidente. Mais pour servir à quoi, d'après toi ?

– Exclu qu'il s'agisse simplement d'une mission d'information. Les Américains savent déjà à peu près tout sur nous, et Buck n'était pas particulièrement bien placé dans l'entreprise pour contrôler les informations sensibles.

– Et donc, la question du jour est : pour quel coup tordu, ici à Orstam, était-il programmé ?

– Je n'ai pas la réponse.

– Une des pièces de l'offensive américaine… Qui sont les autres ? Barrot, l'ami de l'ambassade américaine ?

Sautereau fait la moue.

– Je ne sais pas. Anderson plus probable... Tu n'as toujours rien sur lui ?

– Non, rien, et je suis un peu à court d'idées.

Sautereau contemple Reverdy pendant quelques secondes.

– Christine Dupuis, la collaboratrice de Lamblin. À mon avis, elle sait des choses qu'elle garde pour elle et qu'elle ne confiera pas à quelqu'un de l'entreprise. Il faudrait que tu fasses sa connaissance. Je suis prêt à parier cinquante centimes que tu es le genre d'homme à lui taper dans l'œil, si tu t'appliques un peu.

Paris.

Nicolas Barrot arrive dans le hall de l'hôtel Plaza Athénée à 21 heures précises, toujours mal à l'aise dans ce décor de palace. Il se dit que l'habitude viendra et se dirige vers le comptoir du portier.

– J'ai rendez-vous avec Mme Taddei. Vous a-t-elle laissé un message pour moi ? Au nom de Nicolas Barrot.

– Mme Taddei vous attend dans sa suite, monsieur.

Un signe au liftier pour qu'il accompagne M. Barrot, qui marche comme un somnambule. Rendez-vous dans la suite de Mme Taddei, coup de chaleur. Ascenseur, quatre étages pour reprendre ses esprits, se dire qu'elle le traite comme un jouet dont elle dispose, se persuader qu'il mérite mieux que cela et se mettre en état de résistance à l'entreprise de séduction de la belle July. Il pénètre dans la première pièce de la suite, un coin bureau et un coin salon, très confortable, pas trop tape-à-l'œil. July Taddei vient à sa rencontre. Pas de déshabillé vaporeux, elle porte une veste boléro noire sur une stricte robe grise. Sur le bureau, un attaché-case et un étui d'ordinateur pas encore ouverts, une valise dans un coin de la pièce.

– J'arrive à l'instant, je n'ai pas eu le temps d'ouvrir mes bagages ni de me changer. Nous dînerons ici, si vous n'y voyez pas d'inconvénients. Nous perdrons moins de temps et nous serons tranquilles pour parler. Et il y a beaucoup à dire, je crois. Asseyez-vous, je suis à vous dans deux minutes.

Barrot, de nouveau pris à contre-pied, déçu et furieux de l'être, sent monter la rage.

Un serveur apporte le dîner sur une table roulante, dispose assiettes, verres et plats sur la table du salon et disparaît. En entrée, du foie gras et des toasts. À boire, du champagne.

– L'excellent champagne peut accompagner tous les plats, décrète July.

Barrot se garde de la contredire, le champagne, il s'en fout, et reste concentré sur son agressivité toute neuve. July, après deux bouchées, ouvre enfin la discussion.

– La mort de Steven Buck change beaucoup de choses…

Barrot lève la main pour l'interrompre :

– Désolé, il faut m'expliquer ce que cela change, pour moi, ce n'est pas évident.

– Elle déclenche une enquête de police. Les enquêteurs vont fouiner partout dans l'entreprise, au moment précis où nous avons besoin de discrétion, disons même de secret, pour traiter avec la justice américaine. Et nous savons tous les deux qu'il faut négocier, et vite.

– Attendez. Buck semble avoir été impliqué dans un meurtre, et meurt assassiné dans une bagarre de travelos. Dans les deux cas, des activités hors de l'entreprise. Orstam n'est pas concerné. C'est la police judiciaire qui enquête, pas la DCRI. Donc les interférences avec la négociation dont vous parlez me semblent improbables.

Le foie gras est fini. July s'occupe de changer les assiettes, de dégager l'omelette aux truffes de la cloche qui la tient au chaud et de la servir, remplit de nouveau les verres de champagne, ce qui lui donne le temps de réfléchir. Nicolas Barrot a pris de l'assurance. La proximité du pouvoir et de l'argent mûrit très vite les jeunes hommes. Avantages ? Inconvénients ? Elle se décide à passer au niveau supérieur.

– Les enquêteurs risquent de réaliser que Buck entretenait des rapports permanents avec son ambassade, ce que l'ambassade ne souhaite pas rendre public...

– À quoi lui servait-il ?

– Une source d'information sur la vie interne de l'entreprise... Ce sont des mœurs peu reluisantes, mais assez courantes...

– Buck ne lui manquera pas. Les services de l'ambassade ont bien d'autres moyens peu reluisants de s'informer. Comme de pirater les mails de l'entreprise. Je crois qu'Orstam n'a plus de secrets pour eux. Que craignez-vous ? Que l'on découvre que la CIA garde des contacts avec les hommes d'affaires américains opérant à l'étranger ? C'est un secret de polichinelle, qui n'explique pas que vous vous mobilisiez comme vous le faites autour de la mort de Buck.

– Jouons cartes sur table (Barrot se raidit, mauvais signe, quand on commence comme cela...). Buck était un personnage au passé douteux. Il a longtemps travaillé pour une banque d'un paradis fiscal qui entretenait des rapports suivis avec la banque de PE, et il s'est compromis dans des opérations de blanchiment hors limite dont certaines font l'objet d'enquêtes judiciaires ces temps-ci. Nos amis de l'ambassade croyaient pouvoir se servir de ce passé pour s'assurer de sa fidélité et le contrôler. Ce sont des méthodes grossières que je désapprouve.

Aujourd'hui, si la police française le découvre, cela peut nuire à l'image des États-Unis.

– Nuire surtout à l'image de PE... (Nicolas continue, avec la sensation de sauter dans le vide, le cœur qui décroche.) ... qui est votre candidat à la reprise d'Orstam, si je comprends bien.

– Oui, vous avez bien compris. (Nicolas a l'impression de respirer plus librement, dans un horizon enfin dégagé.) Il faut saisir l'occasion du désastre Buck et de l'urgence qu'introduit l'enquête policière pour accélérer le mouvement et prendre de vitesse les éventuels concurrents de PE, qui commencent tout juste à se réveiller. Toujours la même idée, ne pas se laisser submerger par les crises, mais les mettre à profit.

– Pourquoi avez-vous besoin de moi ? Je n'ai pas de vrai rôle décisionnel dans l'entreprise.

– Vous êtes l'œil, la main et même le cerveau de Carvoux, qui est un personnage fluctuant et usé. Nous, nous avons besoin d'un allié solide, un homme jeune, qui a beaucoup à gagner dans l'opération : vous.

– Si je joue ce rôle, je risque d'être grillé chez Orstam.

– Quand l'affaire sera faite, je vous embauche, dans notre filiale à Londres. Dans le secteur du financement des restructurations d'entreprises. Vous aurez acquis de l'expérience dans le domaine.

– Très bien. Marché conclu. Y a-t-il des informations que j'ignore et que je dois connaître ?

– Une négociation est en cours avec Lamblin.

– Je le sais.

– Lamblin plaide coupable, mais ne met pas en cause personnellement ses supérieurs.

– Et surtout pas le grand patron.

– Quand il sera libéré, il sera indemnisé, et la banque participe à l'indemnisation pour accélérer l'opération. Information strictement confidentielle, Nicolas.

– Je l'ai bien compris.

– Pour mener l'opération, nous travaillons avec Jef Wesselbaum, du cabinet Bronson & Smith.

– Wesselbaum, il est de la famille du patron de PE ?

– C'est son frère.

Là, Barrot a un très court instant de vertige devant la puissance de la machine PE.

– Pourquoi pas nos avocats Hoffmann et Burgess, qui sont du même cabinet ?

– Parce que Jef n'apparaît pas lié à Orstam, il n'est donc pas dans les radars des services du procureur, ce qui lui donne de la liberté pour s'occuper de Lamblin, et il peut se coordonner sans difficulté avec les avocats d'Orstam, qui sont au sein du même cabinet. Pour l'indemnisation, les derniers ajustements sont en cours, question de jours. Jef vous contactera. Il a notre confiance, et une très longue expérience. N'hésitez pas à lui demander conseil.

Nicolas comprend qu'il vient de changer de patron. Plutôt sécurisant pour l'avenir.

July s'est levée, d'un geste naturel elle déboutonne son boléro noir, le jette sur une chaise. Nicolas se crispe, attention danger, n'oublie pas, reste sur tes gardes. July se retourne vers lui. Ce n'est plus la même femme. L'étoffe fine de la robe gris clair colle à sa peau, dessine le volume des seins, le frémissement de leurs pointes. Nicolas cesse de respirer. Hypnotisé, il la regarde avancer vers sa proie dans une danse lente. Une vague rouge lui crispe le bas-ventre, surgit dans son sexe, bat à ses tempes. Danger, défiance, résistance, tout vole en éclats. July est là, elle se penche vers lui, ses seins frôlent son bras, ses cheveux frôlent sa joue, il prend en plein visage une bouffée de chaleur.

– Assez travaillé pour ce soir. Si nous passions à d'autres jeux ?

À cet instant, Nicolas Barrot se voit entrer dans le paradis des puissants.

Jeudi 30 mai.
Préfecture de police de Paris.

À son arrivée, Reverdy trouve un message, un petit mot manuscrit glissé dans une enveloppe, à l'ancienne. Son ami Blanchard, évidemment.

« Un certain Nicolas Barrot avait rendez-vous avec July Taddei hier 29 mai à 21 heures au Plaza. Arrivé à l'heure. Ils ont dîné en tête-à-tête dans la suite de Taddei. Discuté sagement pendant plus d'une heure. Puis ils sont passés au lit. Il est reparti vers 3 heures du matin. »

La nouvelle de la liaison Taddei-Barrot l'excite, plaisir de savoir, instinct de chasseur. Première chose à faire, vérifier si Blanchard est équipé de micros performants et, à la prochaine rencontre, entendre jusqu'aux grognements de Nicolas sur l'oreiller. Après vient la déprime : un soldat meurt, un autre monte au front. Leurs ressources humaines semblent quasiment inépuisables. Nous ne nous battons pas à armes égales. Lainé a annoncé qu'il passerait sa journée au SDPJ 93, Ghozali fait le tour des huiles du service, Reverdy se sent soudain très seul. Il a besoin d'un café.

À peine le temps de le boire, SMS de Sautereau sur son portable. « Rendez-vous à 11 h 30 au café du coin. Déjeuner prévu. Tenue correcte exigée. » Reverdy jette un coup d'œil sur sa tenue : pantalon violet, polo rose tendre, cheveux en bataille, juste le temps de repasser chez lui s'habiller en bureaucrate anonyme et, à 11 h 30 précises, au café du coin, au pied de l'immeuble Orstam, il retrouve Sautereau au blanc sec et à l'humeur sombre.

– La boîte va mal. Engueulades à tous les étages, services contre services. Des informations exactes sur Buck et son passé, qui viennent je ne sais d'où, pas de moi en tout cas, circulent au milieu d'un tas de délires. Plus moyen de travailler.

Reverdy commande une Suze et lâche :

– Barrot a passé une bonne partie de la nuit à s'envoyer en l'air au Plaza avec Taddei, la banquière.

Grand sourire de Sautereau.

– Un bon coup, d'après ce que j'ai entendu dire.

– Plutôt une belle prise de guerre pour Eastern-Western Bank, à mon avis. Bon, ce déjeuner ?

– Je t'invite à la cantine d'Orstam.

– Ta générosité me bouleverse.

– Martine Vial déjeune avec Christine Dupuis à 12 heures. Ces deux-là ne se quittent plus. Nous arrivons par hasard. Tu es mon ami et celui de

Martine, nous nous asseyons à leur table, normal. Ensuite, Christine, la collaboratrice de Lamblin, est une trentenaire esseulée depuis que son patron est en taule. Tu as un boulevard.

Sautereau et Reverdy entrent dans la grande salle de cantine, au sous-sol de l'immeuble Orstam. Niveau sonore très élevé, vaisselle, raclements de chaises, conversations multiples, Reverdy fait la grimace, prend un plateau au self, s'en tient à « salade, fromage, dessert » et suit Sautereau, qui se dirige avec assurance vers un coin de la salle un peu moins fréquenté. Martine Vial les repère, leur fait signe. En face d'elle, une femme à la chevelure rousse abondante capte le regard de Reverdy, surpris et admiratif. Martine :

– Christine, je te présente Fabrice Reverdy, notre remplaçant favori dans nos soirées bridge.

La femme lui sourit, les deux hommes sont priés de s'asseoir, la conversation s'engage et tourne autour du sujet du jour, Buck et ses turpitudes. Martine Vial remarque que le personnage suscite de nombreux phantasmes, Sautereau glisse quelques remarques sur Anderson, qui est bien content qu'on ne parle plus de lui, et Christine constate les difficultés de la mobilisation autour de Lamblin qui semble bien oublié dans cet ouragan. Fabrice, silencieux, avale sans rechigner sa « salade-fromage » en contemplant les mains de sa voisine qui scandent les dialogues avec élégance.

Martine et Sautereau vont chercher les cafés, Fabrice se penche vers Christine :

– Je ne vous ai jamais croisée aux soirées bridge de Martine. Vous n'êtes pas joueuse ?

– Je ne joue pas à ce jeu-là. Trop prise de tête pour moi.

– À d'autres jeux ?

Une légère hésitation, un sourire pour accompagner l'aveu :

– Aux courses, parfois. Je suis née dans la Manche, une région d'élevage de trotteurs. Je joue sur les chevaux de nos voisins, une façon de garder le contact avec ma famille. Quand je téléphone à mes parents, si nous ne parlons pas chevaux, nous n'avons pas grand-chose à nous dire.

Courses, trotteurs. Vincennes, expérience toute neuve, nocturnes du vendredi, restaurant en plein ciel, l'occasion ?

– Je vais de temps à autre aux courses à Vincennes, j'aime le spectacle, mais je n'y connais pas grand-chose et je ne gagne jamais. Demain, la nocturne du vendredi, je vous invite à dîner au champ de courses et vous faites mes papiers ?

Elle se tourne vers lui, le dévisage. Atmosphère pestilentielle à Orstam, besoin de s'aérer. Depuis tout ce temps qu'elle est à Paris, elle n'est jamais allée à Vincennes, et ne sait pas bien pourquoi. L'occasion ?

– C'est une superbe idée.

– C'est oui ?

– Bien sûr.

Sautereau et Martine Vial reviennent avec les cafés.

Bobigny.

Lainé s'autorise une petite grasse matinée avec sa femme, une enseignante qui n'a pas cours le jeudi matin, puis se rend directement au SDPJ 93, à Bobigny, pour s'informer en direct de l'état de l'enquête sur la mort de Buck.

L'équipe de Bertrand est en ébullition, les résultats des analyses des différents labos tombent les uns après les autres. Le téléphone portable de Buck, d'abord, la liste des appels qu'il a reçus et ceux qu'il a passés. Castelvieux appelle Buck le 17 avril à 9 h 33. Buck appelle un numéro à Montréal le même jour à 9 h 38. Il reçoit un deuxième appel de Castelvieux le 20 avril à 14 h 30, et appelle le même numéro à Montréal à 14 h 33. Il y a ensuite deux appels de Castelvieux auxquels Buck ne répond pas.

– Bon, ça paraît clair, Buck a donné Castelvieux aux commanditaires, qui sont à Montréal.

– Pourriture.

– Je dirais plutôt bête traquée. C'était palpable, avant-hier, pendant son interrogatoire. Nous allons joindre nos collègues de Montréal. Ce numéro de téléphone devrait les intéresser. Les résultats complets du laboratoire qui s'est occupé d'analyser le sac, ce fameux sac noir de forme oblongue trouvé chez Dib, nous sont parvenus. L'ADN prélevé dans les coutures a été comparé à celui trouvé sur les vêtements de Castelvieux. Pas d'erreur possible, c'est son ADN. Saadi et Dib seront interrogés à nouveau dans l'après-midi. Ce sont des tout petits, cette fois-ci, ils sont coincés, nous sommes convaincus qu'ils vont s'effondrer.

Arrivent enfin les résultats de l'autopsie : Buck est mort d'un arrêt cardiaque. L'œil crevé à coups de talon aiguille est une sale blessure, qui aurait été susceptible de le tuer, mais elle est post-mortem, les autres blessures sur tout le corps sont assez superficielles. Le taux d'alcool dans le sang au moment de la mort est évalué aux alentours de cinq grammes, et l'analyse du sang révèle aussi une intoxication lourde aux amphétamines. L'excès d'alcool et d'amphétamines, conjugué aux contrecoups de l'accident de voiture et du début de la bagarre avec les travelos, a provoqué l'arrêt cardiaque et la mort.

– En somme, une forme de suicide assisté, conclut Bertrand.

Amphétamines, le mot alerte Lainé. Hier, les travelos : Buck distribuait du speed à chaque passage, le travelo qui fait un début d'overdose aux amphètes… Il s'adresse à Bertrand :

– Qu'est-ce que vous avez trouvé chez Buck et dans sa voiture ?

Bertrand lui tend un dossier :

– Si vous voulez lire les comptes rendus, allez-y. Chez Buck, c'est simple : rien. L'appartement avait été nettoyé avant notre passage, et par des professionnels. (Lainé pense CIA et ne dit rien.) Il n'y avait même plus d'ordinateur personnel. Sur lui ou dans sa voiture, à part son téléphone portable, des broutilles sans intérêt.

Lainé feuillette le dossier, s'attarde sur la voiture, roue de secours, cric, huile… parapluie, flasque de whisky vide, bouteille d'eau… Dans les vêtements, outre le téléphone portable : un porte-monnaie, cent treize euros en liquide, portefeuille, papiers d'identité, permis de conduire américain, cartes de crédit, billet d'entrée au musée Marmottan, conservé entre deux cartes de crédit.

– Vous connaissez le musée Marmottan ?

– Non, mais on a vérifié, peintures, dans le XVIe arrondissement de Paris.

– Bizarre. Je n'imagine pas Buck en train d'admirer des tableaux. Ça vous ennuierait de me faire une photo du billet et un relevé des numéros des cartes bancaires ? J'irais bien faire un tour là-bas.

Bertrand pense que les gars du Renseignement parisien sont des tordus qui ont du temps à perdre, mais des braves gars, il transmet immédiatement la demande à son service des scellés. Lainé continue :

– Vous n'avez pas trouvé, sur lui ou dans la voiture, de flacons ou de boîtes d'amphètes ?

– Non. Rien de ce genre.

Lainé réfléchit, hésite, puis appelle Marmont :

– Connaissez-vous le nom du travelo qui a fait un début d'overdose hier au commissariat ? J'aimerais lui poser quelques questions.

– Ne quittez pas. Je vous trouve ça. (Un temps.) Marcel Franck, dit Petite Poucette. Le Samu l'a évacué à l'hôpital Georges-Pompidou. Vous me tenez au courant ?

– Bien sûr.

Paris.

Lainé déjeune rapidement avec l'équipe du SDPJ à la cantine de l'administration, récupère la photo du billet de Marmottan, les numéros des cartes de Buck, puis file à l'hôpital Georges-Pompidou. Il s'égare pendant de longues minutes, et finit par trouver Marcel Franck, admis la veille aux urgences, hospitalisé maintenant en toxicomanie. Une toute petite chambre, un seul lit, un jeune homme prostré, très ordinaire dans sa chemise d'hôpital bleue, cheveux noirs courts, visage juvénile ravagé. Il regarde Lainé avec méfiance.

– J'ai eu ma dose de flics, hier.

– Je viens vous parler de l'homme qui est mort au bois de Boulogne. Résultat de l'autopsie : arrêt cardiaque. Il n'est plus question d'assassinat...

– Bonne nouvelle.

– Arrêt cardiaque provoqué par une overdose d'amphétamines. Comme c'était un consommateur averti, je me demandais si ses pilules n'avaient pas été trafiquées pour provoquer sa mort, vous comprenez ? Ce qui expliquerait votre début d'overdose hier au commissariat, puisque vous avez piqué dans sa réserve...

Un temps de silence.

– Et alors ?

– Alors rien. Je veux simplement que vous me donniez un échantillon de ces pilules, pour que je les fasse analyser, que je sache si mon hypothèse est confirmée ou pas. Et si elle est confirmée, je vous préviendrai, parce que ces pilules vous mettent en danger de mort, vous aussi.

Franck, immobile, le regarde, puis se décide, glisse sa main sous le matelas, tâtonne à l'aveugle, sort une enveloppe crasseuse contenant quelques cachets, la tend à Lainé, qui se garde bien de faire la moindre remarque.

– Prenez-les. J'ai eu le flash de ma vie hier, après j'ai vraiment cru crever. Si je les garde, j'y retournerai en sortant d'ici, je le sais, et j'y resterai sans doute.

Lainé empoche l'enveloppe, remercie et s'en va, direction le commissariat du XVIe et Marmont, pour donner une allure « réglementaire » à sa prise et aux analyses qui vont suivre.

Préfecture de police de Paris.

En fin de journée, après avoir fait un point rapide avec ses hommes, Buck sans doute empoisonné aux amphètes, Barrot dans le lit de la banquière, Noria reste seule dans le bureau, en haut du bâtiment de la préfecture. Il se fait tard, les jours rallongent. Elle contemple par la lucarne les effets lumineux du coucher de soleil dans le ciel immense de Paris, tout un jeu de jaune orangé, et y trouve une forme de réconfort. Deux journées démoralisantes. D'abord hier, rédaction d'un rapport récapitulatif sur la situation d'Orstam. Il est là posé sur le bureau devant elle. Elle a repris et développé l'historique de la crise : début d'une enquête judiciaire aux États-Unis pour corruption dès 2011, deux ans déjà. Puis la montée en puissance de l'action du procureur avec la pratique d'un espionnage de masse, l'ouverture officielle de la procédure, l'arrestation de Lamblin, toujours en taule, la perquisition de la filiale américaine, l'accumulation des saisies de courriels parfaitement explicites, les plaider-coupable de plusieurs salariés d'Orstam, les sommes évoquées ici et là pour d'éventuelles amendes, plus proches du racket que de la sanction judiciaire... En face : blocage de l'information par la direction de l'entreprise, aucune réaction des ministères concernés. Mise en valeur de l'apport de son équipe : la détection de l'infiltration dans Orstam d'un personnage au passé douteux, banquier aux îles Caïmans, où il pratiquait le blanchiment de l'argent du crime (documents en annexe), non repéré par la DCRI à l'embauche, assassiné ces jours-ci dans des conditions problématiques. Identification de la présence dans les sphères dirigeantes d'un lobby américain (banque, conseil d'administration, avocats), qui mène une campagne de discrédit contre Orstam. Absence apparente de stratégie de la direction et désarroi du personnel du siège. Elle a cherché à être convaincante, sans trop forcer le trait, et elle n'est pas sûre de son savoir-faire en la matière.

Aujourd'hui, elle a fait le tour des patrons du Renseignement parisien pour leur présenter le rapport, répondre à leurs questions, les persuader de l'urgence. Ce n'est plus une alerte, c'est déjà un SOS. Il faut transmettre le rapport au préfet, à destination des ministères. Accueil prudent. Rendez-vous a été pris pour lundi, les patrons se donnent le temps de la réflexion. Et, ce soir, toute seule dans ce bureau, elle est fatiguée, elle doute d'elle-même, de son travail à ce poste. Les bons chasseurs sont ceux qui connaissent les mœurs de leur gibier, qui vivent sa vie, qui l'aiment. Pendant des années, elle a vécu ce plaisir de la chasse au milieu de ses semblables. Mais dirigeants d'entreprises, hauts fonctionnaires, hommes politiques, elle ne les a jamais fréquentés, elle ne les connaît pas, elle ne les aime pas. Et quand on n'aime pas le gibier, on perd le goût de la chasse. Si Macquart était là, il lui dirait, avec ce sourire glaçant, lèvres serrées : « Et alors, Noria, vous avez peur ? » Et elle repartirait au combat, en grinçant, mais elle repartirait. Il n'est plus là, deux ans déjà. Et elle n'est pas sûre d'avoir encore envie de retourner à ce combat-là. Elle jette un regard sur le rapport ouvert sur le bureau devant elle. Absence de réaction des autorités… inertie de la direction… Elle entend Daquin : « Des imbéciles ignorants ou des vendus… » Elle se souvient, elle avait été choquée, il avait raison. Daquin, même génération que Macquart, ou presque, même solidité carrée du mâle sûr de lui, informé de tous les mécanismes de fonctionnement des classes dominantes. Elle hésite un peu, finit par prendre le téléphone et le joint facilement. Il n'a pas l'air surpris. Rendez-vous est pris pour le lendemain matin.

– Venez quand vous voulez, je travaille à mon bureau, mais pas trop tard, je dois partir à 12 heures, sans faute.

Chapitre 13

Vendredi 31 mai
Paris.

Lainé fait l'ouverture du musée Marmottan, à 10 heures du matin. Pratiquement personne. Caissière et gardiens sont aimables, pleins de bonne volonté. Plutôt contents de se distraire.

– Nous, ici, on aime la police. En 1985, des voyous nous ont volé neuf tableaux, les plus beaux, la police les a retrouvés et nous les a rendus cinq ans plus tard, intacts. Chapeau, les gars...

Lainé sort la photo du ticket d'entrée et celles de Buck, et demande si quelqu'un se souvient d'avoir croisé ce personnage. La caissière regarde le ticket.

– Nous pouvons déjà trouver une date plus ou moins précise de son passage à partir du numéro de série. Il faut demander à la direction.

Les bureaux de la direction sont installés dans les étages du musée, pavillon de chasse du XVIIIe siècle, avec vue sur un parc raffiné. Comptabilité. Les numéros des tickets vendus sont enregistrés automatiquement par mois. Après un bon quart d'heure de travail sur les rythmes de ventes et en tenant compte de la fermeture hebdomadaire du lundi, la chef comptable conclut que le billet dont il est question a été vendu le jeudi 23 mai, très probablement dans l'après-midi, et enchaîne :

– Depuis le cambriolage, le musée est équipé d'un système de vidéosurveillance. Le plus simple est d'interroger le gardien qui était de service à la vidéosurveillance ce jour-là.

La responsable du personnel consulte à son tour les emplois du temps. Le 23 mai, Paul Brunet était à la vidéosurveillance.

– Et vous avez de la chance, il est de service aujourd'hui, dans les salles du sous-sol.

Il y a des jours comme ça, où tout fonctionne. Lainé remercie chaudement et descend dans les salles du musée en sous-sol. Paul Brunet est là, assis sur une chaise, il médite. Lainé lui montre des photos de Buck.

– Il a fréquenté le musée sans doute le jeudi 23 mai, quand vous étiez à la surveillance vidéo. Est-ce que vous l'avez déjà vu ?

Brunet regarde attentivement les clichés, passe de l'un à l'autre.

– Pas de certitude, mais oui, c'est possible. Je me souviens d'avoir repéré et suivi sur la vidéo un type qui ressemble au gars des photos. Il se promenait dans les salles le nez en l'air, sans regarder les tableaux, il est descendu au sous-sol, remonté, redescendu, sans rien demander à personne, je l'ai trouvé suspect.

– Finalement ?

– Il s'est assis sur le banc devant *Impression, soleil levant*... (Il s'arrête.) Vous connaissez *Impression, soleil levant*, juste là, dans la salle d'à côté ?

– Oui, dit Lainé à tout hasard, continuez.

– On le surveille plus que les autres. C'est notre bijou. Les voleurs nous l'avaient pris... Vous savez, le musée a été cambriolé...

– Oui, en 1985.

– Une bande de voyous est entrée, en achetant des billets, normalement. Ils ont traîné dans le musée, et puis, à un moment, ils ont sorti des flingues, braqué les gardiens et emporté neuf tableaux, en quelques minutes, c'était fait. Alors maintenant, nous sommes équipés de caméras, et nous gardons les bandes un certain temps, pour pouvoir détecter d'éventuelles opérations de repérages. Pour nous tous ici, c'est une obsession. Donc, j'ai bien observé ce type se diriger vers *Impression, soleil levant*. Il s'est assis sur le banc devant le tableau, à côté d'un homme qu'on connaît un peu, un cultureux de l'ambassade américaine, et ils se sont mis à discuter. Ça m'a rassuré.

– On peut regarder les bandes ensemble ?

– Si mes supérieurs m'en donnent l'autorisation, oui, nous pouvons essayer.

Les supérieurs de Paul Brunet lui donnent l'autorisation et, dans le local vidéo, Brunet retrouve la séquence qui les intéresse. Buck entre dans la salle, repère un homme assis sur un banc, se dirige vers lui, s'assied, la conversation s'engage immédiatement, elle dure une dizaine de minutes, puis Buck repart. Lainé a une montée d'adrénaline.

– Vous connaissez son nom, au cultureux ?

– Non. Je l'ai juste croisé une fois ou deux, quand on a procédé à l'accrochage de l'exposition « Monet et l'abstraction ». Il était un des membres de la délégation de l'ambassade qui nous a aidés à obtenir certaines toiles de musées et de collectionneurs américains. Des gens très sympathiques.

Lainé extrait de la vidéo deux clichés du cultureux, refait un tour dans les bureaux de la direction. Deux personnes se souviennent de l'avoir croisé pendant la période d'installation de l'exposition, oui, il semblait bien appartenir au personnel de l'ambassade, mais personne ne connaît son nom.

– Ce n'était pas une personnalité importante de la délégation américaine, conclut le directeur.

Peut-être, mais cet homme est aussi le convive du Lazare, qui déjeune avec Buck le jour de sa mort. Lainé le reconnaît sans erreur possible. Et ça, c'est important.

Paris.

Noria arrive vers 10 heures du matin chez Daquin, qui l'accueille, l'introduit dans la grande pièce. « Le Regard », entr'aperçu pendant la visite précédente, est là, vêtu d'une grande blouse grise de déménageur il classe des photos grand format, encadrées et empilées au pied des bibliothèques, protégées par des feuilles de carton. Daquin fait brièvement les présentations, « Je crois que vous vous êtes déjà croisés ? », et propose :

– Café ?

– Avec plaisir.

– Toi aussi, Bastien ?

– Bien sûr.

Daquin disparaît dans la cuisine. Noria s'approche des photos, fascinée. Des visages pris en plan plus ou moins rapproché, parfois légèrement déformés, de face ou de trois quarts, une lumière très travaillée, sans une once de naturel, des visages tous excessifs. Chaque portrait saisit une expression personnelle intense et fugitive, dans les rides, les yeux, la bouche, de désespoir, de joie, de contentement de soi ou de méchanceté. Et tous semblent appartenir à une même tribu, que Noria ne parvient pas à identifier.

– Des portraits saisissants.

– Tous ces gens sont des amateurs d'art croisés dans les foires spécialisées américaines.

– Je les imagine en groupes compacts et en mouvement. Un cauchemar à la Jérôme Bosch.

Bastien sourit.

– C'est à peu près ça. Je vais les exposer dans une galerie parisienne, le vernissage a lieu vendredi prochain. (Il s'incline, très cérémonieux.) Me feriez-vous l'honneur d'y venir ?

Noria, surprise :

– Peut-être… Pourquoi pas ?

Daquin apporte les cafés. Les deux hommes boivent le leur debout. Noria, assise, se concentre sur le contenu de sa tasse et retrouve ses sensations. La pointe d'acidité, pour exciter la bouche, et derrière… un goût de caramel peut-être ? Saveurs multiples, longues. Avec une bonne machine, je pourrais, moi aussi, me faire du bon café ?

Dès qu'il a bu sa tasse, Bastien se tourne vers Noria :

– Je vous laisse travailler. Je vais vous déposer dans l'entrée un carton d'invitation pour le vernissage de mon exposition, ne l'oubliez pas en partant.

Elle sourit. Daquin s'assied.

– Alors Noria, même question qu'à votre précédente visite : qu'attendez-vous de moi ?

Difficile de répondre clairement. Retrouver le goût du bon café ? Croiser une nouvelle fois « Le Regard » ? Un peu de sérieux, ma fille... Enclenche le dialogue et vois venir.

– D'abord, je veux vous donner quelques nouvelles de notre travail. Rien de bien surprenant, j'imagine. Absence de collaboration des autres services français, chacun chez soi...

– Multiplication des services, multiplication des instances de coordination, pas de circulation de l'information, vous avez raison, rien de bien nouveau.

– Prudence dès que les Américains sont en cause...

– Nos services n'ont pas d'illusions, ils les connaissent bien, mais en même temps, ils savent qu'ils en sont dépendants...

– ... nous avons donc bricolé comme nous pouvions. Nous avons identifié une entreprise particulièrement active dans l'environnement d'Orstam, l'Américaine PE. (Noria note dans le regard de Daquin qu'elle a fait mouche. Elle continue.) Nous sommes remontés jusqu'à l'embauche par Orstam, début 2012, d'un homme de PE, donc bien avant l'arrestation de Lamblin...

– PE a embauché en 2006, comme numéro deux de PE-Europe, Claire Goupillon. Une énarque, championne toutes catégories de la maîtrise des réseaux d'influence en France. Sa seule compétence, mais, en ce domaine, elle excelle. J'aurais tendance à en déduire que PE lorgne sur Orstam depuis cette date, 2006.

– Je note. Le type que nous avons repéré était impliqué dans des histoires de blanchiment et de meurtre avant de mourir lui-même dans des circonstances douteuses au moment même où nous pensions le coincer.

– Sans doute pas un hasard. Les pratiques extralégales des grandes entreprises les amènent parfois à collaborer avec les milieux criminels plus classiques. PE a une solide tradition dans ce domaine, et sa filiale PE-Credit vient de réussir un petit chef-d'œuvre en la matière.

– Racontez-moi.

– La banque était compromise dans une entente illicite qui truquait les marchés des emprunts municipaux aux États-Unis, une escroquerie sur le long terme à cinq milliards de dollars. Contrairement aux pratiques américaines habituelles, les parties vont jusqu'au procès. Un témoin clé de l'accusation, protégé jusqu'à la tenue du procès, est questionné par l'accusation, puis vient le tour de la défense. Avant qu'il ne réponde à ses questions, le juge autorise le témoin à prendre une pause, sous surveillance bien entendu. Il emporte une bouteille d'eau pour se rafraîchir, et se retrouve dans le coma, à l'hôpital. Les médecins parlent de tentative de suicide par empoisonnement, le juge constate que la défense ne peut plus interroger le témoin principal. Conclusion : l'égalité des parties devant la justice n'est plus assurée. Il décide donc, en toute indépendance, l'annulation pure et simple de toute la procédure.

– Joli… Toujours au chapitre des nouvelles, à notre dernière rencontre, vous vous étiez interrogé sur l'attitude des banques à l'égard d'Orstam. Aujourd'hui, je peux vous dire que leur banque américaine fait campagne sur le thème de la faillite annoncée…

– … Donc une opération de rachat entre dans sa phase active…

– … Donc nous travaillons dans l'urgence. Nous avons remis hier un premier rapport à nos chefs concluant à la nécessité d'agir au plus vite. (Un silence. Daquin la regarde, attend.) Si notre rapport est transmis au préfet puis aux ministères concernés, et je le saurai lundi, je devrais aller le défendre. Ce n'est pas mon monde, je ne sais pas où je mets les pieds.

Daquin s'est enfoncé dans son fauteuil, mains croisées. Nous y voilà. Pas simple.

– C'est vrai, ce n'est pas votre monde. Vous allez vite prendre la mesure du peuple des ministères.

La France, l'Europe ont beaucoup changé depuis trente ou quarante ans. Pour dire les choses très vite, ces gens-là n'ont plus ni réels pouvoirs ni compétences. Pour tout arranger, à Bercy, vous avez sept ministres pour un seul ministère, qui sont en concurrence permanente entre eux, donc tous impuissants. Sans parler du dernier scandale, le ministre du Budget, un des sept de Bercy, qui planque son fric personnel en Suisse et à Singapour. La majorité des hauts fonctionnaires a bien compris son impuissance et en prend son parti. Elle conçoit son passage par la haute fonction publique comme un moyen de se créer des relations utiles pour la suite. Elle sauve les apparences en pratiquant la servitude volontaire face aux vrais puissants du moment, les multinationales et les Américains, dans peu de temps ce sera peut-être la Chine, et elle enveloppe la chose dans des bribes de discours plus ou moins théoriques. Tout en gardant un œil attentif sur la gestion des carrières, les possibilités de reconversion dans les multinationales et les profits personnels qu'on peut en retirer. Dans leur jeu, vous comme moi n'avons pas d'existence, pas de place.

– Vous êtes dur.

– Vous et moi, nous avons la même expérience professionnelle, nous sommes des flics de terrain, enfoncés dans une réalité épaisse, résistante, dans laquelle nous nous débattons comme nous pouvons et que nous tentons de gérer au jour le jour. Nous sommes allergiques aux grands discours. C'est notre ADN, c'est notre force. Vous valez cent fois ces hommes d'appareil et d'apparences, et, même si les premiers contacts sont difficiles, vous le comprendrez vite. Mais ne vous faites pas d'illusions. Vous arrivez très tard dans un dossier qui mûrit depuis des années. La décision finale ne dépend plus ni de vous ni de vos interlocuteurs ministériels.

Noria reste silencieuse pendant quelques secondes, le regard errant sur les portraits entassés au pied des bibliothèques.

– Je vais réfléchir à tout cela. Dites, vous nous refaites un café et puis je m'en vais ?

Daquin sourit.

– Tout de suite, commandant.

Vincennes.

Reverdy consacre sa journée à préparer son dîner du soir avec la belle Christine. Un jeu excitant. Construire un personnage convaincant en peu de temps, salarié d'une entreprise privée de sécurité fera l'affaire. Avec l'aide de Sautereau, se documenter sur Lamblin. Compétence professionnelle incontestée. Sorti de l'École des arts et métiers. Reverdy pense : excellente formation, origine sociale probablement populaire, hors des réseaux dominants, il risque d'y rester encore un moment, en taule… Chez Orstam depuis vingt ans, ingénieur pendant sept ans, puis directeur de la petite filiale américaine, avant de devenir, en 2006, directeur du département Chaudières à l'échelle mondiale, considéré comme un des meilleurs experts en matière de chaudières de nouvelle génération. Christine Dupuis, entrée à Orstam en 2008, est son assistante depuis 2009. Cette chronologie laisse à Reverdy une marge de deux ans, 2006-2008, pour improviser. Vie privée. Quelques aventures extraconjugales connues, ce qui rend les accusations de la justice américaine sinon vraies du moins crédibles aux yeux de ses collègues. D'après eux et d'après l'épouse légitime, Christine Dupuis est sa maîtresse, information non démentie par Sautereau, Christine a, dans l'entreprise, la réputation d'être une femme qui aime les hommes. Fabrice s'interdit de se rêver en séducteur, c'est un dîner de travail, pas de mélange des genres. Et Anderson ? Il le sait déjà : l'essentiel de sa carrière au service juridique de la BAN, société anglaise de chaudières et de turbines, comme Orstam. Sa réputation n'est pas sans taches. De la matière pour combler les deux ans avant l'arrivée de Christine Dupuis.

Changement de décor, Reverdy va rencontrer le capitaine Bertrand, au SDPJ 93, pour mettre au point la soirée au champ de courses. Macaron pour le parking VIP, table retenue au restaurant le plus chic. Bertrand s'amuse, il lui a acheté le numéro de *Paris Turf* avec le programme de la soirée, lui explique comment le lire (pas facile pour un néophyte), lui donne quelques « éléments de langage » pour le rendre crédible en amateur de courses de trotteurs et lui fournit quelques commentaires sur les chevaux et les drivers les plus connus de la soirée, pour lui permettre de faire bonne figure. Beaucoup de connaissances à absorber en peu de temps, Reverdy s'applique.

Avec un sourire, Bertrand le menace de passer dans la soirée, incognito, « pour reluquer la cible ».

Reverdy vient chercher Christine Dupuis à la sortie du bureau, dans une voiture banalisée dont il a soigneusement vérifié le parfait anonymat. Les courses commencent à 19 heures, pas de temps à perdre, à ces heures-là, un vendredi soir, la traversée de Paris est une épreuve de longue durée. Conversation anodine sur le temps qu'il fait et qu'il fera, Christine pose quelques questions sur les parties de cartes chez Martine Vial, Fabrice répond avec humour et tendresse. Il aime beaucoup Martine.

Le grand jeu commence à l'arrivée au champ de courses. Objectif : bluffer Christine. Parking VIP, ascenseur réservé aux clients du restaurant tout en haut des tribunes, sortie directe dans le bar.

Sur leur gauche, la salle de restaurant, comme suspendue au dessus de la piste, descend en paliers jusqu'à l'immense baie vitrée, dans le lointain le Bois, au-delà la ville. Christine, souffle coupé, s'accroche au bras de Fabrice.

Phase un réussie.

Un maître d'hôtel les conduit à leur table, au plus près de la baie. Champagne et amuse-gueule les attendent. Un garçon remplit les coupes, Fabrice lève la sienne : « À nos chevaux ! » Christine sourit et vide sa coupe.

– Vous savez, dans mon coin, dans la Manche, on dit que Vincennes, c'est la Mecque du trot. Il y a ceux qui ont couru ici, sur la grande piste, et puis les autres.

Départ de la première dans quinze minutes. Reverdy sort son numéro de *Paris Turf*, étale sur la table le programme du jour.

– À vous de jouer, Christine. Faites nos papiers, j'irai les porter aux guichets en haut, près du bar.

Christine scrute attentivement le programme, remarque quelques signes cabalistiques écrits au crayon dans la marge du journal, un truc de pro. Il n'est pas si novice qu'il le prétend, le charmant blondinet. Christine relève la tête, Reverdy sert une nouvelle tournée de champagne, elle boit deux gorgées.

– Dans les deux premières, je ne connais pas les chevaux.

– Eh bien, nous ne jouerons pas, nous allons en profiter pour commencer à dîner tranquillement.

Les chevaux passent au ralenti devant les convives, comme à portée de main, la foule des tribunes populaires est invisible, dans un autre monde. Le départ est donné, Christine, fascinée par la tension des chevaux dans l'effort, la légèreté des sulkys, le grondement et le fouillis de couleurs du peloton, achève sa deuxième coupe.

Phase deux bien enclenchée. Passer à la phase trois, la plus délicate, celle des confidences.

– Je vous écoutais hier, à la cantine. Vous n'avez pas le temps de vous ennuyer, à Orstam, on dirait.

– D'habitude, la vie dans nos bureaux est plus tranquille. Vous connaissez Sautereau depuis longtemps ?

– Depuis sept ou huit ans. J'assurais la sécurité de la délégation d'une société anglaise en voyage d'études en France, la BAN si mes souvenirs sont exacts. Ils ont rencontré Orstam, j'ai collaboré avec Sautereau, nous sommes restés amis.

– La BAN ? Drôle de coïncidence. Vous avez peut-être croisé mon patron, il connaissait bien la BAN…

Elle laisse traîner la phrase.

– M. Lamblin ? Pas de souvenirs. Mais j'ai croisé Anderson, dont vous parliez l'autre jour, il était dans la délégation de la BAN.

Nouveau silence, elle en profite pour finir sa poularde à la crème, boit deux coupes, coup sur coup, et pose un regard attendri sur Reverdy qui commande une deuxième bouteille de champagne et dit :

– Bientôt le départ de la deuxième, fini de s'amuser, il faut faire nos choix pour la troisième.

Les deux convives se penchent d'un même geste sur le journal, la chevelure rousse de Christine caresse la joue de Fabrice, elle choisit trois chevaux :

– Jouez ces trois numéros, dans la combinaison que vous voulez.

Dès l'arrivée de la deuxième, Reverdy monte vers les bureaux de paris, reprend son souffle et se dit : « Je suis sur la bonne voie. »

Quand il redescend, Christine, les joues roses, lui propose de trinquer à leurs victoires. Lorsqu'il s'avère qu'ils ont le gagnant de la troisième, il lui baise la main, elle n'y tient plus, Fabrice, un ami de ses amis, qui connaît Anderson, et n'est pas à Orstam, le moment ou jamais de lâcher quelques confidences, elle se sentira moins seule. Elle pose sa main sur celle de Fabrice, pour se donner du courage, et se lance :

– Cet Anderson que vous avez croisé quand il était à la BAN… (Un temps d'arrêt.)

– Oui ?

– M. Lamblin le connaissait depuis longtemps, ils travaillaient tous les deux dans les chaudières, ils avaient eu des contacts professionnels en Angleterre, ça remontait à avant mon arrivée chez Orstam. Il se méfiait de lui. Il m'a raconté qu'ils avaient fait une fois une virée entre hommes à Londres, et ça avait dégénéré, il s'en voulait de s'être laissé entraîner. Et si ces vieilles histoires étaient celles qu'a ressorties la justice américaine ? Il n'aurait jamais dû partir…

– Pourquoi n'en avez-vous pas parlé à Martine, ou à Sautereau ?

– J'avais promis à mon patron de ne pas le faire, il en avait honte… Et puis je n'ai aucune raison de connaître sa vie privée. Les collègues de bureau ne sont pas toujours tendres… Les calomnies, les embrouilles… Maintenant, j'ai des remords…

Là, Reverdy estime avoir accroché un truc. Anderson, le traître parfait ? Les objectifs professionnels de la soirée sont remplis. Il s'autorise à se consacrer à la belle rousse.

– Vu de l'extérieur, vous avez raison d'être prudente, dans votre boîte ça tire de partout il me semble. Mais des remords, franchement, cela ne rime à rien, Christine. Lamblin a pris sa décision en toute connaissance de cause. Il vous a demandé votre avis ?

– Non, évidemment.

– Vous voyez bien… Christine, souriez-moi.

Elle sourit, vient s'asseoir à côté de lui, ils plongent dans *Paris Turf*, épaule contre épaule, les mains s'emmêlent en soulignant des noms sur le programme, ils se laissent prendre au jeu des pronostics, des paris, des émotions, des courses qui se succèdent à un rythme soutenu. Christine tient absolument à ce que les bons tuyaux de la famille Dupuis payent la troisième bouteille de champagne.

Quand la réunion se termine, en pleine nuit, ils rejoignent leur voiture au parking, en se tenant par la taille, hanche contre hanche, les pas au même rythme. Retour vers Paris, à travers le bois de Vincennes, masse sombre toute proche. Christine dit à voix basse :

– Arrêtez-vous Fabrice. Embrassez-moi.

Reverdy se persuade qu'un refus serait contre-productif pour la suite de son travail à Orstam. Belle fin de soirée.

Chapitre 14

Lundi 3 juin
Préfecture de police de Paris.

Dans le bureau de l'équipe de Ghozali, l'atmosphère est tendue, chacun attend la décision des grands chefs : le rapport est transmis au préfet ou enterré ? Lainé a apporté les captures d'écran qu'il a faites à Marmottan et les distribue.

– Même si les images sont moins bonnes que celles du déjeuner au Lazare, pour moi, l'homme est le même, sans erreur possible. (Reverdy et Ghozali sont d'accord.) À Marmottan, on m'a dit qu'il faisait partie d'une délégation de l'ambassade américaine, mais personne ne connaît son nom.

La date est inscrite sur la capture d'écran. Jeudi 23 mai, 17h30. Reverdy fait remarquer :

– Le jour où Sautereau pose à Buck des questions indiscrètes sur son CV.

– Buck avait donc un correspondant régulier à l'ambassade, dont le téléphone est soigneusement crypté.

– On commence à parler de CIA ?

– En parler, je ne sais pas, il faut voir qui est l'interlocuteur. (Un temps de silence, le regard sur les clichés.) Ce visage est celui de l'assassin de Buck.

– Il faudra le prouver, commandant.

– Je sais. Et vous, Fabrice, quoi de neuf ?

– Anderson et Lamblin se connaissent depuis 2007 et ont sans doute participé ensemble, à cette date, à une soirée scabreuse dont Lamblin a gardé un très mauvais souvenir. Peut-être celle dont se sert la justice américaine. D'où mon hypothèse : Anderson n'a pas seulement envoyé Lamblin à la boucherie, il a aussi monté le dossier d'accusation avec la justice américaine.

– Dans quel but, à ton avis ?

– Peut-être en échange de son immunité à lui ? Et contre l'assurance d'une place dans le futur groupe dirigé par PE ?

– Quel sac de merde…

Noria note que le début de l'histoire Anderson-Lamblin arrive à peu près en même temps que l'entrée de Claire Goupillon à la direction de

PE-Europe, signalée par Daquin, mais préfère ne rien dire.

À cet instant, la nouvelle tombe : les patrons de la DRPP ont transmis le rapport concernant Orstam au préfet, qui a transmis à l'Élysée, au conseiller pour les affaires économiques et au conseiller qui coordonne le renseignement français, ainsi qu'à Bercy, au cabinet du ministre du Redressement productif et à celui du ministre de l'Économie. Pendant que ses hommes se congratulent, Noria se sent submergée par une vague d'angoisse. On pouvait faire plus et mieux, sûrement, même si je ne sais pas comment. Daquin a beau dire, si je dois aller leur parler, je ne vais pas faire le poids.

Levallois-Perret.

Nicolas Barrot débarque de bon matin à Orstam, excité et content de lui. Me Wesselbaum l'a informé samedi que Lamblin acceptait de plaider coupable, ce qui signifie qu'un accord global a été trouvé avec lui. Signal de départ des grandes manœuvres. Il a passé sa journée de dimanche à gamberger. Faire passer le lâchage de Lamblin auprès du personnel. Et colmater les rumeurs sur Buck pour éviter toute remontée vers PE. Il se souvient du mail de Buck : « Je viens de subir un interrogatoire en règle de Sautereau... » Toujours là où on n'a pas envie de le voir, celui-là. Son air sceptique quand il l'a informé des turpitudes de Lamblin, presque ironique. Bonne occasion d'évacuer le bonhomme. À pied d'œuvre, enfin. Le grand jeu. Il se sent intelligent, sûr de gagner, parce qu'il détient des informations et des appuis que d'autres n'ont pas. Et qu'il a choisi le camp des vainqueurs.

Dès son arrivée au dixième étage, il est convoqué dans le bureau du patron. Avec un demi-sourire de satisfaction, il ne branche pas son portable sur enregistrement, il ne se sent plus vulnérable, et il entre. Le patron attaque sans préalable :

– Vous savez que Lamblin a décidé de plaider coupable ?

– Oui, monsieur.

– Sans doute pour se sortir d'une passe difficile sans trop de publicité. Ce faisant, il se désolidarise de notre position et des intérêts d'Orstam. Nous ne pouvons donc plus assurer sa défense. Je crois que certaines informations sur les conditions et les causes de son arrestation ont circulé très largement ces jours-ci…

– Oui, monsieur. On ne parle que de ça dans tous les bureaux.

– Notre position sera donc plus facilement comprise en interne.

– Oui, monsieur.

– J'ai décidé de rendre cette décision publique.

Nicolas se tait, attend.

– Je compte sur vous pour rédiger un communiqué lapidaire, pour couper court à toute spéculation sur d'éventuels accords secrets, compensations financières ou autres. Vous voyez ce que je veux dire ?

– Je vois, monsieur.

– PE, avec qui nous travaillons déjà ici, en France, est une entreprise qui a beaucoup de poids aux États-Unis, et certains contacts, là-bas, me font penser qu'elle est prête à nous aider à résoudre les difficultés dans lesquelles nous nous trouvons actuellement avec la justice américaine.

– Bonne nouvelle, monsieur.

– Je crois que c'est le moment de les rencontrer, et j'ai décidé d'envoyer Anderson aux États-Unis pour une mission d'exploration.

Anderson, ce personnage falot... J'ai manqué quelque chose ? Courage, tu es en relative position de force.

– Monsieur, puis-je me permettre de vous demander : pourquoi Anderson ?

– Pour une raison très simple, Barrot, il est le seul d'entre nous tous à pouvoir aller aux États-Unis avec la garantie de ne pas être arrêté par la justice américaine. Je ne vous en dirai pas plus.

Un temps de silence. Barrot comprend enfin la place d'Anderson dans le dispositif. Anderson est donc très probablement un traître, et moi, je suis encore bien naïf. Plus si sûr de lui. Reprendre pied.

– Il y a un autre sujet, monsieur, qui alimente toutes les conversations et trouble profondément les bureaux, c'est la présence d'un personnage comme Steven Buck dans notre entreprise. On spécule beaucoup sur les appuis haut placés dont il aurait pu bénéficier. C'est malsain. Je considère que le service Sécurité n'a pas fait correctement son travail de filtre à l'embauche. Si le chef du service assumait cette responsabilité, cela calmerait les esprits.

– Je vais y réfléchir. Autre chose, pour que vous soyez informé. La décision de lâcher l'un de mes plus fidèles collaborateurs m'affecte profondément, vous pouvez le comprendre, et provoque chez moi une réaction physique sous la forme d'un psoriasis très invalidant. D'après mon médecin traitant, je vais devoir prendre du repos. Je partirai donc la semaine prochaine, en même temps qu'Anderson. Je compte sur vous pour me rendre compte chaque jour de ce qui se passe dans l'entreprise.

– Je n'y manquerai pas, monsieur.

– Et j'ai demandé à Lapouge, notre directeur financier, de prendre ses vacances à partir du 10 juin, pour que notre équipe de direction se retrouve au complet pendant le mois d'août, une période qui peut être périlleuse dans la conjoncture de crise que nous traversons. Le directeur adjoint du service financier assurera l'intérim. C'est tout pour ce matin, Barrot. Revenez me voir dans la journée, quand vous aurez un projet de communiqué sur Lamblin.

En fin d'après-midi, au moment où les bureaux commencent à se vider, un communiqué de presse de la direction d'Orstam apparaît sur les ordinateurs :

« La direction d'Orstam vient d'être informée par ses avocats que M. Lamblin, son directeur du département Chaudières à l'échelle mondiale, actuellement mis en cause par la justice américaine pour avoir prétendument effectué des versements d'argent à des intermédiaires pendant la négociation d'un contrat en Indonésie, vient de choisir de plaider coupable. La direction d'Orstam rappelle qu'elle se conforme à l'éthique des entreprises et ne se reconnaît aucune responsabilité dans d'éventuelles activités frauduleuses ou manœuvres de corruption dans ce contrat comme dans d'autres. M. Lamblin se désolidarise donc de la position de l'entreprise, qui, de ce fait, cesse d'assumer la charge de sa défense.

La direction d'Orstam annonce le licenciement de M. Lamblin pour cause réelle et sérieuse. Son absence prolongée à un poste de direction met en péril le fonctionnement de la branche Chaudières à l'échelle internationale. »

Ce communiqué produit sur le personnel de l'entreprise un effet de sidération. Licencier

Lamblin pour absence prolongée… Dans les agences de presse, où le communiqué parvient au même moment, les journalistes se demandent quel est le produit hallucinogène que consomme le grand patron d'Orstam. Personne n'a la réponse.

Mardi 4 juin
Levallois-Perret.

Carvoux est arrivé très tôt à son bureau, ce matin, comme tous les matins. Il est donc pratiquement seul à l'étage quand il reçoit un appel de Bercy, qui lui signale l'existence et le contenu du rapport de la Direction du Renseignement parisien sur Orstam *et* Power Energy. Accès de rage, il renverse un vase, brise son portable en le jetant sur la table basse, puis retour progressif au calme. Il appelle Claire Goupillon, la numéro deux de PE-Europe.

– Claire, comment va ?… Je viens d'être informé de l'existence d'un rapport de la Préfecture de police de Paris sur la situation d'Orstam et les manœuvres américaines… Bercy et l'Élysée… Déposé hier… De façon officieuse, bien sûr, et je ne l'ai pas lu… Les mêmes réseaux que les tiens, à peu de choses près… D'après ce qu'on m'en a dit, bien documenté… Pas d'affolement, d'accord, mais c'est le moment de donner un coup d'accélérateur à ta vie mondaine… Le dîner rituel des énarques samedi chez Alain Minc, oui, excellente idée, un bon début… Daniel Albouy y sera ? Parfait… Non, je ne veux pas y aller, je veux éviter tout contact avec les crétins du gouvernement… Bien sûr, tu peux me joindre sur mon portable… Bon travail, Claire, on se tient au courant… Je t'embrasse.

Nicolas Barrot arrive au bureau un peu plus tard que d'habitude. Il est repu. La veille, il a passé la soirée avec une escort girl, pute de haute volée fournie par une agence, Les Nuits parisiennes, dont Wesselbaum lui a donné les coordonnées et où il lui a ouvert un compte : cadeau de bienvenue dans la cour des grands. Il considère maintenant son passé d'amateur de massages naturistes avec condescendance. Et il est satisfait. Dans l'entretien qu'ils ont eu la veille, Carvoux lui a confié ce qu'il savait déjà, tout en sachant qu'il le savait. Ce jeu subtil de fausses confidences officialise son nouveau statut. Jouissif.

Quand il sort de l'ascenseur, la secrétaire du patron l'attend, debout sur le palier, piétinant d'impatience.

– Venez vite, vous êtes attendu.

Il entre dans le bureau directorial. Le patron est debout devant la grande baie, et lui tourne le dos. Dans le coin salon, un vase renversé, une tache sombre et humide sur la moquette à côté d'un téléphone portable en miettes, le patron debout, immobile, face à la baie, Nicolas estime que le pire de la crise est passé.

– Monsieur, vous m'avez demandé ?

Le patron se retourne lentement, le visage blanc, la rage désormais contrôlée et bien mise en scène.

– Les Renseignements de la Préfecture de police de Paris viennent de remettre à l'Élysée et à Bercy un rapport sur l'entreprise Orstam, signalant les dangers que les manœuvres conjointes de la justice américaine et de l'entreprise Power Energy feraient courir à l'économie française.

Nicolas cherche ses mots.

– Qui de chez nous leur a parlé ?

– Question idiote, Barrot. Et nous n'allons pas perdre notre temps là-dessus. Je m'emploie à circonscrire l'incendie. Et vous, de votre côté, pas un mot, à personne. Compris ?

– Oui, monsieur.

– Sautereau. Je me rallie à votre proposition. Je ne le crois pas à l'origine de ce rapport. Mais son départ sera utile en interne pour calmer les esprits. Je le verrai cet après-midi. Je lui proposerai des modalités et des compensations financières qui feront passer la pilule. Faites-moi une circulaire pour ce soir, pour informer le personnel de sa mise à l'écart, et la justifier par les négligences dans le dossier d'embauche de Buck. Exécution, Barrot.

Avant de se mettre au travail, Nicolas s'accorde un temps de réflexion dans son bureau, renversé dans son fauteuil, les yeux fermés. Il a désormais une vision claire de la stratégie de Carvoux. Il a laissé monter le merdier dans l'entreprise pour rendre inévitable sa solution, la vente à PE, qui lui assure du fric et l'immunité. Ça marche. Bien joué. Il a le sens du rythme, s'adapte au coup par coup pour rester maître du temps. Respect. J'ai beaucoup à apprendre de lui. De mon côté, je commence à monter. Mais l'envoi d'Anderson aux États-Unis me montre que beaucoup de choses m'échappent encore. Carvoux et moi, nous avons une chose en commun : nous ne tirons notre force que du choix que nous avons fait du camp américain. Sans lui, nous n'existons plus.

Paris.

Reverdy a reçu un SMS : « Apéro ce soir au Zimmer. Impératif. » Il attend Sautereau avec une certaine inquiétude. Impératif, pas son style. Sautereau arrive avec un retard inhabituel, navigue entre les tables, démarche pas très nette, se laisse tomber dans un fauteuil bas, sans un mot, sans un regard. Il a pris un coup de vieux, on dirait qu'il a maigri. Au bout de quelques secondes :

– Je suis viré d'Orstam.

– Quoi ?

– Pas exactement viré. Remercié. Avec les honneurs. Ça revient au même.

– Tu me racontes ?

– Le patron m'a convoqué cet après-midi. Long exposé sur les dégâts que la présence d'un type comme Buck provoque dans l'entreprise. Et qui a donné un avis favorable à son embauche avec une légèreté coupable ? Moi.

– Manque pas de culot.

– Mais c'est le patron. Et je suis conscient d'avoir ma part de responsabilité depuis que j'ai relu le dossier d'embauche. J'ai laissé passer un dossier vide.

– Tu as râlé ?

– Tu rêves… Indemnité de départ nettement plus qu'honorable accompagnée d'une clause de confidentialité en béton, évidemment, retraite anticipée, félicitations, certificat de travail louangeur. Je ne suis pas un héros. Je prends et je dis merci.

– Buck, c'est un prétexte. Tu es viré à cause de moi, d'une façon ou d'une autre ?

– Je ne crois pas, non. Le patron cadenasse à tout-va en interne ces jours-ci. Lamblin viré pour absence prolongée, le chef du service Sécurité viré pour négligence, fin de la période de troubles…

– Lamblin, pour absence prolongée… C'est surréaliste…

– C'est efficace. Depuis que la nouvelle est tombée hier, plus personne ne bronche. Tout le monde se dit : il y a des horreurs derrière l'arrestation et le licenciement, surtout ne pas aller y voir. Ce n'est pas tout. J'ai appris qu'Anderson part la semaine prochaine aux États-Unis, je le tiens de la secrétaire qui a pris les billets aujourd'hui, et qui est venue m'en parler avant que je sois démissionné, stupéfaite qu'Anderson ose prendre ce risque.

– Anderson, que le procureur connaît bien et apprécie à sa juste valeur, est mandaté pour négocier avec la justice américaine…

– Tu veux mon avis ? Avec la justice et avec PE, les deux se tiennent. En attendant, clause de confidentialité oblige, je ne veux pas prendre le risque de louper le pactole, nous n'allons plus nous voir pendant un moment…

– J'ai compris.

– … je te laisse un petit souvenir. Tu m'avais demandé les dates de la circulaire aux cadres qui leur recommande de ne pas se rendre aux États-Unis, tu te souviens ?

– Oui.

– Je n'avais pas eu le temps de m'en occuper, et puis j'avais oublié. J'ai retrouvé la circulaire en rangeant mes papiers avant de partir. Elle est du 28 février et l'ouverture officielle de la procédure judiciaire du 15 mars. J'ai ajouté une coïncidence que je trouve intéressante, que je n’avais pas relevée sur le coup : le dernier voyage de Carvoux aux USA date des 25 et 26 février dernier, juste avant la circulaire. Et maintenant, je pars en vacances.

– Whisky ?

– Double.

Mercredi 5 juin
Préfecture de police de Paris.

Quand Reverdy rend compte à l’équipe de son apéro avec Sautereau, silence consterné. Puis Lainé :

– Cela veut dire que la ligne est coupée avec Orstam ?

– Pas tout à fait. Dans l’immédiat, restent Martine Vial, Sampaix. Christine Dupuis aussi, si j’arrive à la récupérer, mais ce n’est pas gagné. Il faut que je trouve d’autres contacts. Nous ne pouvons pas nous en passer.

– Trouver de nouveaux contacts à l’improviste, en période de tension, je ne sais pas si c’est la bonne piste. Il me semble qu’il vaudrait mieux passer à la vitesse supérieure avec Martine Vial, à qui vous faites confiance depuis longtemps. Rencontrez-la, exposez-lui la situation, voyez comment elle réagit…

– Bien patronne.

Un temps de silence. Lainé se décide :

– Le limogeage de Sautereau pourrait bien avoir un rapport avec l'arrivée de notre rapport au ministère…

– Je n'ai pas parlé de ce rapport à Sautereau et apparemment il en ignore l'existence. Il pense que le patron agit pour des raisons purement internes, pour calmer la grogne du personnel.

Noria s'est redressée, tournée vers Lainé :

– Vous pensez sérieusement que notre rapport peut déjà avoir fuité chez Orstam ?

– J'ai eu à travailler dans le milieu des fonctionnaires de Bercy il y a quelques années. Je ne pense pas que c'est possible, je pense que c'est probable. Tout ce que nous leur transmettons est susceptible de fuiter vers l'entreprise, et c'est une autoroute à sens unique.

Nouveau temps de silence dans le bureau. Noria entend en boucle la voix de Daquin : « servitude volontaire, les vrais puissants, reconversions, profits personnels ». Elle sent monter du plus profond de son corps une bouffée de haine et une envie de cogner. Reste calme… Reverdy enchaîne :

– Sautereau, en cadeau d'adieu, m'a appris deux choses. D'abord, il existe une circulaire aux cadres de l'entreprise qui date du début de l'année, signée du patron, qui leur recommande de ne pas aller aux États-Unis. Cette circulaire m'intrigue depuis que je connais son existence. Comment voulez-vous que les cadres supérieurs d'une entreprise de taille mondiale n'aillent plus aux États-Unis ni dans les pays qui ont des accords d'extradition avec eux ? Ce n'est pas possible. Et la meilleure preuve, c'est que Lamblin n'en a pas tenu compte. Je voulais savoir dans quelle circonstance elle avait été rédigée. Elle date du 28 février, donc avant l'ouverture officielle de la procédure judiciaire, qui date du 15 mars. Et elle est rédigée juste après le dernier voyage de Carvoux aux USA, les 25 et 26 février. Je suis sûr qu'il y a quelque chose à gratter de ce côté-là, mais je ne sais pas encore quoi. Deuxième information : Anderson part aux États-Unis la semaine prochaine. Négocier... Notez qu'il part sans crainte de se faire arrêter, lui. Au-delà de toutes les rumeurs sur sa possible trahison, sa collusion avec la justice américaine devient une évidence.

– C'est juste. Nous allons pouvoir annoncer à nos chefs l'ouverture des négociations avec la justice américaine, et très certainement avec PE, le nom du négociateur à l'appui. Nous ne pouvons pas rester les bras ballants à voir tomber nos alliés. Nous allons, Reverdy et moi, nous brancher sur Barrot d'un peu plus près. Lainé, vous allez tenter d'identifier notre homme du Lazare et de Marmottan. Toutes vos idées sont les bienvenues. Ces deux aspects restent strictement entre nous, dans l'équipe. Rien dans les rapports pour l'instant. En cas de pépins avec la hiérarchie, j'assume tout, seule.

Les deux hommes ne protestent pas.

Au programme, dans un premier temps, perquisition « mexicaine » chez Barrot et piratage de son ordinateur. Ce genre d'initiative demande d'habitude une préparation soignée. Mais Noria tranche :

– Nous n'avons pas le temps de faire du boulot propre. Nous sommes dans l'urgence.

Reverdy résume ce qu'ils savent de Barrot :

– Cadre presque supérieur chez Orstam, ambitieux, donc horaires de travail démentiels, célibataire. Ça laisse de la marge.

– Le commissariat et le bureau de poste de l'arrondissement sont à deux pas de chez lui, nous commençons par là.

L'équipe de jour de la BAC du XVIIe a l'habitude de prendre un verre, rapide, bien entendu, vers midi, dans un bar de la rue des Batignolles, en face de la mairie, avec les facteurs de l'équipe du matin qui finissent leur tournée. Les deux collègues des Renseignements se joignent à eux, ils payent leur coup et sont les bienvenus.

Albert Juillet, qui « fait » la rue Nollet, est un facteur à l'ancienne, d'avant Internet. Causant et serviable, il connaît tout le monde dans son secteur, et tout le monde le connaît. Il aide à remplir la paperasse administrative, donne des conseils pour placer son épargne et retrouve les chats perdus.

– Le 9 de la rue Nollet, bien sûr. La concierge, Mme Blanco, est une amie, quasiment.

Entre deux tournées de pastis, Reverdy et Ghozali apprennent que Mme Blanco ne travaille dans l'immeuble qu'à mi-temps, le matin. Elle nettoie les parties communes et complète son salaire en faisant des ménages chez quelques locataires, comme M. Barrot justement, le locataire du quatrième gauche, deux matins par semaine. Et, au pastis suivant, Juillet donne à Reverdy le code de l'immeuble.

Donc la voie est libre l'après-midi. Promenade rapide dans la rue. Étroite, assez commerçante, immeubles classiques du Paris pré-haussmannien, le numéro 9 est une construction plus bourgeoise, style Art déco, balcons, sculptures et fers forgés, une adresse qui convient parfaitement à un cadre peut-être en pleine ascension, mais pas encore arrivé très haut. À 14 heures, Ghozali et Reverdy montent dans les étages pour repérer les lieux, pas de mouvements, pas de bruits. Quatrième gauche, Noria sonne à la porte, pour vérifier, rien ne bouge. Serrure très ordinaire. Retour à la préfecture. Brève concertation. L'opération est confirmée pour demain après-midi. Reverdy prépare un jeu de rossignols et un micro high-tech. Et mobilise, à tout hasard, un ami hacker pour le lendemain soir.

Jeudi 6 juin
Paris.

Ghozali et Reverdy entrent au 9 de la rue Nollet à 14 heures. L'heure de la sieste. Quatrième étage, porte de gauche. Personne en vue. Reverdy bricole, la serrure cède en trente-cinq secondes sans un bruit. Facile. Ils entrent dans l'appartement, mettent des gants, un bonnet, ferment la porte derrière eux, sortent une lampe torche. Ils sont dans une petite entrée, ils entrouvrent les deux portes devant eux. D'un côté, une pièce à vivre de dimensions honorables sans plus, vingt-cinq mètres carrés à vue de nez, une porte-fenêtre sur la rue, un balcon, des vis-à-vis de l'autre côté de la rue. Voilages à la fenêtre. Très bien. Sur la table, un ordinateur, quelques papiers, pas grand-chose. Une télé. Une minuscule cuisine. De l'autre côté, une chambre d'une quinzaine de mètres carrés, une fenêtre sur cour, une salle de bain. L'appartement est impeccablement rangé, l'ameublement propre, de qualité moyenne, sans âme.

– Première impression, Barrot est encore très loin du sommet. Pour moi, il est dans la catégorie homme à tout faire.

L'ordinateur. Reverdy frôle le clavier, il s'allume. Il était en veille.

– Une serrure simplissime, un ordinateur ouvert, ce type est un enfant de chœur. À ce point, c'est déroutant.

– Ne traînons pas. Notez son adresse mail et trouvez des fichiers qu'il consulte à coup sûr. Pour faciliter le piratage. Pendant ce temps, je pose le micro dans la suspension électrique de la grande pièce et je commence la fouille.

En moins d'une heure, les quelques livres, les dossiers de factures, d'impôts, d'assurances, de banque ont été feuilletés. Dans une boîte en bois de rose, quelques photos de famille, papa, maman, deux sœurs, classe moyenne inférieure. Aucune photo au-delà de l'adolescence. Aucune lettre non plus. Il n'apporte apparemment pas de dossiers de travail chez lui. Cuisine : provisions d'épicerie standard, pas de produits frais, il ne doit pas dîner souvent ici. Maman n'a pas dû lui apprendre à cuisiner. Noria fait la seule découverte intéressante : dans la salle de bains, coincée dans le cadre de la glace au-dessus du lavabo, une carte du Palmyre Club, rue Marbeuf. Un club privé, dans ce quartier-là, nous tenons peut-être quelque chose. Elle prend la carte, regarde au dos, d'une écriture ferme et très lisible :

« Nicolas, mon client préféré. Prenez-en soin. Lara. »

Noria fait signe à Reverdy, lui montre la carte. Il prend des photos. Elle la remet en place. Fin de la perquisition mexicaine.

Préfecture de police de Paris.

Noria et Reverdy prennent un café et font le point.

– Le micro se déclenche automatiquement quand quelqu'un entre dans la pièce, et enregistre ici.

– Bien, mais la vie sociale de Barrot chez lui a l'air très pauvre. On risque de ne pas ramasser grand-chose. Son ordinateur personnel me paraît plus prometteur.

– Pour l'introduction d'un cheval de Troie, le Palmyre Club nous ouvre une voie royale. Il envoie régulièrement des fichiers de photos de sa clientèle féminine que Barrot ouvre illico.

– Parfait. Vous m'avez parlé d'un ami technicien qui pourrait nous bricoler ça ?

– Oui, je m'en suis occupé, ça devrait être réglé ce soir.

Reverdy quitte le bureau et revient en coup de vent quelques minutes plus tard.

– Toute la maison est en ébullition. Pendant que nous bricolions chez Barrot, la NSA a commencé à craquer. (Noria le regarde, ahurie.) L'agence américaine responsable de tout le renseignement électronique, qui garantit la sécurité américaine et espionne les communications du monde entier… C'est énorme… Vous ne me croyez pas ? Regardez l'AFP ou lemonde.fr…

Noria s'exécute. Elle parcourt rapidement dépêches et articles. Révélations : un opérateur anonyme de la NSA a commencé à dévoiler un gigantesque système d'espionnage tous azimuts. Sur le sol américain, la NSA a accès à la totalité des données de l'opérateur de téléphone américain Verizon sur ses clients américains, en application d'une loi secrète. Elle a accès aux données contenues dans les serveurs des grands opérateurs de l'Internet de tous les usagers étrangers par l'intermédiaire d'un programme secret dont le nom de code est Prism. Sans avoir besoin de loi secrète : la Constitution américaine protège les libertés des seuls Américains. Avec les étrangers, le gouvernement américain fait ce qu'il veut. Ce n'est qu'un début, d'autres révélations vont suivre… Quand elle relève la tête, Reverdy précise :

– Ici, tout le monde pense que les infos viennent de l'intérieur de la NSA et sont fiables. Un maillon a craqué. Ce serait le début du grand déballage. L'hypothèse d'un détournement massif du courrier interne dans notre histoire Orstam devient quasi certaine, je vais enfin pouvoir donner une réponse à Sampaix, qui n'a plus besoin de moi, il n'a qu'à lire les journaux. Et Orstam n'est qu'un cas parmi des milliers d'autres.

– Nos services savaient, nécessairement. (Noria n'arrive pas à reprendre son souffle.) Nous sommes de misérables bricoleurs, nous nous battons en ordre dispersé avec un pistolet à eau contre une équipe soudée qui utilise la bombe atomique.

Comment pouvons-nous espérer aboutir ? Je comprends que nous ayons des défections.

– Eux aussi ont des défections, apparemment.

À cet instant, Lainé entre dans le bureau. Il pose ses affaires sur son bureau, geste de découragement.

– Je n'ai toujours pas de nom pour notre inconnu.

Noria se lève, prend deux photos de l'inconnu qui traînent sur son bureau, les empoche :

– Pour être sûre de le reconnaître si je le croise dans la rue. Au point d'improvisation et de bricolage où nous en sommes… En attendant, je vous quitte. Je vais au cinéma. *Le Troisième Homme* en copie restaurée, je ne peux pas manquer ça.

Elle sort en laissant Lainé sans voix. Reverdy le prend par le bras.

– Viens, je vais te faire lire quelques dépêches d'agence.

Chapitre 15

Vendredi 7 juin.
Paris.

Réveil difficile. Noria doit se faire violence pour ne pas traîner au lit. Course autour du bassin de la Villette, pour digérer le choc des premières révélations sur l'espionnage généralisé de la NSA, elle est beaucoup plus atteinte qu'elle n'aurait pu l'imaginer. Bien sûr, tout le monde savait, plus ou moins. Pas moi, une crouille, une étrangère, on ne lui raconte pas les histoires de famille... De nouveau, elle se sent trahie, blessée. Elle abrège sa course. Retour à l'appartement, café au lait, biscuits. Recommencer à réfléchir. Avant que le scandale n'éclate publiquement, les grands chefs pouvaient faire comme si cela n'existait pas, plus ou moins. Maintenant, ils ne peuvent plus. Enfin... au moins pendant quelque temps... Combien de temps ? Quinze jours ?... Et tout continuera comme avant. Nausée... Nous pourrions profiter de la mousse dans la presse pour nous faire entendre ? Elle rebranche son portable, coupé en quittant la préfecture hier après-midi. Deux SMS. Reverdy : « Dib et Saadi se sont effondrés. Commanditaires encore non identifiés, mais SDPJ sur la piste d'une filière canado-russe de fabrication d'amphètes, réseau de distribution implanté en France et en Europe. » Et Lainé : « Résultats labo, concentrations d'amphètes très élevées, potentiellement mortelles, dans les pilules de Buck. Effet assuré en mélangeant avec l'alcool. » L'acharnement paie, parfois. Merci mes hommes. Attentionnés. Je vous aime.

Elle regarde l'heure. Rendez-vous à la préfecture avec le grand patron dans trois quarts d'heure, pour se rendre ensemble à Bercy, rencontre avec le cabinet du ministre du Redressement productif. Ensuite, l'Élysée. Avant de partir, coup d'œil rapide sur sa table de travail. À côté de l'ordinateur, le carton d'invitation au vernissage de l'exposition de Bastien Marquet à la galerie Krammer. Ce soir. Elle l'avait oublié, hésite. Le regard de Bastien si surprenant, ces portraits qui la troublent, dans quel état sera-t-elle ce soir ? Elle l'empoche.

Bercy, la capitale du peuple des ministères. Noria pénètre pour la première fois dans le chef-d'œuvre de l'architecture technocratique du XXe siècle, la rigidité luxueuse érigée en règle absolue. Ils ont rendez-vous avec le conseiller d'un ministre. Donc, ils sont attendus, ils ont accès au parking du ministère, après un contrôle scrupuleux par les douaniers de la voiture et de ses occupants. Ensuite, on leur indique le chemin à suivre, une interminable allée rectiligne, large, très haute de plafond, lumineuse, qui les amène jusqu'à l'hôtel des ministres, que l'architecte a décalé par rapport à l'ensemble du bâtiment pour qu'il soit exactement dans l'axe de la Seine, de l'île Saint-Louis et de Notre-Dame. Charmante attention. Puis, d'huissier en huissier, ils parviennent au troisième étage de l'hôtel des ministres, dans le bureau du conseiller. Un conseiller de rang moyen. Certes, il est à l'étage de son ministre, mais sa fenêtre ne donne pas sur la Seine, et la surface du bureau, strictement calculée selon la place de son détenteur dans la hiérarchie, occupe seulement deux travées. Peut mieux faire.

L'homme se lève, vient à leur rencontre, poignée de main protocolaire, il se présente, Julien Daumas, conseiller du ministre, et il présente Daniel Albouy, debout à ses côtés, directeur de l'Agence des participations de l'État, qui suit le dossier Orstam avec le cabinet, à la demande du ministre. Deux clones. Grands, minces, des corps entretenus dans des costumes-cravates gris, des cheveux courts plaqués, des visages lisses. L'un, le directeur, plus âgé que l'autre, le conseiller. Tous les quatre s'asseyent autour du bureau, le conseiller commande quatre cafés et se tourne vers les deux policiers :

– Nous avons lu attentivement le rapport que nous a transmis le préfet. Pourriez-vous nous résumer très rapidement la façon dont vous voyez la situation.

Ce qui signifie que le rapport n'a pas été lu. Heureusement, le patron a une bonne connaissance du dossier et ils en ont discuté pendant le trajet en venant à Bercy. Espionnage massif du courrier d'Orstam par les Américains (ce qui résonne particulièrement dans le contexte actuel, souligne-t-il), cadre supérieur de l'entreprise en prison comme conséquence de l'application extraterritoriale de la loi américaine dans une affaire déjà jugée par la justice française, qui ne concerne aucune entreprise et aucun ressortissant américains, menaces de cette justice sur les finances de l'entreprise et sur la personne de ses cadres dirigeants. Voilà le tableau général. La commandante Ghozali enchaîne : présence en interne de personnages douteux télécommandés de l'extérieur, campagne d'intox menée par la banque américaine de l'entreprise. Elle conclut :

– Il nous semble nécessaire d'attirer l'attention du ministre sur le risque qu'une entreprise américaine bien connue utilise la pression que la justice américaine fait peser sur Orstam pour mettre la main sur l'entreprise et, donc, sur un segment stratégique de l'industrie française. Nous vous indiquons dans le rapport que la direction d'Orstam a engagé les négociations avec les Américains, et nous vous précisons le nom du négociateur.

– Merci de cet exposé très clair, nous prenons acte de vos signaux d'alerte. Après votre rapport, nous avons décidé de commander à un cabinet d'experts une étude sur la situation financière d'Orstam, qui connaît des difficultés récurrentes. Pour y voir plus clair, agir à meilleur escient. Je vous contacterai, bien entendu, pour tout complément d'information que nous jugerons nécessaire.

– Vous comprenez que la situation est urgente ? ajoute Noria.

– Bien sûr, commandant, bien sûr. Nous en sommes conscients.

Le conseiller se lève, l'autre n'a pas dit un mot, la réunion se termine comme elle a commencé, par quelques poignées de main. Dès que les deux policiers ont quitté la pièce, Daniel Albouy sort de son silence :

– Ces gens ne me font pas bonne impression. Ôte-moi d'un doute. Vous n'allez pas perdre votre temps et me faire perdre le mien avec ces ragots d'un antiaméricanisme primaire ?

– Du calme Daniel. Commander un rapport n'a jamais fait de mal à personne. Et tu sais bien que le cabinet est mobilisé sur le grand projet du ministre, « Les 34 plans industriels d'avenir », genre marinière ou robot ménager. Rien à voir avec Orstam.

Noria sort de la réunion assommée. Procédure judiciaire américaine, espionnage massif, Lamblin en taule, négociation engagée, le ministère ne s'intéresse toujours pas à Orstam ? À quoi sert-il ? Elle ne retrouve la parole que dans la voiture qui les ramène à la préfecture :

– Que vient faire cet Albouy ? L'État n'est pas actionnaire d'Orstam.

– C'est un homme d'influence. Le ministre lui fait confiance.

– Commander une étude à des experts, c'est dire qu'ils ne feront rien ?

– À peu près.

– Ça se passe toujours comme ça ?

– Pas toujours. Souvent. Le nombre de cabinets d'experts de toutes spécialités qui vivent sur ces commandes est assez impressionnant.

– Ils n'ont pas assez de fonctionnaires pour les faire eux-mêmes, leurs études ? D'après ce que j'ai lu avant de venir, ils sont sept mille dans leur bunker. (Le patron a un geste vague d'impuissance.)

On a rendez-vous cet après-midi avec le secrétaire général adjoint de l'Élysée, ce sera pareil ?

– Je n'en sais rien, Noria.

– Je me suis sentie méprisée.

– Ces types nous méprisent tous, nous les flics. Nous sommes des gens pas bien propres, infréquentables.

Préfecture de police de Paris.

Piratage de l'ordinateur de Barrot réussi. Reverdy et Lainé plongent dans son contenu à la recherche de Lara et trouvent très vite les rendez-vous dans la cabine 5 du salon de massage naturiste Massage Émoi, Paris XVIIe arrondissement. Rendez-vous environ tous les quinze jours, depuis près d'un an. Un jeune homme solitaire qui se paie régulièrement un petit plaisir à bon compte, pas totalement conforme, pas compromettant non plus, avec une touche écolo très mode. Les rendez-vous cessent de figurer dans l'ordinateur à partir de fin avril. Reverdy se branche sur le site du salon de massage et constate que Lara ne figure pas sur la liste des masseuses.

– Le Palmyre Club semble avoir pris la relève. En tout cas, il lui envoie des photos de ses clientes en très petite tenue depuis le vendredi 17 mai, un envoi par semaine. Cette semaine, Barrot en aura deux, le veinard.

– Nous devons retrouver cette Lara. Et nous n'avons sur elle que deux informations : elle est masseuse au salon Émoi jusqu'en avril. Et elle est suffisamment connue au Palmyre Club pour qu'elle puisse recommander Barrot, avec raison : il est devenu accro.

Lainé décrète :

– Salon de massage naturiste, club privé rue Marbeuf, ça sent la simili-pute. On va discuter avec nos copains de la brigade de répression du proxénétisme, au 36, avant de se lancer ? Histoire de savoir où on met les pieds.

– C'est parti.

Le capitaine Gilles Duchesne, un flic de la BRP, est une relation de longue date que Lainé soigne avec application parce qu'il planifie de passer sous peu à la police judiciaire, où les carrières sont plus belles, et, pourquoi pas, à la BRP.

– Le Palmyre Club, je connais bien. C'est le petit frère du Zaman Café, où nous avons fait une descente retentissante il y a deux ou trois ans, vous devez vous en souvenir, des footballeurs hyper-connus, Zahia, la pute mineure avec des seins comme des ballons de foot, toute la presse sur le coup. Ce sont les nouveaux lieux à la mode sur les Champs, un mélange de show-biz, de télé trash, de banlieue qui se fait du fric et de richards qui se font des sensations. Beaucoup d'argent, beaucoup de baise, beaucoup d'alcool et toutes sortes de drogues. À peu près toutes les arnaques y sont possibles. Par contre, je connais très peu le milieu des massages naturistes, et pas du tout le salon de massage Émoi. Je prendrais bien prétexte de votre démarche pour faire connaissance. On se retrouve mardi matin, le temps que je présente à qui de droit l'opération sous une forme acceptable ? Recherche de témoin disparu, cela vous convient ?

Paris.

Dans l'après-midi, Noria et son chef ont rendez-vous avec le secrétaire général adjoint de l'Élysée chargé des questions économiques. Après Bercy, un sanctuaire du pouvoir républicain au luxe dépouillé et austère, celui-ci est tout en ors et en réminiscences des gloires passées. Derrière l'huissier qui les pilote à travers le dédale des couloirs, Noria pense en boucle : « Le mammouth est en train de crever », et ne peut se débarrasser de cette phrase qui lui colle au cerveau.

Le secrétaire général adjoint les reçoit dans son bureau, vaste, doré, fenêtre sur le parc du Château, tout proche de celui du président. Il est seul, les accueille chaleureusement, serre les mains :

– Le conseiller du président chargé de la coordination du renseignement, qui a également reçu votre rapport, n'a pas pu assister à notre rencontre. Je lui en rendrai compte, bien évidemment.

Ça commence mal. Dis plutôt que ton coordinateur nous prend pour des branquignols et se fout de la coordination et du renseignement comme de sa première chemise, pense Noria.

Le secrétaire général adjoint les écoute avec attention et manifeste par quelques remarques judicieuses qu'il a lu le rapport, ou qu'il s'est fait faire de bonnes fiches de lecture, contrairement aux hommes du ministère. Il est jeune, dynamique dans son maintien, sa façon de parler, ouvert semble-t-il, plutôt sympathique, se prend à penser Noria. Il en vient à la conclusion :

– Je constate que les problèmes que vous soulevez, la sécurité de nos entreprises, notre indépendance dans le domaine des nouvelles technologies de production de l'énergie, sont effectivement en jeu. Ce sont des questions qui ne peuvent être négligées. J'ai décidé d'en parler personnellement aux dirigeants d'Orstam, ils nous doivent des comptes dans ces domaines, je m'étonne que M. Carvoux, que je connais bien, n'ait pas encore demandé à me rencontrer, et je vais m'en occuper. En attendant, j'ai confié une étude sur la situation d'Orstam à un cabinet d'experts…

Noria décroche. Le mammouth est déjà mort.

Paris.

En sortant de l'Élysée, Noria salue son chef, sans faire de commentaires, on verra ça lundi, et part à pied vers le Marais, où se trouve la galerie Krammer et le vernissage de l'exposition de photos de Bastien Marquet. Elle vérifie sur l'invitation : « À partir de 19 heures ». Elle a le temps de se payer, sur le chemin, une séance de cinéma au MK2 Beaubourg, histoire d'oublier le mammouth.

Galerie Krammer : une vitrine vide, un hall d'accueil qui ressemble à un couloir sinistre, des portes fermées qui donnent sur des bureaux silencieux, deux charmantes hôtesses qui vérifient les cartons d'invitation, prennent les vestiaires et indiquent le chemin à suivre : un escalier en spirale qui descend à la verticale vers le sous-sol. Attention à ne pas tomber, précisent-elles. Noria regrette d'être venue.

Au sous-sol, choc, trois caves superbes en enfilade, murs et voûtes en pierre calcaire blanche, beaucoup de monde, agglutiné par petits groupes bruyants, verre à la main, et, sur les murs uniformément blancs, dans un accrochage épuré et travaillé, une cinquantaine de portraits photographiques réalisés par Bastien dont la complexité, les tourments, les couleurs et les contrastes de lumières souvent violentes tranchent sur l'élégance dépouillée des lieux. Noria s'immobilise sur la dernière marche, pour prendre le temps de regarder. Bastien se détache d'un groupe et vient vers elle. Noria a plaisir à retrouver son regard bleu, aujourd'hui plus pâle que dans son souvenir, mélange de provocation et de retenue. Il la salue:

– Je n'osais pas espérer que vous viendriez.

– Je ne pensais pas venir.

– Mais ces portraits vous attirent.

– C'est vrai. Comment faites-vous pour obtenir ces visages?

– Tous ces gens sont des amateurs d'art contemporain...

– Vous me l'avez déjà dit.

– Je suis le photographe attitré d'une des plus grandes galeries d'art de New York. Je suis donc accepté. Plus, je suis désiré. Je peux ouvrir des portes, introduire auprès de gens qui comptent... Et les séances de pose se déroulent toutes dans la galerie de ma patronne, un lieu hautement à la mode. Donc, personne ne refuse de poser pour moi. Pendant ces séances, nous parlons des œuvres d'art qui nous entourent et, en parlant de leur passion affichée, plus ou moins sincère, mes modèles se mettent à nu.

– Résultat concluant.

– Noria, accepteriez-vous de poser pour moi?

– Je ne suis pas amateur d'art.

– Je suis convaincu que votre visage prend bien la lumière. Le photographe que je suis est attiré par le contraste entre votre visage lisse comme un masque blanc vénitien et vos yeux hyper-vivants derrière ce masque. Et je vois ce visage en train de changer. Je ne sais pas comment ni pourquoi, mais j'aimerais saisir ce moment.

Mort de Macquart, expulsion de la DCRI, la famille flic qui s'éloigne, la passion de la chasse qui s'éteint, la cinquantaine qui approche, la famille biologique qui tente de revenir, oui, mon identité de femme et de flic est en train de changer, bien obligée de l'admettre. Cela se voit sur mon visage ? Sorcier, « Le Regard » ?

– Nous en reparlerons. En attendant, offrez-moi un verre, je meurs de soif.

Un peu plus tard, après s'être promenée au milieu des photos, elle y retrouve comme un écho de tous ces gens qui se sont un jour assis en face d'elle, qu'elle a regardés, questionnés, écoutés, manipulés, contournés, piégés pour qu'ils crachent un instant de sincérité. Ce même instant de sincérité que ces portraits saisissent à leur façon. Bastien et moi, la même chasse ? Les mêmes méthodes ? Fascinante, sa réussite. Méfiance, je connais les ficelles. Noria traverse les groupes encore nombreux pour aller boire un dernier verre au buffet, au fond de la troisième cave, et se heurte à une figure connue… l'homme du Lazare et du musée Marmottan. Elle a les photos dans sa poche, mais inutile de vérifier, son visage, profil et trois quarts, est gravé dans son œil. Pas d'erreur possible, c'est lui. Sacrée soirée. Elle cherche Bastien, le trouve.

– Qui est l'homme, là-bas, à gauche du buffet, costume gris, à côté de la femme en rouge ?

– Edward Sutton, un attaché culturel de l'ambassade américaine.

– Qu'est-ce qu'il fait ici ?

– Son métier, Noria. Regardez autour de vous. Je suis le plus new-yorkais des photographes parisiens. Vous voulez que je vous le présente ?

– Non, merci. Je m'en vais, Bastien.

– À bientôt ?

Elle est partie.

Chapitre 16

Mardi 11 juin
Paris.

À l'arrivée de quatre flics en civil, l'air pas aimable, au salon de massage Émoi, l'hôtesse s'affole, les premiers clients s'esquivent en protestant, le gérant descend de son bureau à l'étage, l'air solennel, prêt à faire scandale, Duchesne le prend par le bras, poussée brutale, le gérant tombe assis sur une chaise.

– Pas de panique, nous cherchons un témoin, dans une affaire importante, une masseuse qui travaille chez vous, sous le nom de Lara.

Le gérant affirme qu'il ne connaît pas de Lara. D'ailleurs, dans son salon, il n'emploie pas de masseuses. Elles sont travailleuses indépendantes. Il ne fait que leur louer un salon et des services d'accueil, d'entretien, de ménage. Loyer payable en début de mois. Il ne connaît pas le nom que ces femmes emploient avec leurs clients.

Quand Lainé et un flic de la BRP, qui ont profité de la confusion pour aller faire un tour dans les cabines de massage, reviennent les bras chargés de jouets sexuels divers, de barrettes de shit et de flacons de gélules de différentes couleurs d'origine et de composition inconnues, le gérant change d'avis et sort la fiche de Thérèse Letellier, trente-deux ans, photo, belle fille, demeurant 133, avenue de Choisy, Paris XIIIe, numéro de téléphone, banque. La case « Qui prévenir en cas d'accident ? » n'est pas remplie.

– Quand a-t-elle quitté le salon ?

– D'après mes registres, le 24 avril, elle a fait une journée de travail normale, puis elle est passée en coup de vent le 25 au matin, et n'a ensuite plus donné signe de vie.

– La liste des clients de Lara le 24 avril ?

– Je vous ai dit…

– Vous avez commencé à nous aider, continuez, juste une ou deux questions, et nous nous en allons.

Nicolas Barrot figure sur la liste des clients du 24 avril.

Pendant ce temps, Reverdy et Lainé regroupent les masseuses, qui ont toutes revêtu leurs blouses roses, les informent que le cannabis n'est pas encore légalisé, que les gélules vont être analysées et qu'il faudra qu'elles s'expliquent sur leur origine. À moins que...

– Parlons de Lara. Qui se souvient d'un incident quelconque, le 24 avril ou pendant les jours qui précèdent ? Collaborer avec la police aujourd'hui peut être utile demain...

Deux filles acceptent de se souvenir. Un soir, un peu avant le 24 avril, Lara leur devait de l'argent, beaucoup, cinq cents euros. (Tu notes ? Ça intéressera Duchesne...) Lara leur a faussé compagnie avant l'heure de fermeture. Quand elles s'en sont aperçues, elles ont enfilé un manteau et sont parties derrière elle en courant. En arrivant à la station Ternes, elles ont aperçu Lara, un homme l'abordait, un homme que Lara ne connaissait pas, ça se voyait à sa façon de se tenir. Les deux filles se sont arrêtées, elles ont attendu. Après quelques minutes de discussion, l'inconnu a embarqué Lara à la brasserie La Lorraine et ils se sont installés pour dîner. Alors, elles sont parties. Le lendemain, Lara payait sa dette.

– Vous pourriez le reconnaître, cet homme ?

– On pourrait essayer.

Lainé et Reverdy sortent plusieurs photos de leur poche, s'éloignent l'un de l'autre, chaque fille avec un flic. C'est lui, dit l'une. C'est peut-être lui, dit l'autre.

L'homme du musée Marmottan.

Préfecture de police de Paris.

En fin d'après-midi, Reverdy et Lainé rejoignent Noria à la préfecture et font leur rapport. Lara s'appelle Thérèse Letellier, elle a quitté le salon Émoi le 24 avril au soir, date du dernier rendez-vous avec Barrot. Elle a quitté son domicile avenue de Choisy et vidé ses trois comptes bancaires à la SG dans la matinée du 25. Elle a une Fiat 500 immatriculée 759 TV 75, habituellement garée dans un parking proche de son domicile, elle l'a récupérée le 25 en fin de matinée, on ne l'a plus revue.

– Déménagement ultra-rapide…

– Quelques jours avant sa disparition, elle s'est fait aborder dans la rue par l'homme de Marmottan, qui l'a emmenée dîner dans un restaurant assez luxueux, place des Ternes.

– L'homme de Marmottan est un attaché culturel de l'ambassade américaine…

– Au moins, on reste dans un registre d'un grand classicisme pour nos amis de la CIA…

– … et il s'appelle Edward Sutton.

– On peut savoir d'où vient l'information ?

– Je l’ai croisé par hasard au vernissage d’une exposition vendredi. J’ai demandé son nom au directeur de la galerie, qui me l’a aimablement communiqué.

Les deux hommes se regardent, perplexes, Noria continue :

– Maintenant que nous connaissons son nom et sa couverture à l’ambassade, vous pouvez faire une note, Fabrice. En répertoriant ses passages dans l’environnement d’Orstam, ceux que nous avons repérés et documentés auprès de Buck, sa rencontre avec Lara la disparue. Et en faisant le lien avec les interrogations que nous avons sur Anderson, McDolan, les banquiers. Du travail de qualité.

– Qu’est-ce qu’on fait pour retrouver Lara ?

– Nous n’avons pas de temps à perdre dans une opération longue et compliquée. Rien, ou pas grand-chose. Nous diffusons un avis de recherche avec son nom et l’immatriculation de sa voiture. Si elle est encore en France…

– Si elle est encore en vie… dit Reverdy.

– … Nous devrions avoir un retour.

– Rien ne sert d’espérer…

Mercredi 12 juin
Paris.

Reverdy a rendez-vous à 19 heures avec Martine Vial. Elle lui a proposé la brasserie des Trois-Obus, porte de Saint-Cloud, à deux pas de chez elle. Reverdy réfléchit à la façon de gérer la rencontre. Pas facile. Martine Vial change de statut, elle devient son principal allié dans l'entreprise. Il va devoir aller plus loin que les échanges salonards habituels, il opte donc pour une tenue moins classique que d'habitude, pour afficher la nouvelle tonalité de leurs rapports, mais reste discret dans les couleurs. Velours gris, gilet mille poches. Quand il arrive, il l'aperçoit dans un coin de la salle, crispée dans son corps et son visage, à la dérive sur son coin de banquette.

– La dernière fois que je suis venue ici, j'avais rendez-vous avec Sophie Lamblin, il y a à peu près un mois. J'ai l'impression que cela fait une éternité.

– Vous l'avez revue ?

– Non. Elle a déménagé en embarquant les gosses et sans laisser d'adresse.

– Pour vous Martine, 19 heures, c'est l'heure du thé ou de l'apéro ?

– Pour moi, le thé.

– Vous m'en voudrez si je suis à l'apéro ?

– (Pauvre petit sourire.) Comment peut-on vous en vouloir, Fabrice ?

Il commande un thé et un whisky, s'assied en face d'elle, lui prend la main.

– Détendez-vous, Martine.

– C'est impossible. Lamblin licencié. Vous avez lu le communiqué de la direction ?

– Oui, j'ai eu la dépêche de l'AFP.

– Licencié pour absence prolongée. En le lisant, nous avons eu l'impression d'être passés dans la quatrième dimension. Ce n'était qu'un début. Sautereau disparaît le lendemain, sans saluer personne… Et ce n'est pas fini. Le PDG en arrêt maladie…

– Ah bon ?

– Oui, pour quinze jours. Psoriasis, paraît-il. Anderson a disparu…

– Il est parti aux États-Unis.

– (Un temps d'hésitation.) Je ne le savais pas. Comment le savez-vous, vous ?

Reverdy hausse les épaules. Martine continue :

– Pour joindre Carvoux ou Anderson, il faut passer par Nicolas Barrot ! Un comble. Je n'ai jamais travaillé dans une ambiance pareille. Et, pour tout arranger, mon patron, le directeur financier, m'annonce vendredi dernier qu'il prend ses vacances à partir de cette semaine. Ce qui ne lui est jamais arrivé, depuis vingt ans que je travaille avec lui.

– Et il se volatilise, comme les autres ?

– Non, c'est un homme beaucoup plus prévisible, et même routinier. Il est parti dans sa maison familiale sur le lac du Bourget, il reste facile à joindre.

– Vous pouvez me donner son numéro de portable ?

Martine hésite un quart de seconde, puis s'exécute.

– D'habitude, il ne l'emporte pas en vacances. Mais comme rien n'est plus comme d'habitude…

Silence. Le thé et le whisky sont sur la table. Reverdy prépare une tasse pour Martine.

– Buvez lentement, sans vous brûler, et écoutez-moi bien.

Il lui résume brièvement et de façon très claire la façon dont son équipe voit l'opération de rachat d'Orstam en cours. Celle qu'Anderson est allé négocier aux États-Unis. Grand silence, puis Martine, d'une petite voix :

– Et vous ne faites rien ?

– Nous sommes un service de renseignement, nous faisons la seule chose que nous pouvons faire. Nous alertons toutes les autorités qui ont le pouvoir d'intervenir.

– Et qui n'interviennent pas.

– Pas encore. Vous savez bien comme elles sont lentes à se décider, vous l'avez déjà vécu. Dans l'histoire des pots-de-vin de la Datar, nous avons mis dix ans à obtenir un procès et un jugement. Mais nous y sommes arrivés. Aujourd'hui, nous continuons.

Martine Vial se tait, visage figé, calée dans sa banquette, elle boit à toutes petites gorgées une seconde tasse de thé. Elle est ailleurs. Reverdy respecte son temps de retraite. Quand elle revient vers lui, elle lui dit simplement :

– Vous pouvez compter sur mon amitié, aujourd'hui comme hier.

Il sait qu'il doit s'en tenir là.

Quelques minutes de conversation plus détendue, puis ils conviennent de se revoir régulièrement dans cette brasserie.

Jeudi 13 juin
Préfecture de police de Paris.

Noria parcourt sa revue de presse. La publication de morceaux choisis dans les millions de messages piratés à la NSA continue. Énorme affaire. Et l'auteur du piratage, Edward Snowden, sort de l'anonymat. Son nom, sa photo, dans tous les journaux. Un frêle jeune homme pourchassé, en fuite à Hong Kong. Attendrissant. L'affaire Snowden est une manipulation des Chinois, dit la presse française, toujours impartiale et bien informée. Et, de plus en plus présente à travers les informations qui filtrent, cette certitude : les services secrets des pays européens savaient, et coopéraient. Servitude volontaire, l'expression lui revient en boucle. Sans moi. Je suis une particule négligeable dans une machine dont le fonctionnement réel m'est inconnu. Larguée. À la dérive. Ma crise Snowden.

Vendredi 14 juin
Préfecture de police de Paris.

Reverdy essaie de réfléchir, de ne pas baisser les bras. Ghozali avait raison, la mort de Buck a déclenché les hostilités sur tous les fronts, il a du mal à comprendre pourquoi. Martine Vial reste un appui sérieux à soigner. Plus largement, le service financier et son directeur semblent, d'après Sautereau, un pôle de résistance à la stratégie de vente de Carvoux. Sampaix. Un gars à l'ancienne, disait Sautereau. Il l'a senti méfiant à son égard. Normal, je ne suis pas de la famille Orstam. Peut-être un peu lent, mais carré, solide. Dans le contexte actuel, largage de Lamblin, négociations secrètes enclenchées, licenciement de Sautereau, Anderson et Carvoux partis sans laisser d'adresse pour ne pas avoir à rendre de comptes. Lapouge, le directeur financier, n'est pas en vacances. Il a été volontairement éloigné. C'est une évidence.

Barrot, nous nous en occupons. Sautereau, définitivement et volontairement hors jeu, nous laissons tomber. Anderson, Carvoux hors de portée. Il nous reste Lapouge, sans doute marginal dans le grand marchandage, mais nous l'avons sous la main, nous pouvons peut-être ramasser des miettes.

Après avoir obtenu le feu vert de Ghozali, Reverdy trouve l'adresse et le numéro de téléphone fixe de Gilbert Lapouge, à Brison-Saint-Innocent, sur les rives du lac du Bourget. Départ précipité et non justifié du directeur financier, dans une situation de crise interne dans l'entreprise et de conflit avec la justice américaine, il obtient, avec l'appui de sa hiérarchie, la mise sur écoutes de ses deux lignes de téléphone pour une durée limitée. Le dispositif sera effectif à partir du 17 juin.

Lundi 17 juin
Préfecture de police de Paris.

Toujours aucune nouvelle de Lara. Lainé résume ce qu'ils savent sur les rapports entre Barrot et Lara.

– Sutton apprend que Barrot fréquente le salon Massage Émoi, Lara, cabine 5...

– Facile, à ce moment-là, Buck est dans la place...

– Barrot est une cible pour lui, compte tenu du rôle qu'il joue dans la boîte. Il décide de le piéger. Avec la collaboration de Lara, il le piège le

24 avril. Elle a très bien compris qu'elle joue avec le diable. Quand le piège se referme sur Barrot, elle est prudente, elle disparaît.

– Mais nous ne savons toujours pas ce qu'est le piège. Si piège il y a.

– J'ai visité les cabines de massage, l'autre jour. À l'entrée de chaque cabine, il y a un mini-vestiaire avec douche, séparé de la cabine par un paravent. Barrot arrive. Comme tous les clients, il se déshabille dans le vestiaire, se douche, passe dans la cabine nu, donc sans son portable, qui va rester dans ses poches, dans le vestiaire hors de sa vue pendant une demi-heure, le temps que dure un massage, d'après les filles. Un laps de temps suffisant pour mettre des puces sur des téléphones.

– Une manœuvre bien compliquée. Et je vois mal Sutton dans l'opération, les Américains n'en ont pas besoin, ils ont une station d'écoutes ultrasophistiquée sur le toit de leur ambassade ici, à Paris, et ils sont capables d'écouter le monde entier, d'après Snowden.

– Certaines puces peuvent présenter d'autres avantages. Elles peuvent permettre de suivre la totalité des activités du smartphone, pas seulement les communications, elles peuvent permettre aussi d'en prendre le contrôle quand on le souhaite. Leur suivi peut être « décentralisé », ne pas passer par le service central d'espionnage de l'ambassade, donc être plus souple, plus réactif.

– Je propose que nous gardions cette hypothèse tant que nous n'avons pas de nouvelles de Lara.

– Il faut ouvrir un dossier Sutton. Il est l'agent traitant de Buck. De quoi parlent-ils ? D'Orstam ou de l'assassinat de Castelvieux ? Buck déjeune avec lui le jour de sa convocation par le SDPJ, qui est aussi celui de son assassinat. Sutton est vu avec Lara et elle disparaît. À quoi joue l'attaché culturel ?

– Au jeu de massacre. Qui est sa prochaine victime ?

– Je propose Barrot.

– Pourquoi lui ?

– Barrot est en danger parce que nous lui collons au cul.

Mercredi 19 juin
Levallois-Perret.

En fin de matinée, Nicolas Barrot appelle le grand patron sur la ligne dédiée à leurs communications.

– J'ai reçu ce matin deux experts du cabinet d'études économiques RDVS. Un ministre de Bercy leur a confié une étude sur la situation actuelle d'Orstam... (Silence du patron...) Ils demandent à faire un audit de nos services financiers.

– Qu'avez-vous répondu ?

– Je n'ai pas répondu. Je leur ai demandé de repasser cet après-midi.

– Très bien. Ces connards de stagiaires d'HEC se prennent pour des cadors et veulent m'expliquer comment gérer ma boîte ? Qu'ils crèvent. Je leur interdis de mettre les pieds chez nous. Prévenez le service financier : ceux qui les recevront seront lourdés. Autre chose ?

– Non.

Le PDG coupe la communication. Et appelle Claire Goupillon.

– Apparemment, Bercy continue à vouloir mettre son nez dans nos affaires. Un ministre a commandé un rapport. C'est ton domaine, tu peux faire cesser ça ?

– Depuis quand un rapport ministériel te fait-il peur ?

– Le moment est délicat…

– N'aie crainte. Je m'occupe de Bercy. Tu veux un compte rendu exhaustif du dîner des énarques chez Minc, il y a dix jours ?

– Non, surtout pas. Dis-moi simplement : bon ou mauvais ?

– Excellent. Comme je te l'avais dit, Daniel Albouy était là, nous avons longuement causé. Tu peux compter sur lui. Et, dans ce dossier, il est influent. Je le revois dans deux jours pour faire le point. Dors tranquille.

Lundi 24 juin
Levallois-Perret.

Le boss et Anderson sont de retour. Une réunion très restreinte est convoquée à la première heure au siège, dans le bureau du patron. Au moment où il entre dans l'immeuble du siège, Nicolas Barrot reçoit un SMS : « Mercredi 20 heures. au Plaza. J. » Plaza : cœur battant. La semaine s'annonce passionnante.

Dans le bureau, ils ne sont que cinq. Le patron, Barrot, Anderson, Hoffmann l'avocat du cabinet Bronson & Smith, et un homme que Nicolas ne connaît pas. Anderson, assis à côté de lui, lui souffle : « Henri Pinsec, ami d'enfance du boss, énarque, membre du CA ». Puis il commence son rapport :

– J'ai trouvé le procureur assez conciliant. Il sait qu'il a perdu la partie avec Lamblin, il ne s'obstinera pas.

– Mais Lamblin est toujours en prison.

– Oui, il va vraisemblablement y rester jusqu'au règlement définitif des négociations avec PE. Je me suis laissé dire que son régime avait été amélioré…

– Poursuivez.

– Le procureur suggère un arrangement à l'amiable, avec une amende aux alentours de huit cents millions…

Le patron l'interrompt :

– Pas de négociations sur le montant de l'amende, je considère comme acquis que PE la paiera.

– ... mais il refuse de s'engager formellement à cesser les poursuites personnelles contre des cadres d'Orstam.

– Ceci n'est pas négociable. Donc nous en restons là.

Hoffmann intervient :

– C'est une posture qu'affecte le procureur. Le cas Lamblin est désormais réglé, il n'aura rien pour étayer son accusation contre vous à titre personnel, et il le sait. D'ailleurs, PE douchera ses ardeurs. Jamais le procureur ne prendra le risque de faire échouer la négociation. Ce qui est bon pour PE est bon pour l'Amérique, et donc pour sa carrière. Et il le sait.

– Si vous le dites. Entendons-nous bien. Je ne demande pas que le procureur se désavoue publiquement, mais PE doit bien savoir que rien ne sera signé tant que la menace sur ma personne persistera. C'est un point de rupture, non négociable.

– C'est noté, je transmets. Mais je crois qu'ils en sont parfaitement conscients.

– Continuez, Anderson, passez aux conditions du rachat.

– Les négociations ont été très faciles, PE connaît bien la situation d'Orstam, tous les documents sont prêts. Leur calendrier prévoit une signature début septembre, les votes des CA dans le mois. Ils demandent que leurs experts aient accès dès maintenant aux comptes de l'entreprise, pour affiner leur proposition.

– Pour ouvrir nos comptes, j'ai besoin de quelques jours de délai pour régler un problème interne. Disons en juillet, et pour être large, la deuxième moitié de juillet.

– Ça conviendra. La somme envisagée pour l'achat tournera autour de douze milliards...

– C'est le chiffre qui était dans l'air.

– ... Au sein de la nouvelle entité, ils prévoient trois coentreprises Orstam-PE, présentées comme des formes d'association entre Français et Américains. Une formule qui peut être utilisée comme vitrine vis-à-vis de l'opinion publique et du gouvernement français, pour éviter de parler de rachat pur et simple, mais dans chaque coentreprise, un partage 51 pour PE, 49 pour Orstam. Ils tiennent absolument à garder le contrôle de toutes les coentreprises.

Le patron demande :

– On peut faire autrement ?

– Je ne crois pas.

– Bon, alors on prend. Mais nous voulons une période de transition. Partage 51/49, mais des dirigeants français la première année dans les trois coentreprises.

Nicolas pense : de toute façon, il ne sera plus là, il s'en fout. Anderson continue :

– C'est noté. Ce sera transmis. À mon avis, c'est acceptable pour eux. Le dernier point est le plus délicat. Il faut gagner un très large soutien à l'opération de rachat chez les actionnaires et dans le CA. Seule façon de résister à une éventuelle pression gouvernementale ou à une offre concurrente. Il faut donc ancrer dans les esprits et dans les portefeuilles la certitude qu'Orstam va très mal et que PE est la seule planche de salut. L'action Orstam est actuellement à 30. PE estime qu'il serait opportun qu'elle chute de manière significative avant de s'engager plus avant. Ils parlent d'un cours aux alentours de 20.

– Nous allons en discuter avec la banque. Nous trouverons des solutions. Bien, maintenant nous savons précisément sur quoi nous travaillons. (Il se tourne vers l'inconnu.) Henri, tu te charges de faire un premier tour des administrateurs, en évitant évidemment ceux qui ont des intérêts chez des concurrents de PE, nous nous débrouillerons pour les écarter du vote en invoquant le conflit d'intérêts. Tu parles d'un rapprochement possible avec PE en restant dans le vague, et tu notes les réactions. Ne te fatigue pas avec les Américains et les Anglais, ils sont acquis. Nous ajusterons notre stratégie en fonction des résultats de tes rencontres. Je me charge, avec quelques amis, des cabinets ministériels. Messieurs, notre base de négociation est désormais très claire des deux côtés de l'Atlantique, je vous remercie pour votre assistance… Nicolas, restez, je vous prie.

Quand tout le monde est parti :

– Vous avez été bon, disons même très bon, dans la gestion du retour au calme, épisodes Lamblin et Sautereau. Maintenant, il faut que les membres du personnel comprennent en interne que la situation financière de l'entreprise est difficile, très difficile, et que leur emploi est menacé. Pour eux aussi, la planche de salut doit être PE. Faites-moi une note interne d'analyse économique dans ce ton. Vous voyez ce que je veux dire ?

– Je vois, monsieur.

– Et c'est très important. Les syndicats ont un représentant au CA, je compte sur vous pour que, le moment venu, il soutienne « la solution PE, qui garantit l'emploi ». Allez-y, au travail. (Le patron a un grand sourire.) Et saluez Mme Taddei de ma part quand vous la verrez, mon cher Nicolas.

Barrot sort sans un mot, très droit, très raide. Tu me le paieras, salopard.

Mardi 25 juin
Lac du Bourget.

C'est la première fois que Gilbert Lapouge passe ses vacances sur les bords du lac du Bourget en juin, d'habitude il y vient en juillet ou en août. Il trouve ce mois de juin frais, propre et tranquille, très plaisant. Ce matin, comme tous les matins de beau temps, il pêche, bien installé dans sa barque, un chapeau de paille sur la tête et une glacière à ses pieds. Sonnerie du portable. Il grogne, cette année, compte tenu des difficultés que traverse Orstam, il ne l'a pas coupé, et voilà le résultat. Il regarde l'écran d'un air furieux, coup au cœur, c'est le numéro de son fils, qui vit et travaille à Los Angeles depuis cinq ans. Il lâche sa canne à pêche, prend le portable.

– Marc, qu'est-ce qui se passe ?

– Tout va bien, papa, ne t'inquiète pas. Je dois te voir en urgence, je t'expliquerai pourquoi, pas au téléphone. Est-ce qu'on peut se voir demain, à l'aéroport de Genève, à 18 heures et quelques, dans le salon VIP ? Tu peux y être ? Je ferai juste un aller et retour entre Genève et LA.

– Oui, bien sûr, mais…

– Merci. Et pas un mot à maman.

La conversation est coupée.

En attendant le lendemain, Lapouge trouve le temps très long. Son fils unique. Il s'est toujours fait du souci pour Marc. Il a toujours eu le sentiment de ne pas être un père assez présent, assez protecteur. Complètement largué pendant la crise de l'adolescence, puis quelques années plus tard, quand Marc a abandonné ses études pour courir le vaste monde. Impuissant quand Marc a peiné à faire vivre l'entreprise d'avions-taxis qu'il venait de créer à Miami. Des besoins financiers hors de proportion avec ce qu'il était capable de lui donner. Ces derniers temps, depuis son installation à Los Angeles, les affaires semblaient s'être arrangées, Marc paraissait heureux, mais que sait-il de lui ? Un homme maintenant, et il ne le connaît pas. Pas un mot à sa femme... Il n'a pas l'habitude. Dur.

En fin d'après-midi, Reverdy écoute l'échange entre Lapouge et son fils. Il se concerte avec Ghozali. Tous deux pensent que la conversation est assez énigmatique pour que Reverdy s'intéresse à leur rendez-vous. Branle-bas de combat. Reverdy décommande le déjeuner avec une charmante jeune femme qu'il avait prévu pour le lendemain, récupère des photos de Lapouge auprès de Martine Vial, un bon micro, et prend un billet d'avion de première classe pour Genève. Il vérifie, en rentrant chez lui, qu'il dispose d'un déguisement crédible d'homme d'affaires. C'est le cas.

Mercredi 26 juin
Genève.

Reverdy arrive à l'aéroport de Genève à 15 h 25, traîne dans les boutiques et les cafés de la classe économique, achète des journaux, puis, à 17 heures, s'installe, muni de ses billets de première classe, dans le salon VIP. Il s'assoit dans un fauteuil d'où il a une bonne vue sur l'ensemble du salon, ouvre sa mallette, sort son paquet de journaux et un appareil qui ressemble à un iPod. Il l'allume, met les écouteurs dans ses oreilles, vérifie qu'en jouant sur les touches, il choisit dans la salle une cible, l'isole, obtient une écoute parfaite. Au milieu de ses journaux, il a une bonne photo de Gilbert Lapouge.

La cible entre vers 17 h 30 dans le salon des VIP. Quand le fils arrive, un peu plus tard, le père se lève, les deux hommes s'étreignent.

– Ça fait du bien de te revoir. Tu as pris quelques kilos, mon fils.

– C'est la prospérité.

Gilbert commande deux whiskies, les deux hommes s'assoient dans des fauteuils massifs et profonds, confortables, mais pas facile de s'en extraire quand on est plombé par les rhumatismes, pense Gilbert.

– Je t'écoute, fils.

– Ce que j'ai à te dire est très pénible pour moi, j'ai besoin de mon courage et de ton amour.

– Tu l'as.

– Je commence par la fin. Aujourd'hui, mon entreprise marche très bien, une cinquantaine de salariés, ouverture prochaine d'une filiale sur la côte Est, et des banquiers qui se bousculent pour me prêter de l'argent. Mais les débuts ont été difficiles.

– Je sais.

– Non, tu ne sais pas. Quand j'étais basé à Miami, j'avais un seul avion acheté à crédit, et que je pilotais moi-même, souvent. Une clientèle d'hommes d'affaires véreux et de touristes pas très propres. Il est arrivé un jour où je ne pouvais plus rembourser mon prêt.

– Ça s'appelle une faillite.

– Ça aurait pu s'appeler une faillite. J'avais fait la connaissance d'un play-boy banquier à Grand Cayman, Stevie Buck…

– Steven Buck, celui qui travaillait à Orstam depuis 2012 ?

– Je n'en sais rien, je ne l'ai pas revu depuis cinq ans. Un type sympa, on faisait du ski nautique et des partouzes ensemble. Un soir, en pleine déprime et bien imbibé, je lui ai raconté mes déboires. Et là, miracle, il me dit qu'il peut arranger le coup. Il dirigeait une banque dont l'activité principale était de gérer les fonds de l'évasion fiscale de quelques grandes entreprises américaines. Il maniait des sommes considérables et avait une large autonomie vis-à-vis des maisons mères. Il pouvait me prêter la somme dont j'avais besoin pour payer mes dettes et repartir à neuf, à un taux élevé et sur un temps court. Il savait s'y prendre pour que cela n'apparaisse pas dans sa comptabilité, et donc les profits tombaient dans sa poche.

– Profits élevés, temps courts, avion, Caraïbes, égale transport de cocaïne.

– Exact. On s'est mis d'accord sur une durée d'un an, après, je suis allé m'installer à LA, pour ne plus être mêlé à ces trafics. Et la boîte tourne.

– Mais tu es là. Il y a donc une suite à l'histoire.

– Il y a exactement dix jours, je vois débarquer chez moi un inconnu qui se présente comme un avocat. Il a plutôt l'allure et le comportement d'un soldat ou d'un flic, mais bon… Il m'explique que Buck avait pris soin de récolter toutes sortes de traces de mon passage dans la cocaïne, photos, mails, mouvements de fonds, qu'il lui aurait remises pour des raisons que j'ignore.

– Il est mort assassiné, il y a une quinzaine de jours.

– Ah… On l'a assassiné pour lui piquer ces documents ?

Le père élude d'un geste :

– Continue.

– L'avocat me montre des photocopies et me dit que ses clients vont tout faire pour me ruiner et me faire mettre en taule pour au moins vingt ans si je ne viens pas moi-même te demander de quitter ton poste à Orstam et si tu ne le quittes pas. Pour qui travaille-t-il, pourquoi faut-il que tu lâches Orstam, comment a-t-il eu les papiers de Buck, je ne le sais pas, il n'a répondu à aucune de mes questions. Mais il m'a dit que toi, tu le saurais. Et que tu étais en vacances sur le lac. Moi, je ne le savais pas. J'ai les photocopies, tu veux que je te les montre ?

– Non.

Gilbert Lapouge a basculé, encastré dans son fauteuil piège, les yeux fermés. Je croyais que je pourrais peser, je me suis trompé. Pas assez rapide, pas assez malin. Maintenant, je gêne, on m'élimine. OK. Je résiste ? Sur qui m'appuyer ? Carvoux ? L'homme de PE, depuis longtemps, et il sait que je le sais. Donc il doit me virer. Sautereau vidé. Dans mon propre service, Sampaix à la veille de sa retraite, mon directeur adjoint qui me savonne la planche pour prendre ma place à n'importe quel prix. Chez notre allié traditionnel, le secteur juridique, pas mieux, Anderson, l'un des hommes de PE, a peut-être déjà fait basculer son secteur. Les ministères ? Je connais leur position : « Les Américains ? On se couche. » En face, organisation et puissance de feu. Ils placent Buck, ils le perdent, en quinze jours ils le remplacent par mon fils. Il ne faut pas engager une bataille perdue d'avance. Le silence se prolonge. Marc observe attentivement le visage de son père. On dirait qu'il somnole.

– Une dernière chose…

Le père sursaute, ouvre les yeux, il avait presque oublié la présence de son fils.

– … L'avocat m'a dit que, si tu te retirais, tu serais très largement dédommagé.

Le père jette un coup d'œil à la pendule au-dessus du bar :

– Il va falloir que tu y ailles si tu ne veux pas rater ton avion de retour à LA.

– Qu'est-ce que tu décides ?

– J'attends les propositions financières.

Reverdy prend à 19 h 20 l'avion qui le ramène à Paris.

Paris.

Nicolas Barrot se présente au comptoir du Plaza Athénée à 20 heures, quelques souvenirs en tête et le sang chaud. Il est informé que Mme Taddei l'attend au bar. Forte déception, petit trou d'air, puis Barrot finit par se rendre au bar, un espace froid et peu fréquenté. July Taddei est assise à une table au fond de la salle dans une robe du soir orange sexy, ligne fluide, élégante. Ses cheveux sont tirés autour de sa tête en une sorte de couronne hypersophistiquée. Maquillage beaucoup plus appuyé que d'habitude. Message clair : les galipettes au lit ne sont pas au programme. Sur la table devant elle, une bouteille de champagne dans un seau, deux coupes, et une jolie composition florale à base d'orchidées. Elle sourit à Nicolas, lui fait signe de s'asseoir. Le barman se précipite, apporte une assiette d'amuse-gueule, ouvre la bouteille, remplit les coupes. July lève son verre avec un sourire radieux :

– Ce soir, réception à l'Élysée, Mme Jouyet est décorée de la Légion d'honneur par le président de la République.

Manifestement, le nom de Jouyet ne dit rien à Nicolas. July le taquine :

– Vous avez encore beaucoup à apprendre sur votre propre pays. Les Jouyet sont une des familles les plus influentes dans les milieux politiques français, toutes tendances confondues, nous ne pouvons pas nous passer de leur appui dans la période… Et demain je rentre à New York à la première heure. Faisons vite. Nous avons un problème. Comme vous le savez, PE met une condition au rachat : une action à 20 euros. Il faut organiser la chute. C'est peut-être cynique, mais je pense que vous le comprenez.

Nicolas attend, muet.

– Tout problème a une solution. C'est facile de faire chuter fortement le cours de l'action…

Nicolas attend toujours.

– Dans ce contexte de dépression de l'économie, une déclaration alarmiste du PDG sur la situation financière d'Orstam, si elle est bien mise en scène, sera très crédible et suffira à faire s'écrouler le cours d'au moins dix points.

– Mais la situation financière d'Orstam n'est pas si mauvaise.

– Qui prendra le risque de contredire le PDG ?

– L'actionnaire principal, Béton et Compagnie ?

– Le patron s'en occupe. Il veut vendre depuis longtemps. Carvoux lui démontrera qu'il a intérêt au rachat par PE.

– Alors, le directeur financier, peut-être.

– Bien vu. C'est là que vous intervenez. Vous allez le voir pour le convaincre de prendre une retraite anticipée.

– Avec quels arguments ?

– Ceux que vous allez trouver en y réfléchissant un peu, et en vous appuyant sur l'offre d'une grosse prime de départ et d'un poste de conseiller décoratif et trop rémunéré quelque part. Votre homme y sera sensible.

– Ces arguments ne marchent pas avec tout le monde.

– Si. Ça dépend du prix qu'on y met. Tout homme a un prix, et la seule difficulté est de ne pas se tromper en le fixant. Pas trop bas, pas trop haut, le juste prix. Alors, oui ou non ?

– Si vous m'en croyez capable, c'est oui.

July sort une enveloppe d'un minuscule sac du soir lamé or et la lui tend.

– Vous avez là-dedans l'adresse actuelle du directeur, sur son lieu de vacances. Et le montant de nos propositions chiffrées, mises au point en collaboration entre Orstam et la banque. Quelque chose me dit qu'il est dans de bonnes dispositions pour envisager cette transaction. Il ne faut pas laisser passer le moment. Arrangez-vous pour y aller rapidement et présentez cet accord comme la chose la plus banale du monde. Vous avez intérêt à être convaincant, parce que vous jouez gros, vous aussi.

– Comment ça ?

– Vous vous souvenez : « Vous serez à la fois à la manœuvre et à la caisse » ?

– Je me souviens.

– Eh bien voilà, vous y êtes. Quand l'action chutera, vous achèterez à 20 ou 22. Sans risque, vous savez – ce que les actionnaires ne savent pas encore – que PE rachète la boîte deux mois plus tard et que l'action retrouvera immédiatement son cours autour de 30. Vous n'aurez qu'à attendre.

– Délit d'initié. C'est illégal.

– Nicolas, nous avons le pouvoir, ne l'oubliez pas. Ne faites pas cette tête-là, je vous ai promis de vous apprendre à jouer à ces jeux-là, je tiendrai ma promesse. Buvons à notre avenir. Et puis je file à l'Élysée.

Chapitre 17

Jeudi 27 juin
Paris.

En se levant, le matin, Reverdy trouve, glissé sous sa porte au milieu de la nuit, un courrier manuscrit. Il l'ouvre : « Aujourd'hui, sans faute, à 11 heures au bar de la brasserie Terminus Nord, gare du Nord. Important. » Il reconnaît l'écriture de Blanchard.

Quand Reverdy le retrouve, accoudé au bar, l'homme a l'air content de lui, ce qui n'est pas fréquent. Ils commandent un kir et une Suze et s'assoient dans un coin de la salle.

– La Taddei était hier soir au Plaza avec Barrot.

– Bonne baise ?

– Tu fais fausse route. Comme moi, d'ailleurs. Journée compliquée. À 9 heures du matin, Taddei annonce son arrivée. Je me débrouille pour fixer ta petite merveille technologique sur une vitre de la suite. La Taddei arrive à l'hôtel vers 15 heures et passe son après-midi entre l'esthéticienne et le coiffeur, pendant que la femme de service repasse sa robe du soir. J'en conclus qu'il n'y aura pas de partie de jambes en l'air et je récupère le micro. À 19 h 30, la Taddei prévient le portier qu'elle attendra monsieur Barrot au bar de l'hôtel à 20 heures. Branle-bas de combat, je chope un bouquet de fleurs sur une table du restaurant, je bricole le micro dedans et je le donne au barman, qui le dépose sur la table de la Taddei à 20 heures, en même temps que la bouteille de champ', au moment où Barrot débarque.

– Bien joué.

Puis Blanchard raconte toute la conversation : le rachat d'Orstam par PE est engagé. La banque prépare un gros coup en Bourse : faire chuter artificiellement le cours de l'action pour rendre le rachat par PE plus attrayant.

– Au passage, quelques initiés pourront se faire du fric en achetant des paquets d'actions au plus bas. Le directeur financier actuel doit être écarté. Barrot est chargé de lui proposer une indemnité pour obtenir sa démission. Il doit le rencontrer cette semaine, là où il passe ses vacances, je ne sais pas où.

– Tu as enregistré ?

– Bien sûr que non. Je risque ma place, ma carte professionnelle et la taule sur un coup comme ça. Ne m'en demande pas trop.

Préfecture de police de Paris.

Reverdy retrouve Noria et Lainé au bureau en début d'après-midi. Il commence par faire un compte rendu exhaustif de la rencontre entre le père et le fils, et conclut :

– Buck détenait les preuves du trafic de cocaïne dont parle le fils Lapouge. Il était donc programmé par PE pour faire chanter Lapouge s'il s'opposait au rachat.

– Mais cela ne nous sert pas à grand-chose de le savoir. Sitôt tombé, sitôt remplacé.

– C'est vrai. Réactivité remarquable.

Reverdy continue par le « rapport Blanchard », le coup de Bourse en préparation, et la mission de Barrot chargé de verser à Lapouge le prix de la trahison.

– Trahison, le mot est un peu fort. Disons démission. Votre copain Sautereau en a fait autant.

Reverdy choisit de ne pas entendre la remarque.

L'équipe est partagée entre l'excitation d'avoir eu raison et la déprime d'être presque à coup sûr impuissante. Mais, comme le dit une fois de plus Reverdy : « Il n'est pas nécessaire d'espérer pour entreprendre ni de réussir pour persévérer », l'équipe cherche donc comment continuer à avancer.

Ghozali va informer la hiérarchie du contenu de ces deux dialogues, en préservant Blanchard. Ensuite, elle alerte l'Autorité des marchés financiers sur l'imminence d'une manipulation boursière sur le cours de l'action Orstam, dont l'objectif est de faciliter le rachat de l'entreprise par un grand groupe américain.

– On donne le nom ?

– Pourquoi pas ? Au point où nous en sommes, nous n'avons rien à perdre, et une intervention de l'AMF serait peut-être un moyen d'enrayer la dynamique, puisque le gouvernement n'agit pas…

Reverdy, qui connaît mieux l'AMF que Ghozali, a une moue sceptique, mais ne dit rien. De toute façon, cette note, il faut la faire.

– …donc, rachat d'Orstam par PE, négociations secrètes déjà engagées au niveau des entreprises, manipulations boursières pour faire chuter l'action. Après ça, s'ils ne bougent pas…

Enfin, Noria se charge de faire parvenir un message au secrétaire général adjoint de l'Élysée.

– Il semblait désireux de rencontrer le PDG d'Orstam. Je vais lui annoncer la bonne nouvelle, le PDG est revenu en pleine forme après son congé maladie, et comme l'opération de la vente d'Orstam à PE est entrée dans sa phase de négociations actives, s'il veut lui en parler… En bref, je me tape toutes les corvées.

– Normal. Vous êtes le chef.

Reverdy se charge de revoir très vite Martine Vial.

– Elle va être bouleversée par ce qui se passe du côté de Lapouge. Elle a de l'affection pour lui.

– Profitez-en. Bousculez-la au besoin.

Lainé assure le suivi des mails de Barrot.

Dans la journée, Barrot réserve des e-billets de train pour le 1er juillet, Paris-Chambéry et retour. Arrivée à Chambéry à 12 h 37.

Chambéry, la gare du lac du Bourget. Lainé y sera.

Vendredi 28 juin
Levallois-Perret.

En fin de journée, Barrot est convoqué dans le bureau du boss.

– J'ai rendez-vous lundi avec une des têtes pensantes de l'Élysée. Apparemment, quelques informations sur des négociations en cours commencent à filtrer. Je n'aurai pas trop de difficultés avec l'ahuri de l'Élysée, mais il serait malsain de laisser traîner. Il faut accélérer. On me dit que vous vous occupez de Lapouge ?

– Oui, monsieur.
– Quand le voyez-vous ?
– Lundi, à l'heure du déjeuner, à Chambéry.
– Parfait. L'idéal serait qu'il ne remette pas les pieds à son bureau. Dès que nous avons le feu vert du côté Lapouge, nous convoquons la conférence de presse. Je compte sur vous, ne me décevez pas.

Lundi 1er juillet
Chambéry.

Barrot descend du train en gare de Chambéry, suivi à la trace par Lainé, entre dans la salle du buffet de la gare, Lainé sur les talons, se dirige vers une table où l'attend Lapouge. Visage fermé, celui-ci refuse de lui serrer la main. Lainé s'assied non loin et leur tourne le dos. Il vérifie le micro enregistreur, ça marche. Les deux hommes commandent deux verres d'apremont. Barrot se racle la gorge et entame :
– Monsieur Lapouge…
L'autre l'interrompt :
– Combien ?
Barrot, bouche ouverte, met trois secondes à se ressaisir, glisse une enveloppe à Lapouge qui l'ouvre, lit en silence les deux feuillets qu'elle contient, les empoche, vide son verre de blanc d'un coup et se lève :

– Très bien. Je suis d'accord. Orstam a mes coordonnées bancaires. Nous n'avons plus rien à nous dire, n'est-ce pas ?

Et il s'en va, laissant Barrot médusé, et profondément blessé. Mission de confiance, d'après July. Préposé au courrier, en fait. Il commande un double whisky et entreprend de le boire à petites gorgées sans eau, sans glace. Difficile d'oublier le regard de Lapouge. Que s'est-il passé entre Carvoux et Lapouge ? Carvoux m'a envoyé au front une fois de plus sans munitions. Des bouts de phrases lui reviennent en mémoire. Carvoux : « Vous m'êtes redevable, vous n'avez pas les moyens de me doubler, vous avez donc ma confiance. » Autre souvenir, July au Maison Blanche, « Confidence entre nous deux, rien d'officiel… votre patron n'est pas performant, vous, vous l'êtes… si vous faites les bons choix, opportunité à saisir ». J'ai fait les bons choix. Carvoux le sait, du coup, il me perçoit comme une menace et ne me fait plus confiance. Très bien. S'il veut me liquider, je ne me laisserai pas faire…

Préfecture de police de Paris.

Lainé fait son compte rendu dans la soirée. Reverdy :

– Barrot a manqué un épisode, c'est visible.

– Oui. C'est un coursier, guère plus.

– Et nous ne connaissons toujours pas le montant de l'indemnité.

Lainé rit :

– Tant mieux. Je préfère ne pas savoir. Des fois que je sois jaloux.

Mardi 2 juillet
Préfecture de police de Paris.

Reverdy apprend dans la matinée par les dépêches d'agences que la direction d'Orstam convoque pour le lendemain une conférence de presse sur les résultats financiers de l'entreprise. La dépêche précise que le grand patron lui-même prendra la parole. Conclusion : maintenant que Lapouge a accepté la transaction, la voie est libre pour la magouille financière. Il prend son téléphone. Rendez-vous avec Martine Vial ce soir, à 19 heures, aux Trois Obus.

– J'ai beaucoup à vous dire.

Noria reçoit un coup de fil très officiel, qui passe par le standard : le secrétaire général adjoint de l'Élysée, en personne. Il a une voix calme, charmante, Noria revoit son air attentif, intéressé, impliqué.

– Bonjour commandant. J'ai lu attentivement la note complémentaire que vous m'avez fait parvenir lundi dernier. Et je vous en remercie. (Silence.) J'ai tout de suite demandé à rencontrer le PDG d'Orstam. Nous avons eu une conversation très franche… Je peux vous rassurer. Il m'a garanti, les yeux dans les yeux, qu'aucune négociation n'était engagée avec une grande entreprise américaine, quelle qu'elle soit.

– Et vous l'avez cru ?

– Évidemment, commandant. Ce grand entrepreneur connaît mon passé, ma carrière, nos rapports sont excellents, nous sommes dans le même bateau, il n'a aucune raison de me mentir, pas à moi. D'ailleurs, les rapports commandés par Bercy et par l'Élysée sur la situation d'Orstam ne semblent pas s'orienter vers une appréciation très alarmiste de la situation de l'entreprise, rien qui justifierait une vente précipitée.

– Pour ma part, monsieur, je suis parfaitement consciente de ne pas appartenir au même monde que le PDG d'Orstam et vous-même, mais je connais mon métier, je maintiens intégralement les termes de ma note ainsi que toutes les informations qu'elle contient. La négociation avec PE est bel et bien engagée, je vous ai indiqué le nom du négociateur côté français et les principaux points sur lesquels porte la négociation. Je vous signale que les manœuvres pour faire chuter l'action Orstam, dont je vous parlais dans la note, vont commencer demain. La Direction du

Renseignement de la Préfecture de police a fait correctement son travail.

– Vous m'indiquez, dans votre note, que la procédure judiciaire américaine pèse sur les choix stratégiques de l'entreprise, mais vous ne le prouvez pas. J'en ai parlé à M. Carvoux et il m'a assuré que ce n'était pas le cas.

– Les yeux dans les yeux ?

– Exactement. De plus, les Américains sont nos partenaires, notre relation repose sur le respect mutuel. (Noria réprime son envie de crier : « Et Snowden ? » Le choc des révélations n'a pas tenu un mois.) Je refuse de croire à une manipulation de leur part, et encore moins par le truchement de leur justice.

– Respect mutuel, je retiens l'expression, monsieur. En pleine crise provoquée par les révélations de Snowden sur l'espionnage généralisé des alliés des États-Unis par la NSA, à propos d'une affaire dans laquelle il est établi que la correspondance d'une grande entreprise française travaillant dans le nucléaire a été siphonnée par nos alliés et acheteurs américains, je ne suis pas sûre qu'elle soit pertinente. Ni, de façon plus générale, dans le domaine de l'espionnage économique.

– Écoutez-moi. Il est vrai que nos entreprises sont insuffisamment protégées, tant dans le domaine du secret des affaires que de la protection légale. Nous réfléchissons à renforcer la fonction de l'intelligence économique à Matignon. J'estime votre travail, ce serait important que vous puissiez y prendre votre part dans le cadre de la mise en place de ce pôle en voie de constitution. Qu'en dites-vous ?

– Je vous remercie d'avoir pris le temps et la peine de me donner votre point de vue sur notre travail, que mon équipe et moi-même allons continuer à faire à la Direction du Renseignement de la Préfecture de police.

– N'hésitez pas à me faire parvenir toute nouvelle information que vous jugerez utile.

– Je n'hésiterai pas.

– Bon travail, commandant.

Dès que la conversation est coupée, Noria se redresse dans son fauteuil, les deux poings serrés posés devant elle sur son bureau. « Les yeux dans les yeux. Il ne peut pas me mentir, pas à moi. » Pourri d'enfant de chœur… Tu l'aimes, ta famille… « Je refuse de croire à une manipulation américaine, respect mutuel »… L'expression de Daquin : « Des imbéciles ignorants ou des vendus… » Des imbéciles ignorants *et* des vendus ? Qu'est-ce que je fais à cette place, dans ce service ?

Paris.

Martine Vial arrive à la brasserie des Trois-Obus, où Reverdy l'attend déjà. Thé et whisky, comme d'habitude, mais aujourd'hui Reverdy a apporté, pour accompagner le thé, des cannelés tout frais, délicieux.

– Profitez-en, Martine, ce que j'ai à vous dire est plutôt indigeste.

Il expose l'avancée des négociations entre PE et Orstam, la nécessité de la magouille financière pour les faire aboutir. Lapouge risque de gêner, il est mis à l'écart, et semble l'accepter. Au passage, dans la foulée de la manipulation boursière, se profile un juteux délit d'initié. Reverdy sent Martine crispée, réticente.

– Je ne vous demande pas de me croire, Martine. Je ne peux pas vous apporter les preuves de ce que je vous expose là. Je vous demande une seule chose : soyez demain matin à la conférence de presse qu'organise votre PDG. Vous connaissez l'état des finances d'Orstam ?

– Évidemment. Mon service est déjà en train de préparer le bilan de novembre.

– Très bien. Vous allez à la conférence de presse, vous écoutez, et vous venez me rejoindre à midi au restaurant L'Entrecôte, à la porte Maillot. Je vous invite à déjeuner.

Mercredi 3 juillet
Levallois-Perret.

Des bruits multiples et contradictoires ont commencé à circuler dans les milieux bien informés sur la situation d'Orstam. Il se dit dans les couloirs que l'Élysée et le ministère du Redressement productif ont commandé, chacun de son côté, et l'un contre l'autre, un rapport d'experts sur l'entreprise. On parle d'une grosse opération en gestation. Aussi, l'annonce de la conférence de presse a déclenché la curiosité. Un point sur la situation financière, à cette période de l'année ? Inhabituel… Qu'y a-t-il derrière ? Et le grand patron lui-même va prendre la parole… La grande salle de conférence du siège, au rez-de-chaussée, est bondée. Debout au fond de la salle, Nicolas Barrot rumine son ressentiment, il n'a pas remarqué, à quelques mètres de lui, Martine Vial, carnet et stylo en main. Sur l'estrade, un pupitre très éclairé, dans la salle, une forêt de micros, caméras, appareils photo. Niveau sonore élevé. Le patron se fait attendre.

Quand il arrive, le silence se fait. Debout derrière le pupitre, sans notes, il inspecte l'assistance, l'air grave, puis embraye :

– Mesdames et messieurs, je vous remercie d'être venus si nombreux.

Il brosse, d'abord, un tableau convenu du contexte économique difficile… le marché des économies « mûres » atone, celui des émergents plombé… Puis il en vient au sujet du jour :

– Je vous ai réunis pour vous annoncer une nouvelle que nous ne considérons pas comme une bonne nouvelle. Notre flux de trésorerie disponible est actuellement négatif, et va le rester jusqu'au bilan de novembre, selon toute vraisemblance. Nos ventes sont inférieures à nos prévisions et nous avons donc décidé de revoir ces prévisions à la baisse.

Un temps d'arrêt, une question de la salle : « De combien ? »

– Nous passons d'une prévision de + 5 % à + 2 %. Nous sommes amenés, très logiquement, à repousser à une date ultérieure notre prévision de marge de profit à 8 %. Ce qui n'est pas favorable au versement de dividendes élevés à nos actionnaires, évidemment. D'où l'alerte que nous faisons aujourd'hui.

– Vous avez chiffré le recul du dividende par action ?

– Non pas encore, l'AG de nos actionnaires se prononcera quand elle sera réunie. Au-delà des annonces financières, qui ne sont pas très positives, je tiens à attirer l'attention de la presse sur la solidité de notre entreprise. Nous excluons totalement une augmentation de capital qui serait faite à la sauvette. Nous envisageons de restaurer nos marges par la cession d'actifs non stratégiques. Et nous prendrons les mesures d'ajustement nécessaires pour consolider la capacité de résistance de l'entreprise à l'échelle mondiale.

– Cela signifie des licenciements ?

– C'est douloureux à dire, mais probablement oui.

– En France aussi ?

– À l'échelle mondiale.

Les journalistes semblent déroutés. Après un court moment de silence, l'un d'eux demande :

– Pourquoi cette annonce maintenant ? Pourquoi ne pas attendre le bilan de fin d'année ?

Le PDG accentue encore la gravité de son ton :

– À Orstam, nous sommes attachés à la déontologie. L'information du public, quand on est une entreprise cotée en Bourse, est un devoir. (Encore un coup d'œil panoramique sur l'assistance.) Je vais laisser la parole à notre directeur financier, M. Pinot, qui vient de prendre son poste, et se fera un plaisir de répondre à vos questions.

Étonnement, bruits divers dans la salle. Pinot monte sur l'estrade, le PDG disparaît. Effet attendu, les questions portent d'abord sur le sort réservé à M. Lapouge. Une maladie subite, une retraite bien méritée… Un hommage appuyé.

Nicolas admire l'efficacité de la manœuvre. Il va falloir être vigilant. Le vieux a encore de la ressource.

Martine Vial est malheureuse.

Quand elle retrouve Reverdy dans le restaurant de la porte Maillot, elle a l'air fatiguée.

– Vous n'étiez pas à la conférence de presse, pourquoi ?

– Par souci de discrétion, mais nous y étions présents. Alors ?

– Exactement ce que vous me disiez. Une annonce de crise de trésorerie qui n'a aucune réalité dans tous les comptes de l'entreprise, et celle de la retraite de Lapouge. (Elle a un tout petit sourire.) Le montant du parachute doré, si parachute doré il y a, n'a pas été communiqué.

– Je ne le connais pas non plus. Votre entrecôte, saignante ou à point ?

– Saignante.

– Garçon, deux saignantes et une bouteille de votre côtes-du-rhône.

Ils commencent à manger en silence et pensent tous les deux : Bonne viande. Puis Reverdy :

– Pensez-vous que vous puissiez aller dans le bureau de Lapouge, sous prétexte de récupérer ses effets personnels pour les lui envoyer, et en profiter pour fouiller dans ses dossiers, dans son ordinateur ? Chercher des dossiers personnels qu'il aurait mis de côté, qui auraient des liens avec sa mise à l'écart ?

– Je le ferai. Je le ferai même avec plaisir.

– Il y a un risque.

– Je le ferai comme une espèce de revanche. (Un temps d'arrêt.) Revanche, ce n'est pas cela exactement, je ne trouve pas bien le mot…

– Mais je comprends l'idée. Voilà une clé USB vide. Au cas où vous trouveriez quelque chose… Nous avons déjà récolté beaucoup d'informations que nous avons transmises au gouvernement. Nous avons encore pas mal de questions sans réponse. Exemple : Carvoux fait une circulaire confidentielle le 28 février demandant à ses cadres de ne pas se rendre aux États-Unis. C'est une gêne considérable pour une grande entreprise internationale. D'autant que, si on la prend au sérieux, cela revient à ne plus bouger de France, puisque de très nombreux pays ont des accords d'extradition avec les États-Unis. Et il faudrait aussi rapatrier en urgence un certain nombre de cadres supérieurs résidant à l'étranger.

– Exact.

– Elle devrait donc, en bonne logique, être suivie de mesures diverses pour assurer la défense de l'entreprise face à ce danger mortel. On est d'accord ?

– Oui. Sur le coup, je n'ai pas bien mesuré…

– Personne ne semble l'avoir mesuré, parce que personne ne semble avoir pris la circulaire vraiment au sérieux. Qu'est-ce qui provoque la rédaction de cette circulaire ? Pas de démarche nouvelle de la justice américaine avant le 15 mars. Par contre, Carvoux était aux États-Unis les 25 et 26 février. Je tiens cette information de Sautereau, quand il était encore à Orstam. Que s'est-il passé pendant ce voyage ? Un événement qui a déclenché la rédaction de la circulaire ?

– Admettons. Lapouge n'avait pas de relations particulièrement chaleureuses avec Carvoux, c'est le moins que l'on puisse dire. Pourquoi aurait-il été informé ?

– Parce qu'il tient les cordons de la bourse. Et s'il y a chantage, par exemple…

– Fabrice, nous ne sommes pas chez les gangsters…

Levallois-Perret.

Dans l'après-midi, Martine Vial, munie d'un grand sac en toile, entre dans le bureau de Lapouge, toujours inoccupé. Il semble plus grand, il a une odeur de vide. L'assistante du nouveau directeur, à quelques portes de là, a aperçu une silhouette, elle se précipite :

– Vous ne pouvez pas… Sortez.

Martine Vial se retourne, tous les muscles crispés pour tenter de se contrôler, ouvre la bouche pour répliquer, pas un son, fond en larmes devant l'assistante interdite, et finit par articuler :

– J'ai travaillé vingt ans dans ce service, il est parti sans même me dire au revoir.

L'autre, gênée, s'approche, lui touche l'épaule.

– Je ne vous avais pas reconnue… Ils sont tous comme ça, les grands patrons.

Martine se ressaisit petit à petit.

– Merci. L'émotion… Elle montre le sac qu'elle a posé sur le bureau. Je voulais juste récupérer ses effets personnels et les lui envoyer.

– Faites, Martine, et excusez-moi, j'ai été un peu brutale, mais j'ai des consignes. Le nouveau directeur n'est pas là, il est en réunion tout l'après-midi avec le PDG, après la conférence de presse. Il revient lundi et il s'installera dans ce bureau. D'ici là, interdiction d'y pénétrer. Mais vous, c'est différent, bien sûr. Je vous laisse.

Martine se met rapidement au travail. Allume l'ordinateur en neutralisant le son, puis commence à entasser dans le sac des stylos, des photos, un agenda personnel. L'ordinateur est vivant. Elle lance une recherche sur les 25, 26, 27, 28 février. Ramasse des médicaments, une boîte de bonbons. Et n'oublie pas de se moucher bruyamment à intervalles réguliers. Le 25 février, en début d'après-midi, Lapouge a ouvert un dossier « Simulations ». Prélèvements de montants compris entre dix et cinquante millions de dollars. Disponibles immédiatement. Répercussions sur la trésorerie ? Possibilité de masquer la destination dans les comptes de fin d'année ? Quelques heures de travail, puis le dossier n'a plus été ouvert. Elle le copie rapidement. Ramasse une chemise blanche et une cravate de rechange dans le dernier tiroir du bureau, éteint l'ordinateur, prend sous le bras un beau sous-main en cuir et sort. Elle présente le sac et le sous-main ouverts à l'assistante, qui rougit :

– Pardonnez-moi, Martine.

Reverdy récupère la clé USB le soir même.

Du 4 au 8 juillet
Paris.

À l'ouverture de la Bourse, l'action Orstam baisse de plusieurs points. Dans la soirée, Reverdy et Martine Vial se retrouvent aux Trois-Obus.

– Ce soir, un kir plutôt qu'un thé. Alors, ce dossier, vous pouvez en faire quelque chose ?

– Laissez-moi d'abord vous dire quelle femme formidable vous êtes.

– C'est très gentil, mais ça n'annonce rien de bon. Je me trompe ?

– Pas vraiment. Lapouge travaille pendant plusieurs heures à étudier la possibilité de prélever des sommes qui montent jusqu'à cinquante millions de dollars, en espèces, sans faire apparaître la destination dans les comptes. Il ne doit pas jouer à ce jeu-là tous les jours. Des sommes en dollars : Carvoux est à New York.

– Pas significatif. De très nombreuses transactions sont libellées en dollars.

– Vous avez raison. Disons que le lien existe peut-être, pas plus. Je ne sais même pas si Carvoux et Lapouge se sont parlé ce jour-là.

– Les flics n'ont pas les moyens de savoir ça ?

– Je ne peux pas demander l'autorisation de fouiller dans les factures de téléphone d'Orstam à mes chefs, elle me sera refusée. Et je m'interdis de laisser vadrouiller mon imagination, même si j'en ai vraiment envie.

– Je vous ai dit que Gilbert Lapouge était parti à l'étranger sans laisser d'adresse ?

– Non.

– J'ai appelé ce matin pour lui demander ce que je faisais des objets que j'avais récupérés dans son bureau, je suis tombé sur une femme de ménage. Parti, disparu, avec son épouse. J'ai pensé à notre vie dans le service pendant ces derniers mois. Gilbert Lapouge était souvent comme gêné avec nous. Trop retenu, trop prudent. Pas naturel. Vous voyez ce que je veux dire ?

– Je vois.

– Il n'était à l'aise qu'avec Maurice. Je me disais : une espèce de connivence entre deux vieux collègues. Mais il y avait peut-être autre chose. Vous devriez voir Maurice Sampaix.

– Mes rapports avec lui sont toujours passés par Sautereau, je n'ai même pas son numéro de téléphone.

– Je peux vous mettre en contact, je m'en occupe demain. Et je vous rappelle.

Le lendemain, Martine Vial passe voir Maurice Sampaix dans son bureau. Elle le trouve profondément déprimé.

– Petit café ?

– Si vous y tenez.

Devant la machine à café de l'étage, elle évoque la conférence de presse de la veille.

– Je ne m'en remets pas. J'ai appris la mise à la retraite déguisée de notre directeur comme ça, en public…

Il a les yeux fixés sur les bulles de son café.

– Moi aussi. Ce n'est pas croyable…

Sampaix est un vieux routier, il n'a aucune illusion. Il sait que l'effondrement de l'action Orstam va suivre mécaniquement les annonces du PDG. La Bourse, un casino ? Peut-être. Mais, dans ce cas, un casino dans lequel le croupier maîtrise le hasard.

Quand Martine lui propose de rencontrer Reverdy, il a un haut-le-corps.

– Qu'est-ce qu'il me veut, celui-là ? Depuis des mois qu'il nous tourne autour, à quoi nous a-t-il servi ? À rien. Voilà ma réponse.

Martine Vial transmet à Reverdy.

– Il est très secoué, vous savez, nous le sommes tous au service. Vous devriez essayer un peu plus tard, quand il aura commencé à digérer.

Elle lui donne les coordonnées de Sampaix, bureau et domicile. Et précise :

– Maurice reste au bureau jusqu'au 1er août. Moi, je pars en vacances à partir du 14 juillet. Question d'hygiène mentale. Vous devriez en faire autant.

Reverdy a tout le week-end pour réfléchir, entre un brunch pique-nique en bord de Seine et deux parties de tennis. Il pressent, presque physiquement, un moment de crise le 25 février à New York. Il imagine Carvoux menacé. Par le procureur ? Par le patron de PE ? Par le FBI ? Par l'un des trois au profit des deux autres ? Menacé de quoi ? Prison ? Il se renseigne sur une caution possible auprès de Lapouge. Et ?… S'il en parle à Ghozali, elle risque de se foutre de sa gueule. « Bétonnez, mon vieux, et puis on en reparle. » Tant pis. Il décide d'évoquer l'affaire avec elle, en tête-à-tête, prudemment.

Le lundi 8 juillet, moins d'une semaine après l'alerte « crise de trésorerie », l'action Orstam a perdu un tiers de sa valeur, elle cote aux alentours de 20 euros.

Chapitre 18

Du 9 au 13 juillet.

La ville sue la chaleur, se vide de ses habitants, la vie tourne au ralenti.

Pas pour tout le monde. Les patrons de PE ne sont pas sujets à l'assoupissement estival. Ils suivent avec attention le cours de l'action Orstam, constatent avec satisfaction sa stabilisation à un niveau bas, mais estiment que cette situation ne se prolongera probablement pas au-delà de l'été. Ils savent, par Claire Goupillon, que des rapports sur la situation d'Orstam ont été commandés par l'Élysée et par un ministère à des cabinets d'experts. Et que le bilan officiel de l'entreprise est attendu pour novembre. Il est impératif que la vente soit acquise avant cette échéance. Même si Claire estime que la situation reste sous contrôle, il ne faut pas traîner. La trêve estivale est un bon moment pour accélérer le rythme à l'abri des regards malveillants. Maintenant que le champ est libre au service financier, PE envoie un commando d'experts pour faire, en toute discrétion et avec l'aide du nouveau directeur du service, une tournée d'inspection approfondie dans les comptes d'Orstam. Si leur présence passe inaperçue de leurs éventuels concurrents, quelques employés du service financier, dont Sampaix, la remarquent. Mais le moral n'y est plus.

Pour l'équipe Ghozali, c'est l'heure d'un premier bilan, et il est contrasté. Noria commence par parler du bon ou du très bon. L'équipe a pratiqué un « renseignement de proximité » efficace, fait de contacts bien ciblés. Elle a repéré Castelvieux, le petit truand qui œuvrait dans l'ombre de PE, dans cette zone grise où gangsters et hommes d'affaires collaborent en toute confidentialité. Elle a transmis à la police judiciaire un dossier fourni sur son assassinat, avec ramifications possibles vers le trafic d'amphétamines. Deuxième axe : Orstam. L'équipe a su identifier la menace contre l'entreprise, très vite si on se rappelle qu'elle n'a commencé à s'intéresser au dossier qu'au milieu d'avril.

Là, l'optimisme se désagrège.

– La véritable question est : pourquoi tous les services de renseignement n'étaient-ils pas sur le pont depuis deux ou trois ans ?

– Bonne question. Elle nous dépasse très largement. Le signal d'alerte devait venir d'ailleurs. DGSE, ou DCRI.

– Je reste sur notre bilan. Nous avons alerté très tôt, dès le mois de mai, notre hiérarchie, notre gouvernement, nous avons ciblé la banque, identifié les individus infiltrés dans l'entreprise. À notre initiative, une enquête pour homicide par empoisonnement a été ouverte sur la mort de Buck. Nous avons annoncé la manipulation boursière. Nous avons fait notre boulot. Nous pouvons être fiers.

– Et ça n'intéresse personne. Nous pouvons être désespérés.

– Bercy, l'Élysée, l'ensemble des interlocuteurs institutionnels tiennent notre travail pour une lubie de fonctionnaires désœuvrés.

– Et vont profiter de l'ambiance des vacances qui approchent pour se mettre carrément aux abonnés absents.

– Et tous mes contacts à Orstam sont démissionnés ou désespérés et en vacances.

Noria conclut :

– Il est temps que vous preniez vos congés, pour revenir après le 15 août avec un meilleur moral. Je vais assurer la permanence pendant ce temps. J'aime beaucoup Paris en été, c'est l'époque des plus belles reprises de vieux films américains dans les cinémas art et essai.

Lainé plie bagage très vite, pressé d'en finir. Noria range son bureau en traînant. Reverdy se décide :

– Noria, je voudrais vous dire encore deux mots, avant de partir.

– Allez-y. Je vous écoute.

Il lui rappelle ses interrogations sur la circulaire du 28 février, lui parle de Carvoux à New York le 25 février, des simulations de mouvements de fonds en dollars de Lapouge, du conseil de Martine : « Voyez Sampaix », et du refus de ce dernier.

– Il est à Orstam jusqu'à la fin du mois de juillet. Je n'ai pas voulu en parler en équipe ni verser mes notes au dossier Orstam, parce que je sais que je n'ai encore rien de solide, mais si je vous les passe, vous pourriez essayer de voir Sampaix ?

– Fabrice, nous travaillons ensemble depuis à peine trois mois, et je me sens en confiance avec vous comme très rarement dans mon passé. Nos avancées dans le dossier Orstam, c'est à vous que nous les devons. Alors, bien sûr, je reprends vos notes et je poursuis.

Lundi 15 juillet
Préfecture de police de Paris.

Quand Noria se retrouve, la semaine suivante, seule dans le bureau devant deux chaises vides pour trois longues semaines, elle a d'abord un coup de déprime. Puis un sentiment de liberté. Elle fait le geste qu'elle a envie de faire depuis sa visite à la galerie Krammer et qu'elle n'aurait jamais fait en présence de ses équipiers, elle prend son portable, cherche un numéro. Sonnerie.

– Bastien Marquet ?

– Moi-même.

– Noria Ghozali. Vous avez une date à me proposer pour notre séance de photos ?

Rendez-vous est pris pour jeudi 18 juillet, dans un atelier de la galerie Krammer.

Fin de la conversation.

Noria sent que le geste qu'elle vient de faire est un geste de rupture. Une commandante de la DRPP ne pose pas pour ce genre de portraits, ce genre de photographe. Elle vient de faire un pas de côté, un pas en dehors, elle en avait envie, elle en avait besoin. La suite ? Elle verra bien. Demain est un autre jour.

Et elle se replonge dans son travail quotidien. Lecture de la presse économique, pour suivre l'actualité des entreprises, même si le rythme est ralenti pendant l'été. Une corvée indispensable maintenant que Reverdy n'est plus là pour le faire. Dans un marché boursier assez mou, l'effet des déclarations pessimistes du patron d'Orstam s'estompe, l'action Orstam a amorcé dans la semaine précédente une remontée d'un ou deux points. Aujourd'hui, l'actionnaire principal, Béton et Compagnie, annonce que, pour tenir compte de l'alerte « crise de trésorerie » d'Orstam et des mouvements boursiers qui ont suivi, il déprécie la valeur de ses actions Orstam d'une somme de 1,4 milliard dans ses comptes annuels. Cette décision purement comptable n'a aucun effet sur l'activité de Béton et Compagnie ni sur sa trésorerie, mais elle impressionnera vivement les marchés, qui ont le culte des chiffres. L'action Orstam plongera de nouveau.

Quand Noria lit la nouvelle dans la presse économique, elle en conclut : « Béton et Compagnie a été informé de la vente d'Orstam à PE et la soutient. » Ce qui est d'ailleurs logique. L'accord de l'actionnaire principal est nécessaire pour mener une telle opération.

Elle envoie à l'Autorité des marchés financiers une petite note pour lui signaler le fait et lui remettre en mémoire le signalement de l'alerte « crise de trésorerie » de début juillet, sans se faire trop d'illusions. Avec raison. Il semble que sa note n'ait jamais été lue.

Mardi 16 juillet
Préfecture de police de Paris.

Sur le bureau de l'ordinateur de Noria, le dossier « 25 février » que lui a laissé Reverdy. Elle l'ouvre. Circulaire du 28 février du patron à ses cadres, suivie de quelques réflexions de Reverdy : « Texte peu courant, lourd de conséquences dans le principe, sans suite dans les faits. Pourquoi à cette date ? » Puis : « Carvoux aux USA, 25-26 février, hôtel Pierre. » Un ensemble un peu plus long : « Simulations de mouvements de fonds en dollars opérées le 25 février par Lapouge. » Noria passe vite, persuadée de n'y rien comprendre. Dossier de presse sur la conférence du 3 juillet, avec une note de Reverdy : « Présence de Vial et de Sampaix à la conférence, apprennent la mise à la retraite de Lapouge en séance. » Enfin le conseil de Martine Vial : « Voyez Sampaix » et le refus de celui-ci.

Noria reprend tout le dossier Orstam, en cherchant à cerner la personnalité de Sampaix et ses rapports avec Lapouge. Tous deux sont proches dans leurs méthodes de travail, leur attachement à l'entreprise et leur conviction qu'elle est viable. Lapouge est un obstacle difficilement franchissable compte tenu de sa fonction à la tête du service financier. Les partisans de la vente prennent de gros moyens pour le neutraliser et ne déclenchent la magouille financière qu'après son abandon de l'entreprise. Deuxième aspect : Sampaix ne sait pas comment Lapouge a été éliminé, elle, elle le sait. Avantage à exploiter.

Noria appelle Sampaix, se présente comme la supérieure hiérarchique de Reverdy à la DRPP, et demande s'il est possible de se rencontrer. Sampaix maugrée.

– Un rendez-vous, pour quoi faire ? Je vis au milieu d'un champ de ruines et je ne vois pas en quoi Reverdy a pu nous aider. Je n'ai pas de temps à perdre.

– Un rendez-vous parce que j'ai des choses à vous dire. Nous nous voyons, je déballe mon histoire et vous en faites ce que vous voulez. Vous savez bien que nous ne fonctionnons que sur la coopération. Nous n'avons aucun moyen de vous contraindre à quoi que ce soit.

Sampaix est curieux, mais ne veut pas le montrer. Il accepte, de mauvaise grâce. Vendredi 19, en fin de semaine, à 18 heures à L'Européen, en face de la gare de Lyon.

Jeudi 18 juillet
Paris.

Noria est assise dans un grand fauteuil, cernée par des écrans blancs qui réfléchissent les lumières de trois projecteurs. Devant elle, sur une table basse, une coupe remplie de prunes et les journaux du jour. Bastien bouge sans cesse dans la pièce, tourne autour d'elle, déplace les écrans, les projecteurs, bricole ses appareils photo numériques et argentiques, parle, boit de l'eau, du jus d'orange, lui offre à boire. Une sorte de danse que Noria suit du coin de l'œil, amusée.

– Je vous vois aujourd'hui, Noria, comme une femme d'acier qui découvre qu'il y a une paille dans le métal. Je voudrais photographier la paille. Et vous, vous aimeriez voir la photographie de la paille, je le sais.

– C'est vrai. Votre exposition de portraits m'a fait réfléchir. On y va ?

– Moteur. Vous n'avez pas toujours été cette femme d'acier. Y a-t-il un acte de naissance, un jour, un moment où vous basculez ? Avant, vous êtes une autre, à cet instant vous devenez la personne que vous êtes ?

– Oui, il y a un jour, il y a une heure. Un conflit avec mon père. C'était fréquent chez moi…

Noria revoit la cuisine, le ragoût qui mijote sur le feu, elle attrape la marmite, la jette à la tête de son père, le geste irréparable.

– … ce jour-là, j'ai riposté. Et je me suis enfuie…

Noria revit l'instant avec une sorte de jubilation. Elle est enfermée dans une chambre. Elle ouvre la fenêtre, debout sur l'appui, trois étages, le vide, la peur, une grande respiration…

– … j'ai sauté par la fenêtre.

Elle regarde sur l'appareil numérique les photos qui ont saisi, sur son visage, le regard de l'antilope traquée au moment où elle prend son élan pour fuir vers la vie, sa peur et sa détermination.

– Il faut beaucoup de courage pour fuir.

– La fuite, d'accord, vous laissez l'adolescente derrière vous. Quand devenez-vous adulte ? Là encore, il y a une date ?

– J'entre très jeune dans la police…

Elle se souvient de cette sensation d'avoir un rôle à jouer, enfin, des accessoires pour l'y aider, une carte professionnelle, un uniforme. Une place à elle, dans une hiérarchie, une famille, enfin.

– … j'ai joué le jeu à fond…

Sur les photos, visage de face, levé, regard loin dans le passé, pommettes et maxillaires marqués, joues lisses, parfaites, nez fin et droit, le visage d'une actrice américaine des années cinquante.

– … j'ai eu la chance de travailler directement sous les ordres du patron des RG parisiens…

Visage de trois quarts, lumière moins dure, Bastien saisit l'esquisse d'un sourire, l'ombre d'une fossette au coin des lèvres.

– … j'ai vécu des années de combats incessants, dans ma nouvelle famille et en dehors, en accord avec moi-même. Je suppose qu'on appelle ça le bonheur.

– Et aujourd'hui ?

– Aujourd'hui...

Chassée. Déchirure empoisonnée. Je me croyais une enfant légitime, et je découvre que je suis une enfant adoptée sous condition. Adoption temporaire. Date de péremption dépassée. J'aurais pu en crever.

– ... aujourd'hui, c'est cassé, et je n'ai pas envie d'en parler.

Bastien a cadré le visage de profil, le regard vers le sol, l'œil s'est noyé dans le noir de l'orbite, la joue s'est creusée d'ombre. Il dit :

– Vous cherchez à retrouver le courage de fuir.

Noria regarde la photo sur l'écran de l'appareil. La tentation du pas de côté. Il a raison. Retrouver au fond de moi le courage de fuir.

Après un après-midi entier de travail, Bastien range ses outils, le studio, en bavardant avec Noria. Il éteint les lumières.

– Je suis invité ce soir avec un groupe d'amis à une projection privée de *Ugly*, un film policier indien qui revient du festival de Cannes, vous m'accompagnez ? Vous aimez le cinéma, laissez-vous tenter.

– Comment savez-vous que j'aime le cinéma ?

Bastien rit.

– À la façon dont vous regardiez les photos de mon expo. Séduite par l'image, mais vous tourniez autour, j'ai bien compris que vous cherchiez le mouvement.

– Pas faux.

– Alors que, dans le mouvement, vous ne percevez jamais ces instants immobiles vertigineux que vous donne la photo. Mais revenons à nos moutons. Un film policier indien, c'est une curiosité, ça ne se refuse pas.

– Daquin sera là ?

Bastien la regarde, perplexe.

– Non, nous ne fréquentons pas les mêmes gens.

– Alors je viens.

Film magnifique, très noir. À la sortie, Bastien et ses amis entraînent Noria dîner dans un restaurant des Halles. Elle détonne, avec son omelette-carafe, au milieu des choucroutes-bières, mais se sent à son aise dans ce groupe passionné de cinéma. La conversation porte d'abord sur *Ugly*. Noria aime ce portrait de groupe de ces flics indiens, des flics violents et corrompus, mais pas plus que la société dans laquelle ils évoluent. Une réalité complexe, un ton juste. Pas fréquent, dit Noria. La discussion dérive sur les séries policières françaises. Noria avoue son ignorance, elle les regarde très peu et ne les aime pas. À la fin du repas, Bastien lui propose de la ramener chez elle en voiture, elle accepte. Il y a un autre passager, un homme, la cinquantaine tranquille. Bastien fait les présentations : Guillaume Neveu... Noria Ghozali... Conversation paresseuse, il est tard. Neveu remarque :

– Vous semblez bien connaître le milieu policier, Noria.

Elle hésite, moins d'une seconde, puis :

– Oui, je le connais bien. J'y travaille depuis près de trente ans.

On approche du bassin de la Villette. Guillaume continue :

– Moi, je produis pour la télé, et j'ai beaucoup de demandes pour du policier. Le genre a le vent en poupe. Je suis sur un pilote pour France 2 en ce moment, si vous avez envie de venir voir comment se passe un tournage, n'hésitez pas, faites-moi signe, cela me ferait très plaisir de vous recevoir sur le plateau. Et nous reprendrons la discussion sur les séries françaises.

La voiture s'arrête devant le domicile de Noria, Neveu lui tend sa carte de visite, elle la prend, la met dans sa poche sans la regarder, salue et s'en va.

Vendredi 19 juillet
Paris.

À la brasserie L'Européen, ils sont assis face à face, Sampaix devant une bière, pour Noria un Perrier. Elle prend la parole très vite, pour ne pas laisser s'installer un malaise. Son équipe avait compris l'importance du service financier pour contrer la campagne de désinformation de la banque. Il était facile d'en déduire qu'il allait être l'objet de manœuvres diverses visant à le neutraliser. La protection du service et de son directeur était donc devenue un objectif prioritaire.

– Très vite, nous avons détecté la présence de Buck, reconstitué son passé de patron d'une banque des Caïmans spécialisée dans le blanchiment et les trafics divers, et identifié son correspondant à la CIA, ici à Paris. Le gouvernement a été tenu informé, évidemment, en temps réel. Nous avons neutralisé Buck quand l'occasion s'est présentée, juste avant sa mort. Mais nous n'avions pas trouvé quels étaient ses moyens de pression sur Lapouge, un point de faiblesse qui explique que nous ayons ensuite été pris de vitesse. Buck a été remplacé en une semaine. Vous savez que Lapouge a un fils ?

– Oui, il dirige une compagnie aérienne privée à Los Angeles. Gilbert m'en a parlé.

– Avant LA, la compagnie était basée à Miami. Et, dans ces années-là, le fils Lapouge a fait du transport de cocaïne financé par la banque de Buck, qui, en bon maître chanteur, avait amassé toutes sortes de preuves contre lui, preuves qui, après sa mort, se sont retrouvées dans les mains du correspondant de Buck à la CIA, lequel est allé trouver le fils Lapouge en lui mettant le marché en main : ou il parvenait à faire démissionner son père d'Orstam, ou tous ces papiers se retrouvaient sur le bureau d'un procureur à Miami. Le père et le fils se sont rencontrés à Genève le 26 juin. Le père a démissionné. La belle retraite n'est arrivée qu'après. Il a cédé au chantage, pas à l'argent.

– Martine est au courant ?

– Non, Reverdy a voulu la ménager. Je ne sais pas s'il a eu raison, je ne la connais pas, à vous de juger si vous lui en parlez ou non. Mais comprenez bien que tout ce que je viens de vous dire, et que j'ai communiqué au gouvernement par les différents moyens dont je dispose, n'existe pas. Nous avons des preuves, mais, compte tenu de la façon dont nous les avons recueillies, nous ne pouvons pas en faire état publiquement, et tous les intéressés nieront si on leur en parle, à commencer par moi.

Sampaix commande une deuxième bière et s'abîme dans la contemplation de la mousse. Noria lui laisse le temps de digérer et de réfléchir. Il finit par relever la tête.

– Pourquoi vouliez-vous me voir ?

– Qu'est-ce qui s'est passé le 25 février au service financier ?

– Qu'est-ce que vous savez ?

– Pas grand-chose. Carvoux est à New York et Lapouge travaille sur des simulations de prélèvements en dollars.

Nouvelle pause. Sampaix boit sa bière.

– Ce jour-là, je travaillais avec Gilbert, dans son bureau. Ça nous arrivait souvent. Son portable sonne. Il regarde et me dit : « Le patron ». Il prend l'appel, il est assis à son bureau, je suis debout à côté de lui, j'entends tout. Il est à peu près 8 heures du matin à New York, Carvoux prend son petit déjeuner dans sa suite, à l'hôtel Pierre. Je n'y suis jamais allé, mais j'imagine la baie sur Central Park, la chambre énorme, le lit XXL. Un goût immodéré pour le luxe, aux frais de l'entreprise bien sûr. J'ai du mal à comprendre.

– Il en a besoin pour se convaincre de sa propre valeur. Il n'est pas le seul dans le genre.

– Peut-être. Il nous dit que deux agents du FBI viennent de faire irruption dans sa chambre, la justice américaine engage des poursuites contre lui personnellement dans l'affaire du contrat Pampa, il risque la prison. Il appelle Lapouge en panique, pour savoir ce qui est faisable en matière de caution. Gilbert était blanc comme un linge. Il raccroche et se lance dans les simulations que vous avez trouvées.

– Carvoux n'a jamais su que vous étiez dans le bureau de Lapouge ce jour-là ?

– Non. Après son coup de fil, j'ai contacté un ami au Quai d'Orsay, au cabinet du ministre, un ancien du PSU, une amitié qui date un peu. Je lui ai téléphoné et je lui ai demandé : « En cas de difficulté majeure avec la justice américaine, vous nous défendez ? » L'autre me répond : « Non, avec la justice américaine, on se couche. C'est la seule chose à faire. Ils sont plus forts. » Carvoux a rappelé deux heures après. Il a dit à Lapouge : « Face aux menaces, je suis resté inébranlable sur la position de l'entreprise : nous sommes irréprochables. Ils ont lâché. » Lapouge l'a cru. Ou plutôt a préféré se convaincre qu'il ne pouvait pas lui mentir.

– Un accord secret avec PE daterait de ce jour-là ?

– C'est probable. Quand Carvoux est revenu, il a maintenu sa version « Tout va bien ». Lapouge a exigé la rédaction de la fameuse circulaire, pour se ménager un peu de calme, le temps de préparer la défense de l'entreprise face à la justice américaine. Mais nous sommes des lents. Les coups de main, ce n'est pas notre genre. Notre échéance, c'était novembre, la date de publication de notre bilan. Lapouge savait que le bilan ferait apparaître une entreprise saine et performante, et croyait beaucoup à l'efficacité de cette publication. L'arrestation de Lamblin, en avril, a tout précipité.

– Elle a peut-être été organisée dans ce but.

– Peut-être. Maintenant…

Sampaix claque ses deux mains bien à plat sur la table.

– Voilà. Vous êtes contente, vous avez l'impression de connaître le dessous des cartes, d'avoir fait votre boulot. Mais vous n'avez pas le moyen de bloquer la mécanique, et nous non plus. (Il se lève.) Enchanté d'avoir fait votre connaissance. Saluez Reverdy de ma part.

Et il s'en va.

Noria se laisse aller dans la banquette, les muscles relâchés. Contente d'elle ? Regard circulaire sur la salle de L'Européen. Une clientèle de plus en plus nombreuse arrive pour le dîner, il est temps de s'en aller. Pas mal ce récit rationnel que tu viens d'improviser, protection du service financier, détection du danger Buck et de ses liens avec la CIA. Dans la réalité, un travail d'enquête aléatoire et non maîtrisé du premier au dernier jour, avec comme seul moteur la rage de ne pas lâcher prise. Tu lui as monté un scénario de film bien emboîté, dans lequel tu lui as fabriqué une place de choix. Et tu te retrouves à la fin avec un rebondissement imprévu dont tu ne sais pas quoi faire.

Semaine du 22 au 26 juillet
Préfecture de police de Paris.

Dans le petit bureau de la préfecture de police, sous les toits, il fait très chaud, mais Noria profite du calme et du temps dont elle dispose pour s'attaquer à la lecture du contenu de l'ordinateur de Barrot depuis le 13 avril, date de l'arrestation de Lamblin. Sans pression, en ménageant des pauses régulières pour s'hydrater et faire un tour sur les berges de la Seine. Essayer d'approcher le personnage, un travail que l'équipe n'a pas eu le temps de faire jusqu'à maintenant, et qui lui plaît. Lent et méticuleux. D'abord un survol de l'ensemble. Et, très vite, une belle surprise. Dans l'ordinateur personnel de Barrot, un seul dossier est verrouillé. Un spécialiste de la préfecture lui rend le service de l'ouvrir. Il contient une vingtaine d'enregistrements de courts dialogues et de deux réunions, qualité médiocre, selon toute vraisemblance des enregistrements pirates. Chaque enregistrement est précédé de la mention de la date, le premier est daté du 7 mai, le dernier du 3 juin, sans aucun autre commentaire. Noria écoute soigneusement plusieurs fois, en prenant des notes, fichier après fichier. Voix inconnues. Qui sont les interlocuteurs ? L'un d'entre eux figure sur tous les fichiers, logiquement ce devrait être Nicolas Barrot, qui enregistre et stocke dans son ordinateur. Un autre revient très fréquemment. Noria vérifie avec l'enregistrement de la conférence de presse qu'elle trouve dans le bureau de Reverdy, aucun doute possible, il s'agit de Carvoux. Le contenu semble assez anodin, mais Reverdy y trouvera peut-être son bonheur. Plus important : qu'est-ce qui pousse un homme à faire ces enregistrements clandestins ? Peur, sentiment d'infériorité, recherche d'une forme d'assurance ?

Elle continue, dépouille l'ensemble du contenu de l'ordinateur. Barrot passe beaucoup de temps à essayer de se documenter sur ses collègues Anderson et Buck sur Internet. Sans succès en ce qui concerne Buck, assez bien protégé. Mais il cherche aussi des informations sur Eastern-Western Bank et sur July Taddei. Ou même sur le fonctionnement de la justice américaine. Un bosseur qui continue à penser boulot chez lui, et qui n'appartient pas à l'aristocratie du monde des affaires, qui dispose de réseaux suffisants pour tout savoir sur ces sujets sans l'avoir jamais appris, par simple capillarité. À l'origine de son sentiment d'infériorité ?

Après la disparition de Lara, Nicolas cherche et trouve de temps à autre des vidéos pornos, relativement soft. Un homme très solitaire, comme l'a déjà dit le micro posé chez lui : aucune visite. On peut supposer quelques soirées avec des professionnelles, compte tenu des mails réguliers du Palmyre Club. Le 28 juin : un mail de l'agence Les Nuits parisiennes l'informe de l'arrivée de six nouvelles « accompagnatrices », photos à l'appui. Nicolas a consulté les photos une dizaine de fois. Noria appelle Duchesne à la mondaine. Oui, il connaît Les Nuits parisiennes. La succursale d'une chaîne américaine d'escort girls, qui travaille surtout avec des hommes d'affaires américains de passage à Paris. Le petit Nicolas se sentirait plus à l'aise avec les Américains ?

Noria se fait maintenant une idée un peu plus claire de Nicolas Barrot. Tâcheron consciencieux et solitaire, sans doute apprécié pour ses capacités de bosseur, confident de quelques secrets, mais pas de tous (se souvenir de sa « mission » auprès de Lapouge sur les rives du lac du Bourget, il travaillait vraiment à l'aveugle), il veut désespérément entrer dans le sérail, mais il sait qu'il n'en fait pas partie de plein droit, de par la naissance, qu'il n'a ni les codes ni les réseaux, et qu'il n'est pas non plus du bois dont sont faits les chefs de lignée. Alors il cherche des trucs, des combines, des chemins de traverse pour calmer ses angoisses et forcer les portes du paradis. Le personnage est sur une trajectoire ascendante, pour l'instant, mais une faille court à travers toute cette matière. Noria se redresse, éteint l'ordinateur. Nous devrions pouvoir l'exploiter.

Pendant tout ce travail, Noria sent une pensée qui tourne dans sa tête sans qu'elle parvienne à la formuler. Et puis un matin, en arrivant dans son bureau, l'évidence : si l'hypothèse de Reverdy est exacte, le téléphone de Barrot a été piégé, et celui qui l'a piégé sait que Barrot a enregistré son patron et quelques autres interlocuteurs. Si c'est Sutton, et c'est possible, on l'a vu traîner autour de Lara, il doit se frotter les mains. Barrot le sait-il ? Il aurait arrêté les enregistrements le 3 juin pour cette raison ? Qu'il en soit conscient ou non, il est assis sur un tonneau de dynamite.

Trop d'hypothèses non vérifiées. Inutilisables en l'état. Reste que, quand je pense à Barrot, me revient automatiquement ce titre de film : *Regarde les hommes tomber*. Et j'aimerais être là pour le voir tomber.

Lundi 29 juillet
Paris.

Noria est sur le chemin de la préfecture quand elle reçoit un appel de Daquin.

– Bastien m'a confié des documents à vous remettre en main propre.

– (Documents… Les photos ?) Il ne peut pas me les apporter lui-même ?

– Non. Il est parti aux États-Unis en urgence vendredi dernier, un appel de dernière minute d'une galerie d'art importante, et il ne sait pas trop quand il pourra revenir. Je travaille toute la semaine pas très loin de la préfecture. Je peux passer vous les déposer quelque part.

– Je ne suis pas vraiment écrasée de travail. Ce soir, 18 heures, au bar des Jardin-du-Pont-Neuf ?

– Ça me va. À tout à l'heure.

Quand Noria arrive, Daquin est déjà installé à une table, en chemisette et pantalon de lin beige. Il sirote sans enthousiasme un café frappé, l'air de s'ennuyer, moins convaincant que habitude, note Noria. Le beige fripé ne lui va pas très bien. Manque de vitalité. Il supporte mal la chaleur ? Ou l'absence de Bastien ? Soudain, un homme plus accessible. Une grande enveloppe en carton rigide, format 40×50, cachetée, est appuyée contre les pieds de sa chaise. Les photos, c'est sûr. Mélange de curiosité et de malaise, face à Daquin. Elle s'assied, commande une glace à la framboise. Il fait glisser le carton vers elle. Noria n'y touche pas, pas tout de suite, elle remercie, regarde couler la Seine et dit :

– Nous approchons du dénouement. C'est l'été, à Paris, je suis seule au bureau, un moment d'entre-deux. Je me laisse aller, j'imagine, j'invente. Mettons que j'apprenne par les confidences d'un témoin qu'un PDG d'une grosse boîte française a été séquestré pendant l'un de ses voyages à l'étranger, aux États-Unis par exemple, menacé de prison, et que, pour y échapper, il livre son entreprise à ses racketteurs…

– Le racket est une vieille tradition du monde des affaires aux États-Unis.

– … Qu'est-ce que je fais de ces confidences ?

– Votre témoin est un homme puissant ?

– Non, un brave type, usé.

– Vous trouverez des preuves, si vous cherchez bien ?

– Ces preuves existent certainement, mais je ne les trouverai pas avec les moyens et le temps dont je dispose.

– Si vous ne voulez pas être laminée, vous n'en faites rien, et vous le savez.

– J'avais peut-être besoin de vous l'entendre dire.

– Plus tard, dans un an ou deux, l'hypothèse pourra être évoquée dans un cours d'histoire économique…

– … ou, encore mieux, elle donnera une belle scène de film policier, pleine de tension et de noirceur. À propos, vous m'accepterez dans vos cours comme auditrice libre l'année prochaine ?

Noria rentre rapidement chez elle, pose le volumineux carton dans sa pièce à vivre. Maintenir une certaine distance. Elle prend une douche, enfile une chemise longue et légère, puis vient s'attaquer à l'enveloppe cartonnée. Elle sort cinq clichés de grande taille. Elle repère d'abord, au premier coup d'œil, le style de Bastien : plans rapprochés de visages plus grands que nature. C'est une série en noir et blanc. Contrastes des noirs et des blancs très marqués. Elle pose les clichés contre un mur, prend le temps de les regarder un à un. Qui est cette étrangère ?… Cette fille, tellement aiguë, sophistiquée, qui est-elle ? Deux des cinq photos, impossible de s'en défaire. La première, elle entend sa voix : « Le courage de fuir », la dernière : « C'est cassé ». Des photos hantées.

Bastien a joint une lettre manuscrite où il explique son départ précipité, s'en excuse, la remercie d'avoir accepté de poser pour ces photos, qu'il aime, elle passe rapidement. « Guillaume

Neveu m'a appelé hier. » Elle est plus attentive. « Il est toujours sur le tournage du pilote de la nouvelle série policière dont il nous avait parlé quand nous avons dîné ensemble. Et il espère toujours que vous passerez y faire un tour, avant la fin du tournage, prévue pour le 15 août. C'est-à-dire très bientôt, le temps passe si vite. Je vous redonne ses coordonnées, au cas où vous les auriez égarées. »

Le cinéma infiltré partout dans son été parisien, même dans son travail de flic. Avec Sampaix, « un scénario de film bien emboîté », avec Daquin, « une belle scène de film policier, pleine de tension et de noirceur ».

Demain, elle téléphone à Neveu, elle passe sur le tournage.

Chapitre 19

Lundi 19 août
Préfecture de police de Paris.

Quand Reverdy et Lainé reviennent de vacances, bronzés, dynamiques et bavards, Noria éprouve à leur égard une légère gêne, elle leur a fait, pendant ces vacances, quelques infidélités dont elle préfère ne pas parler.

– Mettons-nous au travail.

Elle fait d'abord un compte rendu rapide de sa rencontre avec Sampaix. Oui, il s'est passé quelque chose le 25 février aux États-Unis, un coup de pression sur Carvoux, du FBI ou de la CIA peut-être, ou d'hommes de main de PE, pas impossible non plus, mais le seul témoin direct est Lapouge, probablement une raison supplémentaire pour laquelle Carvoux devait l'écarter. C'est chose faite. Et donc, en l'état, c'est inutilisable.

Ensuite, Barrot. Son portrait : un petit carnassier chez les grands fauves, qui se défend comme il peut. Noria fait entendre les enregistrements de Carvoux et quelques autres, puis remarque :

– Problème. Si son téléphone a été piégé, s'il a été piégé par Sutton, Barrot est en danger.

– Ça fait beaucoup de si.

– Nous gardons simplement cette éventualité dans un coin de notre mémoire. Mais j'ai une certitude : Barrot est fragile. Il me semble que nous devons maintenant nous concentrer sur la recherche des moyens et du moment pour le faire craquer. Je ne vois pas d'autres pistes. Pour en finir avec sa personnalité, c'est aussi un adepte des relations féminines tarifées. Nous le savions déjà. Il faut ajouter à Lara et au Palmyre Club l'agence Les Nuits parisiennes, ses escort girls et sa clientèle majoritairement américaine. Mais je n'ai pas trouvé dans son ordinateur de traces d'opérations en Bourse autour de l'alerte du 3 juillet.

– La belle July s'en est peut-être chargée pour lui.

– Il faut renforcer notre surveillance sur Barrot.

– C'est notre meilleur client.

– Tu veux dire : c'est notre seul client.

– Plan de travail : un suivi quotidien de Barrot, c'est à vous, Lainé. Au jour le jour, ses ordinateurs, le micro posé chez lui pour vérifier tous les soirs s'il rentre seul. Vous, Fabrice, les contacts à Orstam restent votre domaine. Et nous ne laissons pas tomber Sutton, si nous trouvons une voie d'accès.

Jeudi 29 août
Préfecture de police de Paris.

Noria récupère, le jour même de leur remise à l'Élysée et aux ministères, les deux rapports qui avaient été commandés aux experts. Ils décrivent Orstam comme une entreprise qui connaît depuis longtemps des problèmes liés à la structure de son capital, un actionnaire principal, Béton et Compagnie, qui ne s'intéresse pas aux turbines ni aux chaudières, n'investit pas, et parle de vendre chaque fois qu'il en a l'occasion. Mais de bons produits, une vaste clientèle, un secteur très développé, celui de l'entretien et de la maintenance, stable et peu soumis à la concurrence. Aucun signe avant-coureur d'une catastrophe imminente. Leurs conclusions : « Orstam n'est pas au bord du gouffre, mais le groupe doit prendre des décisions stratégiques pour le futur. » Noria en fait une note de synthèse, soulignant à quel point la campagne de Eastern-Western Bank et la communication du

PDG d'Orstam à la conférence de presse du 3 juillet sur la « crise de trésorerie » sont en rupture avec ces rapports, ce qui pose nécessairement la question de la sincérité et des intentions des banquiers et du PDG. Elle transmet la note à son patron.

– Il serait peut-être bon de saisir cette opportunité pour refaire la tournée des ministères.

Le patron sourit.

– Pourquoi pas ? Sur le fond de l'affaire, vous m'avez convaincu, Noria. Mais vous savez aussi bien que moi qu'on ne peut pas forcer à boire un âne qui n'a pas soif.

Vendredi 30 août
Préfecture de police de Paris.

Lainé examine, comme chaque jour, le contenu de l'ordinateur personnel de Barrot. Il lit un mail reçu dans la nuit : « Confirmez le Bristol. » Pas de signature. Envoyé d'un numéro de téléphone inconnu. Barrot, l'âme damnée du PDG. Le Bristol, haut lieu des rendez-vous d'affaires discrets. Mail non signé, sur messagerie privée. Ça vaut la peine de creuser un peu. Comme tout ancien des RG parisiens qui se respecte, Lainé a des accointances dans la plupart des grands palaces de Paris. Le Bristol ne fait pas exception. Un simple appel téléphonique, et, quelques heures plus tard, il boit un verre avec un maître d'hôtel du Bristol dans un café des Champs-Élysées. Nicolas Barrot a retenu un salon particulier de six couverts pour le mardi 3 septembre au soir, sur le compte d'Orstam.

Lainé informe immédiatement Noria Ghozali. « Objectif prioritaire », dit-elle.

– Repas d'affaires. Carvoux peut rencontrer n'importe qui, la terre entière...

– S'il rencontre les Chinois ou les Lapons, nous décrochons, mais s'il rencontre PE, débrouillez-vous tous les deux. Il faut que nous sachions en temps réel qui est là et ce qu'ils se disent.

– Qui est là, nous y arriverons sans doute, ce qu'ils se disent, c'est moins sûr.

Paris.

Le week-end est occupé à la préparation de la surveillance du dîner au Bristol. Il faut d'abord trouver un « observatoire ». Assez facile. Au premier étage d'un immeuble situé juste en face de l'entrée du Bristol, un membre du service de sécurité de l'Élysée occupe à l'année un petit studio qu'il loue éventuellement à la soirée aux services de police qui sont au courant de la combine et lui en font la demande. Le Bristol a un statut très particulier dans la vie politique française. Ensuite, Reverdy prépare un « trombinoscope » des convives possibles, dans l'hypothèse d'une rencontre au sommet franco-américaine. Côté français, il y a très peu de candidats, compte tenu des morts et des démissions. Carvoux, Anderson, Barrot et le nouveau directeur du service financier. Côté américain, Reverdy s'est procuré les photos d'une dizaine de cadres dirigeants de PE. Un exemplaire du trombinoscope est fourni au maître d'hôtel, qui refuse de se mouiller dans quelque forme d'enregistrement que ce soit, mais qui accepte de les rejoindre dans leur observatoire après son service, en passant par la cour de l'immeuble voisin, on n'est jamais trop prudent.

Mardi 3 septembre
Paris.

Dès 19 heures, Lainé et Reverdy prennent leurs quartiers dans le studio, à demi affalés dans deux vastes fauteuils près de la fenêtre, de la musique dans les oreilles et les regards braqués sur leur cible. Sur une table, derrière eux, des bières, des sandwichs et un ordinateur. Lainé a posé sur ses genoux un gros appareil photo numérique, Reverdy une paire de jumelles. Ils n'attendent pas très longtemps. À 20 heures précises, deux grosses berlines noires s'arrêtent devant l'entrée du palace, les chasseurs se précipitent, ouvrent les portières, un homme descend de la première (Lainé mitraille), deux de la deuxième (Lainé mitraille), et les trois hommes disparaissent dans l'entrée de l'hôtel. Il est tôt, il n'y a pas encore beaucoup de clients, quelques couples que Lainé néglige, puis une nouvelle berline noire, un garde du corps jaillit (Lainé mitraille) et ouvre les portières arrière, deux personnes descendent (Lainé mitraille) et s'engouffrent au plus vite dans le Bristol, suivies à bonne distance par le garde du corps.

Pendant que Lainé continue de surveiller les entrées, Reverdy se met au travail sur l'ordinateur, confronte les photos prises à celles qui sont en stock et annonce :

– C'est bon. Nos premiers clients sont Carvoux seul, Anderson et Barrot ensemble, la délégation Orstam, pas de surprise. Les Américains sont Wesselbaum, le PDG de PE, et Sam Browning, son directeur du secteur Énergie. Les chefs. Ils ne se déplacent pas pour rien. Garde du corps non identifié.

– Pas de surprise, peut-être, mais le petit Nicolas a enfin obtenu sa promotion…

– Il profite du terrain déblayé par les morts et les démissions…

Il ne reste plus qu'à attendre la fin de la soirée.

Les Français ont organisé ce dîner confidentiel dans l'un des petits salons du Bristol. Leur délégation est arrivée la première, pour bien marquer son statut de puissance invitante. Entrée discrète. Vestiaire privé, face au salon. Le PDG de PE arrive peu après, accompagné de son directeur du secteur Énergie et de son garde du corps, quelques mètres en retrait. Présentations, salutations, puis les cinq convives pénètrent dans le petit salon. Le garde du corps s'installe dans une petite pièce attenante.

Dans le salon, apéritif au champagne, l'ambiance est décontractée, la conversation s'éparpille. Nicolas Barrot, silencieux, observe. Comme il n'est pas encore en mesure de vivre le luxe et le raffinement du Bristol avec aisance, il calque son attitude sur celle d'Anderson, qui semble un habitué des lieux.

Quand le repas commence, les convives s'assoient et, d'un même geste, éteignent ostensiblement leurs portables. Barrot, surpris, fait de même avec un temps de retard, mais garde au fond de la poche de sa veste son deuxième portable réglé sur enregistrement. Sous l'impulsion de sa peur d'être jeté, de sa rancœur et de sa méfiance à l'égard de Carvoux, il est revenu à ses petites manœuvres du mois de mai, en sachant que, cette fois-ci, il tient le gros lot. Après l'enregistrement de ce repas, il estime qu'il sera intouchable. Mais ce portable pèse une tonne. Il décide d'oublier son existence.

La discussion devient très vite sérieuse, tendue. Les deux Américains savent pourquoi ils sont là, et ils estiment inutile de prendre des précautions.

– Le prix actuel de l'action nous semble adapté au succès de notre opération. Question importante : Y a-t-il un risque d'enquête de l'Autorité des marchés financiers ?

– Non, nous avons des assurances. Claire Goupillon est au courant.

– Elle m'en a parlé. Il est évident qu'aucun des cadres d'Orstam ne s'amuse à acheter des actions au cours actuel...

– Aucun, bien sûr.

– Ce serait faire courir à notre opération des risques inutiles...

Nicolas Barrot s'efforce de ne pas paraître surpris. Et alors, ce que disait July, « vous serez à la manœuvre et à la caisse » ? Qui baratine, July ou le PDG de PE ? Je fais confiance à July. L'autre, c'est pour la galerie, du politiquement correct.

– Bien. Avançons. Les rapports de nos experts qui ont travaillé le mois dernier à vérifier les comptes en lien avec votre directeur financier confortent les estimations de nos services.

Barrot concentre son regard sur son assiette. L'Américain sait que tout a été siphonné depuis des mois. Encore une fois, il cause pour la galerie.

– Donc les bases mises au point avec Anderson ont été développées et chiffrées par nos experts.

De notre côté, les dossiers sont prêts. Nous sommes opérationnels.

Carvoux embraye :

– J'ai formé notre équipe de négociation. Elle est animée par le nouveau directeur financier et Anderson. Elle aussi est opérationnelle. Un point que vous n'avez pas mentionné : l'amende que va fixer la justice américaine ?

– Je confirme. À notre charge, comme convenu. Maintenant l'habillage. Évidemment, il faudra mettre du gras autour de l'accord, pour le faire passer auprès de vos syndicats et de votre gouvernement. Nous proposons de confier le dossier au cabinet de communicants GTM.

– Le choix de GTM nous convient. La campagne est à la charge de PE.

– Cela va sans dire. Nous leur donnerons carte blanche pour broder sur les thèmes que nous avons retenus et sur lesquels il importe que nous soyons d'accord. Emploi : création d'un millier de postes, un chiffre rond, qui sonne bien, échéances moins précisées. Qu'est-ce que vous en dites ?

– Un chiffre élevé, dans la conjoncture…

– Peu importe, il s'agit de donner la ligne directrice d'une campagne de com'.

– Deuxième thème, les coentreprises. Où en sommes-nous ?

– Nous acceptons d'être minoritaires, mais elles seront dirigées par des Français.

– La première année. L'idée nous paraît excellente, c'est un point que GTM devra mettre en lumière, mais nous ne nous engageons pas sur la durée au-delà d'un an…

Les Français ne tiendront pas longtemps, constate Barrot, toujours muet.

– … Dernier point : les dates de l'opération. Il faut faire vite.

– Nous en sommes convaincus, même si nous avons eu quelques réticences.

– Notre AG a lieu le 9 septembre à New York. Notre CA sera informé avant cette date. Je souhaite que vous veniez assister à notre AG et que nous paraphions notre accord à New York, à cette occasion.

– L'échéance est très rapprochée.

Anderson intervient :

– Il y a urgence. Les rapports des consultants commandés par l'Élysée et le ministère viennent d'être publiés. Ils ne vont pas dans notre sens. Ils risquent de relancer l'action Orstam à la hausse. Moins ils auront de temps pour circuler, mieux ce sera pour nous.

Wesselbaum ajoute :

– Et d'autres grands groupes concurrents sont déjà en ordre de marche. Il ne faut pas leur laisser le temps de s'organiser. Ce sont des groupes qui ne présentent pas les mêmes garanties que nous vis-à-vis de la justice américaine, mon cher Carvoux, dois-je vous le rappeler ?

– À propos de la justice américaine, si je viens à New York, qui me garantit que je ne serai pas arrêté à ma descente d'avion, ou dans une chambre d'hôtel ? Comme cela arrive parfois. Et je ne parle pas seulement de Lamblin.

– J'entends bien. Les ennuis que vous avez rencontrés pendant votre dernier voyage à New York ne se reproduiront pas. Vous avez notre engagement formel. Nous avons déjà négocié avec le département de la Justice. Vous comprenez bien que nous ne prendrions pas le risque de vous faire venir si nous n'avions pas sécurisé votre voyage. Notre seul intérêt est l'accord que nous sommes en train de finaliser avec vous. Au stade où nous en sommes, imaginez que vous soyez arrêté, votre gouvernement ne pourrait pas faire autrement que de réagir. Ce n'est évidemment pas dans notre intérêt.

– Argument convaincant. J'y serai.

– Parfait.

Après avoir photographié la sortie des délégations par acquit de conscience, Reverdy fait des mots croisés, Lainé somnole, le maître d'hôtel les rejoint une heure après la fin du « dîner au Bristol ».

– Vous avez repéré l'arrivée des convives ?

– Oui. Cinq, c'est ça ?

– Deux Américains et trois Français. Le dîner a duré deux heures, le menu vous intéresse ?

– Pas du tout.

– Alors, je n'ai pas grand-chose à vous dire. Ils changeaient de conversation quand nous entrions. Vous avez repéré aussi le garde du corps ?

– Oui. Surprenant pour un repas d'affaires.

– Un homme prêté par l'ambassade, à mon avis. On l'a stocké dans un petit salon voisin. Je me suis occupé de lui. Plutôt sobre, le gars. Il a demandé un hamburger et de la bière. Il avait un appareil, format téléphone portable, sur lequel il a gardé l'œil pendant toute la soirée. Il s'était installé dos au mur, je ne pouvais pas passer derrière lui, pas facile de voir ce qu'il faisait. J'ai d'abord cru à des jeux vidéo. Mais j'ai aperçu l'écran, une fois. Deux courbes qui vibraient. Pas très ludique.

Remerciements, une dernière bière, remise en ordre rapide de l'appartement, et tout le monde va se coucher.

Bien calé dans la berline qui le ramène chez lui, Nicolas Barrot revit la soirée. « Arrêté dans une chambre d'hôtel… ça arrive parfois… les ennuis de votre dernier voyage à New York ne se reproduiront pas… » Cette fois-ci, il tient Carvoux. Demain, au bureau, il fouinera un peu autour de son dernier voyage aux États-Unis. Il trouvera. Et si Carvoux cherche à le débarquer, il lâche tout. Vente d'Orstam sous la menace… Là, il cesse de jubiler. Attention, PE derrière Carvoux, et PE, c'est mon avenir à moi. Comment atteindre Carvoux sans impliquer PE ? Fatigue, nerfs usés, j'y penserai demain.

Dès qu'il est au calme chez lui, il sort le portable espion, réécouter quelques passages de la conversation pour se faire un petit plaisir. L'appareil est mort, grillé, écran noir. Incompréhension, panique. Il met un long moment avant de se ressaisir. Demain, je le porte à réparer. Il consigne sur son ordinateur quelques phrases qui lui ont semblé allusives certes, mais néanmoins compromettantes pour Carvoux, histoire de conserver une mémoire exacte des formulations pleines de sous-entendus employées par Carvoux comme par Wesselbaum. Il est à bout, il va se coucher.

Juste avant de s'endormir, il réalise qu'il était si angoissé et concentré pendant toute cette soirée qu'il n'a aucun souvenir du cadre, de ce qu'il a mangé, de ce qu'il a bu. Dommage. Il reviendra. La fréquentation du Bristol fait partie de ses projets d'avenir.

Mercredi 4 septembre
Paris.

Lainé a acheté viennoiseries et chouquettes, et l'ambiance dans le bureau est plutôt à la fraternité. Il se charge de faire le récit de la soirée. Noria écoute attentivement.

– Avant de passer à la suite, je vais immédiatement faire une note au patron. Rencontre entre les deux PDG d'Orstam et de PE, dans le contexte actuel, ce n'est pas anodin.

Quand elle revient, elle a le sourire.

– L'information parvient oralement dans les ministères et à l'Élysée avant la fin de la matinée.

La discussion reprend dans l'équipe.

– Le garde du corps...

– Un agent de l'ambassade.

– Que venait-il faire ? Pas jouer à la PlayStation.

– Ni surveiller sa délégation, à la mode soviétique de la belle époque.

– Donc surveiller la délégation française. Mais pourquoi ?

Noria mange la dernière chouquette. Elle a un faible pour les chouquettes.

– Reprenons l'hypothèse de Reverdy. Les Américains peuvent savoir que Barrot joue à enregistrer son patron...

– Le gorille aurait été là pour vérifier avec son pseudo-jeu vidéo que personne n'avait ouvert de portable pour enregistrer pendant le dîner. Barrot ou un autre d'ailleurs. Précaution assez classique.

– Si Barrot l'a fait...

– Il est assez con pour le faire.

– ... il joue gros.

– Et maintenant, qu'est-ce qu'on fait ?

Dans la matinée, avant de repartir vers New York, Wesselbaum, le PDG de PE, rencontre brièvement Claire Goupillon pour faire le point avec elle.

– Carvoux viendra signer l'accord à New York le 9 septembre, pendant notre AG.

– Vous dînez chez lui, il signe chez vous. Joli symbole. Et il ne crève pas de peur à l'idée de mettre le pied sur le sol américain ?

– Non, enfin... Il a ma parole. Il n'a toujours pas informé le gouvernement français de façon officielle ?

– Non.

– Ni son CA ?

– Non.

– À quoi pense-t-il ? Si le terrain n'est pas préparé, quel accueil allons-nous recevoir ?

– Ça va tanguer un peu, mais rien d'irrémédiable. Le vote majoritaire du CA ne fait aucun doute. Carvoux a trouvé le moyen d'éliminer les administrateurs les plus hostiles sous des prétextes divers, du genre conflits d'intérêts pour tous ceux qui ont travaillé à un moment quelconque avec la concurrence. Béton et les administrateurs américains, qui sont à la manœuvre, emmèneront les indécis. Côté syndicats, pas d'opposition. Côté gouvernement, l'Élysée est acquis. Le seul point noir, c'est le ministère du Redressement productif, mais nous avons des alliés chez lui.

– Il faut voir le ministre, l'informer, c'est une démarche normale. Chez nous, nous l'aurions déjà fait depuis longtemps.

– Carvoux le fera après le vote du CA.

– Pour mettre le ministre devant le fait accompli ?

– Oui.

– Pour l'humilier publiquement ?

– Quelque chose comme ça.

– Des gosses dans la cour de récréation. Je ne comprendrai jamais rien aux Frenchies. Aucun sens des affaires. Plus sérieusement, mes amis américains de Paris me parlent de fuites répétées du côté français, et au plus haut niveau d'Orstam, dans l'environnement immédiat de Carvoux. Vous y croyez, Claire ?

– Des informations importantes semblent bien être parvenues aux services de police de façon assez systématique et rapide. Maintenant, l'impact de ces fuites…

– Pour l'instant, c'est sans conséquence, vous avez mis en place les contre-feux institutionnels. Mais dans la dernière phase, celle de la bataille pour la conquête de l'opinion, c'est une autre histoire. Il faut protéger le secret des affaires. Nous savons tous les deux que l'étalage sur la place publique de certains des moments clés de l'opération peut devenir très gênant, provoquer des réactions de rejet. Nous ne voulons pas prendre de risques.

– Vos amis, comme vous dites, sont plus qualifiés que moi en la matière.
– Mes amis ont effectivement leur point de vue. Mais il faut en parler à Carvoux.
– Je le vois tout à l'heure. Qu'est-ce que je lui dis ?
– Obtenez de lui une sorte de laisser-faire, sans entrer dans les détails.
– Détails que je ne connais pas, d'ailleurs, et ne souhaite pas connaître.

Le ministre du Redressement productif n'a pas beaucoup de temps à consacrer à Orstam. Mais il est cependant perturbé par la contradiction apparente entre l'alerte « crise de trésorerie » de la direction et les conclusions plus constructives des bureaux d'études. Quand arrive en milieu de matinée la note du Renseignement parisien sur un dîner entre les PDG d'Orstam et de PE, il a une réaction d'inquiétude. Il a laissé passer quelque chose d'important ? Risque de perdre pied ? Il questionne ses conseillers, son entourage : Que se passe-t-il vraiment à Orstam ? Il ne récolte aucune réponse ferme. Daniel Albouy, très ami avec le ministre et avec le patron d'Orstam, propose, sans répondre à la question, d'arranger une rencontre dans les locaux du ministère, pour lever toutes les incertitudes. Mais Carvoux n'est pas facile à joindre : absent d'Orstam toute la journée, portable sur répondeur. Albouy a alors l'idée de faire jouer le réseau, passer par Claire Goupillon et, banco, il le trouve, justement dans le bureau de Claire Goupillon. Carvoux accueille très fraîchement la proposition de rencontrer le ministre, puis finit par accepter quand il apprend que la nouvelle du dîner au Bristol est déjà parvenue au ministère. Quand il raccroche, le visage figé, il reste silencieux plusieurs secondes. Il récapitule mentalement la série de fuites vécues depuis deux mois vers les ministères et l'Élysée, vers l'AMF avant même l'alerte « crise de trésorerie », lui a-t-on dit, maintenant le dîner au Bristol, ils étaient trois à être au courant. Si jamais le 25 février remontait à la surface... Qui a eu des contacts avec Lapouge ? Barrot... Il se retourne vers Claire :

– Je crois que vous avez raison, j'ai sans doute fait une erreur de casting. Vos amis font comme ils l'entendent.

La rencontre a lieu dans le bureau du ministre le 4 septembre, en toute fin d'après-midi. Carvoux vient seul, Daniel Albouy accompagne le ministre. Après quelques brèves civilités, l'ambiance est glaciale, le ministre demande :

– Pourquoi l'alerte à la « crise de cash » ?

– Par honnêteté vis-à-vis de nos actionnaires.

– Les rapports de nos experts sur la situation d'Orstam ne sont pas si alarmistes.

– Je suis mieux informé sur la situation de mon entreprise que vos étudiants en économie qui viennent faire leurs travaux pratiques chez moi.

Daniel Albouy tempère ces propos :

– C'est de l'humour, monsieur le ministre.

– Dans le contexte de crise aiguë que vous décrivez, comptez-vous mettre à l'étude des prises de contacts, des rapprochements avec de grands groupes étrangers ?

– Non, ce contexte ne joue pas, monsieur le ministre.

– Vous avez dîné avec Wesselbaum, le PDG de PE…

– Vous me faites espionner, monsieur le ministre ?

– Certainement pas, mais le Bristol n'est pas un lieu particulièrement discret et cette information circule un peu partout. Vous apprêtez-vous à mettre en discussion un rapprochement avec PE ?

– Monsieur le ministre, je dîne plusieurs fois par semaine avec des dirigeants patronaux du monde entier. Cela fait partie d'une politique de relations publiques courante dans notre milieu, Albouy, qui nous connaît bien, pourra vous le confirmer. Chaque repas n'a pas de signification lourde.

– Si vous envisagez un rapprochement, vous nous informerez en priorité, avant toute décision, et en temps et en heure ?

– Bien évidemment.

Quand le PDG est parti, Daniel Albouy se tourne vers le ministre :

– Vous voilà rassuré ?

Le ministre ne répond pas.

Carvoux rumine, calé sur la banquette arrière de sa voiture. Il a pesé chaque mot, il pourra soutenir qu'il n'a jamais menti au ministre. « Chaque repas n'a pas de signification lourde », évidemment, mais certains en ont une… « Informer en temps et en heure », bien sûr, c'est-à-dire le plus tard possible, je suis maître du temps… Il ne convaincra personne, et surtout pas le ministre, c'est sans importance, cet homme n'a pas d'avenir. En revanche, il faut prendre au sérieux la pression de plus en plus forte, de plus en plus documentée qui vient de différents côtés. Wesselbaum a raison, maintenant, il ne faut plus tarder.

En quittant le bureau du ministre, Albouy, qui connaît bien Carvoux, comme celui-ci l'a dit au ministre, a compris que l'échéance était imminente, il est temps de rédiger son manifeste ultralibéral. Il s'y met en rentrant chez lui parce qu'il se sent en forme ce soir-là. Il est un pur produit de l'ENA, ce que l'on fait de mieux dans l'élite française, dit-on. Donc il pense clair et ordonné. Certes, la science économique n'est pas son point fort, mais il n'entend pas se compliquer l'existence. Quelques idées bien rodées depuis la fin du XVIIIe siècle feront l'affaire. Et la première d'entre elles, inusable : libre circulation des capitaux et des marchandises.

« Tous les capitaux étrangers sont les bienvenus en France… »

Pas éblouissant, mais sobre, solide, incontestable. Attention, ne pas rester trop abstrait. Il s'agit d'appuyer un projet précis, le rachat du français Orstam par l'américain PE. Facile. L'Amérique est le garant du camp de la liberté et de la démocratie à l'échelle mondiale.

« … en particulier ceux de nos amis américains, nos premiers partenaires. »

Face à cette pensée claire, mais peut-être un peu succincte, il est bienvenu de discréditer les éventuels opposants, avec une louche de perfidie politique :

« La xénophobie n'est pas l'avenir de la France… défendre l'industrie française, c'est faire le jeu du Front national… Et c'est ce que fait notre ministre depuis deux ans. »

Il relit son texte, le complète, apporte une ou deux corrections ici ou là, l'estime excellent. Maintenant qu'il tient son argumentaire, il prépare la diffusion. Il fait une liste des énarques à l'étage du ministre visé par son texte, en face de chaque nom, il inscrit la promotion à l'École, les appartenances à une même promotion dessinent les grandes lignes des réseaux de communication et d'influence. Le moment venu, en quelques clics bien ciblés, il couvrira l'étage. Maintenant, l'orage peut éclater, il est prêt. Il va se coucher avec le sentiment du devoir accompli.

Chapitre 20

Jeudi 5 septembre
Préfecture de police de Paris.

Quand l'équipe de Ghozali se retrouve en début de matinée pour faire le point, Lainé arrive avec une bombe, la transcription du récit du dîner au Bristol rédigé la veille par Barrot.

– Je n'avais pas relevé son ordinateur hier matin. J'ai pris l'habitude de le faire en fin d'après-midi. C'est une erreur.

Lecture et relecture attentives.

– Il s'agit sans doute de phrases prononcées pendant le dîner, par Wesselbaum et Carvoux.

– Pourquoi a-t-il tapé ce texte ?

– Pour les mêmes raisons sans doute qu'il enregistre…

– S'il enregistre.

– Et parce que l'enregistrement n'a pas marché ?

– Il a perdu son téléphone ?

– Le témoignage de Sampaix est peut-être validé, par les acteurs eux-mêmes.

– Peut-être, mais qu'avons-nous dans notre dossier ? Un témoignage de seconde main d'un vieil homme, qui le démentira probablement si nous cherchons à l'utiliser, et quelques lignes de dialogue allusif non daté, non situé, entre deux interlocuteurs non identifiés, sur un ordinateur que nous avons piraté illégalement. Je ne suis pas sûre de voir ce que l'on peut en faire.

– Il faut s'en servir pour faire craquer Barrot. C'est la seule solution et c'est le moment, je le sens bien.

– Lainé ?

– D'accord.

– Au travail.

Petit à petit, un montage se met en place. Ce soir, Reverdy et Lainé planquent à proximité de l'appartement de Barrot et attendent son retour. S'il rentre seul comme c'est probable, les deux flics lui laissent un petit quart d'heure pour prendre ses aises, baisser sa garde, puis ils montent, s'invitent chez lui et lui font vraiment peur. Les Américains ne sont peut-être pas le bon choix. Buck et Lara avaient choisi les Américains. Et ils sont morts.

– Lara n'est peut-être pas morte.

– Pas le moment de faire dans la nuance. Il faut faire comprendre à Barrot que ses pratiques d'enregistrement…

– Supposées…

– Pareil, nous n'avons ni le temps ni les moyens de faire dans la nuance, simplement il faut du doigté dans la présentation, pour pouvoir faire marche arrière si nous nous apercevons que nous faisons fausse route.

– … sa pratique des enregistrements pirates donc, le met lui aussi en danger. Surtout celui du dîner du Bristol.

– Là, il ne faut pas hésiter à baratiner et grossir au maximum la menace. Il sera très fragilisé quand il apprendra que nous avons son récit du dîner. Il faut obtenir qu'il accepte de nous donner ses enregistrements.

Paris.

Mission délicate. Reverdy est enthousiaste, Lainé plus réservé. Préparation soignée. Reverdy a monté un dossier avec les témoignages et quelques photos sur Buck et Lara, Lainé a informé le commissariat du XVIIe de leur présence pour éviter les embrouilles, et ils ont chargé dans la voiture dans laquelle ils planquent un récepteur pour écouter le micro installé de façon peu réglementaire chez Barrot, histoire de ne pas débarquer à contretemps. Et ils attendent. Le micro est muet, Barrot se fait désirer.

Les deux flics le repèrent enfin vers 22 heures, il marche tranquillement dans la rue, entre dans son immeuble. Une minute plus tard, le micro se déclenche, la porte claque, bruit de pas, son d'une radio ou d'une télé, dans quelques secondes les informations.

Une femme marche dans la rue déserte, sur l'autre trottoir. Grande, bien balancée, vêtue de noir, pantalon, imperméable ceinturé, chapeau de feutre, elle arrive en face de l'immeuble du 9 de la rue Nollet, traverse, s'arrête devant la porte d'entrée, fait le code sans une hésitation, entre.

– Me dis pas qu'elle va chez Barrot...

– Tu paries ?

– Une pute ? Avec des épaules de catcheuse...

Dans le micro, une sonnerie.

– Gagné. Quelle poisse !

La radio ou la télé se tait, la porte s'ouvre, voix de Barrot :

– Qui demandez-vous ?

– Toi, Nicolas. Je viens des Nuits parisiennes (Reverdy et Lainé sursautent) sur le compte de ton avocat. (S'emmerde pas, le petit Nicolas.) Tu m'offres un verre ?

(– Accent américain », murmure Lainé.

– Les Nuits parisiennes sont spécialisées clientèle américaine, donc putes américaines, souffle Reverdy.)

– Je n'ai rien à boire ici.

– J'ai apporté la bouteille, va chercher des verres. Et de la glace.

Bruits assourdis. Quand il revient, Barrot a un rire gêné. La voix de femme : « Lara m'a dit que tu aimais ça. »

Les deux flics se regardent : Lara ? Toujours dans le circuit ? Aimer quoi ?

Deux verres s'entrechoquent. La voix de femme, impérieuse : « Laisse-toi faire, bonhomme. »

Reverdy est submergé par le souvenir, la voiture, la nuit, le bois de Vincennes, Christine, autoritaire, le renverse, une main glisse sous sa chemise, caresse ses épaules, crissement des ongles sur la peau, il frissonne, les doigts descendent vers ses seins, déboutonnent la chemise, elle murmure : « Laisse-toi faire », un coup de langue sur la pointe des seins, la main atteint son ventre, afflux de chaleur…

Là-haut, un son qui vacille entre gémissement et râle.

Reverdy se remémore, dans le bois de Vincennes, il se laisse aller, lâche prise, elle le bouscule, le tient dans ses mains, il n'est plus maître de son désir, de son plaisir. Délices. Là, tout de suite, il rêve qu'Orstam a sombré, enfin libre, il retrouve Christine pour de longues heures de corps emmêlés.

Là-haut, la voix de femme : « Maintenant, à la douche. »

Temps mort. Reverdy reprend lentement ses esprits. Lainé, tassé dans son coin, se demande s'il devra supporter encore longtemps de jouer les voyeurs non voyants.

Rires, le couple revient. Voix de femme : « Au lit. Massage avant la baise. J'ai apporté l'huile que tu aimes, m'a dit Lara. » Les bruits s'éloignent.

Les flics ouvrent deux canettes de bière.

– Moyennement fraîche, râle Lainé.

Très assourdi, un cri rauque, des coups sourds, le cri s'étouffe, un objet tombe, bruit de verre qui se brise, Lainé se redresse :

– Putain, ils se battent…

– Elle est en train de l'assassiner…

Les deux hommes jaillissent de la voiture, courent dans la rue. Reverdy crie :

– Appelle le commissariat, demande du renfort. Je monte, toi tu bloques la porte de l'immeuble. L'Américaine n'est pas venue seule.

Reverdy fait le code, entre, grimpe les quatre étages à plein régime, se jette dans l'élan contre la porte, pied en avant dans la serrure, qui cède, pénètre en trombe dans l'appartement, la chambre droit devant, un corps nu à plat ventre sur le lit, la catcheuse debout en train d'enfiler un pantalon, sans ralentir il la percute, bascule avec elle sur le plancher, sous sa main une lampe de chevet en cuivre, il l'attrape et assomme la femme.

Il se relève, se penche sur le corps allongé sur le lit. Barrot. Étranglé avec un cordon de cuir tressé, apparemment sans vie. Reverdy perd quelques secondes à chercher à desserrer le cordon sans y parvenir, nœuds complexes, autobloquants. Il fonce dans la kitchenette, attrape un grand couteau de cuisine et des ciseaux, revient sur le corps, s'acharne à couper le cordon sans y parvenir. Barrot est mort. Il se redresse. Au sol, la femme n'est plus là. Restent un tee-shirt, un pantalon, des chaussures.

Devant l'entrée du 9, une voiture s'arrête, deux hommes en descendent, Lainé leur barre la route, sort sa carte tricolore, ils hésitent, la sirène d'une voiture de police approche, les deux hommes remontent dans leur voiture, qui s'éloigne et disparaît. Lainé a reconnu Sutton.

À l'étage, Reverdy s'assied sur le lit, énorme coup de barre. La femme a dû sortir à peu près nue sous son imperméable. Bloquée à la sortie par Lainé ? Sur le lit quelques jouets sexuels facilement identifiables. Le cordon étrangleur est noué aux barreaux de la tête de lit, une mise en scène inachevée, peu convaincante de baise sado qui tourne mal.

Le micro, récupérer le micro ? Et comment justifier notre intrusion ? Je laisse.

Dans l'escalier, le bruit d'une équipe de policiers en train de monter.

Téléphoner à Noria.

– Venez chez Barrot, Noria. Vite. Il est mort, assassiné. Et moi, je suis dépassé.

Quand Noria arrive devant l'immeuble où habite Barrot, il est 1 heure du matin, la rue est animée, va-et-vient des voitures de flics, du médecin légiste, de la scientifique, quelques curieux traînent sur les trottoirs. Lainé l'attend, à quelques pas de la porte de l'immeuble. Il l'entraîne vers la voiture dans laquelle ils ont planqué, au début de la nuit.

– Les enquêteurs ont fini de l'examiner, nous pouvons nous en servir.

– Reverdy, où est-il ?

– Il est là-haut, il va nous rejoindre. Laissez-moi vous raconter ce qui s'est passé.

Récit détaillé, précis. Noria écoute, tendue, regard baissé. Puis Lainé enchaîne :

– Dans un premier temps, le capitaine Grandjean, du premier district de police judiciaire, chargé de l'enquête, n'a pas cru à l'existence de cette femme qui assassine, que Reverdy assomme, puis qui s'évapore, et il voyait bien Fabrice en suspect numéro un. Ça lui est passé devant l'accumulation de preuves matérielles et quand ses hommes ont découvert une autre sortie par la cour de l'immeuble et la rue de Bizerte. Mais il vérifie soigneusement tous les éléments du témoignage de Fabrice, et en sa présence.

– Fabrice, comment supporte-t-il ?

– Sonné, mais il tient. Il y a deux points dont nous devons parler. D'abord, dans la voiture qui s'est arrêtée devant l'immeuble quand je bloquais l'entrée, j'ai reconnu Sutton. (Noria digère la nouvelle en silence.) Et ça, je ne l'ai pas mentionné dans mon témoignage.

– Vous avez bien fait.

– Deuxième point, le micro fantôme posé chez Barrot est remonté à la surface.

– J'assume, seule. Je l'ai déjà dit.

– Peut-être, mais ça risque de tanguer.

Reverdy arrive à ce moment, tout cabossé. Il s'assoit dans la voiture.

– J'ai merdé, grave. Tous azimuts.

Noria le regarde attentivement.

– Vous êtes seul chez vous cette nuit ? (Reverdy hoche la tête.) Vous n'êtes pas en état de finir la nuit tout seul, je vous ramène chez moi, vous dormirez sur le canapé. Allons nous coucher. Nous y penserons demain.

Vendredi 6 septembre
Paris.

Sutton récupère rue de Bizerte « l'amie de Lara », la belle femme aux épaules de catcheuse, nue sous son imperméable noir. Il l'emmène à l'ambassade et se fait faire un rapport complet de l'opération. L'objectif est atteint, la cible est morte. Intervention parfaitement inattendue d'un homme qui déboule dans l'appartement en boulet de canon.

– Un flic français, précise Sutton.

– Bien, un flic. Il avait obligatoirement un moyen de surveillance dans l'appartement, impossible autrement.

Sutton digère. Il n'a pas pensé un instant à faire vérifier que l'appartement de Barrot était « propre ». Et cette intrusion suggère clairement que Barrot n'était pas à l'origine des fuites constatées. Un peu tard.

Elle continue :

– Ma perruque m'a sauvée. Quand l'homme m'a assommée, elle a amorti le coup, j'ai fait la morte et j'ai filé dès qu'il a eu le dos tourné.

– Vous rentrez aux States tout de suite. Vous avez ici un passeport établi par l'ambassade avec votre nouvelle identité, un billet d'avion, décollage de Roissy dans trois heures. Je vous accompagne jusqu'à l'aéroport pour m'assurer que tout va bien. Une voiture nous attend dans la cour. Brigit, merci.

Vous vous êtes très bien tirée d'une situation délicate, qui n'aurait jamais dû se produire. J'assume la responsabilité de l'erreur dans le montage.

L'embarquement de Brigit se passe sans encombre. Sur le chemin du retour, Sutton gamberge. Il a sous-estimé ces flics qui l'empoisonnent. Il a attribué les ennuis de Buck avec la police française aux conséquences des liens cachés qu'il avait conservés avec les mafias canadiennes. Erreur. Les flics français s'occupaient déjà d'Orstam. Pas de hasard. Ne jamais sous-estimer l'adversaire. Il devrait le savoir, depuis le temps. C'est le danger, quand on est en pays conquis, on s'endort. Il faut se débarrasser d'eux à tout prix. Comment s'y prendre ? Savoir d'abord qui ils sont. Donc avoir accès au dossier d'enquête. Pour cela, par qui passer ? Toucher un conseiller au ministère de l'Intérieur ? Claire Goupillon saura qui joindre. Je ne m'adresse pas directement à elle. Contacter les avocats, Burgess ou Hoffmann, d'excellents intermédiaires.

Levallois-Perret.

Dès 8 heures du matin, trois policiers du 1er DPJ se présentent au siège d'Orstam et demandent à voir le chef de la sécurité. Le successeur de Sautereau les reçoit. Ils lui apprennent la mort de Nicolas Barrot dans la nuit. Mort violente. Peut-être accidentelle, des suites d'une séance de sexe sado, ou criminelle dans le même cadre, on attend les résultats de l'autopsie. Les policiers n'ont trouvé aucune adresse de membres de sa famille à son domicile. Ils demandent donc à l'entreprise de les leur communiquer pour pouvoir informer les proches. Ils souhaitent aussi examiner son bureau, pour y chercher d'éventuelles listes de partenaires dans ces jeux dangereux. Le chef de la sécurité les y emmène et assiste à la fouille, qui dure plus d'une heure, sans grand résultat.

Ils sont déjà repartis quand Carvoux apprend à la fois la mort de Barrot et le passage des policiers. Il a une bouffée de colère, qu'il passe sur le chef de la sécurité, aucun élément extérieur de quelque importance ne doit pénétrer dans l'immeuble sans son autorisation et la police est importante, puis il s'enferme dans son bureau. Mélange de peur et d'admiration. Travailler avec des racketteurs et des tueurs... Rapides, efficaces. On ne résiste pas à la machine américaine. Comment gérer la situation ? Deux cadres dirigeants morts, l'un au milieu des travelos, l'autre dans une séance de sexe sado. Et un troisième en taule aux États-Unis avec des histoires de cocaïne et de pédophilie. Pas reluisant. Mais moindre mal. Au fond de sa pensée, même s'il s'interdit de le formuler, il sait qu'il a donné le feu vert à l'assassinat de Barrot. Il serait fâcheux que l'information vienne à circuler.

Téléphone. Albouy :

– Alors, un nouveau mort chez les dirigeants d'Orstam ?

– Les nouvelles vont vite, mais dirigeant, n'exagérons rien.

– J'ai eu un appel de Claire Goupillon. Elle craint que, si la série continue, l'effet sur l'opinion publique ne soit désastreux. Et la présence policière n'est jamais bonne dans la vie d'une entreprise.

– Elle est gentille, Claire. Je ne vois pas du tout ce que je peux y faire.

– Ce sont des agents de la Direction du Renseignement parisien qui inondent les ministères de notes diverses concernant Orstam, je l'ai vérifié auprès du cabinet du ministre du Redressement productif. Et ce sont encore eux qu'on a trouvés cette nuit dans l'appartement de Barrot au moment du meurtre, alors qu'ils n'avaient rien à y faire. Tuyau en béton que je tiens d'un conseiller du directeur de la Police nationale, qui a jeté un œil sur l'enquête en cours. Peut-être l'occasion de pousser une gueulante et de demander qu'ils arrêtent leurs petits jeux.

Carvoux réfléchit quelques instants.

– Ce n'est pas une mauvaise idée. Je vais tester ma colère sur l'ahuri de l'Élysée.

Préfecture de police de Paris.

Au moment où l'équipe de Ghozali se retrouve dans le bureau, vers 9 heures du matin, la fatigue de la nuit absorbée en grande partie, Reverdy reçoit un coup de fil affolé de Martine Vial.

– Nicolas Barrot est mort. Vous le savez ?

– J'ai entendu un bruit là-dessus ce matin, oui. Vous confirmez ?

– Absolument. Étranglé, dans une séance de sexe sado. Après Buck... Nous sommes tous très perturbés, au bureau.

– Comment l'avez-vous appris ?

– La police est venue tôt ce matin. Ils ont fouillé dans son bureau. Ils recherchaient les noms de ses partenaires... Quelle horreur...

Sitôt le téléphone coupé, Reverdy retransmet la conversation à Lainé et à Ghozali d'un ton monocorde, et enchaîne :

– J'ai tout merdé. Je me sens personnellement responsable du désastre. Je me répète en boucle nos échanges, il n'y a pas si longtemps : « Qui est la prochaine victime ? Nicolas Barrot. Pourquoi ? Parce qu'on lui colle au cul. » Et ce connard meurt sous mes yeux. Ensuite, je suis incapable d'assommer la meurtrière et je la laisse filer. Enfin, je prends la mauvaise décision, je ne protège pas notre équipe en mettant notre micro espion à l'abri. La totale.

Lainé, moins secoué que Reverdy, fait de son mieux pour continuer à y croire :

– Le 1er DPJ a perquisitionné le domicile et le bureau de Barrot. Ils ont peut-être retrouvé des choses. Un récit du dîner au Bristol utilisable par exemple. Nous pouvons aussi passer poser quelques questions aux Nuits parisiennes…

Noria tranche :

– Il s'agit d'une exécution par la CIA, pas d'une improvisation d'amateurs genre Castelvieux. La femme qui nous intéresse est déjà hors de nos frontières. Mais cessez de vous enfoncer, Fabrice. Règle de vie : Quand on est au fond du trou, il faut arrêter de creuser. Barrot n'a pas été exécuté parce que nous le pistions, les Américains ne l'ont pas compris avant cette nuit, mais parce qu'il en savait trop et n'inspirait plus confiance, avec ses conneries d'enregistrements. Nous n'avons eu qu'un quart d'heure de retard, rappelez-vous. Vous seriez entrés chez Barrot avant la catcheuse, l'histoire tournait autrement. Maintenant, rideau. Je vais faire toutes les notes et rapports nécessaires, en mettant explicitement en cause Sutton, la CIA, l'ambassade, et je vais remettre le tout à nos patrons cet après-midi, en y joignant la transcription du récit de la soirée au Bristol, en expliquant comment elle nous est parvenue. Si ceux qui ont le pouvoir d'intervenir veulent le faire, ils auront tout en mains. Les piratages, micro et ordinateur, c'est mon affaire, j'assume. Pendant ce temps, partez en week-end tous les deux. Moi, j'ai rendez-vous lundi avec les patrons, pour faire le bilan complet de l'opération Orstam. Ça risque d'être long et douloureux. Nous nous retrouvons tous les trois ici mardi. Tâchez de vous changer les idées pendant le week-end et revenez avec un moral d'acier. Tout le monde en aura besoin.

Samedi 7 septembre
Paris.

Noria s'éveille lentement, l'esprit lourd. Elle a pris des somnifères la veille au soir, effet garanti, car elle n'est pas très coutumière du fait. Elle se lève avec précaution, pour ne pas vaciller, prépare une pleine cafetière et entreprend de la vider, à demi couchée dans son fauteuil devant la baie grande ouverte sur le bassin de la Villette. Superbe lumière douce, un avant-goût d'automne.

Ce café est dégueulasse, maintenant que je le sais, il va falloir que je trouve une solution.

À côté d'elle, épinglées sur le mur, deux des photos prises par Bastien, la première, « Le courage de fuir », et la dernière, « C'est cassé ». Elle lève sa tasse dans leur direction : À votre santé, les filles.

Sonnerie du téléphone. Elle regarde sa montre. 10 heures, déjà. Elle répond.

– Bonjour Noria.
– Bastien… Vous êtes de retour ?
– Oui, je suis rentré hier matin de New York. Un peu fatigué, mais content de mon travail. Je suis curieux de savoir comment vous avez trouvé les photos.
– Les filles sont là, sur mon mur, et je suis en train de boire à leur santé.
– Vous êtes libre à midi ? Je passe vous prendre et nous déjeunons ensemble ?
– Ça me va.
– Je vous appelle en arrivant en bas de chez vous…
– Et je descends. Entendu.

Bastien l'emmène sur la place de la Fontaine-aux-Lions, au parc de la Villette. Ils s'installent à la terrasse du Café de la Musique. Noria regarde en silence l'espace très dégagé et minéral, l'esplanade pavée, la fontaine, large, basse, ronde, en pierre claire rythmée par les masses plus sombres des statues des lions couchés et, pour clore l'horizon, la silhouette de la halle en verre et fer.
– Exactement l'endroit où j'avais envie d'être aujourd'hui. Vous avez du talent.
– On n'y mange pas très bien, mais Daquin prétend que vous n'aimez pas manger. C'est vrai ?
– Oui, mais comment le sait-il ?
– Il faudra le lui demander. Il m'a remis ceci pour vous.

– Une carte d'auditeur libre à Sciences Po pour l'année qui vient…

– Il m'a dit que vous en aviez parlé ensemble et il serait honoré et heureux que vous l'acceptiez.

Noria est bousculée. Daquin me propose déjà le dialogue de l'après-Orstam ? Toujours un coup d'avance…

– Dites-lui que j'attends avec impatience le début de l'année universitaire.

Ils commandent le déjeuner. Noria une salade composée, Bastien un tartare.

– Guillaume Neveu m'a téléphoné ce matin et m'a dit que vous étiez passée le voir sur le tournage…

– Plusieurs fois.

– … et qu'il vous avait fait une offre…

– Exact.

– … un poste de conseillère sur les séries policières pour sa maison de production, sans engagement d'exclusivité, c'est une très belle proposition.

– Et je l'accepte.

– (Surpris.) Il ne me l'a pas dit.

– Il ne le sait pas encore.

Mardi 10 septembre.

Carvoux rentre de l'AG de PE qui s'est tenue le 9 septembre à New York. Vol de nuit, arrivée prévue au Bourget à 10 heures, heure française. Fatigué, mais détendu. Malgré les promesses de Wesselbaum, le souvenir du guet-apens vécu en février dernier dans sa chambre de l'hôtel Pierre a empoisonné son séjour. Maintenant, il est hors de portée de la justice américaine, à l'abri des mauvaises surprises. L'accord qu'il a signé aujourd'hui avec Wesselbaum et que l'AG de PE a ratifié fixe un prix d'achat qui sera encore à ajuster, mais qui tourne autour de douze milliards de dollars. Une somme qui permet d'arroser généreusement actionnaires et administrateurs et qui garantit donc le vote des instances décisionnelles en faveur du rachat par PE. Bien mieux, l'accord prévoit que l'amende pour corruption de huit cents millions de dollars que réclame la justice américaine sera prise en charge par l'acheteur. Ce qui signifie pour lui, Carvoux, la fin de toutes les menaces, de toutes les angoisses, et un parachute doré que ne manquera pas de lui voter le CA pour avoir si bien négocié cette vente mirifique. C'est la promesse d'une retraite honorable et prospère. Il sourit. Une réunion extraordinaire du CA est convoquée pour le dimanche 15 septembre. Dans cinq jours. La délivrance est proche. Après, il faudra encore se confronter au ministre, mais quand il aura l'aval du CA, ce sera un jeu d'enfant… Ce connard n'aura qu'à s'incliner. Il somnole.

La dépêche de l'agence de presse Bloomberg lui parvient au-dessus de l'Atlantique.

« PE est en discussion pour racheter Orstam… la plus importante acquisition que PE ait jamais réalisée… environ treize milliards de dollars… PE escompte accroître très vite la marge d'exploitation de l'entreprise… et faire six cents millions de dollars de bénéfices annuels supplémentaires. » Une autre dépêche indique que « le PDG d'Orstam assistait à l'AG des actionnaires de PE ».

Ça n'était pas du tout prévu. Journalistes de merde. Avis de tempête. Et pas moyen de descendre en marche…

Paris.

Quand le ministre prend connaissance de la dépêche Bloomberg, le 11 septembre vers 8 heures du matin, sa première réaction est de ne pas y croire. C'est un canular, une fausse nouvelle. Quand son entourage la lui confirme, il se sent d'abord personnellement blessé, ridiculisé. Il enrage. Un géant de l'industrie française, qui joue un rôle clé dans la filière Énergie, tant dans le nucléaire que dans les énergies renouvelables, le cœur de l'économie du XXIe siècle, racheté par les Américains sous son nez, sans qu'il ait compris ce qui était en train de se passer… Ministre du Redressement productif… Une toute petite voix lui murmure : « Les signaux d'alarme existaient, nombreux », et sa rage monte encore d'un cran... Il mesure enfin l'ampleur de la catastrophe. Désastre national, désastre politique, désastre personnel. La colère ministérielle ravage tout l'étage.

Daniel Albouy circule de bureau en bureau.

– Laissons passer l'orage.

Il appelle Claire Goupillon.

– Il me faut un exutoire. Un calmant, une bonne nouvelle, une sucette, un doudou, n'importe quoi, quelque chose.

Elle l'informe que Carvoux atterrit au Bourget à 10 heures. Maintenant que la vente est quasiment acquise, quoi qu'en pense le ministre, il est juste que Carvoux prenne sa part d'une colère que son comportement a contribué à provoquer et assume la fonction de défouloir. Albouy transmet l'information au ministre, qui envoie une voiture cueillir Carvoux à sa descente d'avion.

Dans son bureau, le ministre brûle sa colère en hurlant des injures au visage de Carvoux, impassible, qui lui rappelle à intervalles réguliers qu'il est le PDG d'une entreprise privée et qu'il se moque de ce que peut penser et dire l'un des sept ministres de Bercy, puis finit par lui concéder un report d'une semaine de la date de réunion du CA qui va se prononcer sur la vente à PE. Ce ne sera plus pour le 15 septembre, mais le 22. Le ministre s'en contentera.

De son côté, Daniel Albouy estime nécessaire de ne pas perdre de temps pour diffuser dans Bercy son « manifeste » libéral de soutien à PE. « Manifeste »… Il a beau avoir de l'estime pour lui-même, il sent bien que le terme est un peu trop lourd pour le contenu du texte. Pétition conviendrait mieux. Une pétition est par définition courte et simple, voire simpliste. Mais une pétition est faite pour être signée… Attention. À l'ENA, on apprend qu'il faut savoir ménager l'avenir. Certes, selon toute vraisemblance, l'actuel ministre sombrera dans le désastre annoncé. Mais qui lui succédera ? Si, par malheur, ce n'était pas un ultralibéral ? Prendre publiquement l'initiative de faire circuler ce texte serait une imprudence impardonnable. Albouy l'introduira au niveau du troisième étage, là où il a sa raison d'être, par Internet en utilisant les réseaux en place et sans en prendre la responsabilité. Problème réglé. Mais signer une pétition, afficher son nom au bas d'un texte peut aussi être risqué. Albouy a une idée géniale. Les signataires mettront une simple croix en bas du texte. En deux jours, la pétition recueille 139 croix à l'étage du ministre et devient le texte du collectif 139 de Bercy. Pas d'auteur, pas de noms des signataires. Le ministre est désavoué par son propre service et personne ne se compromet. Un chef-d'œuvre.

Noria Ghozali se lève tard, consacre un temps inhabituel à sa toilette, pas de douche, un bain. Des crèmes, du parfum. Toilette des morts, toilette des nouveau-nés. Elle s'habille lentement, met un blouson rouge de cuir très fin, le cadeau d'un homme perdu de vue depuis une dizaine d'années, et qu'elle porte rarement. Elle se regarde dans la glace. Contente de son image, un écho de la photo « Courage de fuir ». Puis elle descend à pied vers l'île de la Cité, à la rencontre de Reverdy et de Lainé, dans le bureau, tout en haut de la préfecture.

Quand elle arrive, ils l'attendent tous les deux derrière leur bureau, manifestement impatients.

– Alors, qu'ont dit les patrons ?

– Je leur ai remis le rapport dont nous avons parlé. Ils partagent notre point de vue sur le racket américain sur Orstam et la présence de la CIA derrière les deux meurtres commis sur notre territoire.

– Parfait.

– En poursuivant la discussion, nous sommes également tombés d'accord sur le fait que le sort d'Orstam ne se joue pas au niveau du renseignement, mais au niveau politique… Or, dans l'après-midi de vendredi, puis pendant tout le week-end, le téléphone a chauffé. D'abord l'Élysée. Le secrétaire général adjoint a appelé pour demander que la Direction du Renseignement parisien cesse de harceler les dirigeants d'une entreprise aussi honorable qu'Orstam. Dans la foulée, le coordinateur du renseignement à l'Élysée, dont nous n'avions pas reçu signe de vie jusqu'à maintenant, a demandé ce que nous faisions chez Barrot. Puis le cabinet du directeur de la Police nationale a cherché qui, dans la hiérarchie, avait pris la décision de placer un micro chez Barrot et pourquoi.

Silence glacé. Noria reprend :

– Dans l'état actuel des choses, nous devons nous estimer heureux que personne à la DCPN n'ait songé à nous accuser d'avoir assassiné Barrot.

– Alors ?

– Alors, j'ai assumé l'initiative de la pose du micro, comme convenu. Nous allons lâcher Orstam, et les patrons m'ont proposé de négocier avec moi la sanction qu'ils envisagent de m'appliquer.

– Mais ce n'est pas possible…

– Je suis donc entrée dans la négociation. J'ai proposé ma démission à troquer contre le renvoi de Sutton dans son pays.

– Vous ne pouvez pas nous faire ça.

– Fabrice, je suis consciente de vous devoir des comptes, à Lainé et à vous, et à personne d'autre. J'ai essayé de faire mon travail, j'espère que vous m'en faites crédit. Mais je ne suis pas faite pour ce jeu dans lequel mon efficacité dépend de ce que d'autres décident d'en faire.

– Arrêtez, Noria. Vous savez parfaitement que c'est comme ça pour toutes les polices des pays dits démocratiques. Et lorsque l'efficacité de la police ne dépend plus que d'elle-même, les catastrophes ne sont jamais loin.

– Vous avez raison. Je vais arrêter de faire de grandes phrases, ce n'est pas ma spécialité, je vais vous parler de moi. J'ai mal vécu mes dernières années à la DCRI. À tort ou à raison, j'avais l'impression d'être confinée dans des tâches subalternes. Malgré cela, j'ai vécu mon exclusion comme un drame. Je me suis sentie chassée de ma famille. Et amputée de ce qui faisait ma vie. Mon métier, ma compétence, ma carrière. Vous m'avez accueillie et j'aurais pu me récupérer si les choses avaient tourné autrement. Cela n'a pas été le cas. J'aurai bientôt cinquante ans, trop vieille et trop blessée, trop abîmée pour me dire : Ce sera mieux la prochaine fois. C'est l'âge des bilans et je dois songer à me rafistoler. Je vais aller prendre l'air dans un autre monde que le monde de la police.

– Eh bien moi, je regrette profondément votre décision. Vous êtes le meilleur flic qu'il m'ait été donné de côtoyer.

– Merci Fabrice. J'ai aussi négocié l'après-Ghozali. J'étais en situation de force, les patrons étaient tellement soulagés par ma démission volontaire... Vous allez prendre la direction de l'équipe, Lainé y reste, s'il le souhaite, avec une promotion immédiate. Et un petit jeune va vous être affecté. Nous allons arroser ça aux Deux-Palais ? C'est l'heure de l'apéritif, si je ne me trompe.

Épilogue

Le 25 septembre, le CA d'Orstam se prononce à l'unanimité des présents pour la vente d'Orstam à PE. Après ce vote, il y aura bien encore quelques péripéties sans importance, question de mise en forme, l'essentiel est acquis. Le racket est réussi.

Carvoux, les administrateurs, les actionnaires prendront leur très large part du pactole versé par PE.

En novembre, deux mois après le vote du CA, le bilan officiel d'Orstam pour les douze mois d'octobre 2012 à septembre 2013 est publié. Il ne fait apparaître aucune « crise de trésorerie ». Au contraire, les résultats définitifs de l'année en cours sont meilleurs que ceux de l'année précédente. Il n'y aura aucune enquête de l'Autorité des marchés financiers sur l'alerte surprise du mois de juillet.

Le jour où Noria Ghozali officialise son départ de la Police nationale et où Sutton quitte l'ambassade des États-Unis et la France, Daniel Albouy démissionne de l'Agence des participations de l'État, qu'il dirigeait, pour devenir le numéro deux de la filiale de Eastern-Western Bank à Londres. Dans une interview au journal *Le Monde*, qui lui demande pourquoi il quitte ainsi le service de l'État en cours de mandat, il répond : « Pour gagner de l'argent. Il est temps que je pense à ma famille. » Le salaire du directeur de l'APE se situe entre quinze mille et vingt mille euros mensuels, voire plus. Ses amis disent qu'il a le sens de l'humour. La Commission de déontologie, consultée sur son parcours professionnel, n'y trouve rien à redire.

L'EXEMPLAIRE QUE VOUS TENEZ ENTRE LES MAINS
A ÉTÉ RENDU POSSIBLE GRÂCE AU TRAVAIL DE TOUTE UNE ÉQUIPE.

COUVERTURE ET CONCEPTION GRAPHIQUE : Alain Blaise
MISE EN PAGE : Soft Office
PHOTOGRAVURE : Point 11
RÉVISION : Laurent Raymond, Emmanuel Dazin
FABRICATION : Marie Baird-Smith

COMMERCIAL : Pierre Bottura
COMMUNICATION : Isabelle Mazzaschi et Jérôme Lambert,
avec Adèle Hybre
RELATIONS LIBRAIRES : Marie Labonne et Jean-Baptiste Noailhat

RUE JACOB DIFFUSION : Élise Lacaze (direction), Katia Berry
(Grand Sud-Est), François-Marie Bironneau (Nord et Est),
Charlotte Jeunesse (Paris et région parisienne), Christelle Guilleminot
(Grand Sud-Ouest), Laure Sagot (Grand Ouest), Diane Maretheu
(coordination) et Charlotte Knibiehly (ventes directes)
avec Christine Lagarde (Pro Livre), Béatrice Cousin
et Laurence Demurger (équipe Enseignes), Fabienne Audinet
et Benoît Lemaire (LDS), Bernadette Gildemyn
et Richard Van Overbroeck (Belgique), Nathalie Laroche
et Alodie Auderset (Suisse), Kimly Ear (Grand Export).

DISTRIBUTION : Hachette

DROITS FRANCE ET JURIDIQUE : Geoffroy Fauchier-Magnan
DROITS ÉTRANGERS : Sophie Langlais

ENVOIS AUX JOURNALISTES ET LIBRAIRES : Patrick Darchy
LIBRAIRIE DU 27 RUE JACOB : Laurence Zarra
ANIMATION DU 27 RUE JACOB : Perrine Daubas

COMPTABILITÉ ET DROITS D'AUTEUR : Christelle Lemonnier
avec Camille Breynaert
SERVICES GÉNÉRAUX : Isadora Monteiro Dos Reis,
Jean-Luc Ichiza-Imaho

Achevé d'imprimer en France
par Normandie Roto Impression s.a.s en février 2018.

ISBN : 978-2-35204-733-9
N° d'impression : 1800380
Dépôt légal : mars 2018